ナサニエル・ホーソーン伝

ランダル・スチュアート　著
丹羽　隆昭　訳

開文社出版

スタンリー・T・ウィリアムズに捧ぐ

謝辞

脚注で行ういくつかの特定の謝辞に加え、ここでは私がお世話になった以下の諸氏および諸機関のお名前を挙げることで、感謝の気持ちを表明させていただく。

ピアポント・モーガン図書館、ヘンリー・E・ハンティントン図書館、ニューヨーク公共図書館のダイキンク・ベルク収蔵館、ハーヴァード大学ホートン図書館、イェール・アメリカ文学資料収蔵館、エセックス研究所、ボストン公共図書館およびマサチューセッツ歴史協会からは、ホーソーンならびに同夫人による書簡および日記を使用させていただくに当たっていろいろ御助力を賜った。またハンティントン図書館のハーバート・C・シュルツ氏とモーガン図書館のマーク・D・ブルーワー氏からは、私がこれらの書簡および日記の削除部分を修復するに当たって御助力を賜った。

マニング・ホーソーン、ノーマン・ホームズ・ピアソン、それにスタンリー・T・ウィリアムズの各氏には、ホーソーンの書簡の完全版を作成するためのデータ収集に当たってご協力を賜った。

エヴァ・マルガレータ・イスラエル氏には原稿のタイプ打ちをお願いし、ルイーズ・バー・マッケンジー、セオドア・ホーンバーガー、リッチモンド・クルーム・ビーティ、ノーマン・ホームズ・ピアソン、ジョン・B・ハーコート、ロベルタ・ヤーキーズ、それにユージーン・デイヴィドソンの各氏には原稿をお読みいただいて、多くの修正意見を賜った。

グッゲンハイム基金からは一九四三年―四四年における特別奨学金の給付を受け、必要な研究活動を遂行する得がたい機会を賜った。

そしてわが妻クリオン・オーデル・スチュアートからはこの伝記の作成に当たって励ましと助力とを与えられた。

R・S
ブラウン大学

目次

第一章　先祖と少年時代

1

ナサニエル・ホーソーン（Nathaniel Hawthorne, 1804-64）のアメリカにおける最も古い先祖、ウィリアム・ホーソーン（William Hathorne, 1607-81）[1]がイギリス（イングランド）からマサチューセッツへ移住してきたのは、ジョン・ウィンスロップ（John Winthrop, 1588-1649）[2]と同じ一六三〇年のことで、最初はドーチェスター、その後はセイラムに住み着いた。そして誕生間もない植民地の重要人物として下院議長や、セイラム民兵組織の長[3]を務めるまでに出世した。ホーソーンは『緋文字』（*The Scarlet Letter*, 1850）の序章「税関」（"The Custom-House"）でこの先祖について次のように書いている。

あの最初の先祖の姿は、一族の言い伝えによっておぼろげで陰鬱《いんうつ》な威厳を纏《まと》い、思い出せる限りの昔から、私の子供の頃の想像の世界に現れていた。その姿はいまだにこの私から離れることなく、過去と繋がって、一種の郷愁のような思いを引き出す存在である。……このいかめしい顔つきをし、あごひげをはやして、黒いマントを着込み、頭には尖《とが》った三角帽をかむった先祖のおかげで、私はここ（セイラム）に居住する権利を他の住民以上に強く主張できるように思える。この先祖は片手に聖書、片手に剣を持って遠い昔に到来し、出来て間もない表通りをいかにも堂々と歩み、戦時にあっても平和時にあっても、非常に目立つ活躍をした――それゆえ私などよりもっと強くここに居住する権利を主張できよう。……彼は兵士であり、立法者であり、判事であった。教会の支配者であった。良きにつけ悪しきにつけ、彼は清教徒の特質のすべてを備えていた。彼はまたクエーカー教徒たちが証言するように、厳しい迫害者であったので、彼らの歴史の中に記憶されてきたし、この宗派に属するある女性に対する苛酷な迫害事件(4)は今も語られている。その事件についての記憶は彼の善行を記したいかなる記録よりも長く生き続けるのではないかと懸念されるほどなのである。

作家ホーソーンが特に好んで思い起こす出来事は、国王チャールズ二世（Charles II, 1630-85）が初代ホーソーンとマサチューセッツの知事(5)に向けて発した布告、すなわち、イギリスまで出向いてきて、できるものなら、植民地が王室の権威に楯突く理由を説明せよという布告に対し、この先祖が果敢にも反逆したことであった。作家が最も大切にしていた所持品のひとつは古文書で、そこに彼は次のように裏書きしている。「マサチューセッツのウィリアム・ホーソーン隊長がしたためたと思われる書簡の写しで、チャールズ二世の側近たちの言いがかりから植民地を防衛し、ベリンガム知事と彼を国王の命に従ってイギリスに派遣するのを地方議会が断った行為を容認するもの。」国王に反抗した先祖は、その欠点が何であったにせよ、明らかに誇るに足る人物だったのである。

ウィリアムの息子ジョン（John Hathorne, 1641-1717）は、一六九二年のセイラム魔女裁判における三人の判事の一人として、歴史上有名でもあり悪名高くもある——残りの判事二名はウィリアム・ストウトン（William Stoughton, 1631-1701）とサミュエル・シューウォル（Samuel Sewall, 1652-1730）であったが、シューウォルと違って，ジョンは過ちを悔いたとはされていない。「彼は魔女の殉教事件であまりに目立つ存在となった。それゆえ、彼の身には彼女らの血が滲《し》みとなって残っているとも言えるほどだ」と作家は「税関」で記している。ホーソーン家には、魔女たちのひとりがホーソーン判事と子孫すべてに向けて呪いの言葉を吐いたという言い伝えがあった。この呪いに対してホーソーンは迷信じみた敬意を払っていたように思われる。というのも——おそらく半分以上本気で——彼は、その後のホーソーン家の没落の原因をこの呪いのせいだと考えたからである。

　二代目以降、六代目の作家に至るまでのホーソーン家の先祖たちは比較的さえない人々であった。判事の息子ジョゼフ（Joseph Hathorne, 1692-1762）はセイラム村の農夫となった。ジョゼフの息子ダニエル（Daniel Hathorne, 1731-96）は船乗りとなって、独立戦争期には私掠船《しりゃくせん》[6]の指揮官をしていた。ダニエルの息子ナサニエル（Nathaniel Hathorne）は一七七五年の生まれで、やはり船乗りとなった。一八〇一年に彼はエリザベス・クラーク・マニング（Elizabeth Clarke Manning, 1780-1849）と結婚し、生まれた子供たちは、一八〇二年生まれのエリザベス・マニング（Elizabeth Manning Hawthorne, 1802-83）と、一八〇四年、七月四日生まれでこの伝記の主人公ナサニエル、それに一八〇八年生まれのマリア・ルイーザ（Maria Louisa Hawthorne, 1808-52）の三人である。一八〇八年、長い航海の途中で、この船長ナサニエル・ホーソーンは南米のオランダ領ギアナで他界した。[7]

ホーソーンは自分の父親の姿をほんの少ししか目にしていなかったはずで、それは父が遠洋航海に出かけ、ほとんど家にいなかったからである。例えば、一八〇四年十月十九日のセイラムの新聞『ガゼット』(*Gazette*)は、「ナサニエル・ホーソーン船長のメアリ・アンド・イライザ号がバタヴィアから百十八日間の航海を終えて入港」と報じている。船長は家族と挨拶を交わし、生まれて三ヶ月の息子に敬礼し、新聞の取材に対しては、オランダ領東インド諸島での商いの状況を手短に説明して次のように述べている。コーヒー豆は完全に底を突き、今期はもうこれ以上確保できる見込みがない。なにしろ、アメリカ船を主体に、四十五隻にものぼる中立船(8)が九月から六月まで同地で荷積みをしていたのだから、と。船長の息子はのちに父親が極東への航海中につけていた航海日誌《ログ》を愛読することになる。作家ホーソーンは自分の名を何度もその日誌に書き込み、ページの余白や行間には日誌の記述中に見られる航海用語を多く書き写しており、その中には、「穏やかな風、靄《もや》のかかった天候で変わりやすくもある」とか、「船首への巨大な波のうねり」などがある。彼は一度として海で多くの時間を過ごすことはなかったものの、海は彼にとって親しみある存在で、想像力を刺激するものだった。彼はどこよりも海辺の住居を好み、海洋冒険物語を愛好した。

ホーソーンの母方の先祖については父方ほど知られていない。マニング家の人々は一六七九年にイギリス(イングランド)から移住してきて、マサチューセッツ到着後一世紀半にわたって商才を発揮した。ホーソーンの叔父、ロバート・マニング(Robert Manning, 1784-1842)は長年にわたり駅馬車業を営んでいて、その模様はたとえば、一八一八年の『(セイラム)ガゼット』紙に載った、マーブルヘッド、ニューベリーポート、それにボストンに向けて「マニングの駅馬車毎日便」が運行中、という広告によってもうかがい知れる。セイラム・ボストン間には、一日四往復の便があった。駅馬車業は重要で利益の上がる商売であったが、ロバート・マニングは果実栽培とその実験にも関わっていて、一八四二年に亡くなるまでには果実栽培業者としてかなりの名声も勝ち得ていた。夫を亡くしたホーソーン夫人の日常の世話をし、彼女の息子の教育の財政負担を行ったのはこの叔父ロバートであった。

先祖が作家に与えた影響がどの程度のものだったか、その決定には絶えず推測が伴う。しかしホーソーンのある種の容赦なさ（ダニエル・ホーソーン船長は「甲板を歩いた最も容赦なき男」と言われた）や、ある種の陰鬱さ（ナサニエル船長は憂鬱さが評判だった）、それに孤独癖は父から受け継いだふしがある。マニング・ホーソーン（Manning Hawthorne, 1906-85）の記述によれば、「彼は母親の灰色の眼を持ち、母親の優しい身のこなし、それに控えめな態度と思慮深さも併せ持っていたが、その他の面ではどこをどう見てもホーソーン家の人間そのものだった――外見しかり、物の考え方しかり、感情しかり、そして想像力またしかりだった。マニング家の人々が彼に及ぼした影響はほとんどない」という。しかしながら、マニング家の影響をあまり低く見てはなるまい。母方から受け継いだものの中に、「天才」とはめったに結びつくことのない実践的事務処理能力があるし、マニングからはまた、実践能力よりはるかに重要なある特質、つまり、ユーモアの感覚も受け継いでいる。ロバート・マニングが十一歳の姪《めい》エリザベスに宛てた手紙には彼女の天文学の勉強について好意的にからかった部分が見られる。「星を研究する学識豊かな小さな貴婦人様におたずねしますが」と冷やかしながら、「次の日蝕《にっしょく》はいつ起きますか、星の数はどれぐらいかお分かりですか、月は何でできているのですか。女性版ニュートンになろうとお思いなら、こうしたことをまず全部先に学ばねばなりませんぞ」とロバートは記している。ホーソーンの若い時分の手紙にもこれとよく似た調子のユーモアが見られるのである。

ホーソーン船長が亡くなったあと、未亡人は三人の子供を連れてマニングの家に戻った。それは大所帯の暖かい家で、四人の叔父と四人の叔母がおり、みな未婚であった。何年かのちの姉エリザベスの回顧によると、ナサニエルは「特に可愛がられ」たが、それは「当時彼の健康が優れず、よく病気をしたから余計にそう」であった。彼はとてもハンサムな男の子で、一族の者たちはもとより、マニング家が営む駅馬車の御者たちのお気に入りでもあったという。九歳の時、学校でボール遊びをしている最中に片足を負傷して不自由になり、それが長く尾を引くに至った。医者が処方した治療の中身は、二階の窓から冷水シャワーを、下の窓から突き出した不自由な足に向けて何度も浴びせかけるというものだった。負傷した当時、ホーソーンはJ・E・ウスター（Joseph E. Worcester, 1784-1865）が教鞭《きょうべん》を執《と》る学校に通学中で、足が不自由な間はずっと、この偉大な辞書編纂《さん》者が家までやってきて授業をしてくれた。一八一三年十二月九日付けの、ホーソーンの最も古い現存の手紙によると、自分は四週間学校に行っておらず、玄関先や馬車の営業所まで人に担《かつ》がれて行ったこともあったし、一度などは「表通りまで片足で跳《は》ねて行った」こともあったという。その後は松葉杖を使って歩けるようになった。しかし三年ほどが経ち十二歳になるまで、足の不自由さが完治することはなかった。

　このような事情でしかたなく与えられた暇な時間に促され、もともと本が大好きだった彼はすぐ読書癖を身につけた。少年時代の愛読書には、スペンサー（Edmund Spenser, c1552-99）の『妖精の女王』（*The Faerie Queene*, 1956）、トムスン（James Thomson, 1700-48）の『怠惰の城』（*The Castle of Indolence*, 1748）、バニヤン（John Bunyan, 1628-88）の『天路歴程《てんろれきてい》』（*The Pilgrim's Progress*, 1678）、それにシェイクスピア（William Shake-speare, 1564-1616）の戯曲などがあった。エリザベスの記憶によれば、彼はよく絨毯《じゅうたん》の上に寝そべって読書をしていたし、部屋の隅の窓辺に置かれた大きな肘《ひじ》掛け椅子に座り、物も言わず午後の半分読書にふけっていたものだという。『リチャード三世』の台詞《せりふ》「閣下、お下がり下さい、棺《ひつぎ》をお通し願います」[9]を、擬似英雄《モックヒロイック》詩風に引用するのが彼の好みであった。猫たちも彼のお気に入りで、マニングの家には「アポリオン（Apollyon）」や「ベルゼブブ（Beelzebub）」といったバニヤンに出てくる名前を持つ猫など、何匹もいたのである。

　ホーソーンが十二歳になった一八一六年の夏のこと、母がメイン州のレイモンドへ引っ越した。そこにはマニングのふたりの叔父、ロバートとリチャード（Richard Manning, 1782-1831）が所有する土地があった。ここで彼女は自分だけの家庭を持ったが、それはロバートが彼女に自分の家を使ってよいと言ってくれたからで、リチャードの家も近くにあった。屋外での活動ができるようになって子供たちのためにもなると、彼女はこの転地を歓迎したにちがいない。レイモンドはセバゴ湖のほとりにある村で、森に囲まれていた。ホーソーンはそれから三年間の大半をこの場所で過ごし、愉快な気分に浸った。エリザベスが回顧するところでは、「彼は射撃がうまくなり、釣りにも秀でて、背は高く体もがっちりしてきた。そのあたりの風景や見慣れない人々、それに完全な自由を享受できたことにより、想像力も刺激を受けて活発になった。」冬にはそり遊びやスケート、夏にはヨット遊びや釣りができた。叔父ロバートに宛てたホーソーンの手紙では、雉《きじ》を一羽と鷹を一羽鉄砲で撃ち落とし、大きな鱒《ます》を十八尾捕らえたと報告している。彼はエリザベスと、冬なら湖を横切り、夏ならその畔《ほとり》を行く長い散歩をしばしば行った。日記には村の男の子たちと仲良く付き合ったことが記されている。「昨日ロビンソン・クックとナイフを交換した」という記載からはその付き合いが普通のものだったことが分かる。のちにホーソーンは、レイモンドで過ごした歳月こそ生涯で一番幸せな時期だったと思うようになり、しばしば家族や友人たちにこの素晴らしい歳月を評して、彼の表現を借りれば、自分が「空飛ぶ鳥のような生活をした」時期だったと述べている。

しかしこのメイン州での牧歌的生活も長くは続かなかった。今やすっかり健康を取り戻した少年には、腰を据えた正規の勉学が必要だった。というのも、彼がそれまで受けた教育はどこか変則的だったからである。レイモンドを後にしたくない彼は、一八一九年五月、叔父ロバートに宛てた手紙でユーモラスな抗議の弁を述べている。「あなたが私をまた学校へやろうとしているのは残念です。母はとても私なしではやってゆけないと言っていますよ。」しかし、寛容で家事のやりくりに長《た》けていた彼の母は（彼女が隠者さながらと化したのは、老齢のため病気がちに陥ってからのことである）息子をセイラムに戻し、一八一九年七月五日、つまり十五歳の誕生日の翌日に、彼は勉学を開始したのであった。

彼がまず通ったのはマールボロ通りのアーチャー先生（Samuel H. Archer, 1798-1838）の学校で、当時設立間もないものだったことは、一八一九年一月十二日付けの『（セイラム）ガゼット』紙に掲載された以下の広告から見て取れる。

新設校

サミュエル・H・アーチャー

は、ボウルズ牧師の集会所近くの、以前ジョージ・ティットコム氏が借用していた教室をこのほど入手し、二月最初の月曜日に開校予定。目的とするは若き学者の教育であり、以下の分野が含まれる。読み、書き、英文法、地理および天文学、会計学および修辞学、文章構成法《コンポジション》、化学、自然科学および倫理学、数学一般、ラテン語およびギリシャ語。授業料は一学期《クウォーター》(10)につき五ドルないし六ドル。

七月二十六日にホーソーンは、レイモンドの叔父ロバートに次のような手紙を書き送っている。

授業に通い始めましたが、一期たった五ドルで高くないことと、バプティスト集会所のそばなので家から近くないことを除けば、文句を付けるところはありません。

九月には妹ルイーザに同じような茶化した調子の手紙を送ったが、仰々《ぎょうぎょう》しい文学的表現が加わっている。「今や僕は五ドルの学校に通っている、これまで十ドルの学校に通っていたこの僕が。〈ああ、暁の息子ルシファーよ、汝は何と堕ちたことか！〉(11)」

一八二〇年三月、彼はアーチャー氏の学校を辞め、セイラムの弁護士ベンジャミン・L・オリヴァー（Benjamin L. Oliver, 1757-1843）の指導のもと、真剣に大学に入る準備を始めた。ホーソーンは与えられた課題を家で細かく調べ、午前七時にはオリバー先生に向かって毎日課題の暗唱を行った。この家庭教師は、この子なら秋には大学に入れるだろうと思ったが、叔父ロバートは賢明にもそんな性急な計画に反対であった。一八二一年の夏までには、この生徒の進学準備はもう十分だということに教師は何らの疑念も抱いていないように思われた。ホーソーンは母親に次のように書き送っている。「オリバー先生は僕が大学に入れると仰《おっしゃ》っています。ですからロバート叔父さんが心配するには及びません。」

少年はこの時期、ただ勉強だけに時間を割いたわけではない。「僕はいろいろな仕事をしている人間です」(12)と彼は一八二〇年九月に母親に告げている。そのひとつは毎日午後に駅馬車屋の帳簿をつけることだった。彼は、週一ドルの給与は「いろいろな目的にきわめて好都合だった」と最初は言っていたが、のちにこの仕事は文学修業の妨げになったと異論を唱え、「詩人と簿記係を同時に務められる人間はいない」と明言している。息抜きとなる活動にもいそしんでいた。水泳と釣りは手紙で何度も言及されている。彼と妹のルイーザはターナーさんのダンス学校へ通ったし、姉エリザベス・ホーソーンの証言によると、弟は「ダンスがうまい」とのことである。ルイーザのダンス学校への取り組みはナサニエルより真剣で、彼女がいかめしい態度を装ったり、ひざをまげてお辞儀をしたりするのを彼はからかったものだが、それにもかかわらず、彼は一八二〇年十月にターナーさんの教師退任を記念して開かれた非常に派手な舞踏会には出席したのであった。叔父ロバートはそのための準備が常軌を逸したものだとして、「ナサニエルとルイーザは今度の木曜の舞踏会の準備中だが、多くの時間と金を無駄にしていると思う」と不満を述べている。『ガゼット』紙はこの時ここに集まった人々を評して「この町の流儀と気品を表すもの」だと書いた。ルイーザが「素晴らしいひととき」と語ったこの舞踏会は、午前一時すぎまで続いたという。

この時期のことでナサニエルの手紙で言及されている公の行事としては、他にコンサート、芝居、それに教会での礼拝がある。コンサートはセイラム・ヘンデル協会によるオラトリオの公演であった。ホーソーンはあまりこれを楽しめなかったものとみえる。というのも彼は、常々自分には音楽鑑賞の能力がないと公言していたからである。礼拝となると、一八二一年には「欠かさず」参加していたと彼は断言しているものの、音楽以上に楽しめなかったようである。母への告白では、礼拝は居眠りを誘うだけであった。しかし芝居は、それに熱狂することは一度もなかったが、音楽や礼拝に比べれば興味深いものと映った。一八二〇年五月三日、彼はボストンからやってきた俳優たちの一座が、セイラムのワシントン・ホールで演じたインチボールド夫人（Elizabeth Inchbald, 1753-1821）作

『恋人たちの誓い』（*Lovers' Vows*, 1798）と、笑劇『風見鶏、別名、それにしても程《ほど》がある！』（*The Weathercock, or, What Next!*）[13]を見た。一八二一年三月にはボストンまで出かけてエドマンド・キーン[14]が演じる『リア王』（*King Lear*, 1604-06）を見て心を動かされはしたが、感激したというほどではなかった。彼は母にユーモラスで抑制の利いた手紙を書き送っている。「挽《ひ》き臼から涙を引き出すには十分だったでしょう。自分がリアの時代に生きているのではないことをもう少しで忘れるところでした。」五月には、おそらくキーンの再演を見るためと思われるが、再び同じ劇場に足を運んでいる。

大学入学に先立つ何年かの時期に、彼はかなりの量の読書と若干の執筆を行っていた。一八一九年ルイーザに宛てた手紙で、彼は『ウェイヴァリー』（*Waverly*, 1814）[15]、『ユドルフォの謎』（*The Mysteries of Udolpho*, 1794）[16]、『フェルディナンド・カウント・ファゾムの冒険』（*The Adventures of Ferdinand Count Fathom*, 1753）[17]、『ロデリック・ランダム』（*Roderick Randam*, 1748）、そして『アラビアン・ナイト（千夜一夜物語）』（*The Arabian Nights Entertainments*, 8C. A.D.）を読んだことに言及している。一八二〇年には、スコットやゴドウィン（William Godwin, 1756-1836）を読んだと熱っぽい調子の手紙を彼女に送っている。

> 『島の王』（*The Lord of the Isles*, 1815）[18]を買ってきたので君のところへ送るか、直接持って行くかのどちらかにしようと思う。他のスコットの詩のどれにも劣らずこれは気に入っている。ホッグ（James Hogg, 1770-1835）[19]の物語や『ケイレブ・ウィリアムズ』（*Caleb Williams*, 1794）、『セント・レオン』（*St. Leon*, 1799）[20]

や『マンダヴィル』（*Mandeville*, 1817）も読んだ。ゴドウィンの小説はすばらしいから、全部読むつもりだ。ウェイヴァリーの作者が書いた『修道院長』（*The Abbot*, 1820）も借り出せたらすぐ読もうと思う。スコットの小説で読んでいないのはこれだけだ。また読む時の楽しさが減殺されてしまうから、みなどれも読まなければよかったと思うほどだ。スコットの小説に次いで気に入っているのは『ケイレブ・ウィリアムズ』だよ。

同じ年の後半、彼は読了本のリストを作成した。それには『放浪者メルモス』（*Melmoth the Wanderer*, 1820）[21]、『トム・ジョーンズ』（*Tom Jones*, 1749）[22]と『アミーリア』（*Amelia*, 1751）、ルソー（Jean-Jacques Rouseau, 1712-78）の『エロイーズ』（*Héloise*, 1761）（「これはすばらしい」）、エッジワース（Maria Edgeworth, 1768-1849）の『回顧録』（*Memoirs of Richard Lovewell Edgeworth*, 1820）、『修道院長』、それにルイス（Matthew G. Lewis, 1775-1818）の『ロマンティックな物語』（*Romantic Tales*, 1808）[23]などが含まれている。自分で本を買うなど、明らかに尋常ではなかった。普通なら、小説本はまずほとんど貸本屋から調達したからである。

ホーソーンは文章を書く楽しみも享受しつつあった。若い頃書いたもので最も興味深いのは『スペクテイター』（*The Spectator*）であるが、これは小さな紙切れに丁寧に活字体で書かれ、週刊新聞と称されていた。初刊は一八二〇年八月二十一日、最終刊はその年の九月十八日に出ている。流通範囲はおそらく直近の一族に限られていたであろう。この新聞はアディソンとスティール[24]の『スペクテイター』紙および地元新聞を部分的に模倣したものであった。対象の取り扱い方はユーモアを交えた風刺調で、「富について」とか「慈愛について」と題された小論が掲載されている。これらの論調は、「勤勉について」という論の書き出しを見れば十分うかがえよう。「どこかで指摘されていたと思うが、作家は自分が取り上げる主題をほとんどあるいはまったく知らないからといって、それだけひどいものを書くわけではない。筆者は、この名言に含まれる真実が、この記事においても一目瞭然となることを期待する。筆者は個人的には勤勉の恩恵など承知してはいない。」「家内諜《ちょう》報」というコーナーでは、新聞の個人消息欄を風刺したもので、次のような記事がある。「医師ウィンスロップ・ブラウン先生を息子かつ相続人とする母君、およびホーソーン夫人の雌の飼い猫セヴン・キトゥンズ。この〈ご婦人たち〉は両方とも現在病後の回復期にあり。」次の広告などは叔母メアリーにとってあまり愉快なものではなかったであろう。「求む——七十歳以下の亭主。取り柄なき者や最低一万ドル持たぬ者は申し出るに及ばず。当方若く、年齢五十歳に達せず、大層美形。——メアリー・マニング、未婚婦人。」この『スペクテイター』全体にはところどころに詩が挿入されているが、これらはあまり真面目に受け取るべき代物ではあるまい。以下は第四号に見られるものである。

わが青春の日々よ、汝は足早に過ぎ去る。
明るい太陽の心躍らせる光が色あせるように、
そしてわが幼き時が過ぎ去らぬうちに、
大人の悩み事の足音が迫り来る。

わが幼き時はもはや戻ることはなく、
その幸せのすべてが終わってしまった。
人生の荒海が顔を出し、
怒濤《どとう》の場面、涙の場面もまたしかり。

この若き詩人は明らかに不真面目な調子で書いている。ルイーザに宛てた手紙に見られる類似の詩に関して彼は次のように述べたのである。「これらは僕が書いた詩だけれども、必ずしも僕の考えを書いたものではない。僕の頭は詩の断片でいっぱいだ。その気になれば、十二ページ分以上も吐き出せるだろう。」彼は新聞や贈答本で当時流行していた感傷的な詩を半ば模倣し、半ばもじっていたのである。

今引用したばかりのスタンザを心痛む自己独白と見なす理由は全くないのだが、この時期のホーソーンの生活は、「いろいろな仕事」があったにもかかわらず、彼の好みには必ずしも合致していなかった。彼によれば、祖母や叔母が絶えず自分を叱責《しっせき》したという。そのうえ、祖母はけちであった。グアヴァのゼリーを「誰かが病気になったときに備えて」蓄えていたのだが、まず痛んだオレンジから食べるように、そして食べ頃のものは腐るまで食べないでおくように、と言い張る人だった。そこで彼はレイモンドにいる自分の母や姉妹と一緒に暮らせればよいのにと思った。しかし困惑の期間全体を通して、彼のユーモア感覚は一度として消えてはいない。祖母や叔母の揚げ足取りの効用は、彼が見るところ、「仕返ししてやろうという仕事が与えられた」ことで、自分の元気を維持してくれるものとなった。勢いよくタバコを噛《か》むことによっても元気づけられるものだという、姉エリザベスに向けた発言には、マーク・トウェイン（Mark Twain, 1835-1910）を思わせる調子が感じられる。また別の折にはレイモンドの母と姉妹に次のような手紙を書き送っている。「昨晩僕はセバゴ湖の畔を歩いていている夢を見て、目覚めると、それがみんな幻想だったと分かってとても腹が立ったので、（いっしょに寝ていた）ロバート叔父さんにきつい蹴《け》りを入れてしまいました。」書簡から拾い出したこのような報告の主は、長期にわたって憂鬱になるとか自己憐憫《れんびん》にふけりそうな存在ではない。

大学選びにはまったく苦労がなかったようである。メイン州ブランズウィックにあるボウドン大学(25)が、レイモンドに近いため必然的選択となった。この時、この少年の思いはメインの方に向かっていた。ボウドンに通う間は、休暇を大好きなセバゴ湖で過ごせるはずだ。ほぼ同じ時、彼の叔母はホーソーン夫人にセイラムに戻るよう説得を試みていた。ナサニエルは母にぜひレイモンドに留まってくれるようせがみ、お母さんはそこにいれば自分の家の主でいられるが、セイラムに戻ればマニング嬢の権威に屈することになると指摘した。同時に、ボウドンでの休暇の際にはレイモンドの住居の方が自分には便利だし、ブランズウィックとセイラムの間を行き来するとなると費用がかさむとも指摘している。

ある理由で、彼は大学には行きたくなかった。彼が言うには、これからさらに四年間もロバート叔父さんに頼って生きると思うと耐えられなかったのである。しかし大学へ通う時期が近づくにつれて、新たな深刻な問題が浮上して、嫌だとも言っていられなくなった。何か職——できれば作家という職——を身につけねばならないと彼は感じたのである。一八二一年春の母に宛てた次の手紙には、表面上のユーモアに隠れて、彼が自分の将来の問題を真剣に考えていた様子がうかがえる。

将来どんな職についたらよいか僕はまだ決めていません。牧師になるのはもちろん問題外です。あなただってあんな退屈な生き方を僕に選んでほしくはないと思います。……法律家はどうかというと、もう大勢いるので、その半分が（控え目に勘定しても）事実上飯の食い上げ状態です。医者も当然考えられる選択ですが、僕は同胞の病気や疾患を利用して生きたくありません。それにもし、診療中にたまたま不幸な患者を「アド・インフェラム（ad inferum）」、つまり英語でいうと「下の領域（地獄）へ」送るようなことになれば、自分の良心に重くそれがのしかかってくるでしょう……作家になって、生活の糧を文筆に頼るのはどうでしょうか？……実際、僕が書く文字が読みづらいのは作家向きだと思います。僕の作品が評論家たちによってジョン・ブル[26]の物書きたちのこの上なく誇り高い所産に匹敵すると賞賛される様をご覧になったら、どんなに誇らしく思われることでしょう。でも作家というものはいつも哀れな輩ですのでセイタンの虜になってしまうかもしれません。

このように、十七歳になる頃までに、ホーソーンは自分が将来何になり、何をすべきかを、次第にはっきり認識するようになっていた。また当時至るところでアメリカの作家たちを活気づけていた力を感じ始めてもいた——それは偉大なイギリス文学と張り合えるアメリカ独自の文学を生み出したいという願望であった。

要約すればこうである。ホーソーンの少年期は、これまで時々想像されてきたほど例外的なものではなかった。たしかに、レイモンドで過ごした時間を除けば、他の男の子たちと好きなだけ遊ぶというわけにはいかなかったであろうし、行動がもっぱら近親者の間に制限されたとはいえ、彼の日常生活が身体を動かさぬ非行動的なものだったとか、社交的に貧しいものだったというようなことは全くなかった。九歳から十二歳まで自分を不利な状況に追いやった足の不自由さから解放されたあと、彼は健康で体つきも頑強になった。十二歳から十七歳まで多くの時間を過ごしたメイン州に行った時は特にそうだが、いろいろな野外スポーツ——水泳、スケート、釣り、狩猟などを楽しんだ。叔父たちや叔母たち、姉妹や従姉妹《いとこ》たちから成る大家族の存在は、人間の多様性を細かく観察する彼の性癖に拍車をかけた。母や姉妹とは愛情をこめて接した。妹ルイーザとは特に懇意の間柄だったが、それは楽しいことが大好きな彼女の性格ゆえであった。彼はかなりの量の読書をこなしたし——ただし、本好き人間の割には決して過大な量とは言えない——青臭いながらも、著述も始めている。彼の成長は早熟ではなく、むしろゆっくりした、実質を伴ったものだったのである。

注（原注と明記した以外はすべて訳者による注である。）

（1）（原注）作家ナサニエル・ホーソーンが苗字の綴りに"w"を加えたのだが、これは大学卒業から間もない頃のことだった。

（2）ウィンスロップは、非分離派清教徒の大移民団を率いて1630年マサチューセッツに到着、上陸を前に旗艦アーベラ号（the Arbella）上で「キリスト教の愛の雛形（A Model of Christian Charity）」と題した説教を行い、その中で植民地建設を新約聖書マタイによる福音書中の「丘の上の町（A City upon a Hill）」という比喩で捉え、神との契約に基づき、世界中の耳目を集めて行われる事業ゆえ、ひとりひとりが共同の目的のために最善を尽くすよう訴えた。マサチューセッツ湾植民地の初代総督でもある。

（3）Major と呼ばれるポジション。

（4）一六五九年、ふたりのクエーカーを処刑し、五人を鞭打ち刑にしたが、その模様は、短編『優しい少年』（"The Gentle Boy," 1832）や同『メイン・ストリート』（"Main Street," 1849）で言及されている。

（5）Richard Bellingham (1592?-1672)

（6）海賊行為の許可を政府から得ている民間武装船。

（7）現地に蔓延（まんえん）していた黄熱病（yellow fever）が死因とされる。

（8）当時大西洋海域はイギリスとフランスが覇権争いを演じており、それに巻き込まれないよう、アメリカはじめ各国の船舶は「中立」の立場を取っていた。

（9）"My lord, stand back, and let the coffin pass." (*Richard III*, I, ii, 38)

（10）一年四学期制における一学期で通例十週から十二週。

（11）（原注）この十ドルの学校というのがウスターの学校を指すのか、それとも短期間通っていたメイン州のストラウドウォーターの学校を指すのかは定かでない。

（12）原語では occupations となっている。

（13）John T. Allingham (fl. 1799-1810), *The Weathercock, or, What Next!* (1810)

（14）Edmund Kean（1787-1833）イギリスのシェイクスピア劇俳優。

（15）Walter Scott（1771-1832）による歴史小説。

（16）Ann Radcliffe（1764-1823）のゴシック小説。
（17）Tobias Smollett（1721-71）の小説。*Roderick Randam* も同じ。
（18）スコットの詩。
（19）James Hogg（1770-1835）代表作は *The Private Memoirs and Confessions of a Justified Sinner*（1821）
（20）ゴドウィンの小説。*Mandeville* も同じ。
（21）Charles R. Maturin（1782-1824）のゴシック小説。
（22）Henry Fielding（1707-54）の小説。次の『アミーリア』も同じ。
（23）Matthew G. Lewis（1775-1818）の小説。
（24）Joseph Addison（1672-1719）および Richard Steele（1672-1729）が一七一一年に創刊した日刊紙が *The Spectator* である。
（25）Brunswick, Maine にある Bowdoin [bóudn] College
（26）John Bull とはイギリスあるいはイギリス人のこと。

第二章　大学時代、一八二一年—一八二五年(1)

　ボウドン大学を選択したのには明らかにいくつかの理由があった。レイモンドに近いことのほか、経費が他大学に比べ安く済んだこと——これは、甥《おい》の教育に責任を負うロバート・マニングにとっては当然だが、被養育者たる自分の立場を意識するホーソーン自身にとっても重要な条件であった。一学年は三つの学期から構成されていた。一八二四年五月二十一日付けのホーソーン宛ての勘定書は以下の内容となっている。授業料八ドル、寮の部屋代六ドル六十五セント、損害保証金三十三セント、清掃とベッド・メーキングが一ドル、図書館五十セント、監督代六セント、鐘代十二セント、朗唱室代二十五セント、化学の授業費二十五セント、罰金二ドル三十六セント、総計で十九ドル六十二セント。食事は個人の家庭で賄《まかな》われる形で週二ドル。薪代は、冬期メイン州ではかなりの量の薪が必要となるが、一コード当たり(2)一ドルであった。ボウドン以外でおそらく唯一の選択肢ハーヴァード大学の場合、そこでの経費はこれよりかなり高額になったと思われる。ボウドンを選択した第三の理由として、社交上も政治上も自由だったことがある。ある歴史家はボウドンが「徹底的に民主的な学問の場」

であり、ダートマス大学[3]より「フェデラリスト色が薄い」と述べているが、この対比がハーヴァードとのそれならば、もっとはっきりしたであろう。フェデラリスト党に反対し、民主党に肩入れする若者たちは、ボウドンに惹《ひ》かれる傾向にあった。

叔父ロバートの付き添いで、セイラムの家庭教師オリヴァー氏の推薦状を携え、ホーソーンは一八二一年の十月初め、大学入学許可試験を受けるためブランズウィックに到着した。入学を希望する一年生の常で、ホーソーンも入学試験に失敗するのを恐れていたが、試験は教授たちにより口頭で行われた。一八二二年の大学要覧を見ると、次のような入学のための条件が明記されている。「第一学年に入学希望の者は文法的に正しいラテン語文が書けなければならず、また地理学、ウォルシュの算術[4]、キケロ（Cicero, 106-43 B.C.）の精選雄弁術、ヴァージル（Virgil, 70-19 B.C.）の『田園詩』と『農耕詩』および『アエネイス』（*Aeneid*, 29-19B.C.）、サルスティウス（Sallust, 86-34 B.C.）[5]、ギリシャ語聖書、および『グリーカ・ミノーラ』（*Graeca Minora*, 1789）[6]の詩に精通していること。希望者はまた人格が善良で優れたることを請負う証明書を提出すること。」当時これらは標準的な入学資格であった。一時間学長室での試問を受けたのち、ホーソーンは入学を許可された。大半の受験生と同程度には答えられたと、のちに彼は語っている。次には大学生活への準備がいろいろ待ち受けていた。寮の一室とルームメイト（ポーツマス名誉市民メイソン氏の子息）があてがわれた。家具は、学生が自分で調達する手はずになっており、これを購入せねばならなかった。落ち着くまでには、商人たちと値引き交渉も行ったが、ホーソーンはこれを明らかに楽しんだようである。最後に、ニューマン教授宅での食事の取り決めが行われ、ここで他の三人の学生たちもいっしょに食事を取ることになった。ロバート・マニングは自分でこの地を直接見聞し、十分満足したらしい。「ブランズウィックは」と、彼は少年の母への手紙でこう述べた。「心地よい場所で、住民たちは見苦しからず、客人に対し思いやりがあり、大学は栄えている。」

一七九四年創立のボウドン大学は一八二一年秋の時点で、総勢百十四名の学生を擁しており、内訳は、四年生二十四名、三年生三十六名、二年生十九名、一年生三十五名であった。彼らの出身州は五つで、八十四名がメイン、十九名がニューハンプシャー、九名がマサチューセッツ、一名がヴァーモント、そしてもう一名がコネティカットであった。ホーソーンが大学を舞台として書いた『ファンショウ』（*Fanshawe*, 1828）に登場する大学生の描写は、疑いなくこのボウドンを念頭に置いたものである。

学生たちの外見を見ただけで、鋭い観察眼の持ち主なら、彼らがこの古めかしい砦《とりで》さながらの建物の居住者となってどれほど経つのか、ほぼ過《あやま》たず見当をつけられるであろう。褐色の日焼けした頬と粗野な着衣の者たちならば、彼らがごく最近畑仕事を止めてそれに劣らず骨の折れる分野での労苦に着手したことが分かる。しかつめらしい表情をし、古めかしい裁断の衣類をいくつも混ぜて着用している者ならば、新しい住環境の洗練された雰囲気が身につき始めた類であることは明らかである。人を見下したような態度、青白さが勝る頬、逞《たくま》しさの薄れた体つき、緑色の眼鏡、それと全体に着古して黒ずんだ服などからは、彼らが最上級生であり、母校が提供し得る学芸のほぼ全てを身につけ、世の中での彼らの部署にまさにつかんとするところであると知れよう。ただ、こうした一般区分には該当しない者たちもいたのは確かである。遠方の港町から当地へやって来た若者も少数ながらいた。彼らは服装にかけては田舎出の仲間にとっての模範であり、外面上のいでたちでは優越感を抱いていたが、そういう優越感に対し森林地帯出身の者たちは、洗練さを欠くとはいえ新鮮な知性をもって、文芸上の競争においてやり返したのである。

ホーソーンは、居住地が大学要覧ではセイラムとなっており、遠い海辺の港町出身のひとりではあったが、彼のレイモンドへの愛着ゆえに山間部の子弟たちへ共感を覚えたに相違ない。

一八二一年の大学要覧には八人の教授陣の名がある。(7) 学長で神学博士ウィリアム・アレン師。数学、自然科学、化学、鉱物学担当教授の文学修士パーカー・クリーヴランド。言語学担当教授で文学修士のサミュエル・P・ニューマン。内科・外科の理論と実践担当講師で医学博士のネイサン・スミス。解剖学と生理学担当教授の医学博士ジョン・D・ウェルズ。図書館司書で文学修士のジョン・アボット。言語学および数学担当講師で文学修士のアルフェウス・S・パッカード。幾何学および自然科学担当講師で文学修士ベンジャミン・ヘイル。教授陣は現在よりも明らかに優れた一般教養を身につけた人々で、万能の度合いがより大きかった。アレン学長は、あまり知られてはいないが、敬虔で相当厳格な組合教会派の牧師で、一八〇九年刊行の著書『アメリカ伝記・歴史辞典』の著者として尊敬を集めており、この著作はホーソーンも『おじいさんの椅子』(*Grandfather's Chair*, 1841)を書くに当たって活用している。クリーヴランドは、一八一六年刊行の『鉱物・地学研究入門』(*An*

Elementary Treatise on Mineralogy and Geology）の著者で、教授陣中最も傑出し、最も広くその名が知られていた。ニューマンは、礼儀正しく学究肌の人物で、ホーソーンの英語作文を褒め称え、自分の家族にそれを読んで聞かせたとされる。ウェルズの解剖学と生理学の講義は、ホーソーンが四年生の時、単位取得とは関係なく聴講するほど興味深かった。このボウドンの教授陣は、小さな新しい大学にしては異例とも言える有能な人間集団であった。

勉学の流れは、完全な指定コースで、たとえば、一八二二年施行のカリキュラムは以下のようになっていた。(8)

第一学年
一学期　「グリーカ・マジョーラ」中のクセノフォン。リウィウス。ウェッバーの算術。
二学期　「グリーカ・マジョーラ」。リウィウス。算術。
三学期　「グリーカ・マジョーラ」。リウィウス（五巻分）。マレーの英文法。ブレアの修辞法。本年度の学習項目復習。
通　年　週ごとのラテン語およびギリシャ語への翻訳。個人ベースでの雄弁術演習。毎日曜夜の聖書朗唱。

第二学年
一学期　「グリーカ・マジョーラ（プラトンおよびホーマー抜粋）」。ラテン語選（タキトゥス）。ウェッバーの代数および幾何。プレイフィールドのユークリッド二巻分。ヘッジの論理学。
二学期　「グリーカ・マジョーラ」。ラテン語選。表面積測定法。ウェッバーの立体、高度、距離。ウェッバーの測量法。ユークリッド終了。

三学期　ウェッバーの航海学。学習項目復習。文章構成法。
通　年　週ごとのラテン語およびギリシャ語での翻訳。個人ベースおよび公の場での雄弁術演習。毎日曜夜の聖書朗唱。

第三学年
一学期　「グリーカ・マジョーラ」。ホラティウス。ウェッバーの円錐曲線。エンフィールドの自然科学。ロックの随筆集。ペイリーの『明証（エヴィデンスィス）』。
二学期　「グリーカ・マジョーラ」。ホラティウス。エンフィールドの自然科学。ペイリーの『明証』。ロックの随筆集読了。化学講義。
三学期　プリーストリーの歴史講義。ヘンリーの化学。ペイリー読了。学習項目復習。討論演習。実験哲学講義。
通　年　隔週でのラテン語およびギリシャ語への翻訳。私的および公的な雄弁術演習。隔週での文章構成法。毎日曜夜の聖書朗唱。

第四学年
一学期　ヘンリーの化学。ペイリーの自然神学。スチュアートの精神哲学（第一巻）。ペイリーの『明証』。
二学期　エンフィールドの天文学。ウェッバーの水平測量、球面幾何および三角法。スチュアートの精神哲学（第二巻）。バーラマキの自然法論。バトラーの類推学。
三学期　自然史。クリーヴランドの鉱物学。バトラーの類推学。
通年演習　私的および公的雄弁術。文章構成法。討論。毎日曜夜の聖書朗唱。

明らかなのは、ギリシャ語、ラテン語、数学（天文学、測量、航海術を含む）それに哲学（キリスト教弁証論を含む）に強調が置かれていることである。もっとも、この年度は化学や鉱物学を含む自然科学にかなりの注意が払われていた。現代の視点から見た場合、このカリキュラムの主な弱点は、歴史、現代語、それに現代文学の軽視である。ギリシャ・ローマの古典を除けば、ここで学生が勉強したのは聖書のみである。しかしながら、頻繁に試験が課せられる修辞法のコースが設けられており、学生たちの多くが文学関連の教育の欠如を個人個人が読書することで埋め合わせていたのは疑いない。課外でのフランス語の授業がブランズウィック在住のフランス人によって行われていて、ホーソーンはそれを四年の時に受講していたらしい。というのも、一八二五年という日付の上に彼が自筆で署名した文法入門書が今も残っているからである。卒業後彼はフランス文学書を読んでいるが、それから分かるのは、大学時代にかなりフランス語に習熟したことを示している。(9) いずれにせよ、ホーソーンが履修した教科課程は、科目の自由選択が長きにわたって大流行した時期（今では明らかに幕を閉じた）には不備と思われていたが、今見るとさほどとも思われない。

ホーソーンは優れた成績を収めた学生ではなかった。文学好きの青年の多くと同様、好きなことは上手にこなしたが、その他のことはあまりうまくできなかった。のちに告白したところによれば、自分は「怠け者の学生」で、彼の言葉を借りれば、「ギリシャの根源をうがって、学識あるテーバイ人のひとりに数えられるよりは、自分の空想力をはぐくむ」ほうがましと考えた。ラテン語とギリシャ語には秀でていた。彼が英語で書いたレポートはひとつも現存していないが、ラテン語の作文は現存していて、十分な出来映えを示している。一言一句すべて正解とは言えぬまでも、普通の大学生が書いたものと比べれば疑いもなく優れたものである。

卒業時におけるホーソーンの成績順位は、三十八人のクラスで十八番目であった。四年間を通してひんぱんに課せられた雄弁術の演習を怠っていなければ、もっとこの順位は上がっていたであろう。彼は人前で話すことに強い嫌悪感を抱いていたが、まったくできないわけではなかった。「雄弁術演習を怠った」として四、五回罰金を科せられたとはいえ、まったく怠ったと考えるのは妥当ではない。もしそうならば、卒業できたはずもないからである。家に書き送った手紙のひとつには、彼が「満員の聴衆を前に、この前の金曜の晩、チャペルで実に見事な舞台を踏んだ」という、いかにも彼らしいユーモアを込めた言及がある。しかし、人前に立つのがきらいだったのであれば、本当にこのような「実に見事な舞台」を務めるには、学則が求める以上の頻度で、もっと努力を払ってもよかったはずで、けっきょくのところは、ただ罰金を科せられたのみならず、卒業式のプログラムの一部への参加が彼には認められなかった。アレン学長は一八二五年七月、ホーソーンを研究室に呼び出し――姉エリザベス宛ての手紙にその記述があるのだが――クラスでの成績からすれば君に何か発言する権利を与えて当然だが、雄弁術演習を怠った以上、もし与えれば学則に反することになってしまう、と告げたという。「私はこの決定にこの上なく満足した」とホーソーンは続けて、「なぜならそれは、卒業式で公衆の面前に立つという屈辱から解放してくれると同時に、私の学識を十分証明してくれるからだ」と付言している。後年イギリスの地に赴き、公衆の面前でスピーチせざるをえなくなった折に、彼はうまくやってのけたとはいえ、「あまりに緊張しすぎて」——と彼は日記に書いている——「この先どうなるかなどかまっていられない」ほどだったという。

アメリカの大学生は昔も今も、授業外活動に多くの時間をかける。ホーソーンの場合、適切なことながら、この主なものは種々雑多な読書であった。彼はのちに、自分が大学にいる間は「いつも手当たり次第とりとめもなく読書」していたと言っている。遺憾ながら、この時の読書内容を具体的に示す資料はない。家に書き送った手紙にもこの件の言及はなく、あるのはただ、自分が文芸クラブ、アテネ協会[10]の会員として協会所有の図書八百冊が利用可能であり、また（からかい半分に）この蔵書には「リーズの百科事典[11]とその他多くの高価な全集もの」が含まれているということのみである。一八二九年の日付があるアテネ協会図書室の手書き目録によると、イギリスの詩と小説の代表的なものがひととおりと、アーヴィング（Washington Irving, 1783-1859）、ポールディング（James Paulding, 1778-1860）、クーパー（James F. Cooper, 1789-1851）、それにあまり著名でないアメリカ作家のものが少数備えられていたことが分かる。この図書室は新着本の受け入れを会員の寄贈に頼っていて、ホーソーンは気前よく図書の寄贈を行った。もう一人の会員と共同でパーシー（Thomas Percy, 1729-1811）の『古代詩拾遺《しゅうい》』（*Reliques of Ancient Poetry*）や三巻本のラス・カセス（Comte de Las Cases,1766-1842）の『日記』（*Journal*, 1823）を、他の三名との共同で十巻本のビーティー作品集（*Works of James Beattie*, 1809）を、また他の四名と共同で、十二巻本のジョンソン（Samuel

Johnson, 1709-84）の作品集、そしてさらに他の五名と共同で二十四巻本のスウィフト（Jonathan Swift, 1667-1745）の作品集を、彼は寄贈している。もし彼がこれらの図書選定を率先して行ったのだとしたら——十分その可能性のある仮定だが——スウィフトとジョンソンの大部な著作が示すのは、これらの偉大なイギリス古典主義作家をホーソーンが若い頃から高く評価していたということであろう。このふたりの作家に対するロマン主義的反発はあったとはいえ、彼らはホーソーンの、生涯を通してのお気に入りであった。

文芸クラブは十九世紀前半における大学生の生活で重要な役割を演じていて、その代わりを務める友愛会（フラタニティー）よりも多くの教育的恩恵を与えるものであった。立派な一般教養文庫を設立したのみならず、毎週いろいろな催しものを行ったが、それは朗唱、雄弁術、討論、その他の文学的教練から成っていた。クラブの中にも、また互いにライバル視し合うクラブ同士でも、健全な競争心が見られた。ホーソーンはクラブ内で良好な地位に居続けたことからして、彼はそこで要求される朗唱や弁論やらをこなしていたに相違ない。文芸クラブに入会すると、知的刺激が得られ、また友情形成の得がたい機会に恵まれた。ホーソーンの最も親しい学友たち——ホレイショ・ブリッジ（Horatio Bridge, 1806-93）、フランクリン・ピアス（Franklin Pierce, 1804-69）、ジョナサン・シリー（Jonathan Cilley, 1802-38）ら——はアテネ協会の仲間たちであった。[12] こうした初期の友情は永続的なものとなった。ブリッジとピアスはホーソーン終生の友人たちで、互いに揺るぎない友情を何度も示し合った間柄である。一八三八年、当時国会議員だったシリーが決闘で命を落とした際、[13] ホーソーンはその略伝を書いたが、これはシリーにとっての最良の記念碑となった。

一八二〇年代のボウドン大学には二つの文学クラブがあり、両者の間には――社会的にも、経済的にも、そして政治的にも――際だった差異があった。ピューシニアン協会とアテネ協会は「それぞれが」――とホーソーンは後年両者の特徴を述べているが――「上品な保守党と、進歩党もしくは民主党を類型的に表すものだった。」[14] ピューシニアン協会員たちは概してホイッグ党員であり、アテネ協会員たちは民主党員と見てよかった。一八二四年の大統領選挙で、ピューシニアン協会員はジョン・クインシー・アダムズ（John Quincy Adams, 1767-1848）を応援し、アテネ協会員はアンドルー・ジャクソン（Andrew Jackson, 1767-1845）[15] を応援した。ホーソーンの姉エリザベスは、後年、自分の弟がジャクソン将軍の「熱烈な支持者」だと述べているが、ニュー・オーリーンズでイギリスに勝利したジャクソンは疑いもなく少年ホーソーンの想像力と愛国心に訴えるところが格別大きかったに相違ない。ホーソーンは終生民主党と関わりを持ち続けたが、それは主義ゆえでもあり、アテネ協会という文芸クラブの友人知人の影響でもあった。ヘンリー・W・ロングフェロー[16] はピューシニアン協会員であり、主としてこれが理由で、ふたりのクラス仲間は大学時代あまり交流がなかったのである。

ロングフェローの伝記作者のひとりはかつて、ピューシニアン協会員は「最上の学生たち」で、アテネ協会員たちは「愉快で気のいい連中」だと評した。この区分けは少々誇張気味とはいえ、ホーソーンの学生生活はけっこう社交的なものだったように思われる。回顧録でブリッジは、ボウドン時代のホーソーンについてこう述べている。

大きな頭、黒くてキラキラ光るとても表情豊かな眼、濃い眉毛、それにふさふさした黒髪のやせた青年だった。……彼の容姿は何となく奇妙だが、それは頭を片側に少し傾けているからだった。しかし歩行はまっすぐでしっかりしており、態度は自尊心と遠慮を表わしていた。……おとなしくて愛想よいが、勇気と決断力は大したもの。……気難しくもないし感傷的でもない。口数は少ないが、好きな友人とはいつも陽気に付き合う。彼の気質には、公刊された著作が示唆するよりはるかに面白く、はしゃいだところがある。

面白く、はしゃいだところというのは、この大学の厳しい校則と相容れないところが時々あった。一年次がほぼ半分過ぎた頃、ホーソーンは賭けトランプをして五十セントの罰金を科せられ、アレン学長から母親宛に、本学はご子息が「学則を忠実に遵守」して下さるよう努める所存ながら、先様にもぜひご協力を賜りたい旨の書状が届いた。アレンは弁解がましく「このほど退学させました学生の影響がなければ、ご子息がそのような遊びをすることもなかったことでしょう」と付言している。この件に関する母親宛てのホーソーンの手紙にはみごとなまでの率直さと、母親の寛大な理解を確信する気持ちが表れている。

以下のことを除けば、特に申し上げたいことは何もありません。大学のトランプ遊びの仲間は全員が挙げられ、不運にも私もそのひとりだったというわけです。ひとりは退学処分となり、ふたりが停学、私を含めた残りの者はいずれも罰金五十セントを科せられました。……学長が賭けの対象は何だったのかを尋ねたので、本当はワイン一クォートだったのですが、それを五十セントだと言っておくのがよかろうと思いました。しかしもし私が学長に本当のことを言っていたら、彼は私がショックを与えたという理由で罰金を科していたことでしょう。今度の件では何も嘘を言ったわけではありません。なぜならワインの値段が五十セントだからです。今学期は今までのところまったくトランプ遊びはやっていません。

今学期はウイスキー類もワインも一切飲んでいませんし、これからも飲むつもりはありません、但しそれは先週までの話です。

学長の質問に対してホーソーンが行った返答に見られる詭弁《きべん》からは、政治的な判断もさることながら、彼がすでにある程度の社会的経験を積んだことが伺われる。学長アレンは親心を発揮して、ホーソーンが節操のない悪友の影響で道を誤ったのだと言ってくれたのだが、独立心の強い青年はそれで少々気分を害したのであった。「トランプ遊びをやりたかったことにかけては、私を誘惑したと学長に疑われている人物も私もまったく変わるところはありません」と彼は姉エリザベスに手紙で述べている。「だから私は誰の影響を受けたわけでもありません。もういちどトランプ遊びをぜひやろうと思うのですが、それはただ、自分が誰かにそそのかされて間違ったことをするような人間ではないと、学長に伝えたいためなのです。」しかし、便宜上の理由から、彼は賢明にもこの騎士道気取りとも言うべき衝動を抑えた。「私が正しい行いを取り得たのは」と、のちに彼は未確認の文通相手に対して「このままこれまでの道を歩み続ければ停学処分となってしまうのを非常に恐れたため」と述べている。

今説明した出来事は、記録に残るホーソーンの規律破りのうち最も深刻なものであった。その後彼が「賭け事」を控えたか、それとも監視の目を逃れることに長けたのかは定かでないが、罰金額はかさみ続けた。実際、教員サイドでの記録や毎学期の請求書に残っているホーソーンの罰金リストを見ると、彼の大学生活は、たとえば絶えずその行動が模範的だったロングフェローと比べると、いかにも正道から外れたもののように思われてくる。ロングフェロー夫人は夫に宛てた手紙の中で、「ヘンリーの請求書には罰金というものがまったく見当たりませんでしたし、大学の演技会での彼は自分の役をみごとにこなしました」と伝えている。男子学生のほとんどはこのような模範的行動を保つ資質を欠いていた。ホーソーンの反則行為に含まれていたのは、朗唱演習不履行、課題作文不履行、口述授業欠席、礼拝（特に日曜の夕べの祈り）欠席、土曜夜の酒場出入り（これは大きな反則で一ドルの罰金を科せられたが、その理由は土曜の日没から始まるピューリタンの安息日がブランズウィックではまだ守られていたから）およびその他の非行である。ボウドンの学則は非常に厳しく、その適用はぬかりなく行われたから、よほどの模範生でもなければ、完全に罰金を免れることなどできなかったであろう。ある時など、フランクリン・ピアスが五十セントの罰金を科せられているが、それは「チャペル内で見苦しい姿勢をして座っていた」というのが理由であった。別の折にはホーソーンと三人の仲間が二十五セントずつ罰金を科せられているが、その理由は「安息日に用もなく歩いていた」からであった。

しかしこうした罰金はあったものの、ホーソーンと友人たちは大学生活を楽しんだ。キャンパスの端にあるウォードの酒場はお気に入りのたまり場であった。小さな秘密クラブが彼らの放蕩を手助けした。ホーソーンはこうしたクラブ三つに属していたが、そのうち最も有名なのが「ポット・エイト・オウ・クラブ（Pot-8-o Club）」であった。エセックス研究所所蔵の手書き原稿「盟約」には以下の名前がそれぞれ自筆サインの形で記されている。ジョナサン・シリー、アルフレッド・メイソン（Alfred Mason）、ジェレマイア・ダッマー（Jeremiah Dummer）、ジョージ・W・ピアス（George W. Pierce）、デイビッド・シップリー（David Shipley）、そしてナサニエル・ホーソーン（Nathaniel Hathorne）。[17] このリストを見て分かるのは、ホーソーンの社交範囲がひとりふたりの親友に限られたものではなかったということである。「ポット・エイト・オウ・クラブ」の「盟約」には、週ごとの会合において、独創的な論文や詩を読むこと、「焼いたジャガイモ、バター、塩、それにリンゴ酒もしくは何かあまり強くない酒から成る」軽食を用意すること、が明記されている。イタリック体で強調されている「強い酒類の持ち込み厳禁」という禁止項目を見ると、この団体は文学を論じるというより、仲間同士の懇親が目的だったのではないかと思われる。

しかしわざわざ誇張するまでもないが、学生時代の密かな行動に関するこぼれ話には事欠かなかった。ホレイショ・ブリッジは、平日に行われ、アレン学長すら駄目だとは言わなかった活動――狩猟や釣り、ホーソーンも「時折」参加した「乱闘ゲーム」、それに散歩――について回顧している。正真正銘のニューイングランド流で、ホーソーンは、他のいかなる野外での運動にも増して、いつも散歩を愛した。近くを流れるアンドロスコギン川の土手や、大学裏の松林がそのための気持ちよい場所を提供してくれた。こういう散歩にいちばんよく付き合ったのがブリッジである。ホーソーンがその当時散歩できたのはブリッジに負うところが大きかったが、後年さらに多くを彼に負うことになる。ブリッジに献呈した『雪人形、およびその他のトワイス・トールド・テールズ』（*The Snow-Image, and Other Twice-Told Tales*, 1852）の有名な序論で、ホーソーンはおそらく少々ロマンティックな気分に浸りつつ、大学での自分たちふたりの交流や、思いやりがあって鋭い洞察を秘めたこの友人から受けた特別な励ましについて、「今日私が作家として生きられる要因を誰かが与えてくれたとすれば、それは他ならぬ君だ」と、ホーソーンは書いているのだが、それは以下で言及している出来事から二十五年後のことである。

君の信念がどこから来るのか私には分からない。しかし田舎の大学でわれわれが一緒にいたあの期間には——学園の高い松の木々の下で勉学時間中にブラックベリーを摘《つ》んだり、アンドロスコギン川の流れに沿って転がってくる丸太を眺めたり、森で鳩や灰色リスを撃ってみたり、夏の薄暮時に焚《た》き火に集まるコウモリを棒で叩いてみたり、森を貫いて今もなお川の方へとさすらい流れているであろう薄暗い小さな流れで鱒を釣ってみたり……怠け者の若僧ふたりは、要するに（今ではもう恐れることなく認めるけれども）教授たちが耳にしたこともないか、それとももっと悪いことをたくさんやってのけていたのだ。それでも、将来作家になるという君の運命を君は予知していたのかもしれない。

ボウドン在学中にホーソーンがどのくらいの量を、また正確にどういうことを書いたのかは分からないが、ブリッジの「予知」のための根拠を提供するには十分だったにちがいない。おそらく彼は『ファンショウ』をそこで書き始めたのであろう。というのも、姉のエリザベス・ホーソーンはボウドンから届いた手紙を記憶しており、その中でホーソーンは「書き進めている小説」について語っているからである。彼はまた「わが故郷の七つの物語」（"Seven Tales of My Native Land"）[18]をも書き始めたかもしれない。なぜなら、エリザベスがあるところで自分は一八二五年の夏にその物語を見たと言っているからなのだが、但し別のところで彼女は、彼がそれらを書いたのは大学を出てすぐのことだとも言っている。しかしそれが『ファンショウ』であったにせよ「七つの物語」であったにせよ、また何か別のものであったにせよ、ホーソーンが、大学四年に当たる一八二四年から二五年にかけて物語を書いたり創作の計画を練るのに没頭していたのはほぼ確実である。

この創作への没頭が、大学での日課、特に頻繁に課せられて心から嫌っていた「朗唱演習」への不満を募らせていった理由を容易に説明するものとなろう。四年の年は少々派手な大学の儀式とともに始まっていた。ホーソーンは一八二四年十月一日付けのエリザベス宛ての手紙で次のように書いている。「この地に来てから、僕は金の時計鎖を身につけたことがあったし、杖を購入してもいます。そこで、今度手に入れた白い手袋の助けを借りて、うるさい新入生どもの前に壮麗なるお目見えをしようと思っています。」しかし同じ手紙で彼は、自分が「非常に意気消沈して」いると告白し、「大学に飽きました、遊びにも勉学にも」と書いている。さらにこの手紙の「深刻な部分」へと筆を進め、そこで学費の滞納について語っている。学生はみなその例に漏れなかったが、彼も絶えず金には事欠いていた。しかし彼の意気消沈は金銭上の問題が原因ではなかった（叔父ロバートは時として支払いを滞らせたが、依然として頼り甲斐のある存在であった）。それはある程度気質がもたらす苦悩で、神経質な人間のほとんどに見られるように、彼は一生涯ある間隔をおいてこの苦悩をよく煩っている。今回の場合、意気消沈はおそらく自分の創作意欲と大学の授業のどちらを取るかで煩悶《はんもん》したことによる。これより数年前、詩作を行うと同時に叔父のために会計帳簿をつけるのが困難だと知ったように、今彼は授業準備をすることが小説執筆の上での煩わしい障害になっていることに気づいたのである。

卒業式は青年たちの雄弁が爆発する機会であった。一八二五年九月七日に卒業生が論じた当時の演題の大半が示すのは、この年卒業した学生たちの関心の対象はギリシャ・ローマ時代の問題だけではないということである。「ギリシャと南米における近年の紛争が文学と自由に及ぼした諸影響」、「奴隷解放に向けての努力がもたらし得る結果」、「バイロン、スコット、アーヴィングの著作」、それに「アメリカが生んだ作家たち」といったテーマには現代風の特質が見て取れる。ホーソーンも不満を感じることなく聞き入った。このうち最後の「アメリカが生んだ作家たち」は特に彼の関心を引いたに相違ない。また若き日のロングフェローが登場して、熱を込め、正当な主張を表明した時には、ホーソーンもまた断固たる賛同の気分になっていたに相違ない。

そうなのだ！――アメリカが生んだ作家たちによって――わが国の市民生活や宗教における自由の中でわれわれとともに養われ、育てられた作家たちによって――今や勝利が勝ち取られるべきなのだ。すでにこの国で声が上がっている――すでに文学を作ろうという意気、愛そうという情熱が自由なわが国の政治制度の庇護の下で芽生えつつある……わが国の洗練された文学の成長をこれまで遅らせてきた多くの原因の中で……今も存在する最大のものは、疑いもなく、あの気高い関心の欠如であり、そうした関心はいかなる職業にあっても傑出した人間が横柄なまでに要求するものである。

これより四年前にホーソーンが母親に向かって、「僕の作品が評論家たちによってジョン・ブルの物書きたちのこの上なく誇り高い所産に匹敵すると賞賛される様をご覧になったら、どんなに誇らしく思われることでしょう」と言っていたのを読者は思い起こすであろう。新しい動きが広まっていた。単なるディレタントに代わってプロの作家という気高い人間集団をアメリカはいずれすぐに抱えることになるのだった――優れた作品に必要な高度な関心を文学に与える作家たちの集団を。

ホーソーンはボウドンで立派な教育を受けたのだったが、それは古典文学の分野に留まらず、文章構成法、キリスト教哲学、そして自然科学などの分野にも及んだ。彼は大学の共同体が提供する社交の場や知的生活への健全な参加を享受したのだが、それにはアテネ協会の会合や、それよりもっと浮き浮きした雰囲気のウォードの酒場での「ポット・エイト・オウ・クラブ」の集会の両方が含まれていた。大学という世界での対等なやり取りの関係の中で、彼は自分の世界を維持し、皆からの尊敬を勝ち得たし、生涯にわたって続くに至ったいくつかの友情関係を構築した。卒業前に彼の文学への傾斜は顕著になったので、ホーソーン自身と少なくとももうひとりの者は小説を書くことが彼の「運命」

となるであろうことを知った。具体的にいつ文学に自分は専念しようと思うに至ったのか、それを示す記録はないが、その意識は徐々に高まったのだった。しかしその後の彼の人生は、文学に身を捧げる気持ちが、震える耳にフィーバスが触れた時のミルトンさながら[19]に強く意識されたことを示すものである。

注（原注と明記した以外はすべて訳者による注である。）

（1）（原注）この章を書くに当たってはノーマン・ホームズ・ピアソン（Norman Holmes Pearson）氏の未刊の論文に負うところが誠に大きいが、その論文は本書末尾の参考書目＊＊頁に掲載されている。

（2）コード（cord）とは、燃料用木材の材積単位で、長さ約一・二メートルの木材を高さ一・二メートル、幅二・四メートルに積んだ容積（約三・六立方メートル）。

（3）ダートマス大学（Dartmouth College）はニューハンプシャー州ハノーヴァー（Hanover, New Hampshire）にある私立大学で一七六九年創立。

（4）Boston の Michael Walsh による算数の教科書。

（5）ローマの歴史家、政治家。

（6）エジンバラ大学の西洋古典学教授Ａ・ダルゼル（Andrew Dalzel, 1742-1806）が編纂したギリシャ古典テキスト。

（7）教授陣の英語での氏名、職階、担当は以下のとおり。Rev. William Allen, D.D., President; Parker Cleaveland, A.M., Professor of Mathematics, Natural Philosophy, Chemistry, and Mineralogy; Samuel P. Newman, A.M., Professor of Languages; Nathan Smith, M.D., Lecturer on the Theory and Practice of Physic and Surgery; John D. Wells, M.D., Professor of Anatomy and Physiology; John Abbot, A.M., Librarian; Alpheus S. Packard, A.M., Tutor in Languages and Mathematics; and Benjamin Hale, A.M., Tutor in Geometry and Natural Philosophy.

（8）以下にこれら開講科目関連の英語名と簡単な説明を順に記す（一部は不詳）。*Graeca Majora*（1808）は Andrew Dalzel（1742-1806）編ギリシャ古典テキスト。Xenophon（434?-355 B.C.）はギリシャの軍人・歴史家。Livy［Titus Livius］（59 B.C.-A.D. 17）はローマの歴史家。数学者 Samuel Webber（1759-1810）の *Arithmetic*（1812）、Lindley Murray（1745-1826）の *English Grammar*（1795）、Hugh Blair（1718-1800）の *Rhetoric*（1783）などは、いずれもこの時代の大学における定番テキスト。Publius Cornelius Tacitus（c55-c120）はローマの歴史家。Euclid（c300 B.C.）はギリシャの数学者・教育者で「幾何学の父」。Horace［Quintus Horatius Flaccus］（65-8 B.C.）はローマの詩人・風刺作家。John Locke（1632-1704）はイギリスの哲学者。William Paley（1743-1805）はイギリスの神学者。Joseph Priestley（1733-1804）はイギリスの化学者・聖職者。William Henry（1775-1836）はイギリスの化学者。Dugald Stewart（1753-1828）はスコットランドの哲学者。

（9）（原注）彼は一八四〇年になってはじめてドイツ語の勉強をしたが、ほとんど上達せず、すぐ放棄してしまった。

（10）ボウドン大学の学生文芸クラブのひとつ。

（11）リーズ（Abraham Rees, 1743-1825）が編纂した百科事典で一八〇二年刊。正式名称は、*The Cyclopædia; or, Universal Dictionary of Arts, Sciences, and Literature* という。

（12）ブリッジは法律家で海軍士官、ピアスは第十四代米国大統領、シリーは法律家で下院議員となった。

（13）ホイッグ党の下院議員 William J. Graves の友人で同党系の新聞編集者 James W. Webb が書いた記事を民主党の Cilley が厳しく批判し、それが Cilley と Graves の拳銃による決闘へと至り、Cilley が撃ち殺された。

（14）Peucinian : ギリシャ語で「松の木に覆われた」の意。

（15）John Quincy Adams は第六代、Andrew Jackson は第七代米国大統領。

（16）Henry W. Longfellow（1807-82）物語詩 *Evangeline*（1847）や The Song of Hiawatha（1855）などで著名。

（17）この時期はまだこの綴りを用いていた。

（18）この表題での短編集の出版は実現しなかった。

（19）"But not the praise, / Phoebus replied, and touch'd my trembling ears;" (John Milton, *Lycidas*. ll.76-77.)

第二章　「孤独の時代」、一八二五年―一八三七年

その時になるまで分からなかったのだが、ホーソーンは大学の休暇の多くをレイモンドで過ごすことができなかった。母も姉も妹も一八二二年夏にはセイラムへ戻って生活することにしたからであった。一八二五年ボウドンを卒業したあと、彼はセイラムの母の家にやって来た。一八二五年から『トワイス・トールド・テールズ』(*Twice-Told Tales*)を出版する一八三七年までの期間を、人はしばしば「孤独の時代」(“solitary years”)」と呼んできた。たしかにその期間は非常に孤独ではあったが、さりとて隠遁者が世の中からわざと身を引くという意味での孤独とは異なる。ホーソーンは自分の周囲の世の中に積極的関心を抱いており、適度な接触は維持していた。しかし彼の主たる目的は作家にとって難しい技巧をマスターすること――騒々しい社会活動の中ではなし得ないこと――であった。ボウドンでの生活は、厳しい文学訓練と両立しないほど社交に忙しかったのであろう。大学を出てからホーソーンが達成した文章作成法の進化の度合いは、彼の創作ノートの完璧なまでの記述が削除も修正もほとんどなく敏速に行われたことを思い起こせば、ある程度理解できよう。

卒業後ホーソーンは身を入れて真剣な作家修業を開始した。非常に多くの読書と執筆を行っている。書いたものの多くは破棄されてしまったとはいえ、一八三八年までにはあまり見るべきところのない長編小説を一編と、少なくとも四十四編の短編およびスケッチ——その多くはきわめて優れたもの——を発表していた。

ホーソーンは読書にはしっかりした基盤が必要だと感じていた。小説作品は貸本屋(1)から入手した。ノン・フィクションの作品はセイラム・アセニアム(2)から借り出した。貸本屋からの貸出記録は残っていないが、姉のエリザベスの証言によると、彼は「非常に多くの小説を読んだ」し「それらを芸術として精査した」という。セイラム・アセニアムの貸出記録は現在エセックス研究所《インスティテュート》に保存されているが、それを見ると一八二六年から三七年までの間に、千二百冊もの貸出が叔母のメアリー・マニングとナサニエル・ホーソーンによってなされたことが分かる。(3)貸出記録にある本のすべてをホーソーンが読んだと考えるのは無理であろう。本の借り出しの世話をしたエリザベス・ホーソーン(彼女は「私の弟のおかしな癖のひとつは、決して自分は図書館へ行こうともせず、カタログを見て本を選ぶこともしなかったことだ」と言う)もまた大変な読書家だったし、家族の他の者たちも、疑いなく、エリザベスが家に持ち帰って来た本のうちの一部を読んだはずである。しかし千二百冊もの本が主として誰のために選び出されたのかと言えば、それはホーソーンその人に他ならなかった。エリザベスの記憶では、ホーソーンが特別な興味を抱いていたのは『ジェントルマンズ・マガジン』(*The Gentleman's Magazine*)、ハウエル(Thomas B. Howell, 1767-1815)の『政治犯裁判記録』(*State Trials*, 1809-14)、それにニューイングランド地方の初期の歴史に関連する書物であった。一八二六年の最後の二ヶ月間における以下の貸出記録は、この時期のホーソーンの、小説以外での読書領域およびその多様性を示すものと考えてよいであろう。ジョージ・クラブ（George Crabb, 1754-1832）の『自治都市』(*The Borough*)、ジェレミー・テイラー（Jeremy Taylor, 1613-65）の講話集、クラレンドン伯爵（Edward Earl of Clarendon,1609-74）の『イギリスにおける反逆と市民戦争の歴史』(*History of the Rebellion and Civil Wars in England*, 1702)、『エジンバラ・レヴュー』(*The Edinburgh Review*)、フランシス・ベーコン（Francis Bacon, 1561-1626）の著作集、パオロ・サルピ（Paolo Sarpi, 1552-1623）の『トリエント公会議史』(*History of the Council of Trent*, 1619)、マサチューセッツ歴史協会の『収録集』(*Collections*)、セアラ・ケンブル・ナイト（Sarah Kemble Knight, 1666-1727）の『日記』(*Journals*, 1704-5)、モンテーニュ（Michel Eyquem Montaigne, 1533-92）の『エセー』(*Essais*, 1580-88)、C・F・X・ミヨ（Claude-François-Xavier Millot, 1726-85）の『フランス史の諸要素』(*Éléments de l'Histoire de France*, 1767-69)、トマス・コリエイトの『コリエイトの未完草稿集』、『ブラックウッズ・エジンバラ・マガジン』、トマス・ハッチンソン（Thomas Hutchinson,1711-80）の『マサチューセッツ湾植民地史関連の原典書類集成』、同じくトマス・ハッチンソンの『マサチューセッツの歴史』、それにオルデン・ブラッドフォードの『マサチューセッツの歴史』。

ホーソーンの読書は、広範にして多様ではあったものの、著作に比べると副次的で、それに費やす時間も少なかった。エリザベス・ホーソーンの記憶によれば、夜は読書に捧げられていたが、「午前中は著作を行い、天気が飛びきり良い場合——その場合は長い散歩をした——を除けば、午後も著作を行うのが習慣だった」という。彼が最初に出版したのは『ファンショウ』で、これはある程度までボウドンでの生活に基づく長編小説である。一八二八年に匿名かつ自費での出版であった。その後すぐに、ホーソーンはこの作品が気に入らなくなり、全力でやれるだけのことをやってこれを差し止めた。ホーソーンはとてもうまくこれを行ったので、『ファンショウ』は今やアメリカ文学で最も貴重で高価な出版物となっている。彼の一番の親友、ホレイショ・ブリッジですら、ホーソーンの執拗な要求によって彼が入手したその本を破棄し、それ以後ふたりの間では二度と『ファンショウ』のことを口に出さなかった。ホーソーンは彼の創造力が生み出した最初の後継ぎを妻からさえ隠したので、夫の死後この本が一冊出てきた時には当初これが夫の作品だと認めるのを彼女は頑強に拒否したほどである。かりに『ファンショウ』が誤った出発点だったとしても、ホーソーンがその誤りを修正するのに長くはかからなかった。というのも、この作品を発表する前から、そしておそらくはこれを書きながら同時並行的に、彼はその天賦の才をはっきり表現することのできる種類の短編作品をすでに見出しつつあったからである。

作家経歴の初期に、ホーソーンはいくつかの企画(4)を立てており、それは計画倒れに終わったとはいえ、その大半およびおそらくその最善の部分はいくつかの雑誌に掲載されたり、最終的には作品集の形を取ったりした。大学を出てすぐに、彼は「わが故郷の七つの物語」と自分が呼んだ一群の物語を完成させた。エリザベスはそれらを原稿のうちに読み、「非常に印象的、特にひとつふたつの魔女の物語はそうだ」と思った。これらの著作をいくつかの出版社や本屋に持ち込んでみたがうまくいかず、ホーソーンは怒りと絶望にかられて原稿の一部を火に投じてしまった。この短気な行為は「原稿の中の悪魔」（"The Devil in Manuscript," 1835）と題するスケッチで語られており、以下のくだりはあながち誇張とも言えまい。

話をもちかけた十七の本屋すべてのうちで、私の物語をかりにも読んでくれたのはたったひとつだけだったのだ。その男は――自分でも文学のまねごとをしているらしいのだが――厚かましくも私が書いたものを批評し、広範囲にわたって改善案なるものを提案してみせ、全体にわたって酷評したあげく、最後には断定口調で、どんな条件であれ、うちでは引き受けられません、と言ったのだ。……こんな十七人の中には正直な男がひとりいて……はっきり私にこう言うのだ。アメリカ人が書いたものに手を出すアメリカの出版人など誰もいませんよ――名のある作家のものでもめったに手出しはしないし、新米作家なら絶対かかわらないですね――作家の方が御自身で損を引き受けて下さるのでなければ、だと。……こういう人たちは物語への私の自負をすっかり失わせてしまったので、考えるだけで虫ずが走るほどだし、テーブルの上に物語が載っていると、そのたびに実際吐き気を催すほどだ。私が書いた物語の中には悪魔がいるのだ！　それらが燃え上がるのを見て狂おしい喜びを感じる自分の様子が目に浮かぶ。仇に復讐したり嫌なものを破壊する時に感じるような喜びだ。

この一節には、通常はうまく抑えられているが、ホーソーンの持つ感情の激しさが表れている。またこの一節は、一八二〇年代および一八三〇年代のアメリカにおける文学状況の一端を物語ってもいよう。

(作家の表現を借りれば)「たまたま当時比較的親切な管理下にあった」ふたつの物語が破棄を免れた。これらのうちのひとつはエリザベスによって「アリス・ドーンの訴え」("Alice Doane's Appeal")と確認されているが、これは一八三五年、ボストンの年刊雑誌で、最終的にはホーソーンの物語のうち二十二編を掲載することになった『トークン』誌(the *Token*)に発表された。生き残ったもう一編が何であるのかははっきり確認されていないが、「三つの丘の窪地」("The Hollow of the Three Hills")である可能性が最も高く、これは一八三〇年に『(セイラム)ガゼット』(*Gazette*)に発表されている。

ホーソーンの自暴自棄は長続きしなかった。というのも、すぐに彼は次の一連の作品の執筆に着手したからである。一八二九年には早くもボストンの出版人で雑誌『トークン』の編集人サミュエル・G・グッドリッチ(Samuel G. Goodrich, 1793-1860)に手紙を書き、「植民地の物語」("Provincial Tales")と題する書物の出版交渉をしている。グッドリッチは色よい返事をまったくしなかったが、たぶんその理由はそのような本を出版しても儲からないと考えたからでもあり、また持ち込まれた物語集はむしろ自分が出している年刊誌に掲載したいと思ったからでもあった。彼は一八三〇年一月にホーソーンに宛てて書簡を送り、「これらの物語が非凡な価値を持つという私の見解を実際に証明するものとして、雑誌『トークン』に「優しい少年」("The Gentle Boy")を掲載する稿料三十五ドルを支払います。また、『トークン』の当号に載せないということであれば、この作品をあなたの他の物語といっしょにして出版することにやぶさかではありません」と伝えた。「植民地の物語」を出版してくれる出版社が見つからなかったため、ホーソーンは「優しい少年」と他の三編――「死者の妻たち」（"The Wives of the Dead"）、「ロジャー・マルヴィンの埋葬」（"Roger Malvin's Burial"）および「僕の親戚モリヌー少佐」（"My Kinsman, Major Molineux"）――が『トークン』の一八三二年号に掲載されることに同意したが、この号は――クリスマス・ギフトとして歓迎されたため、当時の出版慣行により――前年秋には出版されたのであった。

これらの物語のすべて――また実際のところ一八三七年より前のホーソーンの作品のすべて――は匿名もしくは偽名で発表された。彼の物語のほとんどには原作者の表示がなく、いくつかの場合は、「「優しい少年」の作家による」とか「「灰色の戦士」（"The Gray Champion"）の作家による」というような同定の方法が採られていた。偽名も二、三用いられている。たとえば、「原稿の中の悪魔」は「アシュレー・A・ロイス（Ashley A. Royce）」によるものとなっていた。ナサニエル・ホーソーンの名が登場したのは『トワイス・トールド・テールズ』（*Twice-Told Tales*）が最初の例である。グッドリッチが匿名を好んだのは非常に多くのホーソーンの物語を『トークン』で使っていて（一八三一年に一編、一八三二年に四編、一八三三年に二編、一八三五年に三編、一八三六年に三編、一八三七年には九編）、自分がこれほど多くの素材をひとりの作家に頼っていることを知られたくなかったためである。『ニューイングランド・マガジン（The *New England Magazine*）』誌――ホーソーンが初期の頃に書いた作品のかなりの数が発表されたもうひとつの雑誌——の編集者たちも同じ姿勢を取っていたのは疑い得ず、一八三五年の場合、この雑誌は八編もの作品を掲載していた。ホーソーンも当初明らかに自分の作品だと認めるのを嫌がっていたが、それは『ファンショウ』を匿名で出版したことが証明している。しかし腕も自信も確かなものになっていった一八三〇年代においてもなお匿名性が持続した理由は、ことさらに作家を縛り付ける出版事情によるところが大きいであろう。(5) このように匿名性が強要されたことは、世間に自分を認めてもらう上での障害物として、彼の心眼の中でいやが上にもその高さを増していったに相違ない。

ホーソーンは物語の雑誌掲載が、儲かる仕事ではなくとも、簡単なことだと次第に思うようになったが、物語本の出版努力は実らぬままだった。三つ目の物語集成の企画は——すでに述べた二つ同様計画倒れに終わったが——「物語作家」(“The Story Teller”)と題される予定であった。ある話し上手がニューイングランドを彷徨し、彼が語る物語で村の聴衆を喜ばせるというはこびになっていた。この物語作家の旅についての説明が物語そのもののための素朴でドラマティックな背景を与えるはずで、これは見事な計画だった。その理由は、それまで発表された著作が必ずしも成し遂げていないやり方で、ホーソーンの想像力と報告能力をひとつの作品の中で融合させるものになったはずだったからである。この計画が実現しなかったのは出版社や編集者の愚かしさのせいだと言えよう。

一八三四年にホーソーンは二つのまとまった量の原稿をグッドリッチに差し出したが、グッドリッチはそれらを『ニューイングランド・マガジン』の編集人に回した。その雑誌ではすぐ連載ものとしての発表が始められたが、翌年パーク・ベンジャミン（Park Benjamin,1809-64）が編集を引き継ぐと手順が変更されてしまった。ベンジャミンは引き続き個々の物語の出版はしたものの、全体を結びつける素材のほとんどを外してしまい、「ヒギンボタム氏の災難」（"Mr. Higginbotham's Catastrophe"）が当初の配置の中で生き残った唯一の作品という具合であった。「灰色の戦士」、「大望の客」（"The Ambitious Guest"）、それに「若いグッドマン・ブラウン」（"Young Goodman Brown"）――これらはみな一八三五年に『ニューイングランド・マガジン』誌上に登場した――は全部揃って一個のニューイングランドの俯瞰図を作り上げるよう意図された物語なのであった。後年ホーソーンはベンジャミンを「物語作家」を「切り刻んだ」下手人だと酷評した。こうした物語はみな当初の配置においてこそ、より豊かな意味を発揮するものなのだから、と彼は言っている。ベンジャミンとグッドリッチはホーソーンの作家としての経歴から見ると、寛大でもなければ賢明でもない人物のようである。

ホーソーンは物語の単行本出版を果たせぬまま、また個々の物語への原稿料が安かったにもかかわらず、執筆は継続した。すでに見たように、グッドリッチは、一万二千語ほどにもなる「優しい少年」にたった三十五ドルしか支払わなかったし、また一八三七年の『トークン』に掲載された九編分の稿料は百八ドルであった。ベンジャミンから支払われた報酬はおそらくそれよりずっと僅かなものであったろう。ホーソーンは、創作力が非常に旺盛になってしばらく経過した一八三六年に、親友ブリッジに向かい、一年三百ドルが雑誌や年刊出版物向けの小説を書いた場合に期待できる稿料の上限だと述べている。このときまだ母方の家族の一員であったので、生活費は少額であったとはいえ、こうした貧弱な収入を売文稼業で補うことが必要になっていた。一八三六年三月から八月終わりまで、彼は『アメリカ実用面白知識誌』（The *American Magazine of Useful and Entertaining Knowledge*）の編纂《さん》に当たり、ボストンで出版した。いろいろな文献からの抜粋や要約が主な内容で、ホーソーンと姉エリザベスが共同で執筆に当たった。給料は年間五百ドルであったので、彼は六ヶ月の仕事に対して二百五十ドルを受け取ったに相違ないが、自分の分を回収するのは容易でなかった。彼はその雑誌の編集の仕事をグッドリッチの援助で獲得したのだが、その彼はその雑誌の出版人たちと関係があり、彼らの代理人を勤めていたからである。ボストンで一ヶ月仕事をしたのち、ホーソーンはセイラムの妹ルイーザに宛てて次のように書き送っている。

僕がこちらに着いたらすぐ四十五ドル支払うというグッドリッチの約束を信用してここにやって来た。なのに彼は来る日も来る日も払う払うと言い続けて一向に払わない。だからついに僕は彼が本気で払う気があるのかどうか分からなくなった。僕は今では彼との付き合いを一切断ち切り、そばに行くつもりも全くない。……この世は（うちのネコの）ベルゼブブが蚤だらけなように悪漢だらけだ。二ドル、三ドルのはした金などほしくない。自分の報酬を受け取るまでは、これまでどおりここに住み続けるつもりだ。……今の持ち金は三十四セントきっかり……これまでボストンで使ったのは、絶対必要なものを除けば、ここに来た最初の日に使った九セント――その内訳はグラス一杯のワイン代六セントと葉巻一本に三セントだけだ。

付け加えて彼は、「やることがけっこうあるのはいい、さもなければ僕は憂鬱症にかかっていたことだろう」とも言っている。しかしながら、グッドリッチをけなしてはいるものの、ホーソーンは、その雑誌を編纂するかたわら、別の売文稼業も行っていた。これもエリザベスに手伝ってもらい、彼は一八三六年九月に、グッドリッチへ『ピーター・パーレーの万国史』(*Peter Parley's Universal History*) の印刷原稿を送り込んだ。著者たちの想像とは異なり、出版人は、この一般向けの概説本が絶対売れると考えた。(6)

しかしすぐに、もっと好結果が見込める事態が巡って来た。ホレイショ・ブリッジが友情を発揮して取りはからってくれたおかげで、一八三六年の年末までに単行本としての物語集が実際に印刷されていた。その年の十月にブリッジはこの出版話を単刀直入にグッドリッジに向かって切り出しており、うまく行かなかった場合の保証金として現金二百五十ドルを渡すという取り決めを実際に結んでいたのである。その時ホーソーンはこのブリッジの友情ゆえの行為について知らず、事の展開はもっぱらグッドリッジの決断だと考えたので、『トワイス・トールド・テールズ』をグッドリッジに献呈するのをブリッジから説得されてやっとのことで思い止まったくらいであった。著者の名が扉に記されたこの単行本は一八三七年三月に登場した。そこにはそのときまでに発表された三十六編の短編やスケッチのうち十八編が含まれていたのである。

『トワイス・トールド・テールズ』の刊行は、著者自身の言葉を借りると、「世の中との交際を始める」ものであった。これまで匿名で出版してきたのが大きな理由だが、ホーソーンが名声を獲得するのにはたいそう多くの時間がかかっていた。彼が後年この初期の時代における自分のことを「アメリカで最も無名の文学者」と表したのも誠に無理からぬところであった。『トークン』の一八三六年号が出た一八三五年秋までは、彼の物語は出版社から完全に無視されていた。一八三六年のある時、ホーソーンは創作ノートに「この陰鬱な小部屋で名声が勝ち取られた」と書き付けている。この宣言の根拠は控え目なものであった。それは二つの論評で、ひとつはパーク・ベンジャミンの『ニューイングランド・マガジン』におけるもので、もうひとつはヘンリー・チョーリー（Henry Chorley,1808-72）の『（ロンドン）アセニアム』誌（The［London］*Athenium*）[7] におけるものであった。ベンジャミンは「『優しい少年』の著者が……この国ではアーヴィングを除いて、空想的散文作家として最も心楽しませる存在である」とした。チョーリーは「結婚式の弔鐘《ちょうしょう》」（"The Wedding Knell"）と「牧師の黒ヴェイル」（"The Minister's Black Veil"）をそれらの「特異性」ゆえに賞賛し、「メリーマウントの五月柱」（"The Maypole of Merry Mount"）からの抜粋をたっぷり載せた。これはホーソーンがとりわけ喜んだイギリス人による認知だと見てよいであろう。なぜなら、どれほど小さなものであれ、これこそは「ジョン・ブルの物書きたち」と張り合おうという若き日の野心の実現に向けての第一歩だったからである。「崇拝すべきこの私は」と彼は（若干の誇張を込めて）姉エリザベスに手紙を書き送っている。「ロンドンでとても有名な人間になりました。」

一八三六年十月に発行された『アメリカン・マンスリー・マガジン』でホーソーンの執筆歴の秘密を一部暴露するようなかたちで、パーク・ベンジャミンは「もしホーソーン氏に自作のいろいろな物語や随筆を一冊の本にまとめる意思がありさえすれば、成功は輝かしいものとなると彼に保証することができる」と述べている。『トワイス・トールド・テールズ』の当座の成功はおよそ輝かしいものではなかったが、作家に勇気を与え、作家経歴の継続を保証するだけの実際的効果はあった。『(セイラム)ガゼット』やその他の新聞はこの短編集を褒《ほ》め称え、一八三七年七月の『ノース・アメリカン・レヴュー』誌はロングフェローによる賞賛文を掲載した。ふたりのボウドン大学同級生は卒業以来お互いに会ったこともなかったが、ホーソーンは思い切ってロングフェローに献本を試みたところ、ロングフェローは暖かくそれに応じてくれたのである。彼の賞賛文には感傷がたっぷり込められていて、批評的な正確さより友情のほうが表に出ている。「花の間《ま》に間に緑の葉が介在するように、物語の合間合間に美しいスケッチが(とロングフェローは言う)差し挟まれている。……このささやかな作品に向かってわれわれは〈すてきな書物、万歳〉と言おうではないか。……子供たちが言うように、〈もっとお話してよ〉と言おう。」しかしこの雑誌とこの書評者は大いなる名声を博しており、当時のアメリカではこれ以上望み得ないような好意的扱いをホーソーンは受けたことになる。出版人はホーソーンに、ボストンでもケンブリッジでも名だたる紳士方によって最大限の評価を受けています、と伝えた。グッドリッジはブリッジに保証金として預けられていた二百五十ドルを払い戻すことができ、出版から一年以内に一千部がほぼ完売となった。

ホーソーンはロングフェローの書評が作り出した実際上の価値をとてもありがたく思い、書評者にそのような文を書かせた友情にも同じように感謝の思いを抱いた。「非常にありがたい思いで僕は読みました」と彼はロングフェローに書状を送っている。

君が書いてくれた「ホーソーンのトワイス・トールド・テールズ」という書評です。正直言って僕の本のためにぼくがこの種の役割を果たしてくれるのではないかという期待がないわけではありませんでした。ただ、こんなに親切にやってもらえるとは予期しようにもできませんでした。君が私にしてくれた賞賛に世間が同意するかどうかは別として、少なくとも五人の人物が君をこの世で最も明敏なる批評家だと思っています――つまり、僕の母とふたりの姉妹、独身の叔母、それに最後に五人のうちでは一番揺るぎない信念を持つこの僕自身。

この出来事が暖かい友情の始まりであった。

これまで「孤独の時代」はしばしばどことなく感傷的にそう表されてきた。一八四〇年十月四日付けの、婚約者ソファイア・ピーボディー嬢に宛てた有名な手紙の中で、ホーソーン自身が自分の修業時代についての感傷的な見方を助長するような発言をしている。

今この住み慣れた部屋に（と彼は書いている）君の夫(8)が座っているが、この場所は僕の魂が君の魂と親密になる以前、今はもう過ぎ去った何年もの間、その男が常に座っていたところだ。ここで僕は多くの物語――多くの焼却されて灰になってしまった物語や、疑いもなく同じ運命に値した多くの物語を書いた。この部屋は呪われた部屋と呼ぶに値する。それというのも何千また何千という幻がこの部屋で僕の前に現れ、その一部は世間の人の眼に見えるものとなった。仮に僕の伝記を書く者がいれば、この部屋のことをその中で大々的に言及すべきだ。なぜなら僕の孤独な青春時代の大部分がここで浪費されたし、僕の精神や人格はここで形成されたし、また僕が喜んだり、期待に胸膨《ふく》らませたのもここだし、落胆したのもまたここだった。そして僕が長い長い時間辛抱強く、世間が僕を知ってくれるのを待ち、時としてなぜ世間はもっと早く自分を知ってくれないのかとか、あるいはまたひょっとすると――少なくとも僕が墓に入るまで――世間が僕を知ることなどないのではないかと考えたのも、この部屋でのことだった。そして時々は（僕は当時自分の心を温めてくれる妻がいなかったから）、人生がただ寒々とした無感覚なものでしかなかったので、まるで自分がすでに墓に入っているかのような気分になったものだ。しかし頻度から言えば、幸せな時のほうが多くあった――少なくとも、幸せになれるその限度を当時の自分がわきまえていたかぎりでの幸せ、あるいはそもそも幸せになれるかどうか、その可能性を承知していたかぎりでの幸せということなのだが。やがて世間は僕が孤独な部屋にいるところを見つけ出し、呼び出した――実際のところ、大きな歓呼の声を轟《とどろ》かせたのではなく、むしろ静かな小さな声でそうしたのだ。そこで僕は出て行ったのだが、その世間には前の孤独よりもましに思えるものは見つからなかった。しかしとうとう最後になって、以前の僕の隔絶状態と同じくらい暗い影の中である一羽の鳩が僕の前に現れた。そこで僕はその鳩の方へどんどん引き寄せられ、胸襟《きょうきん》を彼女（鳩《Dove》）に向けて開いた。すると彼女は素早くわが胸の中へと飛び込んできて、翼をそこで休めた――彼女は今もいつもわが心を暖め、彼女の命で僕の命を新たなものにしてくれる。それで僕は今やっとなぜこの孤独な部屋に自分が多年にわたり幽閉されていたのか、なぜ自分が目に見えぬ錠前やかんぬきを壊して外に出ることができなかったのか、その理由が分かり始めた。もし自分がもっと早期に世間に向けて脱出していたなら、自分は頑《かたく》なで粗野な人間になり、世俗の塵に覆われ、心は群衆との荒っぽい遭遇によって無感覚に陥っていたことだろう。僕はそれゆえ天上の鳩を両腕に戴くのにおよそふさわしくない者となっていただろう。しかし時が満ちるまでわびしい独居生活をしていたため、僕は時節が到来した時もなお、青春の朝露と心の新鮮さを保っていたし、これらのものを僕の鳩に捧げることができる状態にあったのだ。

「孤独な青春時代」や「孤独な部屋」という言葉が繰り返され、読む者の心を動かす。他にも、彼の人生は「独居」や「隔絶」の人生であった、とか、彼は「寒々とした無感覚な」状態にいた、というような表現がある。作家の誠実さや、記述に込められた真実の核心を疑うのは無用であろう。ホーソーンのような感受性と文学的野心を持った若者にとって、詩神《ミューズ》は苛酷な女主人であった。彼は孤独で落胆に満ちた多くの時間を、名声が勝ち取られた部屋で過ごした。本格的な作家の人生はだいたい孤独になりがちである。しかし今引用した手紙に充満している悲哀は、これが書かれた状況を考慮すると若干割引されねばならない。恋文を書く場合、男性は、今の自分の幸せが対照的に際立つようにと自分の過去を暗く語る傾向がある。ホーソーンは後年、これよりも落ち着いた、理性的思考ができる気分の時に、同じ時期のことを「静穏で不幸せではなかった」と形容している。

著作の仕事で忙殺されていたとはいえ、ホーソーンには気晴らしと休養に使える時間があった。生活は人との交わりがないこともなかった。叔父も、叔母も、従姉妹《いとこ》も近くにいたし、家族外での付き合いもあった。大学を出てしばらくの間は、他の三人――妹のルイーザ、監督派《エピスコパル》の牧師ホレス・コナリー（Horace Conolly, 1810-94）、それにセイラムの法律家デイヴィッド・ロバーツ（David Roberts, 1804-79）――とあまり間を置かずしばしばカード遊びに興じている。この四人組には恐れ多いあだ名があった。ホーソーンは「皇帝《エンペラー》」、ルイーザは「女帝《エンプレス》」、コナリーは「枢機卿《カーディナル》」、そしてロバーツは「大法官《チャンセラー》」である。ホーソーンは明らかに叔父や叔母、それに従姉妹たちと仲良しであった。ホーソーンは自分の従兄弟《いとこ》でオハイオ州ステュベンヴィルに住むジョン・S・ダイク（John S. Dike, 1807-91）に手紙を送り、「私はしばしば君の父母に会いに行くが、とても満ち足りて気持ちの良い人々だね」と言っている。実際、一八三〇年から三一年にかけてダイクに送った手紙は打ち解けた気分にあふれ、世間の噂話がいっぱい書いてある。その内容は、家族だけでなく大小取り混ぜた地元の出来事に関する情報、例えば、ホワイト殺人事件(9)、牧師たちの所業（ひとりはワインを飲み過ぎたあとで馬車を転覆させ、骨を数本折った）、演劇、ライシーアム［文化会館］活動、ワシントンの誕生日祝賀のダンスパーティー、病気、死、誕生、結婚、婚約、その他故郷を遠く離れた若者の興味をそそりそうなセイラムでの問題などであった。ホーソーンはダイクの婚約について気さくにこう書いている。「寒くなる前に結婚するように。またもし僕が君のいるところから手頃な距離にいれば、花婿付き添い人を務めさせてもらいたいものだ。」こういう生き生きした手紙は、自分の周囲の人間社会から絶縁した男、あるいは人間社会を無関心もしくはよそよそしい眼で眺める男が書くものではない。

「私の弟は火事があると出かけて行きました。それに、もし町で集会があれば、彼はいつも出かけて行きました。彼は群衆が好きだったのです」とエリザベス・ホーソーンは言っている。また彼女は、ジャクソン大統領が一八三三年にセイラムを訪れた際、「かの将軍を上機嫌で迎えよう」と、弟は街はずれまで歩いて行ったのを記憶している。また「一家にお客さんがやってくると、彼はいつも社交的でした」とも彼女は証言している。

大学を卒業したあと何年にもわたって、ホーソーンはふたりのアテネ協会会員、つまり、フランクリン・ピアスとホレイショ・ブリッジとの友情を維持した。ピアスとはたまにしか会わず、会う時はボストンかフレッシュ・ポンドで会ったが、そういう場合、ある記録によれば、「機嫌がよかった」とされる。ホーソーンが後年述懐したように、彼らの「暮らし方は想像できないほど違っていた」とはいえ、彼らはいつも「むかしの友人同士の信頼関係を基盤にして」会っていたのである。ホーソーンは彼の友人の急速な出世ぶりを興味と賞賛の念をもって眺めた。一八三二年、ニューハンプシャー州議会の議長にピアスが選ばれると、彼は友情の籠もったお祝いの手紙を書き送ったが、それは当時ふたりのどちらもまだ知り得なかったが、あとで明らかになった予言的な内容を秘めたものであった。

君が今手にした、あるいは将来手にする社会的栄誉のすべてについて僕は心からお祝いしたい。こうした栄誉がこんなに急速に積もり続けるとすると、人がふつう人生でやっと頭角を現わし始める頃までには、もう君は政治的名声の頂点にいることになるだろう。今君の将来にはほとんど限界がないように思える。また実際限界を考えなければならない理由など思い当たらない。もし僕が君の立場にあれば、これからは次のような段階を踏んで前進したい、――議会で数年勤めたのち、例えば三十歳で知事になる。次に上院議員。それから英国公使、それからどこかの省の大臣になる（陸軍大臣が君にはお似合いだと僕は思うが）、そして最後に、――しかし今から数年でこの次の段階を考えるのは早計かもしれない。かつてアテネ協会の常備委員会で自分が君と一緒に委員を務めていたのを思い起こすと、僕がどんなに誇らしい思いになるか、君は想像できまい。……君を褒めるものであれ、けなすものであれ、君に関する記事が載っている新聞を少し送ってくれればと思う。どんなものでも僕は興味津々で読ませてもらう。君のためにペンを取れる状況にないのは残念だ。もっとも君は新聞で喰っている三文文士の助力など必要としていないみたいだがね。

こうした能力の行使は文学の高尚な務めからの堕落などにはならないとホーソーンは考えたに相違ない。なぜなら文芸黄金期の作家たちのペンは政治指導者たちの活動に役立っていたからである。

人生の最後の五年間を除くと、ホーソーンはピアスよりもブリッジと親しい関係にあった。卒業後の十二年間、彼とブリッジは時折ボストンその他の場所で会っては心弾む時を過ごしていたし、頻繁に文通を行ってもいた。一八三六年より前に書かれた手紙は現存していないが、その年のブリッジの手紙は友情が親密で長続きしていることを示す。「僕は君の忠告を心から感謝する。ふつう忠告に付きものの思い込みやお節介の気持ちなどは含まれていないようだ」とブリッジは書いている。ふたりの間にはすばらしい互恵関係があった。ブリッジはブリッジで良い忠告を遠慮せず返したのである。彼はホーソーンに、雑誌への匿名寄稿をやめるよう促した。「心底僕は望むのだが、君には本の扉に君の名を堂々と記し、世間の前に今すぐ自分の責任において姿を見せてほしい。……僕は『トークン』に紹介記事を書き、君がこの雑誌に載った作品数点の著者だと言い、君の作家としての美点について率直な指摘を行おうと考えた」と率直に明言している。実業家ならではの対象を差別することのない判断力を発揮して、ブリッジはホーソーンが『アメリカ実用面白知識誌』の編集に携わったことを喜んでいる。ブリッジはホーソーンが「活動的で責任ある仕事」に携わるよう願ったし、またこの編集人としての仕事が、それ自体で非常に立派とまでは言えぬものの、「他のもっとましな仕事への第一歩」

になると考えたのである。「そのうえ、これは君をセイラムから出てゆかせる大きな力になる……セイラムには特有の退屈さがある」と彼は陽気に付言している。ホーソーンが落ち込んでいる時に、ブリッジは楽観主義と勇気の込もった荒っぽい電気ショックを与えるべく、「僕はどうして君がこんなに惨めにしているのか、その理由を考えようとした。君は財産を多くはもっていないが、健康と物書きする立派な能力を持っており、それが君を独立させてきたし、今もなお独立させる力を持つ。君に僕の鉄面皮を少しでもあげられたらと心底思う」と言ったのである。ブリッジは芸術家の視点――ホーソーンが純文学の作品を書く時選択できる唯一の視点――を理解する繊細さには欠けていたとはいえ、ホーソーンはブリッジの手紙のぶっきらぼうだが心のこもった調子を楽しみ、またそれを活かしたのであった。

ブリッジが嫌がり、ホーソーンもしばしばうっとうしく感じたセイラムの重苦しい雰囲気を、遠い近いにかかわらず別の場所へ散歩したり、旅行したりすることでしばしば紛らわすことがこの時期にはできた。ホーソーンにとって歩くことは、ソローにとってそうだったように、いつも気分転換の重要な手段で、公刊された中では最も古い日記には、徒歩による旅行に関する多くの記載がある。一八三五年から三六年にかけての記載事項の例では、「ジュニパー川への散歩」、「昨日午後遅くのノース・アダムズへの散歩」、「昨日の、病院近くの海岸までの散歩」、「昨日のダーク・レーンまで行ってダンヴァース村経由で家路についた散歩」、「鉄道線路伝いの散歩」などがある。そして上記部分を含む今では行方不明の創作ノートの編者ホーソーン夫人は、そのほんの一部分を出版のために選び出したのだったが、「このささやかな書物にはもっと多くの散歩の記載があった」と述べている。ホーソーンが孤独の部屋に座って自分の時間の多くを過ごしたとしても、彼はまた多くの時間を散歩に捧げてもいたのである。彼は溢れんばかりの体力の持ち主で、ソローばりの精力を発揮して散歩した。同じ初期の日記にはまた、もっと遠隔の地へ馬車旅行したことへの言及が多くある。たとえば、「午後ボストンまでプロクター氏と馬車で行った」、「昨日午後ネイハントまで馬で行った」、「ブリッジとイプスウィッチまで馬車で行った」など。病的孤独とこうした移動好きな性格とは、およそ両立するものではない。

徒歩による、また馬車でのこうした短い旅にもまして重要なのは、夏や秋の旅行であって、このとき彼は「他の人々が一年まるまるかけて享受するほどの人生の楽しみを味わった」と後年述べている。記録は完全なものではないが、彼が夏ごとにある程度の長さの旅行を行っていたのはまず確かであろうし、いくつかの手紙に見られる記載には、こうした経験が彼に与えた大きな喜びが反映している。マニングが経営する駅馬車路線が、おそらく彼の旅への関心を刺激して久しかったのではないかと思われる。

ホーソーンは大学卒業後もレイモンドを一、二度訪問しているが、その地が持っていた魅力は、青春時代が終わってしまったことや、母親がセイラムへ戻ったことによって消滅していた。一八二八年十月、彼はコネティカット州ニュー・ヘイヴンに叔父のサミュエル・マニングとともに訪れたが、このサム叔父はニューイングランド地方全体を、娯楽を求めたり駅馬車用の馬を調達するため旅していた。当時イェール大学の学生だったホレス・コナリーは、かなり後年になってから、この時のホーソーンとの会話や、ホーソーンが特に関心を抱いていた国王殺しの判事たちの墓への訪問のこと、またホーソーンが馬車代三ドル五〇セントを払ってウェスト・ロック[10]まで見に出かけた判事たちの洞窟に落胆したことなどについて報告している。コナリーによれば、ホーソーンは洞窟を「アメリカで最もひどいイカサマ」と呼び、「地面には死んだ猫一匹埋葬できる深さの穴ひとつだにない」と付け加えたという。しかしホーソーンはニュー・ヘイヴンとそこへの旅を楽しんだ。なぜなら一八二九年八月、その地でサミュエル・マニングと再会できるのを「とても楽しみにしている」と述べているからである。一八三一年八月、再びサム叔父とともにニューハンプシャーを旅し、キャンタベリーのシェイカー教徒の異様な風習[11]を見て特に面白がっている。彼はルイーザに宛てた手紙の中で、「見ていて一番笑いをこらえきれなかったのは、ありふれたフロック・コートとパンタロンという出で立ちの男がふたりの幼い男の子に挟まれて立ち、黒い絹のガウンをまとった非常に太った老女がふたりの小さな女の子の間を汗だくで転げ回って、儀式のさなかに数多くの失敗をするのを見た時だ」と言っている。ある愉快な老いたシェイカー教徒からホーソーンは大きなコップ一杯の「特上リンゴ酒」をふるまわれたが、これは「ふつうの頭では耐え切れない」と断言している。彼は、シェイカー共同体に参加しようかという一見まじめな話をしながら妹をからかったのであった。キャンタベリーの宿では村人たちとの会話を楽しんだ。「多くの知り合いを作って、玄関の踏み段に座り、地主たち、郡政執行官たち、将軍たち、土地のお偉方と、セイラムでの殺人事件やアイザック・ハルの鞭打ち、干し草の値段、馬肉の価値などについて話をするのだ」とルイーザ宛てに書いている。
次の年の九月に再びニューハンプシャーに彼は行っている。クローフォード・インという、ホワイト山地の「切り通し《ノッチ》」（この「切り通し」はのちに「大望の客」の舞台として用いられた）にある宿屋で二泊し、ワシントン山に登った。ヴァーモント州バーリントンからは、母親宛に、この山に至るまでと山登りの冒険旅行について、意気盛んに、またユーモアと誇張を込めて次のように説明している。

私は人々が「不愉快な長寿駒」（ホーソーンの記述による）なるものにまたがり、四人の紳士とひとりのガイドとともにワシントン山の麓まで六マイル馬上の旅をして来ました。出発は午前四時で雨模様の朝で、今まで見たこともないようなひどい道を馬で突っ切らねばなりませんでしたが、泥だらけの湿地帯で、いくつもの川の浅瀬を越えなければならないし、飛び越えねばならぬ木々（倒木ですが）があり、これらをみな私の馬は全速で疾走したり小走りで駆けたり、よろめいたり、躓《つまづ》いたりしながら、最後には首の骨が折れることもなく到着しました。これ以外の詳細、つまり、空に向かって三マイル登った時の様子、その際どのように雪が降ったかとか、山の片側を登っていたら風が吹いてきて足をすくわれ、ずいぶん遠くまで飛ばされて、もう少しで山の反対側へ吹き落とされるところだったとか、温度計が氷点下十二度を指していたとか、そういう詳細はいずれ私が帰ったら暇を見つけてお話いたします。

この時当初彼が計画していた旅行はオールバニー、ナイアガラ、モントリオール、それにケベックにまで足を伸ばすものだったが、カナダでコレラが発生したため、どうやらやむなくその範囲をニューハンプシャーとヴァーモントだけに限定したらしい。

ほかにも旅行はしたが、正確にそれらがいつ行われたのかは特定できない。おそらく彼は一八三三年もしくは三四年にナイアガラとデトロイトを訪れたと思われるが、それはこれらの地への旅行を記述する現地仕込みのスケッチが一八三五年の『ニューイングランド・マガジン』に掲載されていることによる。一八三六年よりも前のある時期に、彼はマーサズ・ヴィンヤード島でひと月を過ごし、その島についての記事をひとつ『アメリカ実用面白知識誌』に書いた。若き日のホーソーンは明らかに旅行好きであった。長い旅は骨が折れるしお金もかかるため、またたぶんニューイングランドの風景が彼の作品に即していたため、彼はニューイングランド以外への旅はあまりしていない。しかし彼の興味はそれよりも遠くへ広がっていた。彼はダイクのオハイオ旅行記を楽しんで、同じ行程をたどってみたいと言っている。後年彼はイギリス、フランスそれにイタリアへ行くことになるが、自国内はデトロイトより西、ポトマック川下流域より南へは一度も行くことがなかったのである。

ホーソーンは偉大なニューイングランドの作家たちの中で誰よりもよくその本質を知っていたのであったが、そのニューイングランドをめぐる旅において、彼の関心は自然の美やシェイカー教徒たちおよび村人たちに限定されていなかった。ホーソーンはいつも女性美への鑑賞眼を備えていたが、どうやら何人かの女性に興味を抱いていたと思えるふしがある。火のないところに煙は立たぬと言うが、その火の方ははっきり見えないとはいえ、煙のほうをかなり立てているような証拠が存在する。エリザベス・ホーソーンは弟が、漁師の娘で小さな店の持ち主だった、スワンプスコット(12)在住のある女性の虜になっていたのを記憶している。ホーソーン曰く、この村娘はフランス人が「いたずら好き《エスピエグラリ》」(13)と呼ぶ要素を多分に持っていた。ふたりの恋はどうやら単なるひと夏の戯れであった。青年は思い出にピンクのハート型砂糖菓子を持ち帰り、長い間それを食べずに取っておいた。「弟があの娘についてあれほど語ることがなかったら、私は彼があの娘に本当に惚れていると思ったことでしょう」とエリザベスは指摘する。そのうえ、彼が本気なのかどうか、エリザベスは知りかねた。なぜなら、他にも何人か——たとえば、「マサチューセッツの内陸部にも別の面で彼の心を捕らえる娘がひとり」——いたからである。

マーサズ・ヴィンヤード島のエドガータウンではもっと大まじめのロマンスが持ち上がった。公表されてはいないが、エドガータウンの住民のひとりが回想するところでは、ホーソーンはイライザ・ギブズ（Eliza Gibbs）という「背が高く黒い瞳の女王然とした乙女(14)」に結婚の申し込みをしたというのである。日付は定かでないが、一八三七年春のブリッジの手紙が示唆するところでは、ホーソーンは結婚を考えていたらしい。「君は本気で結婚のことを考えているのか？」と、さらに再び、「君の結婚についての考えはどうなった？ うまく行きそうか？」とブリッジは尋ねているのである。また一八三七年六月にロングフェローに宛てた手紙の中でホーソーンは、それ以前にはなかった「はっきりした努力目標」がもうすぐできると言っている。しかしくだんの女性がギブズ嬢だったのか別の人であったのかは分からない。

いずれにせよ、ホーソーンは「孤独な時代」に何人かの女性たちとの友人関係を楽しんでいたものと思われる。いくつかのケースでは積極的関心を抱いたし、彼の恋愛体験は当座の戯れからもっと真面目な関わりに至るまでさまざまなようである。しかし深い関係になったことはまだなかったらしい。

一八二五年から一八三七年にかけての時期は活発で多忙で生産的であった。ホーソーンは、永続的名声を望む若い作家がすべきこと、せねばならぬまさにそのことを行っていた。よく本を読み、多くの執筆をこなした。自作に対する厳しい批評眼を発揮して、彼は作家としての技巧を次第に自分のものにしつつあった。ニューイングランドをめぐる旅を行うことによって、彼は精神を活気づけ、人間性についての知識を広げ、自分の著作に使える様々な見解を蓄積していた（つまり、自分で自分をニューイングランド風の生活と習慣を描く最高の文学的権威にしつつあった）。世間の認知は遅々として進まなかったが、一八三七年に『トワイス・トールド・テールズ』が出たことが、永続的評価の始まりとなった。この本は彼のペンが生んだ最高の所産の一部を含んでいたからである。

注（原注と明記した以外はすべて訳者による注である。）

（1）貸出文庫ともいい、原語は circulating library である。

（2）セイラム・アセニアムとはセイラム（学術）図書館のこと。

（3）（原注）この会員制貸出図書館でのマニング嬢の「分担分」は一八二八年にホーソーンに転属された。

（4）（原注）ホーソーンの初期の創作計画に関する私の説明は N・F・アドキンズ氏（N. F. Adkins）の詳細な研究論文

“The Early Projected Works of Nathaniel Hawthorne,” *Papers of the Bibliographical Society of America, Second Quarter*, 1945. に負うところが大きい。巻末書誌の四一九頁を参照のこと。

（5）（原注）この頃ホーソーンが短編にのみ関心を払っていたのもまた雑誌社の出版要請に従わざるを得なかったからと思われる。

（6）この子供向けの歴史本は百万部以上を売ったが、ホーソーンが得たのはたった百ドルだったという。日本でも『巴来万国史』と題され（牧山耕平訳）一八七六年（明治九年）に当時の文部省から刊行されている。

（7）（原注）これも含め、以下のホーソーンの著作受容に関する説明において、ファウスト（Bertha Faust）の研究（巻末書誌の四二〇頁参照）に負うところが大きい。

（8）（原注）婚約期間中に書かれた手紙で、ホーソーンはしばしば自分を「夫」と言い、ソファイアを「妻」と言った。

（9）一八三〇年、ホーソーンが二六歳だった年にセイラムで起こった凄惨な殺人事件で、リチャード・クラウニンシールド（Richard Crowninshield）という男が、奴隷商人で船長でもあったジョウゼフ・ホワイト（Joseph White）という老人を棍棒で殴り殺した。

（10）一六四九年に国王チャールズ一世が処刑された際、その裁定を下した三名の「判事」は、その後王政が復古するとチャールズ二世による復讐を恐れて英国を脱出し、そのうちふたりがニュー・ヘイヴンに逃れて来て、一時「ウェスト・ロック」という岩山の洞窟に身を隠していたという。判事たちの「墓」の所在は不明。

（11）アン・リー（Mother Ann Lee, 1736-84）がクエーカーから分離して創始した宗派で、独身主義、財産共有、礼拝時に身体を揺らす（shake）などの特徴を持つ。

（12）Swampscott はボストンの北東二十五キロ、大西洋岸にある町。

（13）espièglerie

（14）（原注）私はこの情報をベンジャミン・C・クラウ（Benjamin C. Clough）に負うている。

第四章　求愛、結婚、旧牧師館、一八三八年―一八四五年

一八三七年の夏にホーソーンがメイン州オーガスタのブリッジのもとを訪ねたのはまことに当を得たことであった。ふたりは『トワイス・トールド・テールズ』の成功を客観的態度で考えることができた。この書物の出版を可能にしたのはブリッジだったたし、この書物の美点を世に向けて広告宣伝したのはふたりの級友ロングフェローであった。ホーソーンは一ヶ月滞在して日記（現存する一番古い日記原稿）にその訪問のことを詳しく書いている。ブリッジは父方の屋敷で独身生活を送っており、屋敷の定期的居住人としてシェファー氏（Monsieur Schaeffer）という「小柄で奇妙なフランス人」を住まわせていた。ホーソーンはブリッジのことを「卓越した気性と暖かい心の持ち主で、世の中のことによく通じている」と記述し、シェファーについては「彼の出身国の快活さと陽気さ」を備え、また「哲学者だが不信心者」で「倫理に関して非常に正当な考えを持ってはいるが、宗教に関してはひどく偏向している」とホーソーンは言う。このように、そこには「それぞれ何かふつうでないものを持った三人の人物が集っていた」のである。

これはホーソーンにとって非常に幸運な訪問であった。彼はブリッジとシェファーと活発な会話をし、おいしい食べ物や飲み物（羊肉、ハム、燻製ビーフ、ゆで卵、クラレット、ブラウン・シェリー）に接し、ブリッジとは鱒、鮭、鱸《すずき》を釣ったり、ケネベック川にダムを建設中のアイルランド人やカナダ人の小屋を訪ねたりする遠出を楽しんだ。行く先々でホーソーンは「注目すべき事柄」や「小説の登場人物を創り出すヒント」を眼にした。彼の日記の詳細は写実的で飾らないものである。

昨日シェファー氏とキイチゴ摘みに出かけた。彼は古びた丸木橋から落ちて、窪地に投げ出された。振り返ると、彼の頭と両肩だけが腐った丸木を通して灌木の間に見えた。夕立が迫ってきたが、小さな裸足の男の子が音も立てずに走って来てわれわれをさっと抜き去り、前方の小道を下り、反対側の坂を駆け上がって行くときに彼の裸足の足の裏が見えた。

オーガスタからの帰途、ホーソーンはトマストン(1)の賄い付き下宿屋に立ち寄り、そこで「みんなと──トロット夫人とは分別ある話──メアリーとはこっけいさと分別が混じった話──グリアソン夫人とは感傷、ロマンス、ナンセンスの混じった話を」交わした。彼が告白するところでは、「宿のおかみの、率直で自由で明るい、二十四歳ぐらいの娘に惹かれたが……その娘と自分との間にはすぐに戯れの恋心が芽生え、そのため火曜の朝に別れる際にはふたりとも気が重くなってしまった。彼女は強い感情を秘めた女性だと分かるし、別れ際に手を握り合った時にも、それが顔つきに表れていた」

という。一八三七年のこの遠出は、少なくともそれ以前の十年間夏ごとにニューイングランドのあちこちへと出かけていた遠出と明らかによく似たものであった。意図した目的は気晴らしと執筆の両方である。自分の身近に展開する生活と関わり合うと、村の娘の誰かと行きずりの恋に陥らないことがほとんどなかった。しかし彼は、作家としての職業意識を発揮し、物事を澄んだ客観的な眼で眺めることで、平静な心を保つことができた。彼がトマストンで会った親友シリーについての日記の記述は、友情と言うには厳しすぎるものであった。但し、それから少しあとの、シリーの死後書かれた追悼文では辛辣な部分は除かれ、心情の要請のため客観的真実がいく分犠牲になっている。ホーソーンは作家経歴の中で一度ならずそうした内面の葛藤を認識することとなる。彼が非常に長い間にわたって結婚せずにいたのは、芸術家のこのような冷淡さであったかもしれない。

『トワイス・トールド・テールズ』の刊行は作家修業の手を緩める機会とはならなかった。ホーソーンは休みなく書き続け、以前と同様に作品を発表し続けた。一八三七年秋の『トークン』誌（一八三八年用）には彼の四つの作品が掲載されている。ほぼ同じ頃、彼は『デモクラティック・レヴュー』(*Democratic Review*) 誌にも作品を発表し始めた。この創刊間もない雑誌の編集者J・L・オサリヴァン (John L. O'Sullivan, 1813-95) は、手紙でホーソーンの寄稿を求め、名声と富の双方を約束した。「この雑誌は、最高水準のものにしようと思っています。……立派な作家の方々への報酬は、精神の最善の、最高度の洗練を経た努力を要求させて頂くにふさわしい、惜しみない規模のものになります。それゆえ際だって卓越した作品のみが本誌のページを飾るよう意図しており、報酬は十分なものが支給されることとなります」と、オサリヴァンは伝えていたのである。原稿料は一ページあたり三ドルないし五ドルで、「著作の種類と価値による」とされた。ホーソーンはこの甘言に屈した。当時彼はもっと手広く多くの雑誌に自分の作品を発表し始めていたのだが、一八三七年以後彼の短編とスケッチのほとんどは『デモクラティック』誌への寄稿となった。一八三八年から四五年までに発表した約三十一編のうち、九編は『アメリカン・マンスリー』誌（the *American Monthly*）、『サザン・ローズ』誌（the *Southern Rose*）、『ボストン・ミセラニー』誌（the *Boston Miscellany*）、『サージェンツ』誌（*Sargeant's*）、『パイオニア』誌（the *Pioneer*）、『ゴウディー』誌（*Godey's*）、それに『グレアム』誌（*Graham's*）への別々の寄稿であったが、残りの二十二編はオサリヴァンの雑誌に掲載されている。ホーソーンと、愛想の良いオサリヴァンとは親しい間柄になったものの、オサリヴァンが金銭面での約束を果たさなかったため、この交友関係は、ホーソーンの側では何度も深刻な緊張状態に耐えねばならないものであった。

一八三八年の夏になると、ホーソーンはまた長い旅に出かけたが、こんどはマサチューセッツ州西部が目的地であった。これはこの種の旅としては最後のものとなったが、今残っている記録から判断すると、夏ごとの旅すべてのうちで最も得るところの大きなものであった。七月二十三日セイラムを出発し、ボストンまで駅馬車に乗り、午後の汽車でウスターに到着すると、そこで下車して禁酒館《テンペランス・ハウス》という宿で一泊した。翌朝ノーザンプトン線の駅馬車に乗って旅を再開したが、創作ノートに記録されているところでは、ほぼ終日馬車の屋上席《アウトサイド》で過ごし、「御者およびもうひとりの屋上席の客とすっかり打ち解け」た状態になった。夜になると、香水売り《エッセンスペドラー》（この男は後年『七破風の家』のホールグレイヴを描くのに役立った）の話を楽しみ、こうした階層の人間について、「行商人は、ありとあらゆる侮辱に耐え、客から有利な取引条件を引出すことに満足を覚える」ものだと述べている。夜中の一時と二時の間にノーザンプトンを出た駅馬車は夜通し走り続ける。乗客は「沿道の物体に反射するランタンの明かり」以外には何も見えない暗い時刻には沈黙を続けたが、日の出とともに、「獲れたばかりの鱒、鮭、ハム、ゆで卵その他のごちそう」という内容のすばらしい朝食が振る舞われると活気づいた。馬車はすぐに「四方を山に囲まれたきわめてロマンティックな一帯」を走り抜けていった。街道は危険そうに見えたが、「御者は愉快な男で、御者席に寄りかかり、両足を水平に突き出し、時速十マイルでゴトゴトと馬車を走らせた。」旅はノース・アダムズまでにぎやかに続き、ホーソーンはそこへ七月二十六日の朝到着して、九月十一日まで逗留したのであった。

全部で二万五千語を越えるいわゆるノース・アダムズ日記はホーソーンが書いた文章のなかでも最も興味深いもののひとつである。ニューイングランドの内陸部で今から一世紀前に人々がどんな暮らしをしていたかを詳細に記述するものとして、これに匹敵するものを文学の分野で見つけるのは難しかろう。日記は、しっかりと観察され、描き込まれた「注目すべき人物たち」で溢れている[2]——今では石鹸製造人となった老いさらばえた村の弁護士、鍛冶屋、ウィリアムズ・カレッジの卒業式で見た旅回りの外科医兼歯科医と村医者と行商人とレスラー、動物を使うサーカスの所有者（この見世物はノース・アダムズの行政官によって禁止されたが、その理由は工場で働く女性たちが仕事を放置して見に行き、金を浪費するからだという)、などその他多数。ホーソーンはとりわけ宿の酒場の陽気な雰囲気とそこでの打ち明け話を楽しんだ。彼はそこで目にした人々を非常に正確に記述したので、ブリス・ペリー[3]によると、一八九三年になっても、ホーソーンの記述対象が何であったのか、土地の住民たちが苦もなく言い当てることができたほどだという。ノース・アダムズという舞台装置と村人たちの一部はのちに短編「イーサン・ブランド」("Ethan Brand," 1850)に登場することになる。

オーガスタ日記の場合と同様、ここでもまたいくつかの動機が交錯している。ホーソーンは疑いもなく楽しい日々を過ごしていた。外部からやって来た者にとってはおそらく限界と思えるまで、自分の周囲の人々の輪に加わった。彼は粗末な葬式行列に加わって歩きもした。ウィリアムズ・タウンの学生たちに「心惹かれた」と彼は言うが、彼らを見ていると自分の学生時代へ連れ戻されるのであった。彼はある女性の不倫の告白について語るリーチ氏の話に共感を覚えながら耳を傾けた。しかしそれを聴いているうちに、その物語が文学になる可能性についても考えていた。「このような事態は文学へ転用が十分可能だ。つまり、想像を超えたことが明らかになった時の相手の狼狽ぶり」とホーソーンは日記に書いている。けっきょく、人生の出来事をつぶさに観察してはっきり目に焼き付けておくことこそ、小説を書く者にとって基本的な仕事であった。ものを書くことはしばしば冷淡なまでに客観的行為だとしても、それは人間としての自然な感情が欠如しているからというよりはむしろ芸術的な抑制によるからなのである。ノース・アダムズ日記は第一義的に芸術家のスケッチブックと見るべきであって、個人的感情を記した日記と見るべきではない。しかしながら、感情も時として抑制を突き破って出て来ることがある。作家の中の人間性を、芸術家としての意識が完全には押さえ込めぬがゆえである。

一八三八年の九月ノース・アダムズから戻ってくるとすぐに、ホーソーンの中の自然児的側面が活発な自己主張を始め、それがしばしの間継続した。ホーソーンはソファイア・A・ピーボディー嬢（Miss Sophia A. Peabody, 1809-71）と出会って恋に堕ちたが、彼女の方も彼の愛に応えた。ほぼ四年の求愛期間中、彼の生産力が急激に落ち込んだのは意義深いことである。もちろん他にも理由がいくつかあった――ボストン税関での勤めやブルック・ファームへの参加――しかし個人の気持ちが拘束なく躍動したことが芸術の創作活動と両立しなかったように思われる。

一八〇九年生まれ(4)のソファイアはセイラムおよびのちにはボストンで開業していた歯科医ナサニエル・ピーボディーの娘であった。彼女には三人の男の兄弟と二人の姉妹がいた。男の兄弟たちはあまりさえない人々で、うち二人は早死にしている。姉妹のひとりメアリーはアンティオク・カレッジの創立者、ホレス・マン（Horace Mann, 1796-1859）(5)と結婚し、もう一人のエリザベスは有名な才女となっている。ジュリアン・ホーソーンは母親の能力と学識についてあまり誇張を交えることなく、以下のように述べている。

> 母の精神能力は見事にバランスが取れており、大きな包容力を秘めていた。彼女の趣味は生まれつきとても洗練されていたが、修養によってさらにそれが高められた。彼女の学問と教養は稀有にして多彩だったが、

控え目で純心ゆえいつも子供みたいに見えた。ラテン語、ギリシャ語、それにヘブライ語が読めた。歴史にも明るかった。またスケッチ、油彩画、彫刻にかけては、独創的な天才とあまりかけ離れてはいない愛すべき才能を発揮した。

ソファイアの外見を同じ書き手［ジュリアン］が記述しているが、これも引用する価値がある。なぜならそれはわれわれが今手にしている中で最も確かな肖像であり、子の親への思いによって損なわれたところが何もないからである。

体つきは小柄で、優美で、敏捷で、見事な形をしている。愛すべき表情を浮かべた顔は元気で透きとおり、肉体的に美しいかどうかは結論を出しにくい。しかし、数学的に測ってみれば、彼女の顔は十人並だという結論に至るかもしれない。ただ、数学的測定などで彼女の微笑を認知しようとしても不可能だったはずだ。彼女の頭は上品な形で、額は広く、左右対称に弧を描いていた。眉毛は濃かった。両目は灰色で穏やか。優しい光に満ちていた。口と顎は柔らかく、人を惹きつけるが、強い意志が表われてもいた。美しいかどうかはともかく、私はこれほど瞑想を誘う顔つきの女性に会ったことがない。

不幸にも、ソファイアは半病人であった——いやおそらく幸運にも、と言うべきかもしれない。というのは、まったくこじんまりした感受性の持ち主で、その肉体的苦悩は彼女の頑健な求婚者にとって絶え間ない難問であり、彼の同情と保護者本能を刺激したからである。彼女は慢性的な神経性頭痛に悩まされていて、当時の荒療治――水療法やヒルを用いた吸血療法――によっても治すことはできなかった。頭痛は結婚後に緩和したとはいえ、ソファイアは決して丈夫でなく、生涯様々な病にひんぱんに繰り返し冒されたし、それらはたいてい重症であった。

ホーソーン家とピーボディー家は長年にわたってセイラムの町の隣人同士であったが、一八三七年ないしは三八年になるまで、どちらの側からも相手への積極的関心は示されなかった。『トワイス・トールド・テールズ』が発表されてから、エリザベス・ピーボディーは――彼女はいつも天才の発掘に熱心だったが――かなり前から自分の興味を引いてきた匿名出版の物語の著者がホーソーン夫人の息子だということを知った。彼女はナサニエルとその姉妹を自分の家に招き入れたのだが、彼らがやって来ると、ソファイアは接待の手助けができず、自室に閉じこもってしまった。その後の何度かの訪問で、ホーソーンとエリザベス・ピーボディーとの間にある種の友情が芽生え、そのとき彼女は彼に半病人の妹のことをいろいろ話し、数年前キューバに行った時にソファイアがつけていた日記の一節をホーソーンに読んで聞かせた。こんな事情でホーソーンはゆるやかに自分の運命に対する心の準備をしていったのである。そしてとうとう――一八三八年の秋のある晩、ホーソーンがピーボディー家の客間に居合わせたとき――ソファイアが二階から降りてきた。エリザベス・ピーボディーが懐古談で用いた表現を借りて続ければ――彼女は「簡素な白い部屋着をまとって」降りてきて、「ソファーに腰を下ろしました。〈妹のソファイアよ〉と私が言うと、彼は立ち上がって、彼女をまじまじと見つめました――どんなにまじまじ見たのか彼は気がついていなかったでしょう。私たちが話を続けていると、彼女はしばしば低い、優しい声で意見を差し挟みました。そうするごとに、彼はまた彼女を、例の鋭い、人を引き込むような眼差しで見つめたのです。」エリザベスは懐古談で、あたかも自分の手柄を世間に印象づけようとするかのごとく、ホーソーン家の人々の「隔絶」や「異常さ」を強調してはいるものの、ピーボディー姉妹がホーソーンと会うのはそれほど困難なことではなかった。そしてソファイアに紹介されたあと、ホーソーンはピーボディーの家をしばしば訪れるようになったのである。

ソファイアはホーソーンと付き合い始めたころの印象を記録している。彼がやってきたある時には、「彼はとても輝いて見えた」とか「何と美しい微笑みをする人か！ あの人の表情は天上のもののようです」と書いている。別の機会には、「あの人はものすごくハンサムで、顔には、私たち以外のひとたちに与えたあとにもまだ自分自身にふつうの分量を残しておけるだけの優しさが浮かんでいる」とある。さらにまた、「振り向いて別れの挨拶をするとき、あの人は銀色の霧を通して輝く太陽のように見えた。このうえなくすばらしいお顔」ともある。彼女はまた、第三者が居合わせなければ彼は自由に話をすることにも注目している。

ホーソーンに関して言えば、彼は、ピーボディー家の人々の適切な世話が効を奏して寂寥状態から救出されてゆく、ロマンティックな伝説の孤独な隠者などではおよそなかった。実際、その証拠は、一八三八年に起きた心悩ませる厄介な諸問題に対し、かなり手を尽くして社会的に行動したことに示されている。彼はどうやらバーリー嬢（Miss Susan Burley, 1792-1850）が主宰する同人会の一員だったらしく、彼女の文学サロンに通っていたが、ボストンのC・C・エインズワース嬢（Miss Catherine C. Ainsworth）に宛てた手紙の中で、ホーソーンは、自分が「ふたりの女性と婚約した」という風聞を、明らかに本気で否定するに値することと考えた。エリザベス・ピーボディーがルイーザ・ホーソーンに手紙を送って、「ホイストの夕べが詩神の仲間になるためのどういう準備となるのかしら」と訝《いぶか》しがった時点では、彼女の計画は挫かれたように思われたが、しかしどのような社交上の気晴らしがあったにせよ、それはすぐ新たな一対一の献身に取って代わられたのである。

　友だち付き合いから愛への進行の跡は一八三八年の終わり頃にまでたどり得る。ソファイアは少年イルブラヒム（Ilbrahim）のスケッチを描いたが、それは「優しい少年」の新しい版のとびらとして登場した。その新しい版はまた「ソファイア・A・ピーボディー嬢」に献げられ、彼女の挿絵を褒める次のような序文が付されていた。「著者が頭で考えたものの、言葉では表わし得なかった美と悲哀のすべてがこの挿絵のわずかな数の素朴な線で捉えられ具体化された。」(6) ソファイアはそれに応えて、一八三八年十二月六日の日付がある彼女のキューバ日記の続きで以下のような献呈風の序文を書いている。

　　　ナス・ホーソーン様へ、
　あなたの称揚と顧慮だけが
前の日記に価値を与えてくれました。

この結びの記述をあなたに献呈するのは
真実にして愛情深い
友人
「ソフィー」です。

「ところで、これはあなたの〈献辞〉に匹敵しないかしら? これは私からあなたへの親交と尊敬の内密の告白で、世間はあまり知らないでしょうが——(私の日記は)世間の目から隔絶されてまったく影が薄いけれど、ひょっとしてこれはあなたの〈献辞〉を越えてるんじゃないかしら?」とソファイアは尋ねている。彼女はホーソーンの素描も手がけている。それは、彼女曰く、キューバの思い出を書いている自分の傍らに置いてあるのだが、彼の顔が自分をじろじろ見つめていてもらいたいからなのであった。思い出の内容は、夜明けの景色、熱帯の植物、献身的な地元の召使いたちと豪奢なスペイン人の主人たち、ハヴァナの音楽と月光およびその他の壮麗な事物など——これらがみな多少凝り過ぎではあるが、概して繊細に描かれている。ソファイアに宛てたホーソーンの手紙からは、一八三九年春までに両者は完全に理解し合えたことが窺える。

一八三九年一月に、ホーソーンはボストン税関の塩と石炭の測量官に任ぜられた。彼はこのポストに二年間留まったが、年収は千五百ドルであった。著作から得られる僅かばかりの収入を何とかして彼が補わねばならないことは大分前からはっきりと分かっていた。そこで民主党内の活動家たち

——ブリッジ、シリー、ピアス、それにデイヴィッド・ロバーツ（David Roberts, 1804-79）、ウィリアム・B・パイク（William B. Pike, 1811-76）その他セイラムの民主党員たち——との友だち付き合いを利用して、彼は収入援助のため何らかの行政職ポストの照会を依頼していたのであった。一八三七年、ブリッジとピアスはホーソーンをウィルクス提督（Commodore Charles Wilkes, 1798-1877）の南海への冒険遠征航海の史料編纂者に任用してもらおうと骨を折ったのだが失敗した。一八三九年までには、ホーソーンはソファイアとの結婚を考えていたが、資金不足はこれまで以上に深刻になっていた。一八三八年九月に『デモクラティック・レヴュー』誌上に掲載されたシリーの伝記的スケッチが政界の好意的な注目を集めており、もう一度仕官への努力をするにはタイミングがよかった。結果がうまく出た理由にはまた、当時ボストン税関で徴税官を務めていたジョージ・バンクロフト（George Bancroft, 1800-91）に宛てて、エリザベス・ピーボディーが推薦状を書いてくれたという事情もあった。

ホーソーンはロングフェローに宛てた手紙で職務への展望を次のように語っているが、かなりの意気込みが感じられる。「自分に職責を果たす能力があるかを疑う理由はない。というのも職務の内容が分からないからだ。しかし、理解しているかぎりでは、自分は海軍基地司令官のようなものになって、港に入った後の船に指令を与えたり、船荷を管理したりすることになるのだと思う。」また彼は冗談交じりで新しい仕事に基づいて一連のスケッチを描こうか、とも述べており、そのタイトルには「税関吏の生活からの数節」、「ドックの情景」、「船旅ただ今投錨中」、「波止場ねずみの聞きかじり」、

「乗船税関吏の苦難」、「徴税のロマンス」、それに「関税の問題に関する倫理的著作、全二巻」などを挙げている。またホーソーンはロングフェローに、こんど住所が変わるので、これからは今までよりも頻繁に君に会えると思うが、それに勝る楽しみはないと言ってもいる。しかし彼がそのようなスケッチを描くことはなかったし、ロングフェローにしばしば会うこともなかった。なぜなら、ボストン税関に勤務中はもっぱら彼の職務と、婚約者への見事な恋文を書く仕事にかかり切りだったからである。この時彼が書いた手紙は、現存する最も古い手紙の日付である一八三九年三月から、彼とソファイアが結婚した一八四二年七月に及ぶが、それらは伝記上の豊富な資料となっている。この時期のものとしては百二通の手紙が残っており、約七万語にのぼる内容である。

これらの手紙は内容豊かで意味深い記録だが、読者は、愛による誇張や、恋人が現在の至福を過去の悲惨と比較することで強調しようとする当然の傾向を多少割引する必要がある。愛される方には「今更言うまでもなく何の落ち度もない。」彼女は「この世で生きるには、心も、精神も、身体もあまりに繊細で見事に作られ過ぎている。」彼女の手紙は「天上の言語」であり、「ひとりの天使がもうひとりの天使に対して書いているようなものだが、ああ、何ということだろう！その手紙はまったくそんな値打ちのない人間に誤配されたのだ。」以前、彼の魂は黒い雲であったが、今や天上の太陽の光に照らされ、光り輝いていた。彼女の影響力が彼を人間らしくさせ、高貴なものとし、彼に新しい信仰を与えているのである。

君は僕に心があるのを教えてくれた。……実際われわれは心が触れあうまではただの影法師にすぎないのだ。……君は僕の心を純粋なものにしてくれるし、僕を世間より上方へ引き揚げてくれる。君は僕が人生の謎を解釈できるようにし、まだ見ぬもっと良い国があるという思いで満たしてくれるが、それは君が僕をたえずそちらの方向へと導いてくれるからだ。……君がその手で僕に触れ、影に満ちた人生をこの上なく深い真実へと変えてくれたのは奇跡だ。……神が僕の魂を救済するため、君を僕のところまで届けてくれたのだ。

ホーソーンが言うことに正真正銘嘘はなかった。彼はまた生まれて初めて本当に心から何かを愛していたのであり、彼のそれまでの精神状態がこれらの手紙で表現されているほど本当に絶望的なものだったのかどうか、それが疑われても無理がないほどである。

しかしこうした恋文が徹頭徹尾ひどく本気で厳粛なものというわけではない。微妙な幻想によってそれらは陽気なものとなっている。やさしい西風は、彼の恋人の特性を帯び、彼女の天使のような力で装備を固め、悪鬼のような東風に勝利している、と表現したりする。また、「大きな翼を持った壮麗な蝶」をいくつか最近ロング・ウォーフ(7)で見たのだが、それらは「君の精神の美しい幻で、僕を求めて君がそれをそこへ送ってくれるのだ」とホーソーンはソファイアに言ったりする。彼の想像では、鳩になったソファイアが雲の中に飛んで行き、それを追いかけて自分が塩を運ぶ船のマストから飛び立とうとしたところ、甲板に落ちてしまう。彼は、執筆中にこぼしたインクが自分の前に置いた便箋の上にたまり、鏡のようにそのとき自分の顔がそこに映る話をするのだが、この幻想などはいっそう

「ホーソーン的」と言える。彼女が手紙を受け取るときにはこのインクの滲みは乾いて鈍い黒い斑点になってしまうであろうが、ページに残る彼女のキスの「おまじない」は彼の顔をもういちど再現させることになろう。

こうした手紙はまた軽い冗談や相手をからかうユーモアで生き生きしたものになっている。彼は、「そこにキスされるのを大層嫌っていた」ソファイア・ホーソーンの鼻について半ページもの戯言《ざれごと》を書いている。彼は忙しすぎて手紙を書く暇がないというふりをしてこう言う。「高い公の地位にある男が一羽の鳩と通信するのに捧げる多くの時間を持っていると思ってはいけない。僕は仕事の合間に君のことを思い出し、僕の暇な時のすべてにおいて君を愛している。」彼は名声が勝ち取られたあの孤独の部屋をからかったりすらする。将来の世代であの神殿へ参拝する巡礼者たちはこう叫ぶだろう、と彼は彼女にふざけながらも雄弁に言う。

彼が眠ったまさにそのベッドがある。……この喜びに満ちた人物が身についた地上の汚れを洗い清め、彼の外面を内面の純粋な魂のふさわしい説明者とした洗面台がある。あの高貴な額、あのヒアシンス色の髪、微笑で輝くかと思えば感情によって震えるあの口、あの光り輝いたり見る者をとろけさせる目、あの――要するに、この類稀なる男の高潔な顔のすべての部分をしばしば映した化粧鏡がある！　彼が霊感を求める苦悩のさなかに腰を下ろしてあれこれ書きなぐったあの松の木のテーブル――そこには座面が古い芦《あし》で編んである椅子もだが――があった。古い箪笥があり……押し入れがあり……擦り切れた靴磨き用のブラシがある。

ホーソーンは愛や原作者《オーサーシップ》というような深刻な問題が絡む場合でも健全な気分転換ができた。神聖な部屋を笑劇に仕立てているという事実は、同じ主題を感情的に扱ったもっと有名なあの例と同様に記憶に値するものであろう。

相手を崇拝する気持ちが強く、想像力に溢れ、ユーモラスでもあるというのがこれら求愛の手紙の特徴である。もうひとつの特徴で少なからず重要と思われるものに、ふたりの激しい情熱がある。これはホーソーン夫人が原稿から削除したために長い間覆い隠されてきたのだが、今では余すところなくそれを見ることができる。最近復元された削除部分(8)の多くには、恋人同士のちょっとした性的行為がほのめかされている箇所がある。ホーソーンは両腕でソファイアを抱きながら無言で身を彼女に任せている。彼は両腕で彼女を憎い東風から守り、彼女を「口づけの嵐で難攻不落にした。」彼の心は彼女の口づけを求めて「渇いて」おり、「口づけは毎晩新鮮さを取り戻す露なのだ。」彼は彼女の頭が自分の胸に触れ、また自分の頭が彼女の胸に触れていると、深い安堵を感じた。他のくだりには自分たちの愛を成就させようという欲望が次第に募っている様が表れている。彼は夜床に着き、孤独で寒いと感じるが、「今宵は何と寒い晩になることだろうか！」と彼はセイラムの冬のまっただ中に叫ぶ。そして「君がそばに、僕の胸の中にいてくれないと、どうやって自分を暖めることができるのか分からない。マットレスの上に何枚も衣類を身につけて寝ていないわけではないのだが、しかし、夫は妻がいないと心地よい暖かさに恵まれないものだ」とも言う。そしてまた彼は独身者用のソファーベッドに座ってこう書いている。「親愛なる君、僕の心は君を強力に渇望しているのだが、僕が……今そして絶えず感じるのは心地よい渇望だ。僕の欲求は暖かさと希望とで満ちている。今僕が両腕を自分の胸に押し当てて君がそこにいないと分かっても、君がそこにいる運命で、そこが君の永遠の居場所だということを僕は知っているのだ。」

ホーソーンにとって明らかに、ソファイアは天使であると同時に女性でもあった。彼の身体的活力は精神的滋養のみでは満たされ得なかった。天上的要素と均衡を保ち、それに実体を与えるには地上的要素が必要だったのである。「君が幻のように見えた。われわれの間に大きな空間があるためだ――この空間はあまりに霊的なので僕の人間としての心は君が地上の衣装を纏っているという確信を求めていたのだが、その保証を与えてくれるのは君の暖かい口づけなのだ」と彼は書いている。神聖なるこの世界の体系の中では、肉体的愛は天上の愛へと続く梯子《はしご》の一段に過ぎないかもしれないが、ホーソーンは天上の愛ですら肉体的要素とまったく切り離されているものだとは思いたくなかったのである。「天には神聖な口づけがないのだろうか? われわれがふたりいっしょに天使になっても、僕は両腕で君を抱かないというのだろうか?」と彼は不信心にも尋ねている。

しかしこうした談話に接してホーソーンを直ちに天国へ移すのは時期尚早というものである。今引用した愛の主張を書いたのは、ホーソーンがまだボストン税関の塩と石炭の測量官をしていた時で、ソファイアに宛てた彼の手紙が語るのは大体において自分の仕事の性格とそれへの彼の印象である。来る日も来る日も彼は外気――夏の暑さや冬の寒さ――に晒されっぱなしで、その間彼は荷揚げ作業を監視し、船荷に対する関税の額を計算していた。気分転換として楽しめる時間もいろいろあって、それは「午前中ずっと二十チョルドロン(9)の石炭を計量する仕事に関わりながら……アカディアから来たこっけいで小柄なフランス人乗組員の一団としばしば口論したり打ち解けた議論をした」時であったり、ボストンの住民が自分より先には呼吸していない空気の新鮮さや、「泡の帯を船体の周りに発生させながら」波の上を揺れてゆく船舶の美しさを意識した時に心が高揚するのを感じた時だったり、「歳の頃は十歳か十一歳ぐらいだがすでに一人前の世界市民で、ヤンキーの石炭輸送船の甲板上にいる時も、母親がいる自宅のそばで遊んでいる時と変わらない陽気で満ち足りた様子の、マラガ地方から来た小さな地中海育ちの少年を見て創作上の刺激を受けた時」だったりした。またこの種の仕事からは実用上、社交上の恩恵が生じるのだと自分に言い聞かせることで満足感も味わった。「これからは末永く、自分には苦役に携わる者たちをわが同胞と呼ぶ資格が与えられようし、彼らに共感する方法が分かるだろう。それは私も彼ら同様に日の出とともに起床し、真昼時の太陽の熱に耐え、日暮れ時までは重い足取りを家の方には向けないということを知ったからだ。これから先何年も、おそらく、今私の心が獲得しつつある経験が、真実となり知恵となって流れ出てくることになるだろう」と彼は言明している。

しかしながら、その大部分にわたって、彼の仕事は「嘆かわしい束縛状態」で、彼はそこから逃れたいと思い、ただ金銭的必要性ゆえにのみそれに耐えたのであった。彼は一八四〇年五月に、「私は確信するが、(バニヤンの) クリスチャンの重荷は石炭で出来ていたのだ。その義務が彼から抜け落ちて墓へ転がり込むと、彼は大いに安堵したし、それには何の不思議もない。しかし彼の荷はせいぜい、ほんの数ブッシェルでしかない。ところが今の私の荷は、厳密に言うと、百三十五チョルドロンと桶七つ分にもなるのだ」と書いている。ホーソーンはこの重荷を、辞職した一八四一年の一月一日まで背負い続けた。おそらく続けようと思えばもっと長く続けられたことであろう。なぜなら新たに選任されたホイッグ党員たちはボストン税関のバンクロフトおよびその他の民主党系在職者を次の十一月まで排除しなかったからである。しかしホーソーンにとっては二年でもう十分であった。

ホーソーンが税関を辞めた時、ボストンおよびその周辺の空気には超越主義で漲《みなぎ》っていた。この新しい哲学のバイブルともいえるエマソン（Ralph W. Emerson, 1803-82）の『自然論』（*Nature*）が一八三六年に出ており、またその文学的機関誌『ダイヤル』（the *Dial*）が、一八四〇年にマーガレット・フラー（Margaret Fuller, 1810-50）の編集によって世に出始めていた。ピーボディー姉妹はこの運動と密接に関わっており、セイラムのウェスト通りにあったエリザベス・ピーボディーの書店はこの運動の活動拠点のひとつで、ジョージ・リプリー（George Ripley, 1802-80）による近代ヨーロッパ文学の翻訳本、ならびに彼によるブルック・ファームという経済共同体で「簡素な生活、気高い思考（plain living and high thinking）」の具現化を図ったユートピア実験共同体の株式のどちらをも取り扱っていた。ピーボディー家の夫人方からかなりの説得工作を受けたものの、ホーソーンは超越主義にも、その社会哲学にも帰依することはなかった。彼は可能な限りうまく自分の立場を守り、無礼な言動に走ることはなかったし、ソファイアとの繊細な絆を損なうこともなかった。「エマソンさんはこれまでで最も偉大な方——最も完全な方——です」という（数年前に表明された）彼女の意見を共有することはせず、彼はエマソン講演会の入場券をプレゼントとして受け取るのも断っている。「夜は僕にとってとても貴重な時間だ」とホーソーンはソファイアに告げたが、それは講演会に出るくらいなら彼女に手紙を書く方がましと言うようなものであった。彼は、司祭たるエマソンを避けただけでなく、女司祭マーガレット・フラーをも避けて、バンクロフトの家でフラーに会わせようと仕向けられた招待を断っている。「神慮《プロヴィデンス》が僕にやるべき仕事を与えてくれて、僕はそれをとても感謝している」と彼は婚約者に告げている。（ソファイアはホーソーンがマーガレットに興味を示さなかったことに密かな拍手をしたであろう。）しばらくの間、彼はドイツ語に以前よりは関心があるかに見えたが、ドイツ語の勉強が最も優れた超越主義者たちの集まりへの必須の入場券であった。しかしピーボディー家で開かれた勉強会に数回出席し、ロングフェローから借りてきた辞書を少しめくったあと、彼は努力を放棄した。「彼はドイツ語が読めるといいが、でも面倒だとも言っています」とソファイアは書き留めている。社会主義について、ホーソーンは一度、「人間は、パンと水、それに墓以外のものを、自分の力と技で得られないのなら、それらを人類同胞に向かって要求すべきでない」というのが自分の生涯の「信条」だと公言している。その上、彼は後に指摘することになる事実を予見していた。すなわち、社会一般に対する関係において、ブルック・ファームは「新しい兄弟愛よりも、むしろ新しい敵対状況に」立つことになるであろうと。

しかし、ブルック・ファームの支配的気炎やそのイデオロギーに対して共感できなかったにもかかわらず、ホーソーンは、それまで苦労して貯め込んだ一千ドルを事業へ共同出資する形で投資し、一八四一年四月に共同体に加わった。その理由は、ブルック・ファームの会員になれば妻を養う手段が得られるのではないかという期待であった。婚約はその時点で二年以上も延期されており、結婚できるだけの財政基盤が未だ整っていなかったのである。共同体は自分が抱える問題を解決してくれるかもしれないと思い、彼は四月十三日にソファイア宛に次のような手紙を送っている。「僕は僕の鳩のための家庭を準備しようと君より先に出ていったが、やがて君を迎えに戻ってくるものと思ってほしい。」彼はウェスト・ロクスベリー(10)でのふたりいっしょの魅惑的な生活を心に描こうとして、四月十六日に次のように書き送っている。「小川がひとつ流れているが、住居にとても近いので、夏の夕べや、夏の夜に寝ないで横になっているときはいつも、そのざわめきがわれわれには聞こえてくるだろう。」ホーソーンはその後も数か月にわたり希望的見通しを持ち続けていたが、八月二十二日までには、自分たちの牧歌的計画の実現性に疑問を抱き始めていた。毎日の労働が終わると疲れ果て、そのうえ、共同体は財政的にうまくいっているように思えなかった。「君と僕は自分たちだけで別の計画を練らねばならない。なぜなら、神慮がここにわれわれの家庭を与えて下さろうとする兆候がほとんど、あるいはまったく見えないからだ。ずいぶん長く待たされてもう本当に飽き飽きしている。しかしいったい何ができようか? 君の夫の才能が何であれ、お金をかき集めるのに役立つ才能は今までひとつとして示したことはないのだから」と彼はソファイアに手紙を書いている。

九月にセイラムを短い期間訪れたのち、ホーソーンは、リプリーの農場労働者――それまではそういう立場だった――としてではなく、「寄宿人《ボーダー》」という、一種の閑人《ひまじん》として共同体に戻った。九月二十二日に彼がソファイアに告げたところでは、この変化によって彼は「ここの人々や彼らの企画を新しい視点で見ることができ、またたぶん……君と僕が彼らと生活をともにする運命上の必要性があるかどうかを見極めることもできるだろう」と思ったのである。彼は鍬を持って大地を耕す代わりに執筆に時間を使えるだろうと思った。しかしすぐ、創作のため絶えず必要とした他人からの完全な隔離状況がそこでは得られず、それこそが如何ともし難い障害だと分かった。農耕には戻りたくないし、執筆はできないしで、十一月に彼は、財政状況が悪い上に彼の要求とも合わないように思われた共同体生活を放棄した。「僕の意見はこうだ。人間の魂は、お金の山だけでなく、肥やしの山とか畑の畝《うね》に埋もれても腐り得る」と彼は明言している。税関ですら「こんな束縛と疲労困憊《こんぱい》の場」ではなく、彼はまたしてもクリスチャンの重荷のことを思い起こしたのである。

ホーソーン自らが書いた『ブライズデイル・ロマンス』(*The Blithedale Romance*, 1852)を除けば、ブルック・ファームを描く文学上の古典は、彼がそこで書いた手紙ということになる。彼の「マーガレット・フラー嬢のものである超越主義的雌牛」についての記述ほど生き生きしてユーモアに富んで面白いものを書簡文学に見つけるのは困難であろう。たとえば、ホーソーンが「あまりに正義の熱情」に駆られて行ったので機械を壊してしまったという干し草刈り、であるとか、彼の農夫としての衣装であるとか、婉曲的に「黄金の宝庫」と称した無尽蔵の堆肥の山での彼の労働であるとか、共同体およびそこでの彼の役目に絡む他の多くのテーマであるとか、いろいろな記述が満載である。ブルック・ファームが今日生きているのは、主としてこうしたホーソーンが書いた田園詩および農事詩の中においてである。そこでの彼の経験はそれらが続いていた間は現実味をたたえていたが、彼が農場を去ったあとは非現実的様相を帯びていった。「現実の私は、共同体の仲間ではなかった。そこには実体のない幻がいて、口の出には角笛を吹き、雌牛の乳を搾り、ジャガイモの草取りをし、干し草をかき混ぜ、日向で汗水垂らして苦役し、光栄にも私の名前を用いてくれている」とホーソーンは言う――彼の人生のこのエピソードはそれほど自分の性格とは合わなかったのである。

ホーソーンとソファイアとの結婚はさらに長い間延期せざるを得なかった。正常な情熱を持った恋人が反抗的になるのは驚くに当たらない。あまりに不条理な長い期間にわたって彼は自分の欲望を文学的空想へと昇華させたり、やむを得ず慎みある抱擁で満足せねばならなかった。「われわれはもう表現は使い果たした。少なくとも、ペンとインクを使ってできるかぎりの表現は自分たちのはるか後方に置いてきたのだ。話し言葉さえもう不適切になって久しい。顔つき――唇と手を押しつけ合うこと――胸と胸を触れあうこと――このほうが言葉に勝る。しかし、いずれは、われわれの精神がこうしたことよりもっと適切な表現を要求するようになろう」と彼は一八四二年一月に正直に書いている。金があろうがなかろうが、結婚が必要不可欠になっていたのである。内的な強い衝動から作家になろうと、ホーソーンは自分の芸術に立ち返り、財政的支援をそれに頼ろうと決意した。その時もなお報酬を求める唯一の機会は雑誌であったし、またそのように思われたので、彼は一八四二年三月にオールバニーへ赴き、『デモクラティック・レヴュー』の編集人、オサリヴァンと会ったのだが、彼との間でおそらくその雑誌への今後の寄稿や原稿料に関する取り決めがなされたものと思われる。過去の経験から、雑誌から得られる収入については疑いを差し挟まねばならない十分な理由があったのだが、オサリヴァンとの話し合いは、ある程度彼を安心させたに相違ない――彼がそれを望んでいただけにいっそう安心させられたのである。彼はオールバニーから冒険的事業に乗り出す決意で戻ってきた。

六月にホーソーンは母と姉妹たちに、自分の結婚が近いことを伝えた。これが母や姉妹が彼から聞いた結婚の最初の知らせだったが、ニューイングランド地方の人々の寡黙さを例証する興味深い事例であろう。エリザベス・ホーソーンはソファイアに宛てて、以下の書き出しで始まる冷淡な短信を送っている。「あなたと私の弟との結婚が近いと聞いて、私はあなた方相互の幸せを心から願っているという保証をあなたに提供しなければと思っています」と言い、さらに続けて、「私たちにこの一件をかくも長い間知らせずにいた」として弟へのきびしい非難を展開している。しかし事態はエリザベスの手紙が示唆するほど困難ではなかった。というのも、ホーソーンはソファイアを安心させようと六月九日付けで次のような手紙を送っているからである。「僕の母親は事の成り行きをずっと前から知っていた。当初、彼女は心を悩ませた……しかしそのうちに、そっと、神様が彼女にこれでよいのだと言って下さったのだ。そうして、わが最愛の妻よ、われわれは彼女の手放しの祝福と同意を得られることになった。僕の姉と妹も当然ながら支持してくれ始めており、万事は順調だ。神が讃えられんことを！」コンコードの旧牧師館《オールド・マンス》が、そこの住人で神学博士のエズラ・リプリー老師（Ezra Ripley, D.D., 1751-1841）が死去したため、最近入居可能となり、期限なしで借りられることになった。

ジェイムズ・F・クラーク師（James F. Clarke, 1810-88）が結婚式を執り行う手はずが決まった。マーガレット・フラーはソファイアにお祝いの手紙を送り、「女性の心を理解する敏感な優しさと、女性を満足させる神秘的寡黙さと男らしさとを兼ね備えた男性がかりにもいるとすれば、それはホーソーンさんです」と伝えた。エマソンによれば、旧牧師館の庭も立派に整備されたという。要するに、すべて準備が整ったのだが、ソファイアはその緊張感がほとんど耐えられなくなった。いつも不安定な彼女の健康状態は変動が激しく予断を許さなかったので、ひとまず結婚式を一週間延ばしたほうが良いようにも思われた。ホーソーンは焦らないことに決め、もし必要なら、ひとまず自分が旧牧師館に行って花嫁の体勢が整うまでひとりでそこに住もうと決心した。彼は早く結婚したい一心で、ソファイアの頭痛対策として「磁力的《マグネティック》」あるいは催眠術的《ヒプノティック》治療を制限的に（眠りに達する直前で止めるという条件で）用いることに同意した。とはいえ、彼はそれ以前、「磁力の奇跡」に対しては、それが個人の神聖な領域を侵すものとして頑《かたく》なに反対した経緯がある。彼曰く、そのようなものは「神聖なうえにも神聖な領域への侵入」なのであった。ホーソーンにとってそんなにもいかがわしい療法が採用されたのだとしても、それはけっこう成功したようである。なぜならソファイアは、一八四二年七月九日にボストンのウェスト通り十三番にある彼女の両親の家で結婚できるまでに回復したのだから。式が終わるとすぐさまホーソーンと花嫁は馬車に乗り、コンコードへと向かった。途中で雷雨に見舞われたが、ホーソーンはおどけて、雷鳴は自分たちの到着を知らせる大砲の音だと言っている。

旧牧師館での新婚夫婦の生活は、アメリカの夫婦が営む田園生活の典型である。それは旧牧師館日記にたっぷりと記録されているが、それを書くに当たっては――ジュリアン・ホーソーンの表現を借りれば――「最初に一方が、次にもう一方がペンを取り、美しい第一連そして第二連を綴っていった。」ソファイアの健康も改善した。ホーソーンはこの間ずっと、自分の身体エネルギーの一部を彼女に提供できるものと確信していた。初期の手紙のひとつで、彼は彼女に注文をつけ、「僕の健康と体力を共有せよ、愛しい人よ。それらは僕のものでもあるが、君のものでもありはしないか?」と言っている。ソファイアは何度か神経衰弱状態に陥ったとはいえ、その成り行きによって彼の自信は正しいことが証明された。何年かのち、彼はこの結婚生活からの経験に基づき、アメリカ女性について導き出した一般論を披露して、「見かけは華奢《きゃしゃ》だが、彼女たちはいつも人生の目的全体には十分間に合うものだ」と言っている。

この夫と妻の幸せは人間が望み得る範囲内にあってほぼ完璧なものであった。旧牧師館日記の、ソファイアが書いた部分には、最初の夏の喜びが次のような叙情詩的な調子で書き綴られている。

> 私たちは心地よい薄暗がりの中に入り込み、松の枯れ葉の絨毯の上に座った。それから美しい影の中で彼を私の両腕で抱きしめると、しばし母なる大地の胸懐《むなふところ》に身を横たえた。ああ何と甘美な瞬間だったか！雷鳴も稲妻も伴わない非常にかすかな、まるでダイアモンドのような夕立が来て、私たちは最高に幸せだった。私たちは森を歩いて通り抜け、開けた空間に出たが、そこからは綺麗な広々した風景が見え、私たちの住む古い牧師館が野原の中で立派な位置を占め、川がそこかしこでその青い目を開き、うねった山の稜線が地平線と交わっている。そこでわたしたちはブルーベリー(11)を摘み、それから腰を下ろした。風はなく、静けさは

奥深かった。私たちの心臓の鼓動を除いて、世界には何の動きもないように思われた。

そして次の春になると、彼女はさらに大きな喜びに浸りながらこう書いている。

私の心はとても充実していて——とても高い日盛り位置まで上昇して——惜しみなくよく溢れているので、わたしの豊富な愛を受け入れるもうひとつの心がないのなら、悲しいし人生に目的がないように感じてしまう。ああやさしい神よ！　あなたに感謝します。私が、自分の持ったくさんの海水とともに愛しい夫に向かって流れ込み、その包容力ある胸の巨大な広がりの中で私の波のすべてとともに歌い、雷鳴を轟かせられることについて。そこで私は何と歓喜に満ち——彼の愛の太陽を浴びて私は何と泡立ち、光ることか——これ以上広い領域は要らぬと私が何と望んでいることか。なぜなら今までのところまだここに限界をひとつも見つけていないのだから。今私も春そのものであり、すべての鳥たち、川たち、木の芽たちが彼の腕の中で歌い、ほとばしり、芽生えている。私は生まれ変わった大地のように新鮮な感じがする。今私がこうして生きていることがうれしい。なぜなら私は彼のもの、完全に、無条件で彼のものなのだから。それゆえ私の命は美しく優雅だ。それゆえこの世はバラのように香わしい。

ホーソーンの日記は客観的で抑制が利いているが、ところどころに自分の幸福を打ち明ける部分が見られる。以下の記載は結婚一周年に当たって書かれたものである。

人生は今溢れそうに漲《みなぎ》る大海のように自分の真下でうねり、膨《ふく》らんでいる。またそのいかなる部分も言葉で形づくろうとしてもそれは大海を酒杯《ゴブレット》に押し込めようとするに等しい。私たちはいまほど幸せだったことはない――幸せを収容する器がこれほど大きくなったことはないが、それでも一日が、また刻一刻が私たちにもたらしてくれるすべてのもので溢れているのだ。思うに、今日の結婚生活の誕生日はひとつの岬のようなもので、わたしたちは今それを回ったところだが、そのとたん眼前にもっと無限の愛の大海が見えてきたのだ。神が私たちを祝福し、お守り下さらんことを。というのは、悲しみの中よりも幸せの中のほうがもっと恐ろしいことがあるからだ――前者は地上的で有限だが、後者は永遠の肌理《きめ》と生地でできており、そのため、これから具現化される精神はそれを知って当然ながら身震いすることになる。

旧牧師館での日課は比較的単純なものであった。ホーソーンは（夏の数ヶ月を除いて）毎日午前中は書斎で雑誌に送るための執筆で忙しかった。午後の早い時刻に取る午餐《ディナー》のあとは、村の郵便局まで歩いて行き、帰りはアテネ図書館《アセニアム》の読書室に一時間ほど立ち寄った。夕食もしくはお茶のあとには、ホーソーンとソファイアは彼の書斎に一緒に座り、彼がシェイクスピアやミルトンに始まるイギリス文学の古典を朗読した。運動のためホーソーンは夏には野菜畑の草取りをし、冬には雪掻きや薪割りをしたので、妻は「大天使《セラフィム》」にこんな俗っぽい仕事ができるなんて、と驚いた。彼は近くを流れるコンコード川が提供してくれる水泳や魚釣り、ボート漕ぎやスケートを好んだ。散歩はいつもふんだんに行っている。条件が許せば、ソファイアも彼に付いて周囲の森や牧草地を取り留めもなく歩いた。

旧牧師館でのホーソーン夫妻の生活は「ふたりだけの独居（a solitude *à deux*）」と呼ばれてきたが、しかし実際には驚くほど来客に対して暖かいものであった。ルイーザ・ホーソーンとソファイアの家族たちは長逗留をしている。ホーソーンがボストン税関に勤務していた時に間借人として世話になったジョージ・ヒラード（George Hillard, 1808-79）とその夫人は週末に時折訪れていたし、ブルック・ファームで仲間だったジョージ・ブラッドフォード（George Bradford, 1807-90）や、ホーソーンのセイラムでの友人でソファイアは面白くない人だと思っていたデイヴィッド・ロバーツ（David Roberts, 1804-79）、ソファイアの友人でホーソーンが実に慇懃に接したアンナとセアラのショー姉妹（Anna Shaw, Sarah Shaw 不詳）なども同様の週末客であった。エマソン、ソロー（Henry D. Thoreau, 1817-62）、エラリー・チャニング（Ellery Channing, 1818-1901）は頻繁にやってきた。他には（長めの滞在客も短めの客もいるが）マーガレット・フラー、エリザベス・ホアー（Elizabeth Hoar, 1814-78）、サム・ウォード（Sam Ward,1817-1907）、バージレイ・フロスト（Barzillai Frost 不詳）、ホレイショ・ブリッジ、H・L・コナリー（H. L. Conolly, 1810-94）、サミュエル・G・ハウ（Samuel G. Howe 不詳）夫妻、フランク・ファーレイ（Frank Farley 不詳）、ジョージ・W・カーティス（George W. Curtis, 1824-92）、スティーヴン・ロングフェロー（Stephen Longfellow, 1805-50）、それにフランクリン・ピアス——などなど。実際、来客名簿（もしそのようなものが保管されていて現存しているとすれば）を見れば、それを書く者が、もし雑誌との契約を守りたいのなら、書斎にバリケードを築いて立て籠もる必要があったのではないかと思わせるくらいである。ホーソーンがそのような対策を講じざるを得なかったというわけではない——しかし旧牧師館はそれほど多くの人が訪れる社交場だったのである。

ホーソーンは、コンコードの文人たちとは親密とは言えないまでも友好的な関係にあった。彼は超越主義者ではなかったから、コンコード派の教義に同意しなかった。マーガレット・フラーが「古今最大の女性」だというエマソンの意見にはとても賛同できなかったし、ホーソーンはのちに、「彼女は借り物の素養でがんじがらめになっている」という結論を下した。チャニングは、またもうひとりのエマソンの弟子なのだが、ホーソーンからみれば、「あまり独創性のない人間」で「ふつうの人生行路を歩む人々と比べても退屈でありふれて」ゆきそうに思われた。オルコット（A. Bronson Alcott, 1799-1888）をホーソーンは「偉大な神秘的な改革者」と呼んでおり、「彼にはある体系を持った精神がある」と考えてはいたものの、「しかしその体系には実体がない」とも言っている。またエマソンその人については、彼を讃えながらも、「深遠な美と厳しい優しさを持った詩人だが」、自分は「哲学者としての彼からは何も求めなかった」と言っている。ホーソーンは他の誰よりもソローを高く評価していて、一八四三年にソローがコンコードを去ることに対して残念な気持ちを表明している。「私自身のために、彼にはここに留まってほしい。彼は、思うに、付き合っていると森の木立の大枝の間を吹き抜ける風の音を耳にしているような気がする数少ない人物のひとりで、しかもその野生的自由にもかかわらず、彼には高度で古典的な教養が備わってもいる」と彼は日記に記した。何年かのちには、ソローは「愛想のよい人ではない」が、彼が書いた書物は「真実の人間による真実の思考に満ちた作品」だとホーソーンは言っている。

ソファイアは早くからコンコードの超越主義の帰依者だったが、彼女は当初自分の夫が超越主義を代表する人々に対して批判的見解を持っていることについては不信の念を抱きがちであった。しかしホーソーンは、ソファイアが懸念を抱く他のすべての件と同じくこの件でも容易に勝利を収めた。それというのも、一八四三年十一月、彼女は自分の夫の洞察力と哲学的立場について次のように書いているからである。「ある人が何らの理論も持たず、政党的あるいは宗派的傾向も持たないと知るのはとても清々しいものだ……その人は〈真実〉をもてあそぶことはしないし、〈真実〉が恵みの太陽光のようにその人の上に燦々と広く降り注ぐ。……人々が魂の深部一面に主義主張を釘付けすると、わたしたちはその主義主張より先には行き着けなくなる。しかしある空間の向こうにある空間だけを見て、より低い深淵へと際限なく引きずり込まれること、これこそが本当の魅惑だ。」

啓示を得たと称するコンコード人たちに対しては批判的であったが、ホーソーンは決して彼らに無礼な態度を取ったりはしなかったし、彼らとの付き合いを楽しまなかったわけではなかった。エマソンとも愉快な時を過ごしたことが何度かあったが、それはたとえば、彼が「顔から太陽さながらの光を発しながら」やって来て、マーガレット・フラーやエラリー・チャニング、ヘンリー・ソロー、それにチャールズ・キング・ニューカムについて語り合った時や、エマソンがホーソーンとともに二日にわたる徒歩旅行の形でマサチューセッツ州ハーヴァードにあるシェイカーの共同体に出かけた時のことなどである。チャニングとは釣りの旅を何度かしていて、その際ホーソーンはエラリーの話の「つかの間の飛沫《しぶき》」を楽しんでいる。ソローとは長距離の徒歩旅行や小舟での小旅行を何度もしているが、ソローは動植物の秘密への魅力的な知見を与えてくれ、それによってホーソーンは急速に自然への理解を深めた。またマーガレット・フラーとは「秋の季節、森で迷う楽しみ、カラス、幼い子供の頃の経験、山々の遠望と山頂からの眺め」などについてかなり話をした、とホーソーンは報告している。（これらの話題は少々専門的な感じがし、まるでこの女性が自分の「会話録」のリハーサルでもしているかのようである。）ホーソーンはマーガレットといっしょにいて彼女の考えを聞くのを楽しめたのだったが、その際、現代の人々の一部が想像したような性的関心は抱いていなかった。そのような想像は彼の結婚生活の幸福と合致するものではない。

旧牧師館は天国であったし、ホーソーンとソファイアは新しいアダムとイヴであった。あるいはこう言った方がいいかも知れない。家賃や食料品店の請求書というような不快な現実がなかったのなら、そうであったかもしれない、と。ホーソーンはたしかに借金を返済できずに困惑していた。彼は一八四三年三月三十一日の日記に、「雑誌社の連中が未払い分を払ってくれない。それゆえ私たちは貧困の不便さを若干と、財布が空で、借金を背負うという屈辱——しかしほんの一時のことだが——を味わっている。これは迷惑なことだが、労苦ではない」と書いている。しかし、状況は着実に悪化していった。ホーソーンは雑誌のための執筆を続けていたが、編集人たちは相変わらず支払いを怠った。一八四三年十二月一八日にオサリヴァンから百ドルを受け取ったことは、ソファイアがそのことを母親への手紙の中で触れるほど驚くべき重要なことだったのである。たとえ未払い額が完全かつ迅速に支払われていたとしても、その総額では生活費を賄えなかったことであろう。たとえば「ドラウンの木彫りの人形」（"Drowne's Wooden Image," 1844）は二十五ドルで『ゴウディー』誌に譲り渡されたが、ホーソーンがこのような作品を十編ないしは十二編以上制作することはとてもできなかった。一八四四年三月の第一子誕生——スペンサーのヒロインにちなんでその子はユーナ（Una Hawthorne, 1844-77）と名付けられた——は両親に喜びをもたらしたが、財政的不安は増すばかりであった。

もういちど政治的なポストに就くことが生計を維持する唯一の手段と思われた。ホーソーンは民主党が政権の座に復帰し、[12]ボストン税関での自分の性分に合わない経験はあったものの、金になるポストを獲得できればよいと願った。一八四四年十一月にポーク（James Polk, 1795-1849）が大統領に選任されると、ホーソーンは、政治上の友人たちと会合していたセイラムから妻に宛て、「数ヶ月のうちにわれわれの苦境が解消すると期待するのは当然の権利だ」という手紙を書き送っている。しかし政治機構の歯車はゆっくりとしか回転しなかった。彼のために強力な味方——今では海軍士官となったブリッジや政党の主要雑誌編集人オサリヴァン、それにいまや合衆国上院議員となったピアスら——が活動してくれたが、必要とするポストへの任官は一八四六年四月までずれ込んだ。

そうこうしている間の一八四五年秋のこと、旧牧師館の所有者で亡くなった牧師の息子、サミュエル・リプリー（Samuel Ripley, 1783-1847）がこの館を引き継いで自分で使おうと決めた。すぐに大工たちがやってきて忙しくその建物の改築にかかったのである。ホーソーン一家は、セイラムの母の家に収容設備が整ったので、十月にコンコードをあとにしたが、この出発は美しい時代の終焉であった。これより数ヶ月後に、セイラムで書いた「旧牧師館」と題する有名な自伝的エッセイにおいて、ホーソーンは甘美な懐旧の情を込めて「心地よい寂寥感を漂わす川、並木道、庭園と果樹園、それにとりわけあの西側に小さな書斎があった旧牧師館、それに柳の小枝ごしにきらめく日光」を追憶している。『トワイス・トールド・テールズ』を刊行した一八三七年から『旧牧師館の苔』（*Mosses from an Old Manse*）が出た一八四六年までの間にホーソーンは三冊の本を世に送った。それらは『おじいさんの椅子』（*Grandfather's Chair*, 1841）、『トワイス・トールド・テールズ』の第二版（1842）、それにホレイショ・ブリッジの原稿を編纂した『アフリカ巡航日記』（the *Journal of an African Cruiser*, 1845）である。

一八三八年にホーソーンはロングフェローに対し、二人で協力して子供向けの物語を書こうと提案したのだが、その時、こういう計画は収益が大きいと思うと述べている。ロングフェローが賛同してくれなかったので、ホーソーンは自分だけでやってみることにした。その結果が『おじいさんの椅子』なのだが、これは少年少女向けに書かれた、独立戦争が終わるまでのニューイングランドの歴史本である。ボストン税関に勤務しながら書いたもので、比較的楽に、集中力をフル回転しないでも書けた類の本であった。

『トワイス・トールド・テールズ』の新しい版は二巻本として出版された。第一巻のほうは一八三七年版に収録された十八編を復刻し、それ以来世に出た一編を加えてある。第二巻は二十編から成っているが、そのいずれもがそれまで収録されたことのない作品である。これらのうち十四編は初版出版のあとで雑誌に掲載されていたものであり、六編は一八三七年より前に出ていたものの作家が最初の作品集を編んだ時に見送られていたものである。後者の作品群の中に「エンディコットと赤十字」("Endicott and the Red Cross", 1838)や「大望の客」("The Ambitious Guest", 1835)のようにみんなが大好きな作品が含まれているのは興味深い。出版はボストンのジェイムズ・モンロー社であった。

「アフリカ巡航日記」はジャーナリズム的著作で、ひとつにはホーソーンがブリッジを喜ばせるため、またひとつには自分で楽しむため、またひとつには少し金を儲けるために引き受けたものである。これはE・A・ダイキンク(E. A. Duyckinck, 1816-78)の新しい「ライブラリー・オブ・アメリカン・ブックス」の第一巻としてニューヨークのワイリー・アンド・パットナム社から出たのだが、よく売れたので、数ヶ月の間に第二版が出ることになった。ホーソーンの印税割り当て分がどのくらいだったのかは不明だが、配分は任されたブリッジが気前良く行ったものと思われる。この本の中身は、アメリカ海軍の快速帆船の事務長として、アフリカ西海岸を航海した時のブリッジの観察記録である。ホーソーンはダイキンクに宛てて、自分の編集の仕事についてこう述べている。「私は必要と思われる箇所で文体を修正したり、ブリッジが自分でやっていない箇所では彼の考えを発展させたり、時折は情緒的刺繍を何カ所かで施しました——同時に、彼が書いている事実をみだりに歪曲したり、事実に対する彼の意見の大意を変更したりすることは避けました。」

一八四六年にホーソーン第三の物語集成『旧牧師館の苔』が、『アフリカ巡航日記』によって幸先良いスタートを切ったシリーズの中の二巻本として登場した。この物語集には二十三の作品が収録されており、そのうち十七編は旧牧師館で執筆されたもの、四編が一八三七年以前に書かれたものであった。これらの中には、「ロジャー・マルヴィンの埋葬」（"Roger Malvin's Burial", 1832）と「ヤング・グッドマン・ブラウン」（"Young Goodman Brown", 1835）という二つの物語も含まれている。両者は今日殆どの読者がこの種のものとしてはホーソーンの作品の中でも最上位近くにランクすると思われるが、ホーソーンは作品集を作るに当たって二度も収録を先延ばししていたものであった。おそらく彼は、これらの物語の救いようのない暗さが先に出版された本の評判に悪影響を及ぼすのを恐れていたのであろうし、またおそらく、彼の判断が、自分の書いたものの相対的価値に関わる部分で、奇妙に正確でなかった可能性もあろう。

ホーソーンの評判は――収入の方はともかく――一八四〇年代には着実に上がった。『トワイス・トールド・テールズ』第二版は（少々例を挙げれば）『ノース・アメリカン・レヴュー』誌上では忠実なロングフェローから、『ボストン・クォータリー』（*Boston Quarterly*）誌上ではオレスティス・A・ブラウンソン（Orestes A. Brownson, 1803-76）から、『アークテュラス』（*Arcturus*）誌上ではE・A・ダイキンクから、また『グレアム』誌上ではポーからの賛辞を喚起している。ポーの書評は、のちに彼自身の短編小説論の標準的典拠となったものだが、疑いもなく、最も注目すべきものである。「ホーソーン氏のはっきりした特徴は、考案力、創造力、想像力、それに独創性――独創性こそは、虚構文学では他のすべてを合わせただけの価値のある特性――である。……ホーソーン氏はすべての点で独創的なのだ」と言っている。一八四三年から四四年にかけて雑誌に掲載された物語はかなりの注目を集めた——特に「天国行き鉄道」(“The Celestial Railroad”, 1843) は小冊子の形で二度も復刻された。ポーはホーソーンに、不幸にも日の目をみなかった雑誌『スタイラス』(*Stylus*) への寄稿を持ちかけている。ブライアント (William C. Bryant, 1794-1878) はホーソーンの英語を「大西洋の両岸で書かれた中で最良」と評した。

『旧牧師館の苔』はチョーリーによって『(ロンドン) アセニアム』誌上で念入りに賞賛され、C・W・ウェッバーによって『アメリカン・ホイッグ・レヴュー』誌上で賞賛されたりした。ところが、こうした賞賛は売れ行きには繋がらなかった。ホーソーンは「個人的には賞賛されるが公には評価されない天才の、わが国における抜きんでた実例」だというポーの指摘にはかなりの真実が含まれているように思われる。この初期の論評のあとでポーのホーソーンへの態度は激変した。一八四七年十一月の『ゴウディー』誌上における『苔』の書評で、ポーは、「変わっているが独創的ではない」と言い、ホーソーンが「計り知れないほどアレゴリーを愛好し過ぎ」だと言った。ポーはこの書評を以下の遠慮会釈ない忠告で締めくくっている。「彼に筆を改めさせ、目に見えるインクを使わせ、旧牧師館から出て来させ、オルコット氏に切りつけさせ、(できれば)『ダイヤル』の編者を絞首刑にして、『ノース・アメリカン・レヴュー』の奇数号を全部窓から放り出して豚に喰わせてやれ。」

ホーソーンをオルコットや『ダイヤル』さらには『ノース・アメリカン・レヴュー』と同一視したりして、ポーはひどい誤認をしているが、自分の意見を逆転させたのは無節操なように思われる。しかし彼が明らかに感じたのは、ホーソーンの作品の質が旧牧師館で過ごした歳月の間に悪くなったということであった。メルヴィルも後にそう感じた。『苔』を褒めすぎたあとで『トワイス・トールド・テールズ』を発見した彼は、ダイキンクに向かって、（最近のものより）「古い極上ワインのほうがずっとまし」だと告げている。ホーソーン自身も作品の質の低下を感じていた可能性があるが、それは『苔』の序論でこの二巻本は自分が出版を意図した最後の物語集成だと言っているからである。すなわち「これ以上のことはできないとしても、私はもうこの種のものは十分やり遂げた」と。かりに質の低下があったとすれば、それは、彼が旧牧師館での尋常ならざる健康の理由として挙げた「満ち足りた心」ゆえなのか、それとも、あまりにも大きな別の知力や精神の流入ゆえであったのか？　エリザベス・ホーソーンは、「別の知力の混入」は「彼の天才の香りを損なう」のではないかと恐れ、欲求不満の状態のほうが幸福よりも弟の文学的霊感をもたらす有効な泉源だと思った。

しかし、ホーソーンの文筆生活での動機が何であったにせよ、大抵の読者は、古い時代の作品の方に概して高い評価を与えるという点で、ポーやメルヴィルに同意するであろう。のちの作品の一部には人工的な作為が見られる。「優しい少年」（1832）は正真正銘のニューイングランド史であって、それゆえに信用できるのだが、「ラパチニの娘」（"Rappaccini's Daughter," 1844）は空想的作品で、あまり容易には受け入れがたいところがある。同様に、「ヤング・グッドマン・ブラウン」（1835）はニューイングランドの民族伝承に深く根ざしているが、「大地の大焼却」（"Earth's Holocaust," 1844）は恣意的な作り話である。さらに人工的で彼のニューイングランド的世界からいっそうかけ離れているのは、「クリスマスの宴会」（"The Christmas Banquet," 1844）や「幻想の館」（"The Hall of Fantasy,"

1843）のような作品である。ポーとても、アレゴリーそれ自体に対してではなく、ホーソーン後期のアレゴリー物語の持つ策略や薄っぺらさに対して異を唱えたほうがもっと妥当だったのではないか。しかし、ポーの非難にもかかわらず、旧牧師館で書かれたアレゴリー物語を弁護して少々言っておきたいことがある。もっと古い時期の作品の一部と比べると芸術的にはおそらく納得できないかもしれないが、それらは当時の世界に対する意識の高まりや、作家と同時代の社会問題を批判的に取り扱おうとする傾向の高まりを反映している。コンコードの空気はセイラムのそれよりももっと同時代的だったのである。多くの理由で、結婚後の男性は世界の現状に無関心ではいられなくなる傾向にある。また、こうした時期の彼の著作のほとんどを掲載し、「ラパチニの娘」への序文では彼が「人民の権利の擁護」ゆえに称えた『デモクラティック』誌は、疑いもなくホーソーンを社会的議論の流れの中へと引っ張り込むのに役だったのである。

旧牧師館で書かれたスケッチではいくつかの社会問題がざっとではあるが鋭く触れられている。「新しいアダムとイヴ」（"The New Adam and Eve," 1843）は、現代的な都会で見られる「世界の人工的な機構」に対して抗議するものである。作家は、都市区画の醜さと奇怪さ、大都会の教会の俗っぽさ、金持ち優遇のため正義を歪める裁判所、資本家の抜け目ない仕事、アメリカ社会での経済的不平等の増加などを指摘する。彼は富への欲望を「人類の中枢部分になってしまい、人類当初の性質を恐ろしい支配力で締め付ける制度の原動力であり、命であり、精髄」だとして糾弾する。少数の者が「贅沢に暮す一方で、大勢の者が乏しい食料を求めてあくせく働く」ということを、彼は「重大にして悲惨な事実」と呼ぶ。「新しいアダムとイヴ」は社会的視野の広がりを示しているのである。「人生の行列」（"The Procession of Life," 1843）において、作家は現代社会にはびこる階級制度、そして民主主義に貢献する水平化を促す力のいろいろを精査している。身体の病気は水平化を促す力のひとつで、「地位の高い人も低い人も受け入れ、国王を道化の兄弟にする。」知的才能はもうひとつの水平化促進力であり、「絹のガウンを纏った（ロングフェローのような）言語学の教授」が（学識ある鍛冶屋のエリフー・バーリットのような）「逞しい鍛冶屋」の差し出す腕を取り、協会によって礼遇される。悲しみと罪とは万能の水平化促進力である。しかし愛は、人間の同胞意識のために作用するすべての力のうちで最大のもので、またそうあるべきなのである。作家は「博愛の伝道者たち」に敬意を払ったが、それは彼らの労苦が「牢獄や、精神病院や、救貧院の汚らしい個室やら、悪鬼のような機械が人間の魂を破滅させる工場や、神の似姿たる人間が重荷を背負った野獣さながらの綿花畑や、その他すべての、人間がその同胞を虐待したり軽視したりする場所に手を差し伸べる」からであった。

ホーソーンは明らかに世界もしくはその社会的改善に無関心ではなかった。しかし多くの改革運動によってもたらされる恩恵の永続性には疑いを抱いており、「大地の大焼却」においては個人の魂の浄化がより良い世界の必要条件だというピューリタンの主張を持ち出している。そのうえ、改革者たち自身が変人や偏執狂と大差ないことがあまりに多すぎた。作家は「幻想の館」で、「ここに男たちがいたが、その信仰はジャガイモの形をとって具現化しており、他に長いあごひげが深遠な精神的意味を持っていた者もいた。ここには奴隷制廃止論者がいて、ひとつの考え方を鉄製の穀竿《からざお》のように振り回していた」と言う。奴隷制廃止論者をシェイカー教徒や菜食主義者と同列に扱うというのは、一部の人間たちにはショッキングなことだったに違いないが、ホーソーンの視点からすれば、奴隷制廃止論者も、その他の者たち同様、問題のあるひとつの側面にしか着目せず、しかもその面というのが浅薄なものだったのである。

彼はまたコンコードのプラトニズムにも懐疑的であったが、その理由は、ひとつには（彼は自分の新たな幸せに鑑みてこれがはっきり分かったらしいのだが）それではここでの生活の濃密な満足感が十分表せないということであった。彼の超越主義者の隣人たちは世俗的な喜びを完全な目的にとっての不完全な手段だと考えたのだが、「幻想の館」でホーソーンは、世俗的な喜びそれ自体が人生における正当な目的だと強調している。

草花の香りや刈り取られたばかりの干し草（と彼は書いている）、太陽の優しい暖かさや雲間に沈む夕陽の美しさ、炉端の心地よさと陽気な火の輝き、果物やご馳走すべてのうまさ、山々や海や滝の壮麗さと、それに比べて穏やかな田舎の風景の魅力、激しく降りしきる雪やそれが落ちてくる灰色の大気……田舎のお祭り騒ぎ、素朴なユーモア、肉体と魂がすっかり溶け合った遠慮のない、大口を開けての笑い！　世界のどこを探しても、このようなものをわれわれに見せてくれる場所は他にないだろう。

ホーソーンがエマソンやオルコットのプラトニズムを受け入れたくなかったのは一目瞭然である。彼はこの世界に恋していたので、彼の言葉を借りれば、「イデアがすべてという状況」へ入り込むことなどできなかったのである。

一八三七年から一八四五年までの年月はホーソーンの人生経験を非常に豊かなものにした。オーガスタやノース・アダムズでの夏、ボストン税関での二年間、ブルック・ファームでの六ヶ月ないしは七ヶ月というものは、世の中や人間についての彼の知識を拡大させた。求愛と結婚は、熱い献身的な愛が教えてくれるもののすべてを彼に教えてくれた。彼は人の子の親が味わう喜びや試練を経験した。彼は（貧乏生活の苦しみがあったのでそれだけ切実に）一家の主たるものの責任を肌身で感じた。彼は、他の人間同様、フランシス・ベーコン（Francis Bacon, 1561-1626）が「人間性の試練」と呼んだものから多くを得た。コンコードという場は新しい経験を提供してくれたが、それは耕作をしたり自然の知識を得たりという楽しい経験であった。ソローは野原や小川そして森の細部を観察する目をホーソーンに与えた。エマソンとチャニングは刺激的存在で、ホーソーンとは対立する思想や態度を呼び覚ましてくれる時、その刺激的度合いは高まった。

旧牧師館で書かれた物語やスケッチの一部がセイラム時代に書かれた多くの作品にくらべ、芸術作品としてあまり出来映えが良くないようにみえるとしても、それらはしばしば世の中の状況への作家の関心の高まりを反映しているのである。そして、その時代の末期にホーソーンが、自分で選んだ作家の道でまだ金銭的成功を収めていなかったにしても、その責めは作家自身というよりもむしろ当時のアメリカの文学状況に求めるべきである。ホーソーンの次の作品は金銭的にもすぐれた成功を見せ、こうした時代の豊かな経験をもっと十分に反映することになるのであるから。

注（原注と明記した以外はすべて訳者による注である。）

（1）トマストン（Thomaston, New Hampshire）は、大学の同級生で国会議員となったシリー（Jonathan Cilley）の出身地。シリーは一八三八年に「決闘」で死んだ。
（2）Williams College は North Adams の西隣の Williamstown にある一七九三年創立の私立大学。
（3）Bliss Perry（1860-1954）は文芸評論家で Williams College 卒。
（4）原典には一八一一年とあるが、これは誤りで、一八〇九年が正しい。
（5）マサチューセッツ州フランクリン出身のホイッグ党の政治家で教育改革者。ホーソーンの義理の兄。彼が学長を務めた Antioch College は Yellow Springs, Ohio にある。
（6）（原注）未刊の原稿がマニング・ホーソーンの好意で利用可能となった。
（7）Long Wharf: ボストンの有名な桟橋で、時代とともに変遷を経ているが、一時は市内のステート通りから港まで延々と伸びていたという。
（8）（原注）さらなる説明は巻末四二二頁の書誌に挙げてある拙論 "Letters to Sophia" を参照のこと。
（9）chaldron[tʃɔ́:ldrən] とは石炭やコークスを測る単位で三十二―三十六ブッシェルに相当。
（10）Brook Farm が営まれた場所でボストンの西南に位置している。
（11）原文は whortleberry だが発音上 hurtleberry とも huckleberry とも混同される。一般には blueberry を指す。
（12）当時――一八四一年から四四年まで――はホイッグ党が政権の座にあった。

第五章　セイラムと『緋文字』、一八四六年―一八五〇年

一八四三年三月、早くもホーソーンは「パンのために書く必要をなくすため、官職とそれにともなう報酬を手に入れる見通し」を語っていた。彼の友人たちがそれ以前の二度にわたり、彼のために活動してくれていた。一八三七年には南海への遠征隊に加わる歴史家に指名してもらおうと図ったがうまくいかなかった。また一八三九年には友人たちが、シリーの「伝記作家」だとして売り込み、ボストン税関の測量官のポストを確保してやっている。ホイッグ党員たちの在職期間中は成功の見込みはなさそうだという事実にもかかわらず、一八四三年、タイラー（John Tyler, 1790-1862）がカルフーン（John C. Calhoun, 1782-1850）の民主党との連立を組んでから、オサリヴァンはホーソーンをセイラムの郵便局長として任官するよう、タイラーの主だった支持者のひとり、ヘンリー・A・ワイズ（Henry A. Wise, 1806-76）宛てに説得力を持つ手紙を書き送った。その手紙は、著名な作家たちには、支持政党の如何を問わず官職を与えるのが政府の義務だと主張し、このほど亡くなったジョナサン・シリーとホーソーンとの関係を指摘して――これは（シリーが殺された決闘において）ウィリアム・

J・グレーヴズ（William J. Graves, 1805-48）の挑戦を取り持ったワイズは、シリーの友人に対して少々の償いを進んですべきだという、少々気配りに欠けた助言なのだが――その結びとしている。しかしその運動は奏功しなかった。翌年秋にポーク（James Polk, 1795-1849）が大統領に選任されてやっと、ホーソーンの支援者たちは熱心に政治的影響力を持った雪玉を練り始めたのである。

官職の取り合いは熾烈だったが、それを別としても、成功を阻害する主たる要因はホーソーンが活動的な党員ではないという事実であった。コンコードの民主党員たちは、ホーソーンが町に住んでいた時には投票にさえ行っていないと報告し、セス・トマス（Seth Thomas 不詳）はその報告をポークの海軍長官でニューイングランドにおける任官決裁者であったジョージ・バンクロフトへ回した。しかしオサリヴァンは不撓《とう》不屈でその決意は断固たるものであった。彼は一八四五年四月、バンクロフトに、ホーソーンが「窮乏状態とは言わぬまでも、切望状態にはある」と言っている。任官させれば、それが政権にとっても「大いなる名誉」となる、と彼は言い、さらにウォータータウン(1)の武器庫での任官を考えたらどうかと提案している。五月に彼は、「ホーソーンは飢えて死にかけており、私も彼のことが心配で落ち着かず、死にそうだ」と言い、チェルシー病院の物品調達係はどうかと提言している。オサリヴァンはその年の夏も秋もずっと手紙を書き続け、バンクロフトに集中攻撃を仕掛けた。バンクロフトはワシントンの書記官とかサンタ・ローザ島(2)での勤務はどうかと提案したが、いずれもオサリヴァンは断固拒否している。「独立した職務で、あまり多くの単調な筆記用務がない仕事、場所もボストン近辺のどこか」とバンクロフトに対して彼は注文をつけ、「それが彼に与えられて当然のポストだ」と言っている。「国とわが党の名誉が、このような人物を軽んじるという無慈悲で恥ずべき処遇によって深く傷つけられていると私には思える」と、さらにオサリヴァンは熱を込めて言明する。バンクロフトは次にチャールズタウンの海軍工廠《こうしょう》(3)での事務官はどうかと提案してきたが、これはホーソーン自身が拒否した。バンクロフトはいろいろたくさんの提案（別のものとしてはポーツマスの海軍の倉庫管理人というものもあった）をしたが、ホーソーンが望むもの――セイラムでの良い官職――を提示することはできなかったらしい。この理由は当地の政治状況を恐れたためとも、またいろいろ友情を口にしながらも、本気でホーソーンを助けようとする気持がなかったからとも考えられる。ソファイアもその夫も、とにかくバンクロフトには不信の念を抱いていたのである。ソファイアは一八三九年に最初に彼と会った際にこう書いている。「バンクロフトさんは人間ではなく小鬼《ノーム》です。あの人の三フィート以内には近づきたくありません。あの人の気持ちの悪い印象は筆舌に尽くしがたいです。あらかじめお会いしたくないというつもりはありませんでしたけど。不快な印象を受けたのは私の本能のなせる技です。」旧牧師館の内輪の用語では、バンクロフトはスペンサーに登場する「見え透いた野獣《Blatant Beast》」となっていた。

　その間、ピアスとブリッジが迅速に活動を開始していた。たとえばピアスはバンクロフトに送った書簡で、「もしホーソーンが何らかの形で職を与えられなければ、私は後悔の念に満たされるであろうし、現政権は当然なすべきことを怠ったといつも思い続けるとになろう」と言っている。ピアスはセイラムの郵便局長の職を強く要求し、このポストはタイラーが任命したブラウンを辞めさせればすぐに獲得可能だと、彼の考えを述べた。ブリッジの運動はもっと機敏で、ホーソーンの考えでは、最終的な成功に最も貢献したものであった。ブリッジは、一八四五年の夏、ポーツマス海軍工廠の独身者住宅で、ピアス、アサトン、フェアフィールドといったニューイングランド地方の上院議員たちを、彼らの細君たちおよびホーソーン夫妻とともに供応したのだが、その目的は、彼の『個人的懐古録』(*Personal Recollections*, 1893) によると、「ホーソーン夫妻を自分の有力な友人夫妻の一部と親睦させること」であった。夫人たちを加えることで、就職運動は急速に勢いを得たのは、容易に納得の行くところであろう。十月に、フェアフィールドはバンクロフトとポークに対し、任官の重要性を力説した。一八四六年一月には、チャールズ・サムナー (Charles Sumner, 1811-74) がバンクロフト夫人に懇願し、彼女の夫がホーソーンの必要性を思い起こすよう、夫人から再度頼んでもらった。バンクロフトはサムナーの要請に対し、自分はこれまでも「最も粘り強いホーソーンの友人」だったから安心するようにと応えた。実際のところは、セイラムの民主党員たちが不和から分裂状態にあり、抜け目ない政治屋バンクロフトは地元の政党幹部会が意見の一致を見るのを待っていたのであった。

一八四五年十月に家族をセイラムへ連れてきて、母の家に住み込んでいたホーソーンにとって、仕官の遅延はいつ果てるともないもののように思われた。彼はのどから手が出るくらい金が欲しかったので、ブリッジから百五十ドル借り、ダイキンクには『アフリカ巡航日記』の印税を払うようしきりに催促し、弁護士のジョージ・ヒラードにはブルック・ファームへの投資金の未返済分五百三十ドルの件でリプリーを訴えるよう求めた。(4) ホーソーンの金銭的不安はソファイアが妊娠したことで増大した。「何という苦境に陥ってゆくのか、もし赤ん坊が生まれ、職がないとすると」と彼は一八四六年二月付けのブリッジ宛ての手紙で述べている。また、ボストンへ行って留守の妻宛てには、「神慮がわれわれの苦境を迅速に察してほしい」と書いている。しかし苦難は家族の絆を強化し家族の愛情を深めることにのみ作用したのであった。帰路でソファイアが乗らなければならない混み合ったフェリーでの安全をホーソーンは案じつつ、「かわいそうに、君のかわいくて大きな身体は、こんな大混乱に耐えられないね」と冗談を言っている。さらに、「神が君に祝福を与えられんことを！　僕が君に次いで愛するわれわれの娘にも！　また君の心が温めている子供にも！　貧しさにあろうと豊かさにあろうとその子は私にとって歓迎だ……無事にまた帰ってきてくれたまえ、ジャガイモを食べ、辛抱強い忍従の表情を浮かべ、私を横目でちらちら見ながら」と続けている。

仕官の口が四月にやっと届いたが、それが来たのは、リンのジョージ・フードがバンクロフトに（三月六日に）、ホーソーンの任官がセイラム民主党員の間での「対立不和を調停してくれよう」と報告し、長らくマサチューセッツの民主党を取り仕切ってきたマーカス・モートンがバンクロフトに、ホーソーンはエセックス郡党役員会の決定だから大丈夫と伝えたあとのことであった。ワシントンがどれほどの圧力をかけようと、地方の党員たちの意見は無視できなかったのである。けっきょく、任官は地方の党員の意向次第で、高官たちの支持や作家たちに対する国の義務がどうこうという仰々しい文句は二の次であった。赴任前数ヶ月にわたって、ホーソーンはセイラムの政治屋たちと密接な接触を行ったが、その結果としての成功が彼の技量を証明している。詳細のほとんどは、秘密裏に行われた党員たちの会合の闇の中に葬り去られてしまったが、三月一日付けでホーソーンがブリッジ宛てに送った手紙の次のような一節は、当時用いた抜け目ない戦略を示すものであろう。

君の最後から二番目の手紙に含まれていた情報を、ここセイラムの何名かの人々に伝えるのを許してくれれば、僕はこの情報を、ハワードがだめだった場合の次善の選択として、彼らがホイト任官に同意するのを促す目的で使わせてもらうつもりだが、たぶんこれで足りるだろう。バンクロフトは明らかにホイトのためやっきになっているからね。これが奏功しないと、僕は海軍に勤めねばならないと確信している。もし今君がひまで、今述べたやり方がいいと思うなら、郵便局長とあと一、二名に見せるための手紙、すなわち、あの情報をあらたに伝え、しかも君の前の手紙には言及しないような手紙を僕に書いて送ってくれないか。君の前の手紙は受け取ったことを長い間隠してきたので、今更認めるわけにはいかないのだ。君の情報が何に基づくものかを言う必要はない。もし君がここで僕の言っていることを行うだけの権限がないと思えば、今は何も書いてよこさないでくれ給え。というのは、当地の僕の友人たちは、もし君からであれオサリヴァンからであれ、僕が手紙を受け取ったと知ればいいやというほど僕を悩ませるのだから——それに郵便局長はそういう徒党の一員だから、隠すのも難しい。僕の判断は信用してくれていいよ。過去数ヶ月の経験で、僕もかなり政治屋になってきた。

一八四六年四月三日にポークはホーソーンを「セイラムならびにビヴァリー地区の輸入品検査官《Surveyor》」、およびセイラム港の歳入調査官《Inspector of the Revenue》」として任命した。給料は年額千二百ドルであった。貧困から完全には脱せぬまでも、すぐそれは改善されることになった。しかしこの成功の時ホーソーンの頭にあったのは主として、自分のためかくも一生懸命働いてくれた人々への感謝の思いであった。誇りと感謝の念を込めて、彼はブリッジに「僕には誰にも劣らぬ真の友人がいる」と伝えた。

四月二十二日付の『(セイラム)アドヴァタイザー』紙([The Salem] *Advertiser*)[5]は、二日前に新しい輸入品検査官が公式に着任したと報じた。職務は明らかに大して骨の折れるものではなかった。セイラムは以前の交易の多くがボストンとニューヨークに移ってしまったために、衰退期の港となっていた。税関は(多くの政府機関同様)本当に必要とされる以上の人間を雇用していた。ホーソーンは輸入品検査官室で午前の三時間ほどを過ごしたが、ここではふつう、彼自身の記すところでは「隅から隅まで行ったり来たり、また脚長椅子に座って机に片ひじを突いたり、朝刊の紙面を目で追ったりしながら、のらりくらり過ごし」ていた。しかしおそらくあの自伝的エッセイの「税関」("The Custom House")が伝える輸入品検査官の怠惰ぶりや役所全体の眠気を催すような雰囲気はいくぶん誇張気味であろう。少なくとも役人のひとり、ザカリア・バーチモア(Zachariah Burchmore, Jr., 1809-84)は有能だったし、ホーソーンも自分のことを「必要な範囲で優れた検査官」だと公言している。税関の長として、彼は下級役人たちの行動や関税の収集に責任を負う立場であった。彼は公文書に署名したり、彼曰く「胡椒の袋やアナートの[6]籠《かご》や、葉巻の箱、ありとあらゆる種類の課税可能な商品の梱《こり》に、刷り込み型《ステンシル》や黒ペンキで」自分の名前が刻印されて、必要な関税が支払われたか注意を払ったりしていた。このように刻印された商品は「(自分の)名声の奇妙な伝達手段」となった、と彼は回顧している。

彼はこの時、自分の作家としての名声などほとんど行き渡っていない世界へと入りつつあった。大抵のセイラムの商人たちや税関の雇い人たちは『トワイス・トールド・テールズ』も『旧牧師館の苔』も知らなかったし、通例こういう人々はホーソーンを港の輸入品検査官としてのみ認知したのである。当面、彼は作家としての人生から踏み出して、新しい仲間たちや経験を享受することができた。彼は（「税関」で書いているように）、老ミラー将軍（James F. Miller, 1776-1851）を見て大きな喜びを感じたが、この人物は今では港の収税官だが、かつてはランディーズ・レーン[7]の英雄で、その「やってみます、閣下」という台詞はニューイングランドの豪胆な魂と精神を体現するものであった。事務官バーチモアを見ると、その卓越した仕事ぶりからホーソーンは「才能に関する新しい概念」を与えられた。退役軍人の船長は物語をする驚くべき才能を持っていた。老いた美食家は、人生で一番の落胆が、調理した後に堅すぎて食べられないことが分かったとてもうまそうな鵞鳥《がちょう》のことであった。ホーソーンは、文学の雰囲気とは遠くかけ離れた人々と気楽に交流できる自分の能力に誇りを抱いた。これは、多くの作家たちに欠けている多才ぶりと社会的平衡感覚が自分には備わっていることを示すように思われた。作家の書斎から輸入品検査官事務所への移動は、精神の健康と経験の拡大に貢献するものだと、彼は思ったのである。「税関」で彼は今の暮らしぶりを、以前のもっと文学的だったそれと次のように比較対照している。

ブルック・ファームの夢想家仲間たちと苦役や実現不可能な計画で協力したあとに、またエマソンのような知性の微妙な影響力の中で三年も暮らしたあとに、またエラリー・チャニングとアサベス川のほとりでの自然のままの自由な日々を過ごし、倒れた木の枝を燃やしながら幻想的な思索にふけったあとに、またウォールデンの庵でソローと松の木やインディアンの遺跡について話をしたあとに、またヒラードの古典的に洗練された教養に感化されて選り好みが激しくなったあとに、またロングフェローの家の炉端で詩的情感に染まったあとに——ようやく私が自分の本性の中にある別の能力を行使し、自分がこれまでほとんど食指を動かさなかった食物から滋養を摂る頃合が訪れたのである。あの老調査官（前に述べた美食家）さえもが、食餌《しょくじ》に変化を与えるものとしては、オルコットを知る人間にとって望ましい存在となった。

税関が気晴らしとしてありがたいものだったとすれば、検査官を務めた年月の間に、他のことに気を回すことができなくなるほどますます大変になっていった彼の家庭生活も、またしかりであった。献身的な夫であり父親であった彼は自分の時間や関心を家庭に注げてとても満足した。一八四四年の三月に生まれたユーナと一八四六年の六月に生まれたジュリアン（Julian Hawthorne, 1846-1934）は、子がかわいいと思う親の気持ちを呼び起こしたのみならず、あれこれ差し迫った実際的要求を突きつけもした。ソファイアは母親に宛てた手紙の中で、「あの天賦の才能を持った人が、人生を税関と育児室の往復で過ごすなんて」と残念がった。また彼女は一八四七年七月の夫に宛てた手紙で、「愛しいあなたは、育児室の労苦など味わう義理はありません。そんなことはあなたの本性や雰囲気と合いません。あなたが生まれてきたのは、熟考し、沈黙を守り、夢破られることなく前進して世の中を啓発するためです」と言っている。ホーソーンをロマンティックな詩人としてもう一度再生させようとするソファイアの努力はこれが最初でも最後でもなかった。しかしホーソーンは自分自身を、そして世の中と自分の関係をもっと良く理解していた。「育児室」の中で彼は——数年後に率直に述べているが——「男が子供を設ける決意をしたなら、自分の生活を主張する権利はもはやない」ということを学びつつあったのである。彼はこれを苦々しい気持ちや咎《とが》める気持ちで言ってはいない。なぜなら、親が子に果たしてやらねばならぬ義務を彼ほどよく知っているものはいなかったからである。

両親はいずれも子供たちについて多くのことを書いている。彼らの態度、そして彼らの説明は、相互補完的である。ソファイアは有頂天で、子供たちは自分にとって堕落を知らぬ天使だ、という調子である。これに対し、ホーソーンは、子供たちを愛し賞賛する点では妻に負けず劣らずだが、強い現実感覚と強いユーモア感覚を示すのも忘れていない。ソファイアはしばしば現実を見て見ぬふりをし、子供たちを笑いものにするようなユーモアには笑おうとしなかった。夫の死後、彼女は夫の手紙や日記の中の、ユーナやジュリアンのことを正直に、あるいはユーモラスに取り上げている部分の多くを削除した。しかし、後世の意見に対する彼女の懸念がどのようなものであったにせよ、つぎの数カ所のような部分は、聡明な読者なら誰しもこれを読んで、書き手たる作家が非常に人間的で献身的な父親だと思わないわけがない。

実はユーナは生まれて十六日目の朝、一度もう笑っている。私はこれをげっぷのせいだと思いたかった。げっぷは時々冷笑みたいな表情を作り出すからだ。しかしこの現象の唯一の目撃者だった彼女の母親は、あれはこの子の口や目が作った正真正銘の微笑だったと言い張っている。

ユーナは獅子鼻で赤毛だが可愛いやつです。

ママの言では、ジュリアンはわが家で一番良い本が好きだということだ——つまり、彼は自分から遠ざけられている本が好きなのだ。子供たちはこのくらい距離をおいてみると善良で美しい（ニューヨークから書き送る）

ユーナが赤ん坊だった時、ホーソーンは彼女の毎日を日記につけないでいた。それは「記録することがあまりないからではなく、書かないでおくほうが良く分かるし良く感じられるみたいに思えるから。それに干渉したりすると危険だろうし」と彼は友人に説明している。しかし一八四八年、ユーナが四歳、ジュリアンが二歳の時、彼は日記をつけ始め、間合いを置きつつ一年以上も続けた。かりにホーソーンがこうした試みに感じた危険が、芸術家と人の子の親との間の葛藤にあるとすれば——前者はものをはっきり見るが後者は曇った視界でしか見ない——危険は除去され、葛藤は芸術家道に精通していたために解決したことになる。なぜなら、日記が示すのは子供たちの行状の中のかわいらしくて美しいものだけでなく、馬鹿馬鹿しく醜いものへも向けられた観察眼だからである。日曜日や、税関から戻った午後などに、ホーソーンは家事のまっただ中にいながら、二人の子供の刻々と変化する兆候を記録しようとした。すばやく軽快にペンを運んだにもかかわらず、彼はすべてを捉えきることができなかった。「ユーナがいまやって来て」と彼はまず書く。そして「今まで考えていた問題から大きく気をそらされるので、もうほとんど諦めてやめてしまおうと思うくらいだ」と続ける。しかしおそらく他のいかなる作家といえども、遊んでいる子供たちの変幻自在の行状――跳ね回ったり、喧嘩をしたり、子供っぽいたわごとを言ったり、ドラマティックな声色を使ったりする――をこれほどみごとに記述する者はいなかったことであろう。その記録は、「ユーナの赤褐色の巻き毛が両肩からとても優美に垂れ下がり、彼女の繊細で小ぶりの顔についていては、その生気、優美さ、感受性をペンで記述するのは不可能だ」というような、型にはまった美しいテーマの場合であろうが、「ユーナには寝る準備をさせ、イチジクの葉の役目も果たさないシュミーズを着けたまま部屋を走り回らせておいて、自分は散歩に出かけた。あの子がこんなに身体をねじらせ、ポーズを取るところをみたことがない――四つん這いになって小さな尻を突き出し、男たちや天使たちにとっては見ものだが、少しもグロテスクではない」というような醜く馬鹿げた場合であろうが、どちらも同じく客観的なのである。ホーソーンは子供たちといっしょにいて幸せであった――遊びに加わったり、即興で物語を作ったり、膝にひとりずつ抱いたりしていたが、その間にもペンはどんどん先へ進んでいったのである。

彼はまた妻といっしょにいても幸せだった。彼にとって夫婦愛は子供ができたり、年月が経ったりして先細りするものではなく、着実に深まり、強くなっていったのである。ソファイアが子供たちをボストンのピーボディー家やウェスト・ニュートンのホレス・マンの家の人々との長逗留《ながとうりゅう》に連れて行ったりすると、夫はまったく侘《わび》しく悲惨な状況に陥った。こうした折に書いた妻宛の手紙で、「君がいなくてこんなにさみしい思いをしたことはない。寝る時も、食事の時も、また今回のような、離ればなれの生活の中で起きる、日ごと夜ごとのあらゆる寝食以外の事態にあっては。君のことを思わないと、僕の生活は今の天気みたいに寒くて風が吹き荒れるし、その上、まばゆい陽光の代わりに曇りがちで薄暗い。……寝る時のことを考えるのも僕にとっては憎々しい。特にこんな極寒の晩はそうで、僕の身体は心同様打ち震える。君は暖かくして寝たのだろうか?」と述べている。しかしながら、季節は関係なかった。なぜなら夏にも彼は、「夜になると、われわれの大きな、さみしさを誘うベッド――多くの至福の交流の場――は今やひとりぼっちだ」と言って嘆いているからである。またさらにもうひとつの別居の折に彼はソファイアに、自分はいかに肉体と魂の安寧を家族に頼っているかを次のように伝えている。「僕はこの家のさみしさに耐えられない。僕には子供たちという太陽が必要だ。彼らの些細な喧嘩やいたずらでさえ僕には祝福だ。僕にはとりわけ君が必要で、君がいなくなるたびごとに、自分が孤独にそれだけ耐えられなくなっていることが分かる。君がいないと寝るのが悲惨だ。帰っておいで! 帰っておいで!」しかしソファイアを大いに必要としながらも、ホーソーンは事態を利己的に捉えることはできなかった。彼はしばしば妻には――こういう状況にあってはこの上なく勇気の要る行動なのだが――いちばん頼りになる医者が近くにいるのだからボストンに、また子供たちが広々した田舎の恩恵に引き続いて浴せるようウェスト・ニュートンに、それぞれもっと長く逗留するよう主張したのである。

すべての心優しい夫たちと同様、彼は家事の苦労で締め付けられている妻に同情した。ホーソーンは若干の悲哀を滲ませながら、「女性が母親になると、天国に安らぎを求めるかもしれないが、他のどこにも安らぎはないものだ」と言う。最近結婚したばかりのホレイショ・ブリッジの比較的裕福な家庭を訪問した際に、ホーソーンは同じような快適さを提供できない自分の無力さを嘆いて、「ブリッジが奥さんにしてあげているように、僕にもできればうれしいのだが。君にいつも美しいことだけをさせ、豪華な椅子で休ませ、召使いを行き来させるなどして、貴婦人さながらに養ってあげられない僕のような夫と結婚して、君は大きな間違いを犯したね。君はつらい人生を送ることになる。それを目のあたりにする僕も同じだ。しかも君を助ける手立てをほとんど、あるいは全く持ち合わせていない」と言っている。しかしソファイアは全く自分の境遇を嘆いてはいなかった。それどころか、彼女もまた夫同様に結婚してこのうえなく幸せだったのである。一八四八年に、「私はとても幸せですから、これ以上何も求めません。すべての人為《art》と美の典型のような夫と子供たちがすでにいるのですから、私の日常生活に勝り得る人為も美もあり得ません」と母親に告げている。

ホーソーンが税関および家族といった、いずれの人間集団をもそれぞれに魅惑的と感じたように、この頃の彼の生活は家庭と仕事の境界を少々超えるものであった。

セイラム文化会館《ライシーアム》の事務局長としての彼は、会館の催し物にかなりの時間を捧げた。このポストは彼に少々気まずさを覚えさせたかも知れない。というのは、これより数年前、彼は短編「天国行き鉄道」の中で皮肉を込めて、「人間の科学や天上の科学のあらゆる問題に関して、聞く者が誰しも本など読まずともありとあらゆる博学を獲得できるよう、いろいろ深遠な理論を振りまく数限りない講演者たち」に少し言及していたからである。彼はニューイングランドのライシーアムがもたらす利益については何らの幻想も抱いていなかったが、にもかかわらず、講演者を確保したり、彼らの接待の手配をしたり、見上げた努力を払ってその評判に気を遣った。ある時などは、風雨をついてウェスト・ニュートンまで行き、ホレス・マンに講演での協力を要請している。ホーソーンが事務局長を勤めた間に招聘された他の著名な講演者たちには、ウェブスター（Daniel Webster, 1782-1851）、サムナー（Charles Sumner, 1811-74）、エマソン、ソロー、それにオルコットなどがいた。エマソンはセイラム滞在中、ホーソーン家で歓待を受けたし、一八四八年から四九年の会期中二度講演をしたソローもそうであった。ソファイアはソローの講話が「魅惑的《enchanting》」だと評した。彼女が母親に話したところでは、彼の話は、

> ツグミやリス、日光、霧や影、新鮮な春の香り、松の木や海のメロディーなどをすべて精妙に細かく説明して自然の秘密を明らかにしてくれたので、私の耳は音楽で沸き返ったし、自分が雑木林や渓谷をさまよっていたかのような感じを受けました。ソローさんはなるほど態度は尊大だけれども、それを超越したところがあって、天才はみなそうなのでしょうが、優しくて、素朴で、血色が良く、柔和な方です。それに今は彼の大きな青い目が光り輝いていて、以前私があの方を永遠に不器量にさせるにちがいないと思ったあの鼻を目立たなくさせています。

一八四九年二月にソローに対し、次の講演のための再契約を申し出た時、ホーソーンは次のような提案をしている。今印刷屋の手中にある原稿の一部（『一週間』）でもよいし、ソローがかねて口にしていた「インディアン講義」でもよいし、「ウォールデンの実験の続き」でもよいし、「本当のところ他の何でも」聴衆には喜ばれるだろう、と。セイラムに落ち着いたホーソーンは、コンコードの人々の間で生活していた時よりも、彼らの真価を評価するようになり、彼らの講演にも喜んで出かけて行くようになったらしい。実際そうだったとすれば、それは対象から距離を置くことでしばしば得られる経験のなせる技だったと言えよう。

　ホーソーンは引き続き旧友たちと時々会って、心のこもった関係を維持した。ブリッジはポーツマスの海軍工廠からやって来たし、ホーソーンも答礼訪問した。ヒラードとはボストンとセイラムで仲良く会合をした。ロングフェローはセイラムのエセックス・ハウスで彼と食事をし、自分の（一八四六年十月十日の）日記に「十軒ほどの家から成るドイツ人集落でも、こんなまずい食事を出すところはなかったろう」と書いている。しかし悪いのはホテルやセイラムだったのであり、ホストではなかった。それから二週間後に、ロングフェローはホーソーンとホーソーンの準友人《quasi friend》ホレス・コナリーをクレイギー・ハウス[8]で歓待したのだが、その際の食事がはるかに良いものだったのはおそらく確実であろうし、またロングフェローは、日記中の表現を借りれば、「ホーソーンの男性美と珍しい独特の空想力にますます感銘を受けた」という。おそらくこの時に、ロングフェローは、ホーソーンとコナリーから（コナリーがこの物語の創始者なのだが）エヴァンジェリンの物語を耳にしたのであろう。

この時期には、ウィリアム・B・パイク、デイヴィッド・ロバーツ、それにベンジャミン・F・ブラウンのような政治上の仲間たちとの友好的な会合もあった。こうした会合は葉巻を吸ったり、ジンの水割りを飲んだりしてよく盛り上がったものである。ホーソーンは地元セイラムの民主党指導者たちと彼らの陣地に出かけて行って会ったし、そのうえ、彼らのうちの一部が正真正銘気に入っていた。彼は寛容にも『デモクラティック・レヴュー』に投稿するための「ダートムア」論説記事の原稿を、ブラウンのために編集してやっている。彼はまた、ソファイアが嫌がったにもかかわらず、ロバーツを自宅に招き入れてもいる。さらにホーソーンはパイクがお気に入りで、彼の持つ知的、精神的能力を高く評価していたが、それが政治経歴で阻害されてしまっているとホーソーンは考えていた。概してホーソーンは「民主党員はその綱領では最善だが、ホイッグ党員はその構成員において最善だ」というエマソンの説の後半部分には賛同しなかったと思われる。彼は「最善の綱領」を作った人々に忠誠心を感じたのである。一八四八年七月四日にボストンへ花火を見に行った時、彼がセイラム民主党員たちと良い仲間付き合いをしたのはほぼ確実である。ジェファソンとジャクソンが作った政党は七月四日を自分たちが作ったという特別な意識で捉えたし、ホーソーンはホーソーンで、この栄光の四日が、偶然ではあるが、自分の誕生日であることを心密かに反芻したものと考えられる。

一八四八年十一月の大統領選挙におけるホイッグ党の勝利は、ホーソーンと彼の民主党の友人たちが職を失うことになることを意味した。そういうことはすべきでないという抗議にもかかわらず、ホイッグ党は民主党同様に情容赦なく猟官制[9]を適用した。ホーソーンは一八四九年の六月八日に解雇通告を受けたが、彼にとってこれは大打撃であった。ひとつには、生計のためや古い借金の支払いのためめに輸入品調査官の給料が必要であったからである。一八四八年という最近の時点でも、彼はコンコードのリプリー家に返済する家賃残額に関する覚え書きを送っていた。またもうひとつには、選挙結果の如何に関わらず、自分の在任資格は保証されていると知人たちから聞かされて、安心していたからである。大統領テイラー（Zachary Taylor, 1784-1850）は、無能であるか違法行為をしないかぎり、官職保持者が免職になることはないと公言していた。また、地元の政治家たちは、ホーソーンが、ホイッグの前任者を「タイラー民主党員[10]」だったという理由でクビにはしなかったし、政治的任務を遂行するためでなく文壇における地位ゆえに任官を受けたのだと、主張してくれていた。ホーソーンは、金銭的必要に迫られていたし、自分にとってこの一件における当然の権利と思われたものによって勇気づけられた思いで、戦わずして職を放棄することはしまいと決意した。

チャールズ・W・アパム牧師（Charles W. Upham, 1802-75）を頭とするセイラムのホイッグ党員たちは、ホーソーンが汚職の罪を犯したと非難した。ホイッグの監査官は民主党の監査官より薄給で、その差額が民主党の目的に使われてきた、と彼らは主張したのである。そのうえ、ホーソーンは作家としての立場に基づく特権を政治的行動によって放棄したとも主張した。つまり、ホーソーンは新聞に政治記事を書き、党の委員会や代表団のメンバーとなり、松明《たいまつ》行進に加わった、というのである。ホーソーンはこうした非難に対する回答を、友人でホイッグ党員のヒラードに宛てた手紙の中で試み、また六月二十一日の『(ボストン) デイリー・アドヴァタイザー』紙([The Boston] *Daily Advertiser*) 上に発表した。彼は、自分の前任者ネヘマイア・ブラウン (Nehemiah Brown) はホイッグ党員ではなく、タイラー民主党員だと立証した。また、税関の給与はセイラム港のホイッグ党収税官が決定してきたものだと強く主張した。さらに、自分の新聞への寄稿は政治的なものではないこと、自分は民主党という組織の中では積極的役割を果たしてきていないこと、そして松明行列には一度として加わったことがないことをも力説したのであった。

ホーソーンの反論は説得力あるものだったが、情勢は彼にとって不利であった。たしかに税関における賃金の割り当てや党資金の収集にはこれまでいくぶん不正な部分もあった。ホーソーンも内密には「なかなかいうことを聞かない監査官に圧力をかけて査定額を勝ち取る操作」が行われたかもしれないことを認めているが、そのような策動は自分の職務の管轄外のことで、そういうことが実際行われていたら自分は黙認していなかったと主張した。輸入品検査官の責任範囲については筋の通った疑問があった可能性もある。ホーソーンは時々『(セイラム) アドヴァタイザー』紙([The Salem] *Advertiser*) に寄稿したが、これは相当手に負えない民主党機関紙であった。彼の寄稿は純粋に文学的なのもの――主として最近出た本の書評――であったが、この新聞と彼との関わりそのものが、政治記事を書いたというホイッグの非難――この新聞への寄稿者たちは無署名だったために容易には反駁できない非難――にまことしやかな印象を与えたのである。さらに、ホーソーンの名は何度かにわたり『アドヴァタイザー』紙に、民主党の「タウン・コミッティー ("Town Committee")」の一員として、またある時などは、ウスターの民主党州議会へのセイラム代表団の一員として載っていたこともある。ホイッグ党員たちは、ホーソーンがウスターへは行かなかったとか、タウン・コミッティーに対して何ら義務を遂行しなかったなどと信じるのは困難だと公言したのである。

自分の旧友の民主党員たちは新政権に対し何ら影響力を行使できないので、ホーソーンは、ホイッグの友人たちに助けを求めた。すると、ジョージ・ヒラード、ホレス・マンその他の人々が彼のために一生懸命骨を折ってくれた。輸入品検査官ホーソーン氏の失職はニューイングランド全体の耳目を集める大論戦となった。賛成論と反対論、非難の応酬が一八四九年夏の数ヶ月間、都市圏および郡部の新聞各紙を満たした。ソファイアは母親に、「主人の名は国全体に響きわたっています。彼のことを忘れていた人たちの気持ちが今よみがえってきたので、彼は自分がとても有名になった気分なのです」と言った。しかし、彼の言い分が正しく、友人たちの弁護が強力だったにもかかわらず、ホーソーンは復職に失敗した。アパムは自分の告発をワシントンに定着させるのに成功し、テイラー政権はその方針を曲げることがなかった。

ホーソーンはあいまいな立場の犠牲者であった。政治的に官職を得るという光栄に浴した作家として、国政選挙の推移とは関わりないものと見なされてもよいのだが、党機関の一員として、また党の支援を受ける者としては、他の政治的被任用者と同じ責任義務を負うことにもなる。二重の役を演じるのは不可能ではないまでもやはり困難であった。仮にホーソーンが仲間たちから望まれるだけの活動性を発揮していなかったにしても——実際彼は非常に非活動的で、仲間たちが彼を駄目な党員だと呼んで当然だった——それでも、彼はセイラム民主党と一体と見られたし、そのように見えることがホイッグには必要な効力を与えたのである。自分の立場を明確にするためなら、彼は完全に一党員となるか、それともまったくそうならないかのどちらかにすべきであった。興味深いことに、免職によって彼の党への忠誠心は強化され、さらにまた支持者らから説得され、彼自身も半分信じた考え、つまり、作家としての地位を利用すれば政治の場でも昇進が期待できるという考えを追い払う効果をもたらした。この経験は、実際的な政治現場が教えてくれた現実的な教訓であった。ホーソーンは「税関」で次のように書いている。「今はなき輸入品検査官は、ホイッグの面々から敵だと認識されてもまったく不愉快ではなかったが、その理由は彼の政治問題での物臭ぶりが……時として仲間の民主党員たちの間でも、果たして彼が味方なのかどうか怪しいものだと思わせたくらいだからである。今や、彼が殉教の冠を戴いた以上、問題は決着したと思ってもらえるであろう。」

不作法な解任と、秘密裏に行われたそのやり方は報復しようという雰囲気を喚起した。彼はロングフェローに対し、自分は「生贄《いけにえ》をひとり選び、その心臓に一滴の毒を注ごうと決意したが、それは今後かなりの期間にわたってそいつを人々の冷笑の前で身もだえさせてやるためだ」と語った。幸いにも、ホーソーンはその意図を考え直した——というかあるいは、少なくともその実行を一時の興奮が十分冷めるまで延期した。彼はただ妻に対して、アパムは「これまで見たことのないほど申し分のない悪党」だと言っただけで、そのまま将来使うためにとっておいたのである。アパムの極悪非道ぶりは疑う余地がほとんどない。サムナーは軽蔑を込めてアパムのことを「あの口達者で、微笑みを浮かべ、お世辞たらたらの神の従僕」と呼んだ。ロングフェローは彼を「太った、赤ら顔の無法者」と評した。ホーソーンに対する非難が誤りであることを一番よく知っていたのはアパム自身であったが、彼は情容赦なく政治上好都合という理由で自分の道を行ったのであった。それから約二年後、ホーソーンはピンチョン判事（Judge Pyncheon）[11]という登場人物を用いてアパムを晒し台《ピロリー》にかけたものと思われる。ジュリアン・ホーソーンは、「そこに彼は永遠に立つ、狡猾で、口先がうまく、残酷で、破廉恥な人間として」と断言している。まさにその通りであるが、しかしアパムとピンチョン判事との関係は、シャフツベリ（Anthony A. C. Shaftesbury, 1621-83）とドライデン（John Dryden, 1668-88）のアキトフェルの関係[12]とほぼ同じである。実在した典型的人間が普遍性の域にまで仕立て直されたのである。

一八四九年の夏はホーソーンにとって、彼自身後年述べたように、「心が多様に変化し、激烈な苦痛を味わう」時期であった。彼は政敵たちに怒りをぶつけ、彼らを打ち負かすことのできない自分の無力さを悔しがり、挫折感を味わっていた。家族をどう養ってゆくのかで当然ながら気をもんでもいた。さらには、母の病が悪化して七月三十一日に他界したため、悲痛に打ちひしがれてしまう。彼の全著作中最も感動的な文章のひとつは、創作ノートの中の以下のくだりで、母の死の二日前に彼女を病床に見舞った際のものである。

五時頃、私は母の寝室に行き、前回一昨日に訪れた時以来の様子の激変ぶりには衝撃を受けた。私は母が大好きだが、子供の頃からふたりの間には、うまくやらないと心がうまく通い合わない一種のよそよそしさがあった。これは強い感情の持ち主同士の間では得てしてみられるものである。その時は大きく心を動かされるとは思わなかった——つまり、その場では抗しがたい感情の葛藤は感じていなかった——もっとも、母を深く記憶に留め、別れを惜しまねばとは思っていたのだが。寝室にはダイク夫人（Priscilla M.M.Dyke, 1790-1873）[13]がいた。ルイーザが座るようにとベッドのそばの椅子を指差した。しかし私は母をみると感動のあまり彼女の近くに跪《ひざまず》き、その手を取った。母は私のことが分かったが、二言三言はっきり聞き取れない言葉をつぶやくのが精一杯だった——その中で理解できたのは、姉と妹をよろしく頼むという願いである。ダイク夫人が部屋から出ていったが、ふと気づくと、自分の目に涙がゆっくり湧いてきていた。私はそれを抑えようとしたが、そうも行かなかった——涙を目に溢れさせたままにし、しばらくして、むせび泣きつつ私はそれを振り払った。長い間そこに跪き、母の手を握ったままだったが、確かにそれはわが人生で最も陰鬱なひとときであった。その後私は開いた窓のところに立ち、カーテンの隙間から外を見やった。ふたりの子供たちの歓声、笑い声、叫び声が、遮るものもない空間を渡ってきて、部屋の中まで聞こえてきたが、それは死の床の風景と奇妙な対照をなしていた。そしてこんどは、カーテンの隙間から、金色の毛をした幼いユーナ[14]がとても美しく目に映じた。元気いっぱいで生命力にあふれた彼女はまさに命そのものであった。それから私は気の毒な臨終の母を見た。すると自分は今人生の埃まみれの中央に立ち、その全体を一度に見ているような気がしたのである。ああ、今自分に見えているものがすべてなら、人生とは何という徒労であろうか、——幼年期と臨終期の間隙《かんげき》がどのようなものであれ幸福で満たされれば良いが！　しかし人生の彼方にもし何もないのなら、神は人生の終焉をこれほど暗く惨めなものとはしなかったはずではないか。もしそうならば、われわれを創造したのは神ではなく悪鬼だということになるからだ。こんなにも惨めに人生から突き出されて破滅へ向かうなら、それは不当を通り越した何か——侮辱とでもいおうか——になるであろう。

だから、死の苦しみそのものを脱すれば、そこには今よりもっとましな存在状況がやさしく待ち受けてくれているものと私は思う。

不幸の堆積があまりに圧倒的であったので、ホーソーンは（妻が母親に話したところでは）「脳炎《brain fever》」、もしくはそれに近い危険な病にかかってしまったのである。

金銭的不安は今に始まったものではなかったが、今やそれまでにも増して深刻なものになった。彼がもういちど性根を据えて文筆による生計の立て直しを試みようとしたのは切羽詰まった精神状態でのことだったに相違ない。この間、幸いそうした精神的重圧が妻と数人の友人たちの努力で紛らわされた。夫が気づかないうちに、家計費として受け取っていたものの一部を毎週貯め込んでいたソファイアが、その貯蓄額を全部差し出したのである。また貯蓄分を補うため、彼女は芸術的才能を発揮し、あれこれ小物を作成しては販売した。彼女の顧客（フロシンガム氏とマリア・チェイスおよびリディア・チェイス嬢の名が挙げられている）はソファイアが作成したランプの笠やハンド・スクリーン(15)がお気に入りだったが、笠はひとつ五ドル、スクリーンはひとつ十ドルで売れた。ホーソーンはこんな妻を遣わしてくれた天の星に感謝しなければいけない、と息子ジュリアン・ホーソーンが指摘したのはその通りであろう。ホーソーンの友人たちも手を差し伸べにやって来た。ヒラードとロングフェローがその中にいたということを除けば、援助者の具体名は分かっていないし、援助額も、かなりの額だったとはいえ、定かではない。ヒラードの手紙にはお金が同封されていて、それを受け取った私は涙したと、ホーソーンは返書に記している。彼はさらにこう付け加えた。「友人たちの寛大さに甘えながら、なお自分の自尊心を維持できる唯一の方法は、それを自分の最大限の努力への激励と捉えることだ」と。

輸入品検査官をしていた時期、ホーソーンは落ち着いて創作に専念することができていなかった。個室が必要だと思えたが、これは、一八四五年から四六年にかけてホーソーン夫妻がナサニエルの母やふたりの姉妹と同居していたハーバート通りの古い家でも、短期間夫妻だけで住んだチェストナット通りの家でも手に入らなかった。一八四七年九月に入居したモール通り十四番地の家の間取りはましだった。というのも、母と姉妹が再び同居したのだが、彼らには専用の離れと、ホーソーンには喧噪から隔たった書斎があったからである。妻の記録によれば、ホーソーンは一八四七年の秋には毎日午後になるとこの書斎に引きこもった。この頃、彼はロングフェローに宛てて、「また文筆の仕事を再開しようとしているが、私の置かれた状況と常連の仲間たちがあまりに文学とほど遠いので、うまくいくかどうか分からない。ひとりで座っていたり、ひとりで散歩していたりすると、自分が昔のように物語について思いをめぐらしているのに気づく。しかし税関での午前は午後と夜にやったことをみな帳消しにしてしまう。執筆ができればもっとうれしいのだが」と書いている。税関での仕事による集中力の拡散状態は、恐らく他の何よりも、創作の持続を阻害した。一八三九年から四〇年までのボストン税関での経験もそうだった。また一八五三年から五七年までのリヴァプールでの経験もまたそうなる運命にあった。ホーソーンが旧牧師館を後にした一八四五年秋から、彼が身を落ち着けて『緋文字』執筆に取りかかった一八四九年の秋までの四年間の文学的収穫は実際のところ少ないものであった。一八四五年から四六年にかけての冬には、B・F・ブラウン（B. F. Browne, 1793-1873）の「老ダートムア囚人報告書」を『デモクラティック・レヴュー』に掲載するため編集し、『苔』の序論を書き、またメルヴィルの『タイピー』（*Typee*, 1846）（ホーソーンはこれを「非常に注目すべき作品」と呼んでいる）とその他四編に関する短い書評を『（セイラム）アドヴァタイザー』向けに書いている。一八四六年から四七年にかけて（ホーソーンの創作年は――学校の年度のように――通常秋、冬、春で構成されていた。その理由は彼が習慣で夏に執筆するのを嫌ったからである）と、一八四七年から四八年にかけては、彼の執筆量はさらに落ち込んでいる。創作ノートのページの一部分と『アドヴァタイザー』のための書評の数点がこの時期に確かに書かれたもののすべてである。書評のひとつは『エヴァンジェリン』とその作者を礼賛している。「誰か他の詩人が、ちょうどこの詩人が行ったように、われわれアメリカ人の生活の粗野な土壌を解体し、そこからこのエヴァンジェリンの詩より美しく高貴な花を咲かせてくれるその日まで、彼をアメリカ生まれの詩人たちのリストの最上位に位《くらい》させようではないか」というのが彼のその言葉である。

一八四八年から四九年にかけての時期ははるかに実り多い時期であった。「メイン・ストリート」（"Main Street"）、「偉大な石の顔（"The Great Stone Face"）」、それに「イーサン・ブランド（"Ethan Brand"）」はもっと早い時期に書かれたか、あるいは少なくとも手をつけられていたかもしれないが、それらはこの時期の数ヶ月の間に書かれたと考えるのが妥当である。古い時代のセイラムを描いた歴史物である「メイン・ストリート」は（ソローの「市民の反抗〈"Civil Disobedience"〉」とともに）エリザベス・ピーボディーの『美学論集』（*Aesthetic Papers*）の一八四九年版に掲載されたが、ホーソーンは彼の義理の姉が出資して発行する本への寄稿に対して原稿料は断固として受け取ろうとしなかった。「偉大な石の顔」はエマソン的教訓――理想が個人生活の形成に及ぼす力――を含む物語であったが、一八五〇年一月にこの物語が載った『国民の時代』紙は作家に二十五ドルを支払っているものの、この新聞の編者ホイッティア（John G. Whittier, 1807-92）はホーソーンに「不適切な報酬」のことで詫びている。一八四八年十二月に、ホーソーンは「イーサン・ブランド」を別の雑誌編集人、C・W・ウェッバー（C. W. Webber）に、物語の創生に関する次のような不気味な説明とともに送っている。ホーソーン曰く、「とうとう全力を振り絞って、私は哀れな頭脳をひねり、ある考えを絞り出した。いやむしろ、ある考えの断片を絞り出したのだが、それはまるで下手に抜かれた歯のように、根っこの部分が残っていて私を苦しめる。」物語はホーソーンが「許されざる罪」と呼ぶ、知的傲慢の例証であった。発表の状況は謎めいていて、それは、ウェッバーの雑誌が始動する前に倒産し、「イーサン・ブランド」は一八五〇年一月に――原稿がホーソーンの手を離れてから一年以上経過してから――ボストンの『ミューゼアム』誌上に出ることとなった。『ミューゼアム』の編集者は明らかに作品を、破棄され忘れられた原稿の中から救い出したのだったが、彼が知る限り（そう彼は証言している）この作品の著者はまったく稿料を受け取っていないのだという。ホーソーンがヒラードに語ったように、雑誌のための執筆が「この世で最も儲からない仕事」というのはまったく真実であった。このような状況の下では、ホーソーンがこれまで優れた技量を発揮してきた種類の文学を生み出したいという気をそそる金銭的動機がほとんど働かなかった。たしかに、彼が尋常でないほどに感じた芸術家的動機は働いた。さもなくば、今言及した三つの作品は書かれなかったはずである。何せこれらはいずれも平均稿料が八ドル三十三セントでしかなかった。生活費を稼ぐという観点からすれば、明らかに、ホーソーンの作家としての将来は、短編よりももっと金になる何かを思いつかない限り、望み薄であった。幸いこれをホーソーンは『緋文字』において成し遂げたのである。

正確にいつ、彼がその最高傑作の執筆に取りかかったのかは不明であるが、一八四九年九月二十七日までには、昼夜を問わずそれに取り組んでいた。ホーソーン夫人は夫が一日当たり九時間はそうしていたと推定する。彼女は母親に、「彼はもの凄い量を書きまくっています、もう怖くなるほどです。でも彼は今身体の具合はいいし、輝いて見えます」と告げた。

仕事の進行ぶりは非常に早く、一八五〇年一月十五日までには余すところあと三章分のみとなった。ジュリアン・ホーソーンの言によれば、『緋文字』のすべては書き始めてから六ヶ月以内に印刷屋の手に渡っていたそうである。だがこの判断も控え目なくらい、ホーソーンの仕事への取り組みは集約的であった。

一月十五日にホーソーンは完成した部分を、序論「税関」とともに、ティクナー・リード・アンド・フィールズ社（Ticknor, Reed, and Fields）の下級出資者《junior partner》ジェイムズ・T・フィールズ（James T. Fields, 1817-81）に送ったが、次のような言い訳が添えてあった。「あなたにはこの物語が気に入らないだろうし、読者受けの芳しい見込みも立てられぬでしょう。もしそうなら（私の言うことではないが）これを出版する義理はあなたにはありません。」しかしこの言い訳はまったく的外れであった。フィールズはこの物語がたいそう気に入ったからである。数週間前セイラムのホーソーンを訪問したフィールズは、原稿の一部（これを「芽《germ》」とフィールズは回顧録で呼んでいる）を借り受けたうえ、ホーソーンに物語を終結させるよう強く促していた。フィールズは、実際、すぐにホーソーンにとって大事な友人であり相談相手であり応援者となり、その後もずっとそうあり続けた。特に応援者という強壮剤《トニック》は、他の多くの人間誰しも――もっと才能もなければ良心の咎《とが》めもない人間たちにとってすら――そうなのだが、ホーソーンにとって時々必要なものであった。この強壮剤を、一八三六年にはブリッジが、そして一八四九年およびそれ以降はふんだんにフィールズが、提供しているのである。

ホーソーンは『昔物語、および実験的かつ想像的スケッチ』（*Old Time Legends; together with Sketches, Experimental and Ideal*）というタイトルを自分で提案した物語集の刊行を計画した。『緋文字』は、彼の計算では、この物語集の約半分を占めることになっていた。残りの部分は「税関」とまだ先行物語集のどれにも収めていない何編かの物語――おそらく『雪人形、およびその他のトワイス・トールド・テールズ』に後年収録されたもののいくつかを入れる予定だったのであろう。フィールズは、予言者的洞察力を発揮して、『緋文字』だけの単独出版を勧めた。ホーソーンはこの時、フィールズの判断に異存はなかったが、かといって手放しに賛同したわけでもなかった。

この本が完全に「緋文字」だけで構成されるとなると（彼は一八五〇年一月二十日に書いている）あまりに陰鬱なものになろう。私は喜んでいくらでも光を注ぎ込みたいが、どんなに注いでもこの物語の暗い影を和らげることは無理だろう。物語は実際ずっと本筋から離れないし、気が紛れるとすれば同じ暗い思想の違った面をいろいろ見せる時ぐらいだから、この作品を読めば多くの人はうんざりするだろうし、一部の人は吐き気を催すだろう。となると、この本の運命をまったくこの単独の機会に賭けて大丈夫だろうか？　猟師は自分の銃には一発の弾丸と数発の散弾を装填《そうてん》する。その抜け目ないやり方に倣《なら》い、ひとつの長い物語を六編ほどの短い物語といっしょにして、もし私の一番大きく、重い鉛の塊で読者を仕留め損ねた場合には、小さい方の弾丸を何発も使って、個々にでも全体としてでもいいから、別の可能性に期待するようにしたらどうかというのが私の考えだ。しかし、この私の考えを採用するしないは君の判断次第で、君が単独での出版がよいと判断するなら、私はそれでかまわない。

彼はさらに続けて、まるで問題がフィールズの助言どおりに決着したかのように、こう言っている。「もし〈緋文字〉がタイトルになるとしたら、巻頭ページにはそれを赤インキで印刷したらよくはないか？　それが上品なことかどうか確信はないが、痛快なのは確かだろう。」

ホーソーンが『緋文字』を仕上げたのは一八五〇年二月三日のことであった。その日の夜、彼は物語の後半を妻に読んで聞かせたが、彼女は宗教上の理由から——いつもながら——夫が書いていた間は中身について尋ねたり口を出したりはしていなかった。ホーソーンはブリッジ宛ての手紙で、「彼女はひどく衝撃を受けて、ひどい頭痛を起こし、寝込んでしまったが、大成功の証だと思う」と言っている。この記念すべき晩に自分自身が記憶していることとして、ホーソーンは数年のちに、「最後の場面を書き終えた直後に妻に読んで聞かせた——というか、まるで嵐が収まったのにまだ自分が海の上で上下に大きく揺さぶられているかのような気分で、声がうわずったり、出すのが苦しくなったりしたので、何とか読んで聞かせようとした時の自分の気持ち」を挙げている。この気持ちこそは作家の真摯さの証明（証明が必要であればの話だが）なのだが、彼が自分の感情を抑えきれなくなる場面はまずないだけに余計そうである。この場面と、すでに記した臨終の母親の枕辺の場面のみが、記録に残っている限り、感情を抑えきれなかった例と言える。

この本は、ホーソーンがバラエティーを持たせるのに必要と考えた他の短編を加えることなく、三月十六日に出版された。『緋文字』に加えてあったのは「税関」だけで、タイトルは作家の提案どおり、巻頭ページに赤インキで印刷されていた。売れ行きは作家の期待を上回るものであった。初版二千部は十日で完売となり、第二版三千部は出版後一ヶ月経ってもよく売れていた。しかしすぐに売れ行きは落ちた。二年後に出版社が出した広告では、『緋文字』が「売れ行き六千部突破」とある。かりに二年で六千部売れたとしても（一部七十五セントだったので）、十パーセントの印税の総計として作家が当時受け取ったのはたった四百五十ドルにすぎない。ベストセラーで、そのうえ傑作でもある作品の金銭的見返りとしては少なかったが、それでもホーソーンがその時までに獲得し得たどんな報酬よりはるかにましだったのである。

当代一流の批評家たちが惜しみない賞賛を寄せた。『リテラリー・ワールド』（*The Literary World*）

誌上で、E・A・ダイキンクは、「税関」がこの前の「旧牧師館」同様にホーソーンの著作の中では「一番魅力的」だと言った。小説本体については、「コトン・マザーの堕落した後継者たちからわれわれが聞き慣れたものよりも健全なピューリタンの神に関する物語」だと言明した。E・P・ホイップル(E. P. Whipple, 1819-86)は(これ以降ホーソーンお気に入りのアメリカ人批評家となるのだが)、『グレアム』誌上で、「この作家の透徹した目は罪の哲学全体を熟知して」おり、かつ『緋文字』は、スー(Eugène Sue, 1804-57)やデュマ(Alexandre Dumas, 1802-70)やジョルジュ・サンド(George Sand, 1804-76)らフランス人芸術家たちの「哲学全体を完全に揺るがせた」と言った。チョーリーは『(ロンドン)アセニアム』誌に「罪や悲しみが最も恐ろしい形で芸術作品に描かれるとすれば、ホーソーン氏の『緋文字』におけるほど気高い厳粛さ、純粋さ、共感をもってこれまで描かれたためしはほとんどなかった」と述べた。こうした賛辞は作家の正当な要求を満足させるには十分以上であった。

しかしながら、ふたつの異論が繰り返し唱えられた。そのひとつは、『緋文字』の陰鬱さは救いようがないというものであった。十九世紀前半のシェイクスピア批評はしばしば喜劇的要素を悲劇的要素と混ぜる利点を指摘し、その原則がホーソーンのこの作品にも適用されたのである。「税関」は他の多くの著作同様、かれが喜劇精神に欠けてはいないことを示したが、『緋文字』はただ悲劇的なだけであった。もしホーソーンがこのふたつの態度をひとつの作品で結合させることさえできれば——シェイクスピアのように!——と一部の批評家は不満を述べた。ホイップルは彼の書評を次のように締めくくっている。「次の作品では悲哀と迫力において『緋文字』に匹敵するが、彼が現在活躍中のほぼすべての作家に勝る、静穏にして洞察力に富んだ、見事で独特のユーモアの筆致によってもう少し暗さを和らげたロマンスをわれわれは期待したい」と。ホーソーンはこの批評には完全に同意し、この物語のどうしようもない陰鬱さは人気への障害であるとともに芸術的欠陥だと感じてもいた。しかしそれはかりに欠陥であるにしても、少なくともこの作品の場合、修正不可能な欠陥であった。彼はブリッジに、「『緋文字』は、確かに地獄の業火が燃えている物語で、そこに私はいかなる希望の光も投げ込むことはできないと思った」と言っている。

この異論が同情的な批評家によって提案されつつあった時、一群の敵意を持った批評家たちが別の異論——すなわち、この物語がひどく不道徳だという異論——を激しく唱えていた。オレスティス・A・ブラウンソンは『ブラウンソンズ・レヴュー』誌（*Brownson's Review*）でその先陣を切った。彼は、「公衆道徳の不健全な状況が生じるのは、小説家が、こうした悪行を題材として選び、それらを天才の陶酔と高度に洗練された文体の魅力で完全に包み込むことを、何の手厳しいお咎めもなく、許容される時である」と言明した。「フランスの時代がわれらの文学でも実際に始まっているのか?」とA・C・コックス（A. C. Coxe）は『チャーチ・レヴュー』（*Church Review*）誌上で問いかけ——さらに彼は『緋文字』の堕落的影響力を自分が駅馬車の中で漏れ聞いた何人かの女学生たちのくすくす笑いを交えた会話を引用することで説明している。『緋文字』はほとんど醜聞の大ヒットのごとき扱いを受けていたのである。ホーソーンはこのような攻撃を平気で楽しんだり、そうした攻撃も宣伝になると満足して（いるほど貧乏して）いたわけではない。たとえこの小説の道義問題上の立場は、多少公平に判断して、疑わしいとしても、そういう攻撃には共感できなかった。フィールズに対して彼は、「『緋文字』はどちらかといえば微妙な問題を描いているが、私が描いたかぎりでは、そういう趣旨での反対はまったく当たらない」と言っている。彼は実際貞淑でない問題を貞淑に取り扱ったのであって、ヘスターとアーサーの罪を酌量してはいるが、彼らが幸福になるのを認めてはいなかったのである。

『緋文字』はニューイングランドの一部の階層の人々を憤慨させたが、その一方で「税関」はセイラムにおいてある種の熱狂を掻き立てていた。一八五〇年三月二十一日の『(セイラム)レジスター』紙に掲載された以下の攻撃記事はセイラム社会のホイッグ支持階層の態度を代表するものと解釈してよさそうである。

ホーソーンはセイラムを少々愚弄し、また彼の以前の同僚たちの一部の悪口を言うことで、いやしくも紳士たるものには……不可能なほどに……自分の憂さを晴らそうというのだ。……われわれはホーソーンが職を選び損なったと考え始めたと言ってよい。……彼は卑劣な風刺作家になっておればもっとお似合いだったであろう。……この上なく害毒にあふれ、悪意に満ち、説明不可能な攻撃が老紳士に対してなされたが、彼の主たる罪はおいしいご馳走を食べるということらしい。……いったい何故にこの紳士が大衆の面前にかくも不作法かつ口汚く引きずり出され、彼および彼の子供たちの気持ちがかくも理に合わぬやり方で踏みにじられねばならぬのか、これはわれわれの力では理解しがたい謎である。……この一章はホーソーンが職を奪われたことへのわれわれの共感すべてを完全に拭い去ってしまった……これ以前にわれわれが何らかの疑念をもっていたにせよ、彼を交代させた行政の正当さに関しては一抹の呵責の念ももはやない。「税関」は『レジスター』紙が用いた激しい言語を正当化するものではないが、そこに盛り込まれた皮肉は、必ずしもスウィフトばりとは言えぬまでも、相当辛辣であった。ホーソーンは賢明にも公の場での返答は差し控えている。当初は驚き、それからけんか腰で憤激を表しながら、彼は四月十三日付のブリッジ宛てに手紙を送り、自分の置かれた状況について説明している。

セイラムの人々について、私はこれまでとても善意をもって取り扱ってきたと本当に思っていた。彼らは二度誤った告発を行って――一度ならず、二度にわたっていろいろ攻撃を加えて――故意に私を失脚させるままにし、私のために声を上げることなどほとんどせず、それから偽りの証人たちのひとりを連邦議会へ、他にも何人かは州議会へ派遣し、さらにひとりは市長にするなどしたあとで、彼らが私に好意的な記述を期待する資格はまったくない。

私は彼らには限りない軽蔑を感じる――そこで、意図した以上に軽蔑の念が出てしまったのだろう――というのも、私の序章は魔女の時代からこの地で起きた中では最大の騒動を引き起こしているのだから。「タールに羽毛」のリンチをされずに町から逃げ出せれば、ラッキーだろう。いっそやつらが私を本当にリンチしてくれたらと思う。それならば、作家としてはまったく新奇な種類の名誉になろう。そして私はそれを市民同胞たちのような判定者からの、月桂冠以上の高い名誉とみなすべきだろう。

怒ったセイラム市民らが暴力を振るったわけではなかったが、ホーソーンは自分が生まれた町での「歓迎されざる人《ペルソナノングラータ》」となってしまっており、この状態は、驚くべき程度で、その後半世紀の間続くのであった。これは、作家が事実に即して描いた人々の不興を買った唯一の例ではない。

ホーソーンがセイラムからの脱出を切望したのは無理からぬことであった。しかし、この時住む場所を変えたのは隣人たちのよそよそしさがその原因になったというよりは、むしろそれによって時期が早まったと言う方が正確であろう。なぜなら、前の秋に彼はバークシャー地方のレノックス[16]に家を一軒、次の夏いっぱい借りようと契約していたのである。セイラムでの不穏当な事の成り行きにせき立てられて、彼は四月半ば頃モール通り十四番地から家財道具を移し、家族はホーソーン夫人の両親ともどもボストンに落ち着かせた。彼はそれからブリッジのところへ二週間滞在すべくこっそりとポーツマスに向けて出発した。戻ってくるとすぐに、彼はボストンで二週間を過ごしたが、ピーボディー家の家が混み合っていることに配慮して、自分は下宿屋に滞在していた。この間彼は自由に町を踏査し、――「私は都市の隅々すべてと、拡張ぶりすべてに興味がある」と創作ノートで言明し――概してそれを楽しんだ。彼はセファス・G・トンプソン（Cephas G. Thompson, 1809-88）[17]に肖像画を描いてもらい、アセニアム[18]を訪れては新聞や雑誌に目を通し、ジョージ・ティクナーをビーコン通りの立派な自宅に訪ね、劇場に行っては観客の方が「劇より注目に値する」と思い、パーカーの「飲み屋《grog shop》」に立ち寄ってはバーチモアやパイクと友達付き合いをした。自分の名声が上がると、ホーソーンはセイラムでの政治的敗北や悪意のことは考えないでおく余裕が十分できたのである。フィールズはホーソーンに——作家は五月五日の日記に記録しているが——ロンドンのふたつの出版社が『緋文字』の広告を「ただ今印刷中」として出していると伝えた。こうした海賊出版からは印税をまったく受け取れないが、自分の名声が上がるのはありがたかった。

五月後半、ホーソーン家はレノックスのリトル・レッド・ハウスに入居した。この引っ越しは幸いであった。ホーソーンは政治や政治闘争から解放されて喜んだ。しかしおそらくそこでも数週間にわたって、彼はまた古い闘争に従事したものと思われる。彼はバーチモアに、まだ明らかになっていない敵の陰謀の実体を探り出してくれるよう頼んでいる。また彼は、裏切り者となってアパム一派に加わったコナリーに宛てて、意地の悪い手紙を書くことにも専念した。「エヴァンジェリンの種は君のものだったね。『緋文字』も、もし君が災いを作り出す能力を発揮していなければ、今存在してはいなかっただろう。君自身は作家でないが、他の人間に文学を生み出させる存在なのは確かだよ」と彼は書いている。しかし遺恨は次第に収まり、ホーソーンは冷静さを取り戻した。バークシャーの丘陵地にあって、彼は今一度運命と苦労を嘲《あざけ》ることができた。ついに彼の文名はいかなる揚げ足取りもかなわぬほどに確立した。いまだ金には困っていたが、彼の新しい名声は財政的見通しを改善していた。彼が創造した「美の芸術家」さながらに、ホーソーンは芸術的達成を内心では満足していた。依然として創造的な作業に自分の全精力を自由に注げることが彼にはできたのである。

注（原注と明記した以外はすべて訳者による注である。）

（1）ボストン西部、ケンブリッジの西に隣接する町。
（2）カリフォルニアのロサンゼルス沖に浮かぶ島。
（3）チャールズタウンはサウス・カロライナ州の町、海軍工廠は海軍直営の軍需工場。
（4）（原注）リプリーは夢想家で、提訴人を厄介なやつだと思った。
（5）一八三七年から一八四一年までセイラムを中心に発行された週間新聞。
（6）チーズ、バター、マーガリンなどの着色染料で熱帯アメリカ産ベニノキから採る。
（7）Lundy's Lane は、米英戦争末期の一八一四年七月二十五日に、カナダのオンタリオ州ナイアガラ・フォールズで戦われた激戦地。「やってみます、閣下（"I'll try, Sir."）」は、英軍要塞を占拠せよという命令が下ったときにミラーが叫んだとされる文句。
（8）Craigie House は、ケンブリッジ（ボストンの川向こう）にある豪邸で、独立戦争時はワシントンが本部として使用していたが、のちロングフェローの家となった。
（9）猟官制（spoils system）とは、政権に就いた政党が公職の任免を思う通りに行う「慣行（制度ではない）」のこと。アメリカでは古くから実践され、民主党の第七代大統領ジャクソン（Andrew Jackson）や、共和党の第十六代リンカン（Abraham Lincoln）が大規模にこれを展開した。この慣行は今日にも及ぶ。
（10）事実上ホイッグ党員だった民主党政治家を（党籍を持たなかった第十代大統領タイラー [John Tyler] に倣って）こう呼ぶ。
（11）一八五一年に発表されたホーソーン第二の長編『七破風の家』（*The House of the Seven Gables*）の悪役。
（12）チャールズ二世の王位継承をめぐって行われた政治的陰謀を、旧約サムエル記におけるダビデの王位継承に重ねて風刺するドライデンの「アブサロムとアキトフェル」（一六八一）において、チャールズの庶子モンマス公がアブサロムに、陰謀家シャフツベリがアキトフェルに喩えられていることに言及したもの。
(13) ホーソーンの母の妹。
(14) 前には「赤毛」と記述されていた。
(15) 暖炉の熱から顔などを守るために手に持つ遮蔽用品。
(16) マサチューセッツ州最西部に当たり、東のセイラムとは対極にある。
(17) 今に残るホーソーン四十六歳の時の肖像画はトンプソンによるもの。
(18) ボストン・コモンの北、ビーコン通りのボストン・アセニアムは一八四九年に完成した新しい図書館であった。

第六章　メルヴィルとバークシャー地方で、一八五〇年―一八五一年

一八五〇年六月、ホーソーンの一家はストックブリッジ・ボウル(1)を望むリトル・レッド・ハウスに落ち着くのに忙しかった。ソファイアは手狭で居心地が悪い住居の室内を魅力的なものにしようと才能を存分に発揮した。その結果がどうなったかは彼女が母親に宛てた手紙に書かれた以下の記述から思い浮かべることができよう。

客間に入ってくれますか？　正面の窓と窓の間には綺麗な古びたオットマンが置かれていますが、これはエリザベスのすてきな親切心の見本で、表面には草花が織り込まれています。家の同じ側の隅には繊細で優雅なティーテーブル――ホーソーン家伝来の家具――がはすかいに置いてあり、表面に敷いた刺繍入りの布の上には私のかわいい白色のグレーハウンドが寝そべっています。同じ側の別の隅にはアポロ像が立っていますが、私はその頭にリボンを結びつけています！　アポロと対角線をなす位置には古い彫刻が施された椅子があり、その表面にはバラの模様の付いた厚布が敷いてあります。オットマンの反対側には、雪花石膏《せっかせっこう》造りの花瓶が乗ったトランプ用テーブルがあり、花瓶の上にはコレッジオ（Antonio Allegri da Correggio,

1494-1534）の「マドンナ」（“Madonna”）が架かっています。ラファエル（Raffaello Santi, 1483-1520）の「キリストの変容」（“Transfiguration”）はオットマンの上です。あなたが入ってきたドアの反対側にはセンター・テーブルがあり、その上には本や、きれいなインドの箱、それに秀逸なインドのポンス鉢《パンチボウル》と水差しが置いてありますが、これらはホーソーンのお父様がインドでご自分で作られたものです。部屋の別の隅には古いマニング家の椅子があって、それには手製のカバーがかぶせてあります。てっぺんが緋色の椅子は部屋中を行ったり来たり彷徨《さまよ》っています。黒いばす織のロッキング・チェアは揺られて酷使されたため、脚の片方が外れてしまっています。まだ修理はされていません。修理が済めば落ち着く先は廊下でしょう。センター・テーブルの上には「エンディミオン」（“Endymion”）が架かり、暖炉の上にはレオナルド・ダ・ヴィンチ（Leonardo da Vinci, 1452-1519）の「マドンナ」（“Madonna”）の浅浮き彫りがあります。この部屋がどんなにきれいに見えるか、あなたには想像できないでしょう。もっとも、天井がとても低いので私はそれに慣れないといけないし、いまだに押し潰されるのではないかと恐れています。

バスルームには二枚の――「今にも水浴しようというところと今にも衣服を着けようという」プシュケ（Psyche）の絵が飾ってあった。食堂と「婦人用寝室《ブードワール》」からは牧草地や湖や山の壮麗さを眺められたが、それはホーソーンの二階の書斎も同じだった。この書斎には書き物机、赤い革張りのオットマン、それに、セイラムからレノックスまでやってくる途中で脚が一本なくなってしまったので若干ぐらつくセンター・テーブルが設《しつら》えてあった。ホーソーンは時々家具がいっぱいある部屋を執筆のために欲しがった――「柔らかくて分厚いトルコ製絨毯《じゅうたん》が床に敷いてあって、すべての長方形を覆い隠すための深紅色のカーテンが張り巡らされている（部屋）」と彼はある時その詳細を述べてはいるが、そういう贅沢《ぜいたく》品なしで何とか済ませていた。必要なもので重要だったのは、二階の部屋が供給してくれる隔絶と高度であった。

一八五〇年五月から一八五一年十一月まで——ひと冬とふた夏からなる期間——ホーソーンの家族はこの赤い「小屋」を自分たちの家にした。そして子供たちは一年中野外生活を大いに楽しんだ。最初の夏の早い時期に父親は、子供たちが「べリーみたいに日焼け」したと報告している。次の冬には、子供たちは絶えず雪の中で遊び、夏以上に楽しみ、寒さをまるで感じないようであった。ホーソーンはニューイングランド中を探してもこれほど素晴らしい健康を享受している子供が他にふたりいるのかどうか疑ったくらいである。

ホーソーン自身はバークシャー住まいを心も体もいくぶん消耗した状態で始めた。彼はいまだに——妻曰く——「セイラムをくるぶしに引きずって」いたのである。しかし新しい環境がすぐにうれしい変化をもたらした。彼は菜園を耕作し、養鶏場を建て、家具の木枠を本棚や衣装入れにし、他にもいろいろな改善を家屋と地面に施した。こうした労働を行いながら、暇な時間には子供といっしょに遊んだ。ジュリアン・ホーソーンは、自分とユーナがバークシャーでの生活で父親とともに楽しんだ遊びについて、表現豊かに感情を込めて次のように書き留めている。

ホーソーンは子供たちにボートを作っては湖で走らせ、凧《たこ》を作っては空に揚げた。彼は子供たちを魚釣りや花摘みに連れてゆき、(今のところうまくいっていないが)水泳を教えた。……秋にはみんなで木の実を集めに出かけた。……子供たちの父はこの木の実狩りの遠征では尋常でない行動力と精力を示した。背の高いクルミの木の根元の地面に立って、彼は自分たちに背中を向けて両手で目を覆えと言ったものだった。すると子供たちの耳に数秒の間ガサガサ木によじ登る音、それからその直後に叫び声がひとつ聞こえた。途端に子供たちが目から両手を外して上を見る。すると見よ! そこには父が――ほんの一瞬前には自分たちの横にいたと思われたその父が――てっぺんの枝につかまって揺れ、空高く飛んでいたが、これは愉快な謎であり奇跡であった。そしてそれから熟した木の実が音を立てて落ちてきたが、それを子供たちは精を出して拾い上げ、大きな袋いっぱいに詰めるのだった。まったく素晴らしい休日だった。彼らは父が遊び相手でなかったのはいつだったのか、自分たちが父以外に遊び相手を望んだり想像したりしたのはいつだったか、思い出すことができない。

あまり体力を使いたくない気分で、ホーソーンがよく木の下で横になっていると、ユーナとジュリアンが父の顔を何枚もの長い草の葉で覆い、彼を(その場面に見とれながら記述した妻にして母たる者の目には)「偉大なる牧神《パン》さながら」に見せたのである。

ホーソーン自らも彼の生活のこうした側面を『パパがジュリアンとウサ子ちゃんと過ごした二十日間』(*Twenty Days with Julian and Little Bunny by Papa*)で魅力いっぱいに書いたのだが、これは一八五一年七月二十八日から八月十六日までの間につけた日記で、彼とジュリアンがリトル・レッド・ハウスでふたりきりになり、家族の他の者たちがマン家を訪問するためウェスト・ニュートンに行ってしまった時の記録である。男親が五歳の子供の面倒を三週間にわたって見るのは並大抵の仕事ではないが、ホーソーンは見事な成績を収めている。妻がいなくて寂しい思いをし、また責任から逃れたいとも願って、彼は彼女に、君がいない間はまったく楽しみがなかった——あったのはただ「仕事と苦痛」だけだったと語っている。しかし、それ自体もそれを記録するのも明らかに楽しみだったと思える多くの経験があったことは、以下の日記の抜粋が示すとおりである。

正餐《ディナー》の後で、われわれは湖まで歩いて行った。途中野茨《のいばら》と格闘したが、これは頭がたくさんある龍やヒドラを表していたし、背の高いビロードモウズイカとも戦ったが、これは巨人役を果たした。湖に着くと、ジュリアンは魚釣り用のミミズを探してしつこく穴を掘った。それからわれわれは湖水に多くの石を投げ込んだが、これは水飛沫《しぶき》が上がるのを見るのが楽しかったからである。また私は新聞の切れ端を帆にした船を作り、それを船出させたが、その帆の輝きはずっとそのあとも長く、遠くの湖面に見て取れた。

私はリンゴの木のところまで行って、その木の下に寝転んだ。ジュリアンがその木に登って枝のひとつにまたがった。彼の丸い楽しげな顔が緑色の葉の間から現れ、断続的に片言が流れとなって夏の夕立のように私の上にしたたり落ちてきた。彼はいつも木の中で暮らしたい、木の葉を自分の巣にしたいと言った。それから彼は遠くへ飛んで行けるよう、鳥になりたいと言った。また彼は深い穴のところへ行き、私に黄金の入った袋を持ち帰るのだと言った。また彼はウェスト・ニュートンまで飛んで行き、背中にママを載せて家まで連れ帰りたいとか、手紙を取りに郵便局まで飛んで行きたいとか言った。

しばらくすると、われわれは驚くようなこだまに遭遇した。それはジュリアンが普通の話し方でよく通る小声で話す言葉の一語一語を繰り返した。またわれわれのどちらかが大声で呼びかけると三回ないし四回も繰り返すのが聞こえた——最後のこだまは明らかに遠くの森の向こうから戻って来るのだが、それは始めに発した元の声と不思議に信じがたいほど似ているので、まるでわれわれそっくりの生き物が目に見えない遠方で叫んでいるかのようだった。……こだまとは、まったく、何と奇妙で不気味なものであろうか！

夏が怠惰なものだったとすれば、冬はけっこう活動的なものとなった。雪掻きせねばならない小道がいくつかあり、木を切って薪にする必要があったし、郵便物は二マイル離れたレノックス郵便局まで、しばしば豪雪を突いて、あるいはくるぶしまで埋まる泥道の中を、出かけて取って来なければならなかった。しかしホーソーンは冬の方が夏よりずっと楽しく感じた。一八五一年四月に彼はダイキンク宛ての手紙に、「田舎が晩秋と冬に一番多くのものを提供してくれるのは間違いない。この度の冬ほど楽しい冬を過ごしたことはこれまでなかった。私の古い赤い農家めがけて二十マイルの幅の吹雪が吹き付けてきたのだから」と書いている。バークシャー式養生法でホーソーンは以前の体力を相当取り戻した。ホーソーンが一八五一年九月にコーナー・ブックストア(2)を訪れた後で、フィールズはイギリスにいるメアリ・ラッセル・ミットフォード嬢（Miss Mary Russell Mitford, 1787-1855）(3)に作家の様子を熱っぽく以下のように記している。「彼は若い、と私は喜んでお伝えします。彼の髪にはまだ白髪が交じっていません。身体は頑強でダニエル・ウェブスター（Daniel Webster, 1782-1852）(4)

を除けば彼に勝る者はいません。また足取りは軍馬さながらです。」この喩え方には誇張があったにしても、フィールズの記述は四十七歳のホーソーンが良好な健康状態を保っていたことを鮮やかに証拠立てるものである。

　赤い小さな家の内部は、ホーソーンにとって抜きん出た執筆シーズンの秋と冬が特に快適であった。一八五〇年十月にフィールズに向かって、「秋に最初の霜が降りるまで、私はまったくろくでなしの物書きだが、その初霜が私の身の回りの木々の葉に及ぼすような影響力を私の想像力にも及ぼしてくれるのだ」と言っている。午前中の時間は、邪魔が入る心配のない二階の書斎で執筆に没頭した。「ホーソーンは書斎に引きこもってしまいました」というソファイアの手紙にしばしば繰り返される表現にはどこか感銘深くも侵すべからざるものが感じられる。午後の時間は自由で雑用に供されたが、お茶のあとや子供たちを早く寝かせたあとの長い冬の夜は読書に耽ったが、ホーソーンはよく妻に向かって声を出して読んで聞かせることもした。ホーソーンがダイキンクに語っているところによると、ボロウ（George Borrow,1803-81）の『ラヴェングロ』（*Lavengro*, 1851）[5]は、「一週間分の充実した楽しい夜を提供してくれた。」一八五〇年から五一年にかけての冬にホーソーンが音読して妻に聞かせた作品としては他に、G・W・カーティス（G. W. Curtis, 1824-92）の『ハワジなる男のナイル川印象記』（*Nile Notes of a Hawadji*, 1851）[6]、『復楽園』（*Paradise Regained*, 1671）、『闘士サムソン』（*Samson Agonistes*,1671）、ポープ（Alexander Pope, 1688-1744）の『手紙』（*Epistles*, 1732-39）、サウジー（Robert Southey, 1774-1843）やドゥ・クインシー（Thomas De Quincey, 1785-1859）のかなりの作品、それに『デイヴィッド・カパーフィールド』(*David Copperfield*, 1849-50) があった。ソファイアはこうした朗読を楽しんだが、夫の『ディケンズもの』の翻案は特にそうであった。ソファイアは日記に以下のように書いている。「彼が読んでくれる『デイヴィッド・カパーフィールド』を私がどんなに楽しんでいるか、それはとても口では言えません。彼の読み方はまったくすばらしいのです。登場人物ひとりひとりがとてもはっきりしています。声の調子が多様で、適切で、豊かです。……私がこれまで見たどんな舞台俳優の演技にも勝ります。」

レノックスは社交的な場所で、ホーソーン一家が特に気に入ったのはこの地域の社会が開放的なことで、それは古めかしいセイラムの死体置き場のごとき雰囲気に浸ってきたあとではいっそう有り難かった。ソファイアは、「とても奇妙に思えるのは、自分たちがセイラムにいた時よりもレノックスにいる今の方が、ずっと社会の中心に置かれているということです」と述べている。海外で過ごした数年間を除けば、ホーソーン一家はこれほど多くの人々を目にしたり、多くの社会活動を経験したことはなかった。バークシャーは当時すでにおしゃれな夏の避暑地《リゾート》になっており、またちょっとした文学的共同体ともなっていて、今では有名人となったホーソーンがそこでは、いやでも目立ってしまったのである。

訪問者の多くは『緋文字』の作家に会いたいという見も知らぬ人たちで、場合によると、「文字」そのものを見たいという者たちもいた。ニューヨークのフェルプス嬢 (Miss Phelps) という人は、偉大な作家をひと目見ようと立ち寄ったが、ソファイアには、その顔は不快だし無慈悲に見えた。ソファイアはこの女性がその両目でホーソーンを「むさぼり喰った」様子や、彼女が厚かましくもジュリアンをまず「優秀」と言い、続けて「お父さんそっくり」と呼んだこと——疑いもなく、みな悲しむべきニューヨーク流マナーの一例なのだが——にさらに衝撃を受けたと言っている。もっと好ましいファンとしては、ホーソーンがその訪問を『二十日間』に記録している、ホイッティアの友人エリザベス・ロイド（Elizabeth Lloyd）であった。ホーソーンはこう言っている。「彼女の微笑は見て気持ちが良いし、目はこちらが考えることに即座に反応した。それで彼女と話をするのは難しくなかった。——自分の意見を奇妙だが穏やかな屈託のなさで表明した。——彼女には気取りというものがまったくなかった。……彼女は私の作品を褒めてうんざりさせたりはせず、ただ、作品との共感の性質上知り合いになりたいと感じる作家が何人かいる、と言っただけだった。」ホーソーンはロイド嬢がとても気に入ったので、彼女の訪問は自分がこれまで作家の立場で経験した唯一の楽しいものだと言明している。

かなりの数の親戚の人たち、友達、そして知人たちがレッド・ハウスに滞在したり、訪問したりした。ルイーザ・ホーソーンやピーボディー医師夫妻は何度も長目の逗留をしている。信義に厚いブリッジは、家事の手伝いなどもしつつ、数日間の滞在客となった。元気溢れるオサリヴァンもそうで、彼はホーソーン一家をダドリー・フィールズ一家、ヘンリー・セジウィック一家、それに近隣に住む他の社会的有名人たちに紹介して華やかな気分を提供した。ソファイアはフィールズの家への訪問ではそこに一泊することにしたが、ホーソーンはレッド・ハウスへ戻りたがった。女優のファニー・ケンブル（Fanny Kemble, 1809-93）は一度ならず強そうな黒馬に跨がって玄関先までやって来たし、ある時などはジュリアンを速駆《ギャロップ》けに連れ出し、鞍の前橋部に跨がった彼を支えていた。L・W・マンスフィールド（L. W. Mansfield, 1816-99）は、その詩「朝の当直」（*The Morning Watch*）をホーソーンが以前原稿の状態で丁寧に批評してやったことがあり、感謝の気持ちを表すために訪問している。批評作業への謝礼金の受け取りをホーソーンが拒絶すると、マンスフィールドはシャンペン一箱を届けてきたが、これは客をもてなすのに非常に役に立った。多くの訪問客には他に、イギリスの小説家で近くに住んでいたG・P・R・ジェイムズ（G. P. R. James, 1799-1860）、ボストンの批評家E・P・ホイップル、スエーデンの作家フレドリカ・ブレマー（Fredrika Bremer, 1801-65）、タングルウッドの玄関先の絵を描いたバリル・カーティス（Burrill Curtis）(7)、ジェイムズ・ラッセル・ロウエル（James Russell Lowell, 1819-91）、そしてオリヴァー・ウェンデル・ホームズ（Oliver Wendell Holmes, 1809-94）らがいた。この最後に名前を挙げた人物は神経質な馬を駆ってやって来たが、ホーソーンが轡《くつわ》に手をかけて馬を抑えようとした時、この博士は(8)、「アメリカ広しといえども『緋文字』の作家に馬を抑えてもらうという大きな光栄に浴した人間が他にいるだろうか？」と叫んだという。バークシャー地方でのホーソーンの社会的孤立の証拠を探そうとしても無駄なのである。

最もひんぱんにホーソーン宅を訪れ、最も楽しんだのは、約六マイル離れたピッツフィールドに住むハーマン・メルヴィル（Herman Melville, 1819-91）であった。ホーソーンとメルヴィルが最初に会ったのは一八五〇年八月五日で、ふたりがモニュメント山に登り(9)、アイス・グレンをやっとのことで通り抜けた作家の一団のメンバーだった時である。それは楽しい機会であった。ホームズ博士は銀製のジョッキでシャンペンを振る舞った。メルヴィルはすばしこく大胆な登山ぶりで一行を驚かせた。アイス・グレンの暗がりでホーソーンは不吉な警告を発してみせたが、実際には、ジェイムズ・T・フィールズの報告では、彼は「浮かれ騒ぐ人々の中では最も愉快な人間のひとり」であった。雷雨の際にホーソーンとメルヴィルは大きな岩陰に避難して、それが親しくなる特別な機会を提供した。ホーソーンは二日後にブリッジへ宛てた手紙で、「私はメルヴィルがとても気に入ったので、彼に二、三日私の家に滞在するよう言った」と書いている。

この幸先のよい出会いより前も、このふたりはまったく知らないわけではなかった。というのは、めいめいが相手の本を読んで感心していたからである。ホーソーンは、一八四六年『(セイラム)アドヴァタイザー』で『タイピー』(*Typee*, 1846)を賞賛し、メルヴィルの続く作品数点も読み、ダイキンクに話したところでは、「この作家がだんだん好きになってきて」いた。彼はダイキンクにさらに続けて、「メルヴィルが『レッドバーン』(*Redburn*, 1849)や『ホワイト・ジャケット』(*White Jacket*, 1850)で実践しているほど大胆に現実を読者の前に提示した作家はいないし、『マーディ』(*Mardi*, 1849)は内容豊かな作品で、そこかしこに、人を命がけで泳がせるような深さが備わっている。もっとずっと良い作品にしようと長い時間をかけて熟考しなかったのが許しがたいほど良い作品だ」と言っている。他方、メルヴィルは、ほんの最近ホーソーンの著作を発見したばかりだったのだが(メルヴィルが読んだホーソーンの最初の本である『苔』[10]の見返しには一八五〇年七月十八日の日付がある）、こちらの反応はもっと熱烈なものであった。彼は自分が持っていたホーソーンの『苔』に濃密かつ大量に印を付け、余白部分に「すばらしい！」、「これ以上みごとにはできまい！」、「何と思いがけない指摘か！」というような書き込みをしている。ホーソーンと出会う少し前に、メルヴィルは「ホーソーンとその苔」と題する論文を書いているが、それは匿名で八月十七日と二十四日にダイキンクの『リテラリー・ワールド』に掲載され、そこで彼はホーソーンとシェイクスピアを比較するということまで行っている。この論文は当然ながらホーソーン夫妻を喜ばせた。ホーソーンはダイキンクに、「これを書いたのは只者ではない。それに、この人物の賞賛に値するかどうかは別にして、このような人物を惑わすというか魅了して私の身に余る賞賛をするよう仕向けたのは悪くない」と言っている。ソファイアにはこの賞賛が決して褒めすぎでないのが分かっていた。彼女は母親に、「やっと、誰かが主人のことを正当に評価してくれました。これまでは聞いたことがなかったのですが。私はこれまであの人がワシントン・アーヴィングやら他のアメリカ作家たちと比べられ、概して二流扱いされるのを聞いてうんざりしたり、いらいらしました。とうとう誰かが、心密かに私が思ってきたこと——主人はエイヴォン川の白鳥[11]にだけ比較して語ってもらう価値があるということ——をはっきり言って下さったのです」と手紙で書いている。その時その論文がメルヴィルの書いたものだとはホーソーン夫妻には分からなかったが、すこし付き合っただけで、あからさまな賞賛をし、独特の自己表現を行ったのが誰だったのかという謎は、明らかになったに相違ない。

　ホーソーン一家は全員がメルヴィルを好ましく刺激的な人だと感じた。ある時メルヴィルは、太平洋で目撃した未開人同士の戦いを実に生き生きと語ったので、ホーソーン家の者たちはあとになって、メルヴィルが話しながら実際に棍棒を振り回したように思った――しかしメルヴィルは辞去する時に棍棒など持っていなかったし、家の中にも棍棒などどこを探しても見つからなかった。ソファイアはこの新しい友人について鋭い観察力を見せながら、次のように母親に宛てた手紙に書いている。

真実の暖かい心と、魂と、知性を持った人、――指先まで生命が溢れています。真面目で、誠実で、敬虔。とても優しく控え目。彼があまり偉大な人でないとは思えない。……背が高く、背筋が真っ直ぐで、自由で、勇敢で、男らしい。話をする時には身振りたっぷりで力がこもり、自分の主題にわれを忘れてしまいます。……時々彼の快活さが妙に物静かな表情へと変わる……内省的なぼんやりした表情へと。しかし、それは同時に、見る者には、彼がその瞬間自分の眼前にあるものをこの上なく深く観察しているのだと感じさせるのです。それは妙な、倦怠感を表す視線ですが、その中にきわめて独特の力が篭もっています。

ソファイアは時々メルヴィルのこの妙な、催眠を催すような視線によって不安な気持ちになったが、この不安は落ち着いたもので、彼との会話の楽しさ全体に深刻な影響をおよぼすものではなかった。彼女は「オムーさん」の訪問を「とても気持ちがよくて愉快」なものと日記に何度も記録している。

ホーソーンとメルヴィルはまた、レッド・ハウスとアロウヘッド(12)の両方で、もっと私的な会合を行っているが、そこにはソファイアも子供たちも同席してはいない。というのもホーソーンは時々メルヴィルの家に行ったが、もし彼が（メルヴィルが所有していたように）自分で馬を所有していて、しかも自分の家族を無防備な状態に置くのをためらわなかったのであれば、おそらくもっとひんぱんに出向いていたであろう。一八五一年三月にホーソーンはアロウヘッドからダイキンクに宛てて、メルヴィルは彼自身も彼のお客も「居心地良く快適」にしてくれていると報告しており、またそれから一ヶ月後、G・W・カーティスには、メルヴィルは「あっぱれな男」であるし、そのうえ「上等な古いポートワインやシェリー酒」をたっぷり蓄えている、と言っている。レッド・ハウスも、メルヴィルがゲストの際には、それに劣らぬもてなしをした。マンスフィールドのシャンペン、ウィリアム・B・パイクがよこしたジン、(13) 村の薬屋で入手したブランデー、それに葉巻（セイラムからバーチモアが送ってくれた二百五十本）はもてなし用に支障なく使えた。ソファイアがウェスト・ニュートンへ行って留守だったある時、ホーソーンとメルヴィルは――ホーソーンは『二十日間』で告白しているが――「居間という聖なる領域内においてすら葉巻を吸った。」こうした例外的な気ままさは――例外的というのは、ソファイアがたばこの煙が嫌いだったか、あるいは煙アレルギーだったからだが――ホーソーンの側での特別友好的な客扱いを示唆するものである。

葉巻やジン、それにシャンペンを楽しみながらどういう話をしたのかということになると、それについての記録は『二十日間』におけるホーソーンの以下の記述以上のものはほとんどない。すなわち、今言及した折にあっては、話は「時と永遠、この世と来世のいろいろな事柄、本、出版社そしてあらゆる可能ならびに不可能な事柄」に関するものであり、また話は「かなり深夜まで続いた」ということである。会話は明らかに自由で、形而上学的で、幅広い話題に及び、若い方の男（ホーソーンは四十七才、メルヴィルはほんの三十二才）が溢れんばかりの想像力を発揮して話をリードしていた。しかしホーソーンが遅れを取ったと想像する理由は何もない。全体として、これはメルヴィルもホーソーンもどちらもまだ経験したことがないし、こののちも同じ経験がまたできるかどうか分からないような、このうえなく気心の通い合った会話であった。メルヴィルはこの会話にとても満足したので来世におけるその続きについて叙情的に次のように書いている。

わが親愛なるホーソーンよ、来たるべき永遠の時代にもしあなたと私が天国にいて、ふたりだけで小さな木陰の人目につかぬ場所に座することになれば、そしてそこ（私は禁酒の天国などは想像できない）へ何とかシャンペンをひと籠こっそり持ち込めるのなら、そしてそれから、永遠に熱帯の天上の草地でわれわれの天上の脚を組み、グラスと頭とをぶつけ合い、双方が音楽的に響き合うとすれば、そうなれば、ああわが同胞のあなたよ、われわれは今自分たちを悲しませている多岐にわたる事柄すべてについて、いかに楽しげに語り合えることだろうか——その時地上のものすべては追憶の対象でしかないし、そう、地上のものすべてはついに解体し、遺物となっていることだろうが。

いくらソファイアが留守中のことだとはいえ、これはホーソーン家の客間ではちょっと考えられない自由奔放さをほのめかしているのだが、にもかかわらず、ここで述べられている天上での出会いとこの時の地上での出会いとがまるで一致せぬものであれば、この記述が書かれることはなかったはずである。

ホーソーンに宛ててメルヴィルが書いた手紙（それらはメルヴィルの書いた文章の中でも最も注目すべき部類のものだが）は、ホーソーンのような慎み深い人間に当惑を覚えさせたとしても不思議でない率直さで、魂の親近性を表明するものである。ふたりの十五ヶ月に及ぶ交流が終わる頃、メルヴィルはいかにも彼らしくこう書いている。

ホーソーン、どういう訳ですか？ どういう権利があってあなたは私の人生の酒瓶から飲むのですか？ 私がその酒瓶を唇まで持ってゆくと——見よ、その唇はあなたのもので私のものでない。三位一体の神格が聖体拝領時のパンのように割れて、われわれはそのかけら同士だと私には感じられます。今の無限とも言うべき兄弟のごとき感情はそこから来るのでしょう。……あなたと知り合いになれたのでよりいっそうの満足感とともにこの世を去れるだろうと思えます。あなたを知ったことは不滅の聖書以上の説得力を持つものです。

ホーソーンがメルヴィルに送った手紙は現存していないが、もし残っていれば、メルヴィルのものより抑制的であるとしても、やはりくだけた、心温まるものだったに相違ない。というのは、メルヴィルが返書のひとつで「私の体内を流れるように通り抜け、私の牧草地すべてを活性化させたあなたの屈託なく流れる長い手紙」に言及しているからである。また別の返書では「あなたの素朴で、ざっくばらんな手紙」に言及しているが、その手紙はまた別の文脈では「喜びを与え、歓喜を育てる」とされている。ふたりには、実際、共通点が多かった。知的誠実さ、清廉さ、懐疑心、流行の万能薬への不信、人生を悲劇と捉えながら忘れることのないユーモア感覚、人生が提供する良いものをも味わう姿勢。両者は超然として気高いと同時にしっかり地に足がついた人間であった。ホーソーンは気質的にはメルヴィルほど熱狂的ではなく、哲学的には反抗的ではなかったが、またこのふたりは中年期と青春期との距離によって隔てられてはいたが、両者の友情は、どのような理性的基準から見ても、際だってうまく行っているものであった。(14)

五年後、イギリスで、メルヴィルとホーソーンは再び（ホーソーンが創作ノート中に記録しているが）「摂理と来世、それに人間の理解を超えたところにあるすべての事柄」について語り、ホーソーンは日記の中で、メルヴィルが「非常に高尚で高潔な性分」の持ち主だと証言している。メルヴィルの賞賛もまたふたりが離ればなれになったことや、時が経過したことによって衰えたりはしなかった。なぜならメルヴィルはホーソーンの作品を、作家の存命中のみならず死後も、読み続け、註釈を施し続けたからである。「これほどすばらしいものはない」と彼は「天国行き鉄道」のある部分の横に書き、その下には一八六五年五月という日付を記している。これはホーソーンが亡くなって一年後のことだが、彼とその『苔』は最初に出会った時の魅力を何ら失っていなかったのである。

ホーソーンとメルヴィルの友達付き合いが彼らの作品に及ぼした影響を正確に定めるのは不可能だが、一方がもう一方を刺激しておたがい創造力がこのうえなく幸せなレベルにまで働くようにさせたのは確実だと思われる。一八五〇年から五一年にかけての冬のこと、メルヴィルは『モウビー・ディック』（*Moby-Dick*）を書いていて、一八五一年秋にこの作品が登場した時、それにはホーソーンへの献辞が付いていた。「何という本をメルヴィルは書いたことだろう！」とホーソーンはダイキンクに向かって叫んだ、という。メルヴィルが「喜びを与え、歓喜を育てる」と感じるような手紙を、ホーソーンは『モウビー・ディック』を読み終えて送ったのである。これと同じ数ヶ月の間、ホーソーンは『七破風の家』（*The House of the Seven Gables*）を書いていたが、彼は繰り返しこちらの方が『緋文字』よりも好きだと述べている。「これは『緋文字』よりも多くの美点を持っている」と彼は姉エリザベスに言ったし、ブリッジに対しては、こちらのほうが「自分の精神の特徴を良く表して」いるし、自分が書くのに「もっとふさわしく自然」な作品だと言っている。メルヴィルも『七破風』は、「現在進行中の関心が与える楽しさゆえに」この作家の他の作品を凌駕するものと考えた。彼はホーソーンに「この作品を読んでわれわれは楽しんだ」と彼はホーソーンに手紙を書いている。「これは再読を誘った。われわれから一日を奪った。そしてわれわれにまるまる一年分の思考をプレゼントした。これは大きな活気と喜悦を生み出した。」興味と賞賛のこのような相互関係がふたつのアメリカ文学の傑作誕生に少なからざる貢献をしたものと見なさねばなるまい。メルヴィルは『モウビー・ディック』で彼の経歴の頂点に達したし、『七破風の家』がホーソーン最高の作品でないとしても、彼は他のどの作品にも増してそれを書くことを楽しんだのであった。

執筆は、一八五〇年八月後半に、くつろいで疲労回復を果たせた夏を過ごしたあと、始まっていた。ホーソーンは、熱心に『緋文字』成功の余波に乗じようとするフィールズに宛ててこう書いている。

私は（大いに私の意志とは反するが）毎朝厳格に引き籠もって、（午後早い時間の）正餐ないしはそのあたりまでそのまま籠もったままでいる。だが夏は本来私にとって仕事に向く季節ではない。そこで私はしばしば気がつくと、手元の忌々しい原稿用紙ではなく、眼前に大きく広がるモニュメント山を眺めている。しかしながら、少しは進行させ、重い足取りながら次第に速度を上げて続行したい。それゆえ十一月までにお届けできるようになってもそれほど驚くには当たらないと思う。もしできなければ、仕方ない。成長を急がせようと私のキャベツを根こそぎ引き抜いてはいけないし。

ホーソーンは十一月までには脱稿できなかったが、予告通り速度は上がった。というのも、十二月までには、毎日朝食時から午後四時まで（とソファイアは記録している）彼は執筆に当たっていたからである。十二月九日に「行き詰まり」状態に陥ったが、「この数日間あまりに猛烈に書いてきたからだ」と彼はしつこいフィールズに報告している。こういう状態になって、彼はしばらく「大人しくしている」ことを提案した。しかしすぐに、創作に駆り立てる気持ちが戻り、一八五一年一月二十六日に作品は完成した。これより数日前、その日の晩に、ホーソーンは原稿を妻に読んで聞かせ始めていた。ソファイアは――彼女はこの時妊娠五ヶ月であった――日記に、「ああ、言葉に言い表せない喜び！君に読んでやると彼が言った時、私はカウチに座り、眠くなるだろうと予測していた。しかし、彼の声の魔力と物語の力によって、不思議なことに午後十時まで目を覚ましたままだった」と書いている。翌日編み物をしていたソファイアには、モールの井戸のことしか考えられなかった。そして幾晩も物語の進行と結末に聴き入ったあとで、彼女は以下のように書いている。「結末には得も言われぬ上品さと美しさがあり、初めの部分の深刻な悲劇に霊妙な光と、貴重な家庭的な気持ち良さと満足感を投げ返している。」

一八五一年四月に発表された『七破風の家』は、『緋文字』よりもずっと熱狂的に迎えられた。ホイップルは『グレアム』誌上で、『緋文字』には欠けていた悲劇と喜劇のユーモラスな混在が見られると賞賛した。『(ロンドン)アセニアム』誌のチョーリーは、『七破風の家』が作家の「ユーモア感覚と登場人物の豊穣さ」を証明するもので喜ばしいことだと言った。『サザン・リテラリー・メッセンジャー』誌(the *Southern Literary Messenger*)に寄稿したH・T・タッカーマン(H. T. Tuckerman, 1813-71)は、同様に、この作品を前作よりも「丹精込めた仕上げで調和の取れた」作品と見なしている。シェイクスピアが最高の文学的達成基準を提供した時代にあって、批評家たちが厳格な統一性よりも色合いの多様性を好んだのは当然であった。ケンブル夫人は『七破風』がイギリスでは『ジェーン・エア』(*Jane Eyre*, 1847)以降のいかなる作品よりも大きなセンセーションを巻き起こしたと書いている。アメリカではロウエルが、これまで書かれた中では最も貴重なニューイングランド史への貢献だと述べた。『七破風』は『緋文字』よりも素早い売れ行きを示した。というのは一八五二年五月に、ティクナー・アンド・フィールズ社はどちらも「六千部突破」という文句で宣伝していたからである。

ホーソーンはこのような成功ののち、少しくつろぐだけの余裕ができたが、六月一日頃にはまたペンを取って、次の六週間を『ワンダーブック』(*A Wonder-Book*)と題する、彼の名高いギリシャ・ローマ神話の語り直し《リテリング》に打ち込んだ。実は五月の時点で「大きな思い違いをしていなければ」と、彼は続けて以下のようにフィールズに言っていたのであった。

これらの古い作り話は見事に目的にかなうだろう。ギリシャ・ローマの、大理石の感触みたいに不快な冷たさではなく、ゴシック調とかロマン主義調とか、私が自分で一番気に入るような調子にある程度置き換えようと思う。……この本は、今そう思うのだが、もし自分の精神から生じたものならば、若い人々の間でかなり広く受け入れられるはずだ。そしてもちろん古い異教的邪悪さは取り除き、できるところではどこでも教訓を挿入しようと思う。

執筆が容易に完成したのは明らかで、それは完全原稿が七月十五日にフィールズ宛てに送られたことからも分かる。ホーソーンは――いわば予行演習として――出来上がった物語を自分の子供たちに読んで聞かせたが、結果は成功で、これなら大丈夫という確信が持てた。ジュリアン・ホーソーンの証言では、彼と妹はその作品が印刷屋に回される前に、その多くの部分を暗記していたという。この良い兆しが間違っていなかったことは、その後長らく若い読者の間で『ワンダーブック』が人気を博し、それが現代にも及んでいることで確認されている。

『パパがジュリアンとウサ子ちゃんと過ごした二十日間』と創作ノート中の補足的な数ページを別にすると、バークシャー時代に属するもので重要な著作はたった三つしかない――「フェザートップ」

(“Feathertop”)、『トワイス・トールド・テールズ』(第三版) そして『雪人形、およびその他のトワイス・トールド・テールズ』へ付けたふたつの序文のみである。

「フェザートップ」は、「勿体ぶった堅物」の愚かさを暴露する諷刺の傑作で、一八五一年の秋の初め頃に書かれた。この物語は一八五二年一月と二月の二度に分けて『インターナショナル・マガジン』(*International Magazine*) に掲載され、編集人ルーファス・W・グリズウォルド (Rufus W. Griswold, 1815-57) はホーソーンに原稿料として百ドルを支払っている。この額は、ホーソーンがそれまで短編あるいはスケッチ一編の稿料として受け取った中では最高額であった。彼はグリズウォルドに、「これ以下の稿料ではお引き受けできないし、同じ額ではもうひとつ書くわけにはいきません」と言っていたのである。「フェザートップ」は、実際、ホーソーン最後の短編であった。十二編書いてほしいと頼んできたグリズウォルドに対しては、「その種の創作に費やす思考と手間というものは、長編を書くために要するものと比べると、とてつもなく大きいのです」と彼は説明した。そのうえ、報酬ははるかに少ない、と彼は付け加えたかもしれない。これからのちの彼は、長編小説のみを書くことになったのである。

『トワイス・トールド・テールズ』新版は、フィールズがモンロー社(ここの棚に一八四二年版の剰余分が放置されていた)から引き継いだものだが、その版に付けられた序文の日付は一八五一年一月十一日となっていた。この序文の調子は弁解じみたものであった。半ば本気、半ば気まぐれという気分で、作家は収録された物語の美点を過小評価している。しかしながら、この過小評価の姿勢は一種の甘えのごときで、『緋文字』の高名な作家であれば許容される程度のものかもしれない。彼が狙ったのは辛口の効果で、フィールズ宛ての手紙でこの序文を「非常に気の利いたもの」と呼んでいることからしても、まったくの本気で書いてはいないことが感じ取られよう。

『雪人形、およびその他のトワイス・トールド・テールズ』の序文――ホレイショ・ブリッジ宛ての献呈の手紙の形を取り、一八五一年十一月一日の日付になっている――はもっとあけすけで、おおむね暖かく感謝の気持ちに満ちた友情の表現であった。最初の成功に続く第二の成功という、喜ばしい地の利を得て、『緋文字』と『七破風の家』の作家は、大学時代以来自分がブリッジから受けてきた激励と積極的援助について品良く回顧している。この本には一八四六年に『旧牧師館の苔』を物語集として出版してから書いた四編が収録されている。すなわち、「雪人形」、「偉大な石の顔」、「メイン・ストリート」、それに「イーサン・ブランド」である。残りの作品の大半――収録作品は全部で十一編――は以前書いたもので、いろいろな雑誌から拾い集めて、『トワイス・トールド・テールズ』の第一版、第二版と『旧牧師館の苔』を編んだ時に収録を作家が見送っていたものであった。収録を三度も拒まれたこれらのものの中には、「カンタベリーの巡礼」（"The Canterbury Pilgrims"）と「原稿の中の悪魔」――今日大抵の読者がホーソーンの著作中平均以下の重要性しか持たないとはまず考えない物語――があった。作家は読者にこう約束している。自分は「古い雑誌のかび臭い、鼠がかじったページをもうこれ以上」押しつけることはしない、なぜなら、十中八九（彼曰く）もう未収録の物語は探しても見つからないだろうから、と。そして彼はこう言い足してもいる。「もしまだいくらか残っているとすれば、それらは、いかなる父親の欲目のようなものがあったとしても、作家が取っておくに値するとは思えなかったものか、それとも、私自身の記憶を超えたどこか暗くて埃まみれの隠れ家に入り込んでしまって、そこからはいかなる探索者も発掘できないもののいずれかだ。それゆえそれらはそこに眠らせたままにしておこう。」ホーソーンはこの約束を完全には守らなかった。未収録の作品がまだあれば復活させるべきだというフィールズの主張に説得されて、彼は一八五四年に『旧牧師館の苔』の第二版に二編を付け加えたのだが、それらは一八三七年より前の日付になっているので、四度収録が見送られていたことになる。またこの段階でもこれをもって未収録作品復活の長いプロセスが終結したわけでもなかった。G・P・レイズロップ（G. P. Lathrop, 1851-98）は一八八三年出版のリヴァーサイド版『全集』(15)に、ホーソーン作たるは確実な未収録作品をいくつか付け加えることができたし、その時点から研究者たちは、通常確たる根拠もなしに、古い雑誌のページから選び出したいくつかの作品を、ホーソーンの正典へ更に追加するよう提案してきているのである。

もちろん、ふたつの小説の成功が読者の記憶に新しいうちに、できるだけたくさんの本を市場に出そうとするのは商売として当たり前のことである。『雪人形、およびその他のトワイス・トールド・テールズ』と『トワイス・トールド・テールズ』の新版は一八五一年に登場した。『ワンダーブック』は一八五二年前半の登場である。『雪人形』は出版後数日以内に一千部売れた。ジェイムズ・T・フィールズは、心の温かいホーソーンの友人であっただけでなく、アメリカがそれまでに生んだ最も卓越した書籍の企画立案者のひとりで、ホーソーンを人気作家にしようと大胆な仕事をした。彼は書籍販売人、新聞編集者、雑誌書評者、それに国内外の著名な作家と親交があったし、彼らの育成にも余念がなかったにもかかわらず、あまりその試みはうまく行かなかった。しかし、本そのものが優れていたことだけでなく、彼の努力もまた効を奏して、ホーソーンの財政状況は目立った改善を見せた。創作ノートのひとつの見返しに、ホーソーンはティクナー・アンド・フィールズ社からの受領額を項目別に記載したが、受け取り総額は一八五一年分として千四百三十ドルであった。この額は驚異的ではないが、それ以前のいかなる年の彼の著作収入と比べても遙かに大きな額であった。

ホーソーンが一家の長としての財政的責任について、落ち着きに近い気持ちで思いを巡らすことができたのはこの時が初めてであった。結婚以来、生活に必要な経費からたとえ百ドルでも使わずにとっておけた年は一度としてなく、生命保険をかける余裕すらなかった――と、こうした蓄えの重要性をしきりに説いたエリザベス・ピーボディーに彼は説明しているのだが――しかし、自分の健康と文学への専念とが両立できていることで、ソファイアと子供たちを養うことはできると思うと、彼は自分たちのことを案じるこのお節介焼きの義理の姉に言った。それ以上のことになると、「われわれは運に賭けるか、さもなくば神の摂理に賭けねばならない」と彼は付け加えるのであった。

一八五一年五月二十日に三番目の子供のローズ――彼女の父親が彼女の叔母のルイーザに伝えたところでは「世界で一番利発で体調の良い赤ん坊」――が誕生したことで、もちろん、家族の出費は増加した。しかし、ホーソーン一家は簡素な生活モードを実践し、一八五一年のバークシャー地方での生活費は少なく、それはホーソーン夫人が項目別に記した以下の勘定書きが証明するとおりである。「ミルク、一クォート当たり三セント。バター、一ポンド当たり十四セント。卵、一ダース当たり十一セント。ジャガイモ、一ブッシェル当たり二シリング。ソバ、二十四ポンドで六十二セント。薪、一コード当たり三ドル。炭、一ブッシェル当たり八セント。仔牛の肉、一ポンド当たり六セント。マトン、五セント。牛肉、九セント。」潤沢の経済、黄金の時代！このような時代を同様に示唆するのは黒人のピーターズ夫人（「しかつめらしい」そして同時に「天使のごとし」というのがホーソーンが彼女に与えた形容詞であった）が果たした家事労働奉仕で、ソファイアは時折二人がともに余裕のある時に、読み書き演算の技法を彼女に伝授した。

概してホーソーン一家はバークシャー地方での生活を楽しんだ、というか楽しんだようにみえた。しかしホーソーンは一八五一年の夏までには、その地での居住に不満を表明し始めていた。『二十日間』では、気まぐれで変わりやすい気候に次のように不平を漏らしている。「当地の気候はひどい、ひどい、とてもひどーいものだ。自分が今暑すぎるのか寒すぎるのか、十分経つと分からなくなるが、いつもそのどちらかなのだ。その結果はいつも身体全体が惨めなくらい落ち着かない。いやだ！ いやだ！ いやだ！！！ 心の底から私はバークシャーを憎むし、ここの山々が平たくペチャンコになったところを見て喜びたいものだ。」レッド・ハウスももはや彼は気に入らなくなっていた。一八五一年七月に彼がルイーザに語ったところでは、この家はそれまで彼が身を寄せたうちでは「最も不便で惨めな小さなあばら屋」であった。もしこの態度の逆転に少々愕然とされる方がおられれば、その方には、ホーソーンが――大抵の天才同様に、また天才という口実を持たぬ一部の人々同様に――気分の変化に影響されやすかったということを思い出していただきたい。

西に向かって移動したすべての移住者たちがそうだったように――それがカリフォルニアを目指したものであれ、マサチューセッツ西部を目指したものであれ、移動距離はあまり問題とはならないので――ホーソーンは、生活の流れの速度が速いように感じられる東部へ戻りたいという衝動を感じ始めていた。彼はブリッジに、バークシャーは「あまりにも人通りから離れている」と言い、さらに、「私は世間と容易に接近できることの望ましさを十分知った。……ひと夏かそこらロビンソン・クルーソーごっこをやるのもいいかもしれないが、落ち着いた人生の準備をしつつある人間にあっては、できるだけ鉄道駅の近くにいた方がいい」と続けている。一八五一年の夏と秋に書かれたホーソーンの手紙はこの調子で継続していくが、というのも、顔をマサチューセッツ東部に向けてしまうと、彼は住居を変えることが望ましい多くの理由を思い浮かべることができたからである。彼がパイクに宛てた手紙には、「ここの丘陵地にいると落ち着かないのだ。それに自分が永遠にここに落ち着くとは思いたくない。ここの特殊な大気の状態には順応できないし、真冬を除くと、絶えず風邪を引くのだが、自分はかつて海辺にいた時ほど丈夫ではない。それは妻も同様だ。子供たちはまったく健康のように見えるが、彼らとて海の近くの方がもっと元気が出るだろう」と書いている。バークシャー地方にいてホーソーンが恋しく思ったのは特に海――海と都会の街路――であった。都会――特にボストンと後年のロンドン――は大いに彼の興味を引いた。大抵の人々が田園地帯を好む夏ですら、彼は都市には利点ありとダイキンク宛ての手紙に以下のように情感を込めて書いている。「都会にはよく打ち水がされた木陰がいつもある。そして日向には日よけがある。アイスクリームやあらゆる種類の冷えた酒は言うまでもないが、これらは、飲もうとするとオタマジャクシや昆虫が混じる小川の生ぬるい水たまりよりはよほどましだ」と彼は言うのである。舗道を歩いて群衆の生命の鼓動を感じるのは楽しく刺激的なのであった。ホーソーンとメルヴィルは、いっしょにニューヨークに旅行しようと話し合っていたが、けっきょくそうする余裕に一度として恵まれなかった。ホーソーンは、もし理想の住処があるとすれば、それは都市に簡単に行けて、しかも同じくらい重要なことに、海岸に近い場所になる、と考えていた。彼はパイクにだいたい二千ドルで買える海辺の家がないか、監視していてくれと頼んでいる。

自分で十分気づいていたかどうかは別にして、生まれ故郷の町に戻ることには克服できない差し障りがいろいろあったにもかかわらず、彼が居住場所を変えようと思った背景にはセイラム——位置がボストンに近く、海岸に面してもいる——という土地の深甚な影響力があろう。一八五〇年にセイラムを後にしてから、ホーソーンはどんな特定の土地にもすぐ退屈してしまうようになった、とジュリアン・ホーソーンは指摘している。人間の出所は根深いものだと判明した。距離を置くことで物の見方がはっきりしたので、彼は『七破風』において古いセイラムに、最終的な文学的取り扱いに近いものを与えていたのだが、彼のその後の作品が示すように、まだ彼は最終的取り扱いを終えてはいなかったのである。また、バークシャー地方にいた時でも、セイラムの友人たち——政治上の友人たち、文学と関係のない友人たち、それに教養的観点からだが、税関で交流のあったいくぶん庶民的な人たち――との付き合いを恋しがっていた。政治的役職に戻りたいという願望はまったくなかった。「テイラー将軍に恵みあれ!」と心からの言明を行っている。しかし、彼は相変わらずセイラムの政治には強い関心を抱いており、政治的な話ができないことを残念に思った。バーチモアに彼は熱心にこう尋ねている。「コナリーには会うかい? 君は何をしているのだ? 黒ガモたちの具合は? 君はまだ絶対禁酒主義者かね? エフレム・ミラーは今の政権でどのくらいの地位にいるのだ? 要するに、一般的および特殊なニュースはどんなものがあるかね?」彼はパイクには、「君にぜひ会いたい。そしていろんなことを話したい」と書いている。彼は『七破風』の献呈本を、パイク、ロバーツ、コナリー、ミラー、それにブラウン――昔のセイラムの政治結社のメンバーたち――に送ったが、このグループのうち、ホーソーンの著作に真面目な関心を示してくれて、その文学的意見をホーソーンが気にかけていたのはパイクだけであった。

次第に募る落ち着かない気分にもかかわらず、ホーソーンはもう一冬をバークシャー地方で過ごそうと気を取り直していたのだったが、そんな時に、レッド・ハウスの所有者、タッパン家の人々がその計画を即刻変更せざるを得なくさせたらしい。それは、この上ない善意の隣人同士の間ですらほとんど不可避な、ちょっとした諍いで、その時には重大さが誇張されて受け取られたのである。諍いの争点は、隣接する果樹園の果実を取る権利がホーソーン家にあるのかどうかというものであった。家を借りた時にはそういう権利については明確な取り決めはされていなかったのだが、ホーソーン家の者は、果実が自分たちのものだと思っていたし、また前の季節にはそうしても別に文句は言われていなかった。しかし、二年目の九月に、タッパン夫人は、果実がホーソーン家のものになるのは、夫人がそれをホーソーン家にあげる選択をした場合に限ると、それとなく伝えたのである。ホーソーンは同夫人に対し、自分は好意よりも権利を好むというとげとげしい内容の手紙を送ったが、その中で、「この世は取引と売買の場です。ですから、筋違いなことを筋違いでないと見せかけようとする試みは、確実にその仮面を剥がされます」と、ホーソーンは頑なな現実主義の姿勢で言明したのであった。この諍いは、タッパン氏が、果実はもちろん権利上ホーソーン家のものだと保証してくれたので、何とか取り繕いができたのだったが、ホーソーンは、隣人同士の関係は損なわれたと感じ、彼はそれだけいっそうこの地を去ろうと切望するようになった。

彼はすでに買う家を探しており、パイクとブリッジの援助を取り付けていたが、適当な物件は現れなかった。ブリッジはその時売りに出されていた、キタリー・ポイントのスパーホークス家の古い家屋はどうかと提案したが、ホーソーンはそれを「あまりにも辺鄙なところ」だからと言って断った。この危急の際に、ソファイアの姉のホレス・マン夫人が、国会議員のマンとその家族がワシントンに行って家を空ける間、ホーソーン一家がマン家の家に入ったらどうかと提案してきた。むろん取り決めは一時的なものでしかなかったが、そうさせてもらえばバークシャーから脱出できる手段が得られるわけだし、永住のための家探しも容易になる。ホーソーンは妻への手紙に、「この提案は予期せざるものだったが、一見解決不能と思える難事に天意が時として与えてくれる容易にして自然な解決法だと思われる」と書いている。年額三百五十ドルの家賃はホーソーン家には身分不相応ではあったが、ホーソーンは、たぶん三ヶ月以内には買うのに手頃な家が見つかるだろうと考えたし、その目的には、もし必要とあらば、ティクナー・アンド・フィールズ社が十分な前払い金をすでに約束してくれていた。

ホーソーン一家は十一月二十一日、吹雪の中を、レッド・ハウスを後にし、ピッツフィールドで馬車に乗り込んだ。生まれ故郷のマサチューセッツ東部に戻るのが賢明だろう、とホーソーン夫妻は感じた。ホーソーンは希望を抱いてニューイングランドの中心へ戻ったが、『緋文字』や『七破風の家』そしてジェイムズ・T・フィールズのお陰で、文学者としての彼の立場は、信望面でも金銭面でも大幅に改善されていたからである。

何ヶ月かが過ぎゆく間に、バークシャーでの厳しい気候のことも、タッパン夫人のことも、その他の厄介事も消えていった。そして振り返ってみると、ホーソーンは、リトル・レッド・ハウスでの生活も人生のまったく幸せな一章だとすぐに思えるようになった。メルヴィルがその後何度かやって来てくれたこともホーソーンにバークシャー地方での二人の楽しい交流のことを思い起こさせた。またその地の自然の美しさは、彼にとって、決して盲人の目に対する風景のように映じたわけではなかった。数年後、スコットランドのハイランド地方を周遊した時、彼はバークシャーの丘陵地を誇りと郷愁とともに思い起こし、曇りがちで霧の濃い天候の中では少なくとも、バークシャーの丘陵地の方がハイランド地方よりも壮大に見えると思ったのであった。

注（原注と明記した以外はすべて訳者による注である。）

（1）周囲六マイルの人造湖。

（2）Old Corner Bookstore はボストン市街中心部にあった（建物のみ現存する）作家たちのたまり場。

（3）イギリスの女性作家で、ホーソーンに会いたがっていたが果たせなかった。

（4）雄弁家として知られた政治家で、国務長官も務めた（一八五〇—五二）。

（5）イギリスの個性派作家、『ラヴェングロ』は彼の自伝小説。

（6）ホーソーンの友人カーティスはナイル川の源流へ遡る旅をしてその印象記を「ハワジ」というペンネームで出版した。以下、『復楽園』と『闘士サムソン』はミルトン（John Milton, 1608-74）の作、『デイヴィッド・カパーフィールド』はディケンズ（Charles Dickens, 1812-70）の作。

（7）ウィリアム・カーティスの兄で、ホーソーンの子供向け物語集『ワンダーブック』（*A Wonder-Book*）の中の挿絵を描いた。また次のロウエルとホームズは、ロングフェローとともにハーヴァードの教授兼作家として「ニューイングランドの三頭」と称され、当時の文壇に大きな影響力を持っていた。

（8）ホームズはハーヴァード大学教授。文学者でも医学者でもあり、特に産褥熱研究では当時世界的権威として知られていた。エマソンの講演「アメリカの学者」（"The American Scholar", 1837）を聞き、「われわれの知的独立宣言」だと言って讃えた人物でもある。

（9）モニュメント山はマサチューセッツ州西部バークシャー地方の岩山で標高五百三十メートル、アイス・グレンも同地方の岩だらけの深い峡谷。メルヴィルの『モービー・ディック』（*Moby-Dick*, 1851）の百二章にも登場する。

（10）（原注）メルヴィルが持っていたホーソーンの作品は、今ハーヴァード大学ホウトン図書館に保存されている。

（11）シェイクスピアのニックネーム。

（12）ピッツフィールドにあるメルヴィルの家はこう呼ばれた。

（13）（原注）これをホーソーンは、シャンペンよりも「健康的で気持ちがよい」と考えた。

（14）（原注）ルイス・マンフォード（Lewis Mumford, 1895-1990）の『ハーマン・メルヴィル』（*Herman Melville*, 1929）は、ホーソーンを、悲劇的だったメルヴィルの私生活に冷淡かつ鈍感に対応した悪党として描き、ホーソーンとメルヴィルに関する真実を大いに傷つけた。この見解の主たる根拠になったのは、「イーサン・ブランド」がメルヴィルをモデルにして描かれたという憶測である。しかしこの憶測は誤りであることが今では明らかになっている。なぜなら、「イーサン・ブランド」はホーソーンがメルヴィルに出会う六ヶ月前に出版されており、メルヴィルの最初の本が出版される二年前に、彼の創作ノート中に物語の輪郭がすっかり記述されているからである。（巻末の参考文献の四二一頁に掲載されている拙論「イーサン・ブランド」を参照されたい。）

（15）G[eorge] P[arsons] Lathrop はホーソーンの次女 Rose の夫で、ホーソーンの伝記、*A Study of Hawthorne*（1876）の作者としても知られる。なおレイズロップ編の全集は　オハイオ州立大学出版局による現在の標準テキストが登場するまで広く用いられていた。

第七章　ウェスト・ニュートンとウェイサイド、一八五一年―一八五三年

ウェスト・ニュートン[1]で過ごした一八五一年から五二年にかけての冬の間、ホーソーンは『ブライズデイル・ロマンス』（*The Blithedale Romance*）の執筆で忙しかったが、これは十年前のブルック・ファームでの体験に基づく物語である。彼がこのテーマを選び執筆に取りかかったのはまだレノックスにいた時であった。ホーソーンは一八五一年の夏に、彼曰く、次の長編を視野に入れてフーリエ（Charles Fourier, 1772-1837）の著作を読んでいた。ブリッジに語ったところでは、彼の意図は「作品に悪魔の特性を余分に付与すること」だったが、その理由は、読者大衆の支持を失わずに「地味な作品をふたつ続けて出せるものかどうかを疑ったからである。「自分の労働意欲は、作品への需要が増すにつれて高まる」と、彼は付け加えてもいる。『ブライズデイル』は一八五二年四月三十日に完成し、校正刷りが五月十四日に到着し始め、本は七月十四日にティクナー・アンド・フィールズ社から出版された。

ホーソーンは献本をロングフェロー、ヒラード、ホームズ、メルヴィル、アーヴィング、H・T・

タッカーマン、G・W・カーティス、G・P・R・ジェイムズ、L・W・マンスフィールド、チャールズ・G・アサトン、ピーボディー博士（彼の義理の父親）、それにホレイショ・ブリッジ夫人に送るようティクナーに指示した。また八部を自分のセイラムの友人たちに配ってもらうつもりでバーチモアに送ることとした。この献本リストは決して完全なものではない。というのも、何部か——ピアスやホイップルへ送ったものはそうだったが——は郵便を使わずに届けられたからである。ホーソーンの献本リストは、彼が概して、以前に自分の本の採択を働きかけた友人には義理堅いということを示している。

悪魔的要素を加えることで引き立たせようとしたにもかかわらず、『ブライズデイル』の評判は『緋文字』にも『七破風の家』にも劣る冷え冷えとしたものであった。おそらくブルック・ファーム共同体というものの魅力にもともと限りがあったためであろう。さらにまた、社会改革に対する懐疑というテーマが、一八五二年の時点では、まだ受けの悪いものだったかもしれない。エマソンはこの物語が「不快」で、描写も「面白くない」と考えたし、ヒラードは、もしホーソーンがこの小説を「ゼノビアを殺さずに」終えるか、それとも彼女に「もっと乾いた綺麗な死に方」を遂げさせるようにしてほしかった、と言っている。出版人フィールズは、かりにこの作品に内在する推薦理由が見当たらぬにせよ、商売上の理由からこれを褒めて然るべきところだったが、いつもの販売促進方針から逸脱して、ミットフォード嬢に宛てた手紙では、「もうホーソーンにはこれ以上ブライズデイルのような作品を書いてほしくない」と言っている。フィールズが特に悔しがったのは、おそらく、この作品に対して読者から気乗りのしない反応があったからと思われる。というのも、彼は相当骨を折ってロンドンのチャップマン・アンド・ホール社（Chapman and Hall）から出版の確約を得ていたし、同社からすでに二百ポンドをホーソーンのために受け取っていたからである。これはホーソーンがイギリスの出版社から受け取った最初の稿料であった（もっとも、ロンドンの本屋には彼のそれ以前の作品が安い海賊版で山と積まれていたのも事実だが）。またフィールズはおそらく、この種のものをこれからいろいろ出してみても成功はむずかしいと考えたのであろう。『ブライズデイル・ロマンス』は完全な失敗作に近いと彼自身にも思われたからであった。その後の批評家たちは『ブライズデイル』をもう少し高く評価するようになっていった――なかでもW・D・ハウエルズ（W. D. Howells, 1837-1920）は、これをホーソーンの他の長編にも増して好んだが、それはこの作品の「リアリズム」の度合いが他に比べて高いからであった。

ウェスト・ニュートンのマン氏の家が使えるのは一時的取り決めだったので、永住できる家の物色が冬じゅう続いた。一八五二年春に一軒見つかり、それを購入しようということになった。この物件は家屋とコンコードにある九エーカーの土地からなっていて、ホーソーンは千五百ドルを支払った。海から近くはなかったが、なにせコンコードは旧牧師館時代からの愛情の篭もった思い出の舞台である。コンコードの田園地帯は心躍る場所でもあった。実際その風景はバークシャーより好ましい、とホーソーンは思った。なぜなら、コンコードの「広い牧草地とおだやかな丘」はバークシャーの山と異なり、「脳裏に刻印を押し、来る日も来る日も繰り返し同じ強い印象を与えて見る者をうんざりさせる」ものではなかったからである。数ヶ月後、彼はさらに十三エーカーの土地を三百十三ドルで購入している[2]。

この新住居に関してホーソーンはダイキンクに宛てた手紙でこう書いている。

> もともと中くらいの大きさの、独立戦争以前の日付のある農家ゆえ、あまり豪勢な館ではない。しかし、購入相手の、かの神秘詩人オルコット氏はこれを自分の趣味に合わせるため多額の金を浪費した——そういう改善部分のすべてを私が只か只同然で今手にしている。相当長く放っておかれたため、屋敷はまったく荒れ放題だが、早晩、快適で十分居心地よいものになるだろう。屋敷は急な登り坂のふもと近くにあるので、オルコットはここを「ヒルサイド」と呼んだが、ここはまた村へ通じる道路に近接してもいる（実際近すぎる）ので、私はこの屋敷を「ウェイサイド」と命名し直した——この名称は文字通りであるとともに心理的妥当性を帯びているように思える。あるいは「ウッドサイド」でもよかったかもしれない——なぜなら、この丘はブナやハリエンジュ、それにいろいろな種類の松で覆われているからだ。

こうして、ウェイサイドと名付けた家へ、ホーソーン一家は一八五二年五月後半に入居したのだが、結婚生活で初めてくつろいだ感じがした、とホーソーンは述べている。

家屋をより居住に適したものにするため、相当な改装と化粧直しが行われたが、いつものように、ホーソーン夫人が積極的な興味関心と芸術的趣味——ヴィクトリア朝的ではあるが——とを発揮して作業の指示に当たった。改装前の家屋は彼女にとって「家畜の動物園にのみ適した」ものに思われた。しかし彼女は間もなく母親に、「ペンキ屋や表具屋や大工によって、見るも恐ろしい古屋敷の内側に施された魔法のような変化と、室内装飾品少々」について報告することができた。ソファイアの妻らしい献身が表われたのは夫の書斎に特別な神経を注いだことで、彼女はこの書斎を「ミューズたちとアポロの祭壇を祭る神殿」と呼んだ。彼女は家具類についてピーボディー夫人に詳しく説明をしている。最近買ったばかりのラピス・ラズリ・ブルー[3]の厚いカーペットが書斎の「魅力の基盤」をなしている。壁にはアポロの胸像、ホーソーン夫人が書いたエンディミオンの線画《drawing》、（エマソンから贈られた）キリスト変容[4]の絵、（ジョージ・ブラッドフォード [George Bradford, 1807-90] から贈られた）ルター（Martin Luther, 1483-1546）とその家族の絵、そしてコモ湖を描いた二枚の線画が飾られている。この部屋はおそらくホーソーンがこれまで持った中ではいちばん念入りに装飾が施されたものであった。その部屋で彼が書くことになったのが『フランクリン・ピアス伝』（*Life of Franklin Pierce*, 1852）と『タングルウッド・テールズ』（*Tanglewood Tales*, 1853）の二作だけだったというのは皮肉なことかもしれない。

一八五二年の夏と初秋、ホーソーンは、夫人と子供たち（ユーナは八歳、ジュリアンは六歳、ローズは一歳半）とともに、コンコードの田園地帯で浮かれ騒いだ。ウォールデン湖への、スリーピー・ホローへの、そして旧牧師館への気ままな散歩が行われた。ソファイアは、「このあたりの土地はすべてが口では言い表せない幸せによって私にとって神聖なものとされた」と書き留めている。そしてさらに、彼女の現在の幸せは、彼女の考えでは、より大きなものになっているのだが、その理由は「十歳分早めの幸せ」だったからである。ウェイサイドの裏側にある木が生い茂った丘はホーソーンのお気に入りの隠遁所になり、天気が良いといつもそこへ向かった。ある十月の日曜のこと、ホーソーン夫人と子供たちが丘に座って紅葉で花輪を作っていると、松の木が（彼女は日記に記録している）海のような音を立てたという。この比喩はおそらくホーソーン自身のもので、松の葉の絨毯の上に身体をまっすぐにして横になっていた時に語られたものと思われる。というのも、彼はコンコードが十分に気に入ってはいたのだが、海辺の方が好きであり、その時は単なる幻想から安らぎを得ていたのであろう。

ウェイサイドでは、一時的なものをも含めてそれ以外の家で暮らした時と同じく、ホーソーン一家は驚くほどに幸せな家族であった。子供たちは喜びと楽しみの無尽蔵の源泉であった。ホーソーン夫人はしばしば彼らの成長を生き生きとスケッチして楽しんだ。たとえば、ローズに関する次の説明は、この頃ピーボディー夫人宛てに送られたものである。

あなたに私のバラの蕾ローズ・バッドをお見せしたいものです。この娘はユーナやジュリアンとはまるで違い、とても滑稽で、自己依存的で、実際的で、事実をよく観察していて、考えられないほど手に負えません。それに、人を魅了するようなところがあって、頬にはシャロンのバラが花開き、首に沿って金色の陽光が流れ、目は青く、機敏そうで、マツ毛は非常に長く、魅力的な雪のように白い二列の歯が笑うと輝き、体つきは丸っこくうねるようですが、左右のバランスはとれ、顔は完全な円形。これまで見たことのない二本の真っ直ぐできれいな小さい両足を使って上下にまっすぐ飛びはねます。生きていることの純粋な喜びを表すように、彼女はスエーデンの歌姫ジェニー・リンドのように歌い、私たち皆を大法官さながらに裁くのです。……　人を敬うことはしないけれど、機知に優れ、行動には今のところまったく責任を取りません。……こんな子供は今まで見たことがありません。

ホーソーンは妻ほど多弁でないにしても、彼の娘自慢と愛情もやはり大きなものであった。彼は子供たちを近くの森や野原の探索に連れて行った。ジュリアンが特によく思い出したのは、家の前の芝生地で自分が丸めて作るのを父が手伝ってくれ、冬が過ぎて春まで十分溶けることなくもった、巨大な雪玉のことであった。

家族の輪の外には、ホーソーン一家にとって気持ちの良い地域社会があった。ホーソーンは、隣人でコンコード葡萄の発明者、エフレム・ブル（Ephraim Bull, 1806-95）との会話を楽しんだ。エマソン家の人々も心温まる存在であった。ユーナはエマソンの家に行くと寛《くつろ》いだし、ジュリアンはエドワード・エマソンの子馬に乗ったし、ホーソーン一家はエマソン家その他の人々と近隣へのピクニックに合流した。この地域の四、五名の子供たちは定期的にウェイサイドに集い、ホーソーン家の子供たちとともに、（無償で）ホーソーン夫人の読本、地理、図画、それに聖書の指導を受けたのであった。特定の日曜などには、彼女が日記に記しているところでは、「私は彼らにバラムのロバの話や、モーゼの死についての話をしてあげました。彼らはモーゼが約束の地へ行くことを許されなかったことで大いに悩みました。私は、モーゼがピスガ山から見下ろすとカナンとパームの町が見えたことを読んで聞かせ、彼らに私のキューバ日記にあるパームの木のスケッチを見せて、その木はどのような外見でどう育つかを図示してあげたのですが、するとパームの町の光景が彼らにはとても美しく映ったようです。」ウェイサイドは生命に溢れた、楽しい場所となった。ホーソーンは自分の満足感をブリッジ宛ての手紙で、以下のごとく、とても簡単に表現している。「ここはあらゆる点できわめて心地よい。」

　また、コンコードにあってホーソーンは、バークシャー地方で生活していた時よりも、ボストンやセイラムの友人たちと多く会うことができた。ジュリアン・ホーソーンが「驚くほど深遠な精神とやさしい性格」の人だと評したセイラムのウィリアム・B・パイクはホーソーンの特別の招きで一度ならずコンコードへやって来た。フィールズはボストンからやって来て、ホーソーンとともに緩い流れの川の堤沿いに歩いたが、通りがかりの人が彼らの私的自由を脅かすかにみえると、二人は背の高い草陰に身を隠したりした。ティクナーは時々顧客の応対で忙し過ぎてホーソーンの招待を受けられない場合には、訪問できない見返りに葉巻とクラレットを送ってよこした。ホーソーンがティクナーに言ったところによると、この葉巻は、彼の「記憶をそれから何日も何日も良い香りのままに保ち」、クラレットは「このうえなく上質で満足のゆくもの」であった。このほかにも友人たちが白ワイン、シャンペン、シェリーなどを送ってくれたので、ホーソーンは自分でもブランデーを買い込んでいたのだが、これで「メイン法[5]にもかかわらず、いつもとても愉快に」過ごせるだろう、と言ったという。

　ホーソーン一家がウェイサイドに到着してそれほど時間がたたないうちに、彼らの将来に大きな影響を及ぼす公的事件が発生した。すなわち、フランクリン・ピアスがボルティモアで行われた民主党国民会議で大統領候補に指名されたのである。一八五二年六月八日、その出来事から三日後に、ホーソーンは指名のことを聞き、翌日彼はピアスに手紙を送り、選挙用伝記を書こうと申し出た。自分にこの種の本を書く資格が十分あるとは思えなかった。彼はピアスに、「良いものを書くためには、長い時間をかけて私は考えねばならないだろう。それに結局、作家としての僕のやり方や資質は明らかにあまり一般受けするものではないし」と言っている。また『(ボストン)タイムズ』紙の編集者に依頼するのが他よりは良いだろう、とホーソーンは提案してはいるが、しかし彼は友情絡みの責任を逃れるつもりはなく、僕が君にしてあげられる仕事があれば、何でも君のお望みどおりだ」と明言するのであった。

ピアスはホーソーンに自分の伝記を書いてもらいたいと言い、ホーソーンはそれを受けて、夏の間にもうひとつ『ワンダーブック』を書こうとしていた計画を取り止めて、直ちに必要な資料を集める仕事に突入した。七月五日までには、事の進展を報告できるまでになっていた。彼はニューハンプシャーのアサトン上院議員やその他のピアスの政治仲間たちとの会見を済ませ、彼らからかなりの情報を獲得していたのだが、ホーソーンはピアス自身が補完せねばならないある種の事実を必要としていた。メキシコ戦争でのピアスの手柄は強調せねばならないが、平和の追求者という側面に影を投げかけるほどであってはいけない。(ホーソーンは声に出して考えながら、「平常時にあってはしっかりした政治家、国の一大事にあっては勇猛果敢な兵士——というのが君を紹介する最良の方式だ」と書いた。）奴隷制は「複雑な問題」だ、と彼は告白しているし、どう対処してよいかは不透明ではあったが、この問題は「回避してもいけないし無視してもならず」、ピアスを「国全体にとってふさわしい人間として、できる限りにおいて最も寛容な立場に位置づけるような手法で紹介する」必要があった。最終的に、ピアスにコンコードまで来てもらい、「長く静かな話し合い」を行ったうえで、伝記を最終的な形にしようということになった。

ピアスは間髪を入れずやって来て、伝記が急速に出来上がりつつあったのだが、その時、ホーソーンは妹ルイーザの突然の死によって心が乱れ、一時は麻痺状態に陥った。彼女は六月半ばにかなり長期にわたりウェイサイドに滞在する予定で招かれていたのだが、来られずにいた。ホーソーンは、あたかも何か予感でも働いたかのように、もしすぐに来ないと、何か用ができて君はこの夏まったく来られなくなるぞと警告していた。七月半ばにルイーザは、いとこの、セイラムのジョン・ダイクと連れ立ってサラトガ・スプリングスへ出かけ、そのあとで彼らは蒸気船「ヘンリー・クレー」号に乗り、ハドソン川を下ってニューヨーク市まで行く旅を始めていた。七月二十七日に船が爆発して火災が起きた際、ルイーザは川へ飛び込んで溺死したのであった。事故から三日後の朝早く、パイクが知らせをコンコードにもたらした。家族一同は悲嘆にくれたが、それはルイーザが兄のみならずソファイアや子供たちにとっても特別お気に入りの存在だったからである。「主人は書斎に閉じ籠もってしまいました」とソファイアは記録している。

この悲劇的事件についてホーソーンが書き留めた、先の母の病気中に書いた創作ノートの記載に匹敵するほどの文章は何も残ってはいない。しかしホーソーン夫人の信仰心がこの暗黒の時間にあって明るく光を放っている。彼女は子供たちや、おそらくはホーソーン自身をも、「ルイーザおばさんはいまお母さんのところにいて、幸せです。あの世に行ったおばさんの霊のことを考えましょう」と言って慰めている。その後少ししてからソファイアはピーボディー夫人に手紙を送り、不滅への信仰を実に雄弁に表現している。

ルイーザとお母様とが今とともにある姿に想いを致すのは私にとって無上の幸福です。人生に不滅なものがあるとすれば、それは家族関係で、もしそれがなければ天国はまったく天国とは言えません。神様は現在の人生のごとき無価値な時のために私の魂と夫の魂とを編み合わされたのではありません！私がお母さんを愛してきたのは短い一日の間だけではないのです！私の子供たちが私の心の琴線をかき鳴らすのは永遠の旋律を発しているからです。神様のなさることに無駄なものはあり得ません！

これより三年前、ホーソーンは母親の死の床にあって同じ結論に到達していたのだが、それはもっと大きな困難を伴ってのことであった。彼は苦杯をすぐ脇へやることができなかった。彼は「暗く惨めな袋小路」に留まり続けていたのである。彼は最後には「より良き一生の確信」に到達していたのだが、それは死の苦渋を味わった後のことであった。

ホーソーンが悲しみにくれた状況に陥ったため、ピアスの伝記の進捗には遅れが生じたが、長期に及ぶことはなかった。彼は作業に復帰し、八月六日までにはピアスに対しさらに資料を送るよう要求していて、一週間以内には伝記の少なくとも半分をあらかじめ送るからと約束していた。もちろんこの伝記はすぐさま完成せねばならなかった。さもないと出版が遅すぎて選挙に役立たなくなってしまうからである。「もし今週末までに仕上がらないと、たとえ仕上げるつもりはあっても、とんでもないことになってしまう」という、八月二十二日付のティクナー宛ての手紙には、ホーソーンの焦りが読み取れる。それから三日後、彼は冗談交じりにティクナーに、もっと派手な宣伝方法を採るよう催促し、次のような文句を大きな活字で印刷したらどうかと提案している。「ホーソーンによるピアス将軍伝。将軍公認。当初の草稿に基づき、戦場にて書かれしままの将軍の手記を援用の上で作成。将軍最良の肖像画を元に作成されたる極上版画入り。」さらに、「誇張気味にやってくれ。われわれは今や政治屋みたいなものだから、紳士的な出版人みたいな振る舞いをしようなどと思ってはだめだ」と彼はせき立てたのである。この仕事はあまり自分向きだと思っていなかっただけに、その分大きな安堵感とともに、ホーソーンは伝記の最終ページをティクナーに八月二十七日に送り届けた。

八月三十日、彼はコンコードを離れ、約三週間の予定で旅に出たが、先ずはブランズウィックへ行って、ボウドン大学の創立五十周年記念行事に出席し、そののちポーツマスの沖合に浮かぶショールズ諸島へ行き、そこで海風と豪快な寄せ波を楽しむことになっていた。これは一定期間仕事に集中して神経をすり減らしたのちにしばしば彼が気晴らしになると考えた類の旅行であった。実際、神経が疲れた時に行う彼のお気に入りの対処法は旅に出かけることであった。

ホーソーンは彼の昔の先生、アルフェウス・S・パッカード教授（Professor Alpheus S. Packard）からボウドンの式典に臨むよう招待を受けていたが、教授はホーソーンに式典のために何か特別のもの――「頌詩《オウド》、もしくは回顧、もしくは物語」――を書いてほしいと要請してきてもいた。ホーソーンの回答は、招待を謹んでお受けし、ぜひ出席したいが、特別なものを書くのは御免被りたいというものであった。自分の精神は「休む間もなく酷使してきたため少々すり切れており、麻痺もしている」ので、「人目につかぬ傍観者、傍聴者であることを切に」望みたい、と彼は答えている。こうして断ったからといって、これを彼の母校への愛情のなさの表れと解するには及ぶまい。これまでわれわれが見てきたとおり、彼はピアス伝のことで精一杯であった。そのうえ、ロングフェローやロウエル、それにホームズらと異なり、ホーソーンには特別な行事向けの作品を書く才能も、公共の場で自分の作品を発表する趣味も持ち合わせてはいなかったのである。

大雨で乗り継ぎに手間取り、ブランズウィックに彼が着いたのは式典のプログラムが終了した後になってしまった――これは幸い、と彼には感じられたが、それは演説者や詩人たちによって自分が讃えられるのを耳にして当惑するのを避けられたからであった。ボウドンのホームカミングに対する彼の印象は多くの中年の卒業生が同種の機会によく抱くものであった。彼の同窓生たちは、彼によると、

一群の陰鬱な老人たちで、彼らの頭はまるでかなり大量の雪に晒されでもしたかのようであった。まるまる四分の一世紀が消え失せていた。私には彼らがこの変容をたった一晩のうちに遂げたかのように思われた。

自分自身は卒業当時とほぼ同じぐらい若いと感じていたのでなおさらであった。彼らは私に、時間が君にはやさしく触れてきたのだなどとお世辞を言って安心させてくれたが、しかし、何ということか、彼らひとりひとりが鏡のようなものであって、私はそこに年老いた己自身の姿が映っているのを見たのである。

ポーツマスに戻って来ると、九月三日にそこから船に乗り、ショールズ諸島に向かった。それから二週間の観察や息抜きの記録にはオーガスタやノース・アダムズで若い日に彼がつけた日記と同じ生き生きした調子が見られる。ニューイングランド的な風景と人々の性格が相変わらず彼の関心を引き、綿密な観察と慎重な記述に値するテーマとなっている。洗練を欠くヤンキーが洗練されたヤンキーよりも彼にはしばしばより大きな関心の対象となった——この事実をホーソーン夫人は夫の民主的共感の証と見做したが、明らかにそれで間違ってはいないであろう。

航海途中にふたりの船客——ひとりはダンヴァースの店主であり、もうひとりはハミルトンの農夫(6)であった——が船酔いになった。ホーソーンの記述によれば、店主のほうは、「船べりに横たわり、頭を船側から突き出して（あとからその男が言ったことには）溺れるための真水を少しくれと要求した」とのことである。アップルドア島に上陸すると、ホーソーンはレイトンホテルに行き、そこでピアスからの紹介状を取り出して、得られる限りでの最上のもてなしを受けた。素朴ながら美味で豊富な夕食を摂った後、女流詩人（当時わずか十七歳）シリア・タクスターの夫のリーヴァイ・タクスターと、超越主義者のジョン・ワイスとがホーソーンに島の目立った特徴のいくつかを説明したが、その中には（彼の日記に記されているが）「キャプテン・ジョン・スミス（Captain John Smith, 1580-1631）が建てたという荒削りの石の記念碑と、コトン・マザーが言及している居住地の遺跡」が含まれていた。夜はホイストの集いに加わったが、ホーソーンの相手はポーツマスから来た感じのよい若い婦人であった。

さらに続けて何日もの日が愉快に過ぎたが、その間ホーソーンと彼の新しい知人たちはアップルドア島やその他近くの島々のさらなる「注目すべき事物」を探訪した。特に彼の興味を引いたのは、ゴスポートの教会[7]の（植民地時代に遡る）記録であった。頻繁に参照される記載事項のひとつを、ホーソーンは創作ノートに、まるで『緋文字』の正当性を確認するかのように写し取ったのだったが、そこには「第七番目の戒律[8]を侵したという公開での告白」が記録されていた。同様に愉快だったのは夜で、その大半をホーソーンはタクスターの家で過ごしたが、同家での集いは楽しく、もてなしも心温まるものであった。創作ノートの記載によると、そういう集いの何度かでタクスターは「お湯割りのジンで、そのジンは一八二〇年蒸留の、非常に上質で、本物のオランダ製酒瓶入りのスヒーダム産[9]」を振る舞ったという。また別の折には、一座は――リンゴのトディ《toddy》で声高になって――無伴奏合唱曲《グリー》や黒人のメロディーを歌った。タクスターの家での社交の夕べが終わるとホーソーンは歩いてホテルまで帰ったが、彼の気分は暖かく、楽しいものであった。それというのも、（日記はこう述べているが）「歌やら、美しく若々しい女性やら、陽気で若い男性やらでいっぱいの部屋から広い屋外へと出てくると、空があり、四分の三が欠けた月があり、懐かしい海が島をすっかり取り囲むようにして唸っていた」からである。

海風や浮き浮きした体験によって英気を養ったホーソーンは九月十七日にコンコードへ戻り、妻や子供たちに喜んで迎えられた。この後半の事実は、もしホーソーン家における帰郷が予期するだけで心温まるものでなければ、わざわざ記録する価値は殆どあるまい。家を空けた僅かな期間中も夫と妻は（今ではそれぞれ四十八歳と四十三歳で、結婚生活十年になっていた）互いに会いたがっていたのである。ホーソーンはポーツマスからの手紙で、自分に代わって子供たちにキスしてあげなさいと妻に命じた後、「できれば君自身にキスをしなさい——また、君が僕にキスしてくれればいいと願っている」と続けている。同じくらいの喪失感を家にいた者たちも感じていた。ホーソーン夫人は母親への手紙に、「子供たちはパパがいなくてひどく寂しい思いをしています。それに私もこの試練にはあまりうまく耐えられません。食卓の向かい側の彼の席に誰もいないと、食べ物が喉を通りません。四、五ポンド痩せました」と書いている。ホーソーンが帰ってきたら読もうというので、別々になった間も互いにどう過ごしていたか分からないことができるだけないように、めいめいが相手のために日記を付けていた。彼が帰って来る日の午後、ホーソーン夫人は派手な歓迎の舞台を用意したが、天候も偶然も幸い彼女に協力した。

（彼女はピーボディー夫人宛ての手紙でこう書いている）私は彼が座る食卓に、香《かぐわ》しいバラの蕾が入った花瓶、桃と葡萄を載せた綺麗な陶器の皿、見事な金色のポーター・リンゴ(11)をいくつか入れた籠を置き、西側のドアを明けて、夕陽が洪水のように部屋へ差し込むようにしました。アポロ神の「美しい蔑視」が新たに点火されたようでした。エンディミオンはダイアナを夢見て豊かな微笑を浮かべました。コモ湖は金色の霧に包まれました。「変容」のキリストが光の中を漂いました。この瞬間に夫がやって来なかったら残念だと思いました。こんなことを考えていると、旅客列車の音が聞こえ――彼が戻ってきたのです。彼がある手紙の中で書いていたように、「二倍男らしく」見えました。

ピアスの伝記はホーソーンの留守中に出版されており、ホーソーン夫人は九月十日にティクナーからそれを十二部受け取っていた。広範囲に配布したいという民主党の計画に協力し、ホーソーンは五千部をニューヨーク市で無料配布するという案に同意した。ホイッグ党系の新聞は、もちろん、この本を攻撃し、この著者の執筆動機が金銭目当てだと非難したり、これを「ホーソーン氏の最新のロマンス」と呼んだりした。ホーソーンは、この伝記における彼の奴隷制への立場が反感を買い、多くのファンや支持者を失うことになった。奴隷制廃止論者たちの感情を特に害した部分は以下のようになっている。

これまでの彼の議決事項からも発言からも分かることだが、彼は憲法が南部に約束した権利を十分認識して来た。自らの立場をそう明らかにした時は、比較的容易にそれを実行した。しかしそれがより困難になった時、すなわち、最初の感知不能の心の動揺が動乱状態に等しいほどに拡大した時も、彼の方針に依然変わりはなかった。彼はまた、曖昧模糊たる博愛主義的理論よりもあの偉大にして神聖な現実――彼の統一された故国全体――をあえて愛そうとする北部人に時として付きまとう誹謗中傷を回避しようともしなかったのである。……

彼［ピアス］はまた、奴隷解放運動がもたらす害悪は確かなものだが、しかるに一方、これがもたらす恩恵（解放）は、せいぜい偶発的なもので、また（未来を見通す澄んだ彼の実際的洞察力にとっては）そこまですらいかないものだ、なぜなら、この運動は進行中にその状況の改善が目的となっている当の人々への不当な扱いを深刻化させてきたし、今後もそうなるに相違なく、またその運動が勝利に終わる場合――仮にも勝利があればの話だが――現在のところ、かつてどこか余所《よそ》の世界で親方と奴隷の間に存在していたよりはましだと言えるほどの平和と愛情のうちに共存している二つの人種の破滅という結末に至るだろう、と考えた。

要するに、ピアスは――ホーソーンも同意見なのだが――奴隷制は憲法下で保証された権利で、米国《the Union》（「あの偉大にして神聖な現実」）は解放論者たちの行動によって分裂の危機にさらされており、また、黒人自身の安寧と幸福が解放によって危険に晒されると考えたのである。ホーソーンがブリッジに語ったところでは、これらがピアスの偽らざる考えであり、たとえ、「何百人という北部の友人たちが秋の落ち葉のように」自分から「散って行く」にしても、それが自分の公式の立場だと、ピアスは悔いることなく述べていたのである。

ホーソーンは伝記のテーマ全体と、自分とピアスとの関係を十月にブリッジに宛てた手紙で振り返り、自分は「この仕事を引き受けるのは気乗りしない」でいたが、「三十年友情を保ってきた後で」「大きなピンチに立たされた」ピアスのため最善を尽くさないわけにはいかない、と言っている。ピアスはその結果に満足し、ホーソーンは「真実を犠牲にすることなく、状況が許す範囲内では最善の利益を彼に与えることになる」この伝記を、「慎重に仕上げた」と思った。そして微笑を浮かべながらこう付け加えている。「物語は真実だが、但し、仕上げるのにはロマンス作家の技量が必要だった」と。

ホーソーンは大統領選挙戦の興奮に巻き込まれた。時々彼は、髪の毛が目に見えて白くなってゆくピアスを憐れみ、民主党大会が「老キャス」[12]を指名してくれていたらいいのに、と思ったりした。同時にまた彼はピアスは運命の男だという殆ど迷信に近い敬意を抱いてもいた。彼の考えでは、ピアスは「指導精神」を持っており、政治感覚において奥深く、また非常に幸運で、彼を破滅させ得るものなどないほどであった。今最も強い光を放つ名声の炎の中で、ピアスはとてつもない賭けに打って出ていたのだが、それは「歴史の中の一ページ」を求めるか、「忘れられた墓」を求めるかの選択であった。ホーソーン夫人もまた自分たちの眼前で演じられている生きたドラマの興奮を感じていた。彼女は、自分の家族も友人関係も奴隷制廃止論者ばかりだったにもかかわらず。夫と夫の友人の弁護に総力を挙げた。彼女はピーボディー夫人（ソファイアの証言を広める上で頼りにされる人であったが）宛ての手紙に、「どのような手段を用いようとも主人から精神においても文字においても真実でないと彼が思う言葉を引き出すことはできないのだから、彼の動機について世間がどう考えようが、それを恐れなければ彼の評価には少しも影響ありません」と書いている。また、労を惜しまずピアスを、人間としても政治家としても弁護する別の手紙では、彼女は、「もし人がピアス将軍を私たちが知っているように知れば、人は彼を真っ先に尊敬するようになるでしょう」と言明している。

伝記が片付いたので、ホーソーンは十月には腰を落ち着けてまた創作に取りかかろうとした。彼はブリッジに一八五二年十月十三日に、「一日か二日で、私は新しい長編を書き始めようと思うが、できれば、私はこれを前作より受けの良いものにするつもりだ」と書いている。フィールズはイギリスのミットフォード嬢に十月二十四日付けで、ホーソーンがまた別の長編執筆に取りかかったと報告し、「この寡黙な天才から集められる情報のすべてから判断して、これは『緋文字』の調子を受け継ぐものとなるでしょう」と述べている。十一月五日にフィールズはミットフォード嬢に、ホーソーンが今新しい長編執筆に余念がないが、「これは良いもの、つまりB・ロマンスよりはるかに良いものになるような気がします。というのも、彼は今仕事をしていて楽しそうだと奥さんが言っているからです」と再び述べている。ホーソーンがこの時取り組んでいた作品が何であったのかは確認されていないが、もしフィールズが言うことが正しいとすれば、ホーソーンはこの時、ハーマン・メルヴィルが提供した「アガサ」の物語を検討していた可能性がある。

（ニュー・ベッドフォードの法律家が記録した）アガサ・ハッチ（Agatha Hatch）の物語を、八月にメルヴィルはホーソーンに送って来たが、このアガサという女性はニューイングランドの海辺に住んでいて、難破船の乗組員と結婚し、その後捨てられたとされる。メルヴィルは、この物語はいろいろな可能性を秘めていて——夫の帰りを辛抱強く待ちわびる妻、信念のない夫の道徳観の目覚めや結果としての悔恨など――ホーソーンにはとりわけふさわしいと考えた。メルヴィルは、ホーソーンがこの物語を真剣に考慮してくれていて、おそらくもう実際に書いているだろうと思い、十月二十五日にアガサの夫の振る舞いや道徳観念の発達を説明しようと、いくつかの提案を書き送った。おそらくそれからすぐに――しかしその日付は定かでないが――メルヴィルはホーソーンをウェイサイドに訪ねている。この訪問中に二人はアガサの物語について話し合った。ホーソーンがこの件について考慮したのは明らかである。というのも、彼は（まだ記憶が新しい）ショールズ諸島に言及し、ここが舞台にふさわしいと言ったという。しかし、話し合いの結末はというと、ホーソーンが態度を保留し、メルヴィルこそアガサをやってみたらどうかと強く勧めたか、あるいは勧めたように思われた、ということなのだが、その理由は、この訪問から間もなく書いた手紙の中で、メルヴィルは、ホーソーンがわざわざしてくれた提案をも含めて、アガサ文書の返却を求め、この物語は結局自分自身が書くことに決めたと言っているからである。メルヴィルが訪ねて来た時にホーソーンはおそらくアガサの物語に興味を抱いていて、すでにいくらか仕事に着手していたことも考えられるのだが、メルヴィルから贈られた物語を彼が躊躇して引き受けなかったことから、ホーソーンはその物語を書きたくなかったという印象を与える結果になってしまった。物語が夫婦間の不信を取り扱うものだということで、フィールズにこれを「『緋文字』の調子を受け継ぐ」と言ったのかもしれないし、またもし夫婦の和解が意図されていたとすれば、構想中の物語が『ブライズデイル』よりは「受けの良い」ものになるとホーソーンは考えたのかもしれない。（彼は短編「ウェイクフィールド」で人妻と理不尽な夫との和解に言及しているが、アガサの物語がメルヴィルに想起させたのもそれであった。）ホーソーンの躊躇――かりにそういうものがあったとしての話だが――はエヴァンジェリンをロングフェローに譲ったことへの後悔の念――これもこういうものがあったとしての話だが――に誘発されたのかもしれない。とにかく、彼は他の人間の創作上の財産をあまり急いで引き受けるという気分ではなかったと言えよう。結局のところ、ホーソーンもアガサの物語は書かなかったし、知られている限りでは、メルヴィルもまた書いてはいない。

アガサを小説にする試みが計画倒れに終わったこととは別に、バークシャー時代の二人の友人の再会を見るのは心楽しいことである。この頃ホーソーン夫人が書きとめたメモには疑いもなくウェイサイドを訪れたメルヴィルへの特別な言及が見られる。（この文脈によって、ホーソーンがメルヴィルに対して何らかの啓示的な共感を与えたという見方が広がったのだろう。）ソファイアは、「そこでメルヴィルさんは、概して無口であまり打ち解けない方ですが、彼の心の内や経験を洪水のごとく豊かにホーソーンに向けて語りましたが、ご自分の直感的理解力にとても自信がおありで、物事についての大きく広いご自分の解釈にも、この上なく繊細で見事な判断力にも、とても自信を持っておられます」と書いている。メルヴィルはコンコードにやって来る前に、「私のためにシャンペンもしくはジンをとっておいて下さい」と手紙をよこしており、また帰宅してからは、訪問がとても楽しかったと述べ、子供たちに挨拶状を送ってよこし、さらに、自分の作家としての仕事に対するホーソーンの祝福を求めたのであった。

ピアスの選挙が終わってあまり経たぬうちに、ホーソーンは自分が政治の渦に巻き込まれているのに気づいた。選挙用伝記の著者であり、次期大統領の終生の友人でもある者として、彼は突然政治的重要性を帯びた人間になっていた。彼曰く、自分は「まるで一国の首相と同じくらい役人ポストを求める輩たちによって包囲されて」いたのであった。彼は賢明な助言をするよう、また影響力を行使するよう求められた。彼は自分のスタッフとなる下級役人ポストを獲得することに専念したが、それは彼もまた重要な役職をもらって、一定数の官職を操作するというのが前提であった。ホーソーンは熱心とすら言えるほどこれらの新しい要求に応えた。セイラム税関から不名誉にもはじき出されてちょうど四年後に権力の座に収まるのは不愉快ではなかった。時の変転が復讐の機会をもたらしたのであった。すぐに毎日が訪問者への応対、手紙の執筆、それにパーカーの酒場での深遠な会合に加わるためボストンに行ったりすることで手一杯となった。十一月十二日までには、近く「お忍び」でボストンに行こうと決めていたが、これは前の二日にわたる訪問の時には自分だけの時間を楽しむ余裕がほとんどなかったからである。次の三月には、大統領にこれ以上（任官要請の）手紙を差し出すのは躊躇し、「今現在、大統領の手元には私からの私書があまりに沢山あるので、（手形割引人の表現を用いると）額面割れになるのではないかと思う」と彼は指摘している。彼は決して真面目すぎていたのではない。政治はゲームであり、彼は恵まれた有利な立場でそのゲームをするのを素人として楽しむことができたのである。彼の終始一貫した態度はユーモアで彩られた現実主義であった。詩人のリチャード・ヘンリー・ストダードをJ・L・オサリヴァンに推薦するに当たり、ホーソーンはストダードの「売り込み」を、御当人の「傑出した自我」を雑誌向けに伝記として書いた人だと言って、「偉人の伝記を書く人は報われるべきであり――実際時として報われていることもある」という（自分にかこつけた）ウインクを添えたりしている。

地方の政治状況をつぶさに再現するのはもはや不可能である。セイラムは陰謀の渦であり、ホーソーンはそこに不可避的に引きずりこまれたのであった。彼の主たる目的は旧友のパイクとバーチモアを援助することで、これには成功した。パイクは最終的にはセイラムの収税官のポストを得たし、バーチモアは、深酒から明らかに少々評判を落としていたのだが、ボストン税関に職を得た。四、五通の手紙を書いてホーソーンはセイラムの政治屋たちに戦略的助言を行ったが、たとえば、一八五二年十二月九日にバーチモア宛の手紙で次のように言っている。

こんな計画を君はどう思う？　君が海軍局への売り込みを撤回することへの返礼として、ローリングと彼の仲間たちは、影響力のすべてを行使してボストン税関に君の勤め口を獲得しようとするはずだ。彼らの力と、君が獲得できていたはずのものとをもってすれば、成功はまず間違いないところだろう、――但し、彼らが君をだまそうとしていないことを君が確信できれば、の話だが。もし万一ローリングが上の一件での契約書の署名人だとすれば、彼は契約を最大限実行しようとするだろう――特に、彼の支持者たちは君をこの地域から追い出したいと思っているからだ。君の見方からして僕が間違っていないなら、セイラム税関から脱出しても君は後悔しないだろう。この件をよく考えてブラウン博士と相談し、いちばん賢明と思える道を行くのがいいだろう。

一八五三年三月十四日に再びバーチモアに宛てて、彼はこう言っている。

このまま敵と戦いを始める前に、敵と友達になる努力をするよう、僕は忠告する。間違った心配なのかもしれない。彼らを無理やり敵意ある態度に仕向けてはならない。仮に彼らがもうそういう態度を取っていてもだ。大統領に会ったら、彼らのことを友好的に語って、（相手に無理強いされない限り）彼らが君に敵意を抱いているという仮定の下に行動してはならない。正直に言うが、君に彼らの手紙をあげた後になっても、彼らが君に対しはっきりどういう態度に出てくるのかは僕には分からないのだ。

五月三十一日にホーソーンはバーチモアの状況をもう一度吟味し、前よりも思慮深い忠告を彼に与えている。

僕は君を古巣に戻すことに関して、敵との交渉に向けて一歩を踏み出した。もちろん、当初は、望ましい返事が得られると期待してはならないだろう。しかし彼らの心の中にではなくとも、ざらざらした砂嚢の中に、柔らかな部分を見出せるしっかりした見込みはある。

当座は黙っていてほしいのだが、彼らには君の希望が党の敵対勢力に依存していると思われないように。君が彼らに宣戦布告して戦いに入ろうとするなら、僕は君の復職の機会を「阿婆擦れののしり《whore's cuss》」（先のセイラム収税官、老ジェイムズ・ミラー将軍の上品な表現を借りると）ほどにも支持しないことにする。

ホーソーンの忠告が実際どの程度まで実行されたのかはおそらくもう分からないことであろうが、ここには老獪《ろうかい》さが表れている。彼は政治の森での赤子などとはとても言えぬ存在だったのである。

彼の活発な行動はまた自分の出身地の直近だけに限定したものではなかった。文学世界の一市民として、またボストンおよびセイラム政界の外側に住む友人たちを抱えていた彼は、かつての自分のように、文学からの収入だけでは食べてゆけない仲間の作家たちを援助する機会が得られたことをうれしく思った。ホーソーンも政治上の俸給なしでは干上がったことであろうし、他人が類似の手段で食いつなぐのを助けてはならない理由は見当たらなかった。彼が新しい民主党政権の恩恵を受けるべきと考えた作家が少なくとも二人いた。それはリチャード・ヘンリー・ストダードとハーマン・メルヴィルである。

ストダードは愚直で助言を必要とする、とホーソーンは考えた。「君ブランデーは好きかね？」とホーソーンはその若い官職希望者に尋ね、さらに、「君の知力は」と、以下のように続けている。


（君はそれを持っていると言うが）ワシントンで役に立つかもしれない。なぜなら、ここの公務員たちのほとんどは度が過ぎた暴飲暴食家で、その点で彼らを支えてくれる人間が大好きだ。しかしながら、彼らに君の酔っぱらった姿をみせてはならない。でもそういう人間たちの間をどう渡ってゆくかは君に任せることにする。これまで彼らと付き合ったことがないなら、彼らが新しい階級の人間で、およそ詩人とは似ても似つかぬ部類だと分かるだろう。

成功する候補者には知力が必要だったばかりでなく、良心の咎めの停止もまた必要だとホーソーンは言う。こういうことに関しては現実的であったほうがよいのである。

官職を求める場合は（ホーソーンはストダード宛ての手紙でさらに続けて）、かりに君が弱味（道徳的、知的、教育的、その他何であれ）を抱えていても、それは自分だけのことにしておき、それを見つけ出す者に見つけ出させればよい。例えば、国務省の通訳官のポストが君にやってきたとすれば、君の外国語の知識が十分でないなどとはおくびにも出さず、大胆にそれを引き受けるのだ。かりにこのあまり重要でない事実があとから露見しても、どこかもっと適切なポストに配置転換されるだろう。事は要するに、自分をまず、何とかしてどこでもよいから、落ち着かせることだ。……控え目というヴェイルを被った巧妙な大胆さ、これこそが必要なのだ。

そうする間にも、ホーソーンは有力な民主党員たちに宛て、ストダードのために手紙を書いていた。その結果がニューヨーク市税関事務官のポストだったのである。

ホーソーンはまたメルヴィルのためにも任官の世話を試みたがうまくいかなかった。うまくいかなかった理由は推測するしかない。メルヴィルが政治的なパイプを持たなかったか、政党への「売り込み」を一切行わなかったからかもしれない。あるいはまた『タイピー』や『オムー』でアメリカ人宣教師を攻撃したことや、当時出版されたばかりの『ピエール』(*Pierre; or, The Ambiguities*, 1852)で禁断のテーマを用いたことから、胡散臭い評判が生じていたからかもしれない。あるいはもっと考えられることとして、『ホワイト・ジャケット』(*White Jacket; or, The World in a Man-of-War*, 1850)において合衆国海軍の野蛮な習慣を怒りにまかせて暴露したことが原因となり、ワシントンで反対の声が上がったからかもしれない。メルヴィルはほぼ確実に「味方」であり、ホーソーンは彼のことを思って「ローマ時代の奴隷船」に関して当人に尋ねているのだが、この事件ではピアスが現職者を更迭する意向であった。メルヴィルはまた、ホーソーン曰く、自分が「多くの親切を受け」、四月にワシントンを訪れた際には当地でその主義主張を擁護した「味方」であった。メルヴィルは領事の職を望んでおり、ホーソーンはそのため最善を尽くしたが、それがうまく行かなかったことで彼は当惑し悔しがった。三年後に二人がイギリスで会った折りに、ホーソーンは、「当初は気まずい思いがした」と言ったものの、自分が「メルヴィルのために役立てなかったのは本当に実力がなかったためだけのこと」と考えて、「何も恥ずかしがる理由はない」という結論に達している。

ホーソーン自身も良いポストをもらいたいと願っていたのは疑いないところである。もっともその任用がどのようなものになるかについては、当初若干不確かなところもあった。十二月にホーソーンはフィールズに向かって冗談交じりでポルトガルについて尋ねていた——「例えば、それが世界のどの辺にあるのか、それが帝国なのか王国なのか、それとも共和国なのか……またもっと具体的に、そこに住んだ場合の費用のこととか」を。「外国についてなら他のどんな情報でも、知ろうと欲する精神の持ち主には受け入れ可能だ」とも彼は言っている。不確かさと可能性の多さに彼はじらされていたのである。それから二か月後、ホーソーンにはリヴァプールでの領事職が回って来そうな兆候が見られた。フィールズは大統領自身の口から、ホーソーンには金銭的不安から解放されるようなポストを与えたいという意向を聞き出した。リヴァプールの領事職は大統領府からの贈り物の中では最も実入りの良いポストであった。期待はすぐに現実のものとなった。ピアスはホーソーンをリヴァプールの領事に任命し、一八五三年三月二十六日に上院で承認された。上院の議場で、上院議員のチャールズ・サムナーは、奴隷解放論者であったにもかかわらず、「良かった、良かった！」と叫んだが、その理由は、彼がホーソーンとその著作を賞賛しており、同時にホーソーンの金銭的困窮を痛切に感じていたからであった。

またホーソーンがリヴァプールへの任官を受諾するであろうことはまったく疑問の余地のないこと——とりわけホーソーン自身の心の内ではためらうなどあり得ないことであった。というのも、伝記を引き受けた時にはピアスから任官の世話は受けまいと決心していたのだが、後になって、このような決意をいつまでも守っているのは勇気ある行為でなく、むしろ愚行だと思うに至ったのである。

まず第一に、彼はその金が必要であった。彼には妻と三人の育ち盛りの子供がいて、ペンだけで彼らを養うのはどう合理的に考えても無理であった。（彼はまた、今ビヴァリー近くの農民一家のところに身を寄せている自分の姉エリザベスの扶養にも貢献せねばならなかった。）彼は三年のうちに三編の長編小説を書いて成功し、その間さらに少年少女向けの物語本をも出して成功したとはいえ、これらの本から揚がる年収は千ドルを大きく超えるものではなかった。短編小説集も、『緋文字』やその他の長編の成功によって販売が促進されるものと思われたが、殆ど売れてはいなかった。一八五三年二月に、G・P・パットナムは百四十四ドル九セントの小切手を送ってきたが、これは一年六ヶ月の間に作家が『苔』から得た全収入であった。ひとりの作家としてホーソーンは高い評価を享受したのではあったが、ついに、自分が（ワシントン・アーヴィングや他の誰かが、どれだけ凄い収入を自作本から得ていたにせよ）文学だけでまっとうな生活をするのは不可能だと確信したのであった。

第二に、彼はそれまで一度も海外へ行ったことがなく、特にイギリスはその目で見てみたいと思っていた。自分の作家仲間は、ソローを除いて、全員がヨーロッパに行った経験を持っていた――中には四度、五度と行った者もいた。エマソンが旅行は愚者の楽園だと公言し、賢者は故国に留まるべしと説いたが、そのエマソン自身がすでに二度海外に出かけてた。ロングフェローはヨーロッパへ繰り返し出かけ、同大陸の端から端まで旅していた。他の者たちも同様だった。ホーソーンはこの時四十九歳で、もしこの機会を逃せば、二度と海外へ出かけることはできないものと思われた。彼は自分の先祖との絆を強く感じ、また同様にイギリス文学やイギリス史、イギリスのいろいろな場所や景色との絆をも強く心で感じた。彼は五感を通して、自分の抱いている印象を鮮やかなものにし、また具象化したいと思った。そのうえ、フィールズが教えてくれたように、またミットフォード嬢、バリー・コーンウォール、ドゥ・クインシーの娘などからの手紙が証言するように、彼は今ではイギリスでの名声を獲得しつつあり、こうした名声は少年時代から心に秘めていた野心である。昔母親に宛てた手紙をもう一度言及すれば、こうであった。「僕の作品が評論家たちによってジョン・ブルの物書きたちのこの上なく誇り高い所産に匹敵すると賞賛される様をご覧になったら、どんなに誇らしく思われることでしょう！」まったくその通り。今やイギリスの批評家たちはまさにそう言っているのであった。ミットフォード嬢から最近届いた手紙も、『ブライズデイル』における「現存作家たちの中でこれを超える者がない優れた悲劇的構成――結びの場面の情感――巧妙な感情分析――結び方の絶妙さ」を讃えており、彼女の知る限りで最も才気ある人物が「ホーソーンの英語は自分が知る中で最も豊かで最も緊張感に満ちた本質を備えたもの」と評価する言葉を引用していた。ホーソーンは、「ちょうどこのひと時、君の友人はアメリカの小説屋としてイギリスで最上位に位置しているんじゃないかと考えているところだよ」と、ブリッジ宛てに自慢するのも無理はない調子で手紙を送っている（なぜ無理はないのかと言えば、彼がそもそも作家になったことへの責任は、彼曰く、ブリッジが昔示した予見的信念だったからである）。自分は「イギリスの名士たちから渡英するよう四、五通の招待状を」すでに受け取っている、とも付言している。要するに、外国への旅の時期が熟したのであった。

ホーソーンのリヴァプール領事職受諾を批判しようするのは不満分子に限られた。興味深いことに、こうした非難はソローの私的な日記の中に見られるが、そこには「私にとっては、我が普遍的魂がこう言うのだが、今日の午後はガウイングの沼へ“*Vaccinium Oxycoccus*”[13]を求めてツルコケモモ摘みに出かけ、ほんのポケットいっぱい分を摘んで、まさに、その独特の風味とガウイングの沼やニューイングランドの生活の風味を知ることのほうが、リヴァプールまで領事をしに出かけ、その報酬として、何の風味もない何千ドルだか分らぬ金を受け取るよりはましだ」と書かれてある。もしニューイングランドの土着性が問題だったのなら、ホーソーンもソローと同じぐらいニューイングランド土着の人間だったと当然言えるのではないか。ホーソーンはニューイングランドでの生活に四十九年間順応してきたのだし（いかなる作家といえども彼ほど自分の生まれた地域に愛情を込め、あるいは完全な形で順応したことはない）、その順応した生活に文学という形で古典的表現を与えてきた。土着の「風味」を軽視したとして非難するのであれば、ソローはもっと他の、ホーソーン以外の作家を選ぶべきであったろう。もし金が問題だったのなら、ソローのような意見の持ち主と議論しても始まるまい。ホーソーンは彼について、「彼の前に出ると、金や、住む家や、上着を二着持っているだけで恥ずかしいという気になる」と述べている。

過去何か月にもわたって政治と関わってきたことで、ホーソーンは創作を行う暇もほとんどなく、またみずみずしい精神もなくしてしまっていた。一八五二年の夏には、ピアスの伝記を書いたために止むを得ず『タングルウッド・テールズ』の執筆を先送りしたし、その年の秋には、政治的圧力により（および、メルヴィルのアガサ物語の返還要求も手伝って）、新しい長編の執筆作業を中断せざるを得なくなっていた。しかしながら、政治的な問題で気が散ったにもかかわらず、彼は冬の間に二つのうちで比較的困難でない仕事を再開することができた。彼が『タングルウッド・テールズ』をいつ始めたのか、正確なところは不明である。様々な中断のため、執筆にはおそらく『ワンダーブック』より長い時間を要したものと思われる。彼の記録によれば『タングルウッド』の物語の完成は一八五三年三月九日であり、その「序文」の完成は三月十三日である。そして三月十五日に彼は原稿をティクナーに送り、これを直ちに出版して欲しいと催促している。書物は八月に出版された。ホーソーンはこの物語について、ストダードに次のように指摘している。「ここに収めた物語は素晴らしい出来映えで、あらゆる教訓臭さがなく純粋で、ほとんど新作同様かそれ以上で、マザーグースと比べてもそれなりにまったくひけを取るものではない。この古い子供向けの物語ほどうまく書けたものはこれまでひとつもない。」『おじいさんの椅子』かもっと古い作品の時からずっと、ホーソーンは、驚くに当たらないが、自分を子供向けの物語作家と考えていた。ある時など、彼はこうした作品を大規模に制作すれば、それが富への容易な道になると心に描いていた。この種の彼の著作――特に『ワンダーブック』と『タングルウッド・テールズ』――は、早くから少年少女向け古典という地位を獲得していて、まあまあの人気もあった。ジュリアン・ホーソーンは、『ワンダーブック』登場後に二巻目を出してほしいという（当然ながら作家自身の子供たちをも含めて）「若い人たちから、多くの要請があった」と言っている。しかし少年少女向けの売り上げは作家の財政状況をあまり改善するものではなかった。『タングルウッド』のイギリスでの版権としてチャップマン・アンド・ホールから五十ポンドを獲得したのは大きな手柄だとして、ホーソーンはフィールルズを讃えている。

「子供向けの物語」が片付いたので、ホーソーンは再び自由に魅惑的な政治現場へ彼の関心全体を向けることが可能になった。彼はそれまで国の首都を訪れたことがなかったので、新大統領の就任式のすぐ後の何日かが、ワシントンでの目まぐるしい動きが最も活発になる時でもあるから、訪れるには良い時期だと思われた。壮麗な光景を見て楽しむこととは別に、彼はこのような旅により一部の友人たちをもっと効果的に支援し、またおそらくは自分自身の状況を改善したくもあった。そういうわけで、旅の計画が立てられた。三月の後半に、ホーソーンはティクナーを介してボストンの仕立屋に新しい上着の注文を出したのだが、「私の最善の燕尾服もかなりみすぼらしいものになった（領事職にある者よりは作家にずっとふさわしいが）。そこで、君が今度我々の友人ドリスコールと葉巻を吸う時、僕のためにもう一着作ってくれるように言ってくれないか――黒い燕尾服とズボンだ。そして生地は彼に選択を任せる」と彼はティクナーへの手紙の中で告げている。

ティクナーも明らかに政治畑ではちょっとした老練の士だったが、その彼を連れて、ホーソーンは四月十四日朝に、――彼の妻が悲しげに記録している表現を借りると――「暗い雨の中」ウェイサイドを後にし、ワシントンに向け気ままな旅に出発した。この旅行者たちはニューヨークに三日滞在したが、ホーソーンはここで訪問者との面談や約束事で大忙しであった。オサリヴァンとの相談事は何とか実現したが、他の人々がやって来たため、時ならず中断することになった。たとえば、彼は有名な才女《ブルーストッキング》アン・シャーロッテ・リンチとウェイヴァリー・プレイスで食事をした。彼は、彼曰く、心地よいと考えるものを自分で好きなようにするために構わないでもらいたかったのだが、（妻宛の手紙での表現によると）「（会わないと）リンチを受ける」のではないかと思ったのでね、としゃれを飛ばしている。それ以前もそれ以後も、家族思いの夫であり父親でもあって、大都会の只中にあって途方にくれたホーソーンは、多くのそういう男性同様、家族に会いたくなってホームシックに陥った。彼はソファイアに、「僕は君に会いたくてホームシックになっている。これだけ遠くに来ると、子供たちがとても立派で美しいものに思える。ユーナが親切でやさしくしてくれるといいね。ジュリアンにはエレンがアップル・パイを作ってくれるよう。ローズバッドはまだ僕のことを覚えていてくれるかな？　家を離れてもうひと時代過ぎたみたいだ。どんなに言葉を尽くしても僕がどれほど君を愛しているかは伝えられない。なるべく早くまた手紙を書くつもりだ」という手紙を書き送った。フィラデルフィアには一日滞在したが、そこから彼は妻にこう書いている。「旅は順調で新しい土地を見るのが楽しいが、言葉ではまったく言い表せないほど君に会いたい。私が欲しいのは君以外には何もないということが今やっと分かり始めたような気がする。子供たちにしても、どう愛すべきか、やっと分かった。私に代わってみんなにキスしてやってくれ。」ボルティモアからは次の日に、「今のところ無事だ。……これまでの一千倍も愛を込めて」と書き送った。そして、コンコードを出てたっぷり一週間後に到着したワシントンからは「君が恋しくて僕の心は憂鬱だ。両腕で君を抱きしめたい」と。

ホーソーンはワシントンにほぼ二週間滞在した。こんなに長くいるつもりはなかったのだが、大統領からもっと長くいてほしいと請われたのである。妻への手紙の中で自分がやったことをかいつまんで以下のように言っている。「ここに来てから他の人たちや自分自身のために自分がいかに多くのことをやってきたか、それを思うと奇妙な気分だ。」彼がワシントンにやって来てから生じた事で分かっているのは、当初の地位にマンチェスターの領事職が加わったことであった。しかし、滞在中彼がすべての時間を政治の仕事に費やしたわけではない。彼は受諾しかねるほどの招待を受け、かなりの名士扱いにさらされた。ある時など、彼は大統領一家の夫人たちに付き添ってマウント・ヴァーノンまで行ったが、そこから妻に宛てて四月のヴァージニアの印象を次のように書いている。「今僕らが当地で味わっているほどに美しく、花いっぱいの春を君は一度も見たことがないだろう。」

四月の終わりまでには、コンコードにも春がやって来つつあった。ホーソーン夫人の日記には、桃の木と桜の木が開花したとあるが、しかし彼女はさみしくて花を楽しんでいる余裕はなく、「うちの松の木立の中に腰を下ろしてあたりを見渡し、主人の不在に耐えようとしたが、彼がいないと心細いものだ」と記している。しかし彼女は子供たちや訪問客の世話で忙しかった。きらびやかでまばゆいばかりのS・G・ウォード夫人は、駅馬車に乗ってやって来たのだが、ホーソーン氏に会えず、残酷なまでに気落ちしていた。エマソンとエラリー・チャニングが立ち寄ってジュリアンを一緒にウォールデン池まで連れていってくれた。ロックウッド・ホア判事はホーソーン一家がイギリスへ行くことを祝ってくれたが――「アメリカ以外では、住むにぴったりの唯一の場所です」と、その頑強な愛国者は言った。イギリスでの生活とウェイサイドを留守にすることの期待と不安が今やだんだん大きくのしかかって来ていた。というのも、一家は初夏には渡航する計画でいたからである。リヴァプール領事職関連の書類が国務省から届いたが、ウェイサイドを後にすると思うと、ソファイアは辛かった。「ここはこれまでで一番幸福な場所です。本当にここを去るのには耐えられません」と彼女は言っている。

五月初めにホーソーンがワシントンから戻るとすぐに、彼と家族は間近に迫った引っ越し準備に忙殺された。一家はこれまで何度も引っ越しはしてきたが、これほど極端な引っ越しは初めてであった。彼らの外国生活はかなりの長さに及ぶはずである。リヴァプールでの四年間の領事の任期に加えてイタリアでの一年間も心待ちにされていた。家財の一部は船荷にするため梱包せねばならず、残りはどこかで保管せねばならなかった。また家屋はホーソーン夫人の弟のナサニエルとその家族に供与し、ホーソーン一家の留守の間住んでもらうことになった。こうした引っ越し準備中に起こったふたつの出来事がホーソーンの日記中、以下のような特徴的な記載を残すことになった。

今日（ここウェイサイドの）屋根裏部屋を掃除していた女性が、太くて獰猛な巨大な蛇が——舌を突き出しているところを発見した。エレンはそれを殺した。彼女はそれをマムシだと言ったが、どうもシマヘビだったようだ。それは家に付き纏う悪魔のように思われた。さらによく観察したユーナは、その蛇が茶色と黒の格子縞をしていたと言っている。

私はしばらく前に、大きな山と積まれた古い手紙やその他の書類を燃やしたが、イギリスへ出かける準備のためだ。それらの中には何百通というソファイアからの独身時代の手紙も含まれていた——世の中にもはやこのようなものはない。今やそれらはみな灰になってしまった。火とは何と信頼に値する秘密事項の守護者であろうか！ 火と死なくして我々はどうすればよいのか？

イギリスへ旅立つ最後の数週間、ホーソーンは訪問者の応対をしたり、招待の申し入れを受け入れることができなかった。しかし、クレイギー・ハウスで彼のために催された晩餐会には出られると分かって嬉しかった。ホーソーンとロングフェローはそれぞれが望むほどには近年お互いに会ってはいなかったが、ロングフェローの歓待——政治の世界とはまったく無関係の——は二人の友情が長続きする暖かいものである証であった。ロングフェローは六月十四日の日記に、「ホーソーンのためにとても楽しいお別れの晩餐会を催した。彼はあと数週間でリヴァプールの領事職就任のため船出するのだ。招待客はホーソーン、エマソン、クラウ、ローエル、チャールズ・ノートン、そして弟のサム。食後に我々はベランダに座って雑談をした」と書いている。また翌日もロングフェローは日記に次のように記している。「昨日の記憶が今日を香しいものにしてくれる。昨日は我が旧友への楽しい送別の会であった。彼は自分の眼前に広がる期待からとても喜んでいるようで、とても元気で意気盛んだ。」

忠実な友人ティクナーとともに、ホーソーン一家は一八五三年七月六日にボストンからキュナード社の大西洋航路のスクリュー型蒸気船「ナイアガラ」号（ライチ船長）で旅立った。顔を紅潮させたジェイムズ・T・フィールズ、それにホーソーン夫人の父親のピーボディー博士が見送り人たちに加わった。港から出てゆく際に、「ナイアガラ」号の祝砲が一発炸裂し長く余韻を残したが、それは——ホーソーン夫人が両親に宛てて書いたところによれば——「著名なる合衆国領事にして作家のホーソーン氏がアメリカの岸辺を後にし、彼が乗船することで女王陛下の蒸気船を讃えている」という事実を認めるものであった。

注（原注と明記した以外はすべて訳者による注である。）

（1）West Newton, Massachusetts. ホレス・マンとその妻エリザベス・ピーボディー（ソファイアの姉）の家があったところで、ボストンの西の郊外に当たる。

（2）（原注）「ウェイサイド」購入に関する情報はマーガレット・M・ロスロップ（Margaret M. Lothrop）に負うている。

（3）ラピス・ラズリは濃い紫がかった青色、いわゆる瑠璃色。

（4）キリストが高い山に登り、旧約の預言者たちと語り合いながら、その光かがやく姿を弟子たちに見せたというもので、これを「変容」（"the Transfiguration"）という。

（5）メイン法（the Main Law）とは一八五一年にメイン州で通過した全米最初の禁酒法。

（6）Danvers も Hamilton も Boston 北東に位置するマサチューセッツ州の町。

（7）ショール諸島の Star Island にある Gosport Chapel のこと。

（8）モーゼの十戒の七番目、「汝姦淫するなかれ（Thou shalt not commit adultery.）」

（9）Schiedam は、ジン産業で有名なオランダ中部の町。

（10）原著には四十一歳とあるが、それは誤り。

（11）秋口に収穫できるニューイングランド産のリンゴの一種で、中ぐらいのサイズで、丸く、香りがよく、調理しても型崩れしないとされる。

（12）Lewis Cass（1782-1866）

（13）ツルコケモモの学名。

第八章　イングランド、一八五三年―一八五七年

航海に十日を要したが、「ナイアガラ」号はリヴァプールに七月十六日に着いた。大西洋の真ん中で一度激しいスコールに見舞われたものの、それを除けば天候は終始上々であった。家族が船内に落ち着き、未練を残しつつ眺めていたアメリカの岸辺が視界から消えると、ホーソーンは進んで航海の楽しみに身を委ねた。それは彼にとって最初の長い船旅でそれを楽しむのは親譲り代々のものだと、彼は思ったに相違ない。何しろ先祖たちは数世代にわたって船乗りを務めていたからである。彼は多くの時間を甲板で過ごし、風にも波にも空にも決して飽きることはなかった。その間、ジュリアンは甲板上を行ったり来たり走り回り、ユーナは座って『タングルウッド・テールズ』の新刊見本を読み、ホーソーン夫人は若いイギリス人のフィールド・タルフォード（『イオン』の作家の弟）と話をしていた。この人物の「あらゆる面にわたる進化」――と彼女は記録している――は「アメリカ人がこれまで持ち得なかったような余暇と深い教養を必要とする美しい花」であった。航海の間ずっとホーソーン一家は船長の食卓で特別待遇を受けた。ライチ船長の声、微笑み、軍人らしい雰囲気はこの上

ない安心感を抱かせるものであった。

リヴァプールに着いて最初の一ヶ月かそこらの間、ホーソーン一家はロック・フェリー・ホテルで生活した。九月にはロック・パークに家を借りたが、そこはリヴァプールから五マイルほど内陸に入った、マーシー川の向こう側にあった。ホーソーンは自分の新しい環境の中で、「寒々とした雨模様のイギリスの黄昏時が芝生地に垂れ込め、九月最初の晩に石炭を焚いて身体を温め、マントルピースの上方から知らぬ人の絵が自分を見下ろしているという状況で、このイギリスの家に身を置いているると、ここでは落ち着いた気分には決してなれないという気がした」と悲しげに瞑想している

彼は一八五三年八月一日に着任し、四日には自分の新しい職場環境の第一印象を日記に次のように記している。

私の部屋（十二フィート掛ける十五フィートの広さで、天井はかなり高い）にはアメリカ合衆国の地図が一枚架かり、他にヨーロッパの地図も一枚架かっている。等身大のテイラー将軍のひどい色遣いのリソグラフが一枚、それにもう少し小さな銅板画の肖像が一、二枚。またアメリカ海軍勝利の情景が三枚と、テネシー州議会のリソグラフが一枚と蒸気船エンパイア・ステートのリソグラフも一枚ある。マントルピースには木製キャンバスに油絵の具で描かれた白頭鷲が飾られている。棚には何冊もの羊皮装丁の合衆国法や法令全書が置かれている。かくて領事館は小さなアメリカ領でその周囲をぐるりとイギリスの生活が取り囲んでいるようなものだ。しかし、ただひとつ真にイギリス的なものがあって、それは壁に掛かった晴雨計で、今日それは不思議なことに、晴れを差し示している。

領事館はリヴァプールのドックの近く、騒音と車馬の世界の真っ只中に位置していた。彼の記述によると、彼の部屋の窓からは「狭い通りの向こう側には、高い、陰鬱な、煙で黒ずんだ、見にくいレンガ造りの倉庫が見える――アメリカで見たどんな建物よりも醜いものだ。それにいろいろな階のあちこちから塩の入った袋がしばしば上げられたり下げられたりして、空中で揺れている。重い車輪が絶えずごろごろ音を立て、そのため会話が困難になるほどだ。もっとも私はだんだん慣れては来ているが」とある。

領事職は難しく退屈な任務だということが分かってきた。ホーソーンはしばしば辞任を考えたものの、意地を張って正規の四年の任期より少し長く自分の職にこのまま留まり続けたのだが、その理由は、そもそもこの任官を受諾したのが、生活に困らない金を蓄積し、同時にイギリスを見て自分のものにしようと思ったからであって、これらの目的の両方が、達成には最大限の時間を必要としたからである。ホーソーンをあまりよく知らない一部の人々（例えば、サミュエル・G・ウォードのような人）はこのポストの義務を満足に全うする能力がホーソーンにあるのかどうか疑った。しかしピアスはホーソーンの世俗的能力を疑い深い人々よりはよく分かっていた。後者はたぶんホーソーンを彼の著作からのみ知っていて、アーサー・ディムズデイルやフーパー牧師を創造した人間は、彼の創造物の一部同様、日常世界にはまるで場違いな存在だと、間違った推測をしたのであろう。仕事は彼の性分にはいろいろな点で合っていなかったが、しかしホーソーンは驚くべき適応力を見せた。一八五七年秋に職務を後任に引き継いだ時、彼は領事録を満足げに眺めた。それというのも、仮にそういう証拠が必要となればの話だが、彼が任期中に義務を遂行した「慎重で有能な行動様式」を証明する国務長官からの書状を片手に握っていたからである。しかし結果は、ホーソーン自身にとって当初から決まっていた通りの結論には至らなかったようで、彼はティクナーへの手紙で、「この領事の職をとてもうまくこなせたことを僕は神に感謝したい」と言っている。

新領事はすぐさま大勢の嘆願者たちに包囲されることになった。たとえば、ホーソーンの言葉を借りれば、「毎朝、建物の入り口にこれまで見たこともないような不快極まりない船員たちが押し寄せて来る——汚らしく、破れかぶれで、まったく海賊さながらの様相の連中だ。いったい全体彼らが何を求めているのかは、差し当たって私の知るところではない。しかし恐らく彼らは乗っていた船が難破したか、さもなくば、お構いなく世に捨てられたかで、何らかの形での支援を求めているのだろう」といった具合である。

領事館の日常的業務——いろいろな記録をつけたり、文書の整理をしたりすること——はピアスとワイルディングという、二人の経験豊富な事務官が行っていたが、この二人の能力と誠実な勤務ぶりにはホーソーンも完全な信頼を措いていた（実際、それで正しかったことも後から分かった）。こうして事務的雑用からは解放されたが、その一方で彼は絶えず外からのしつこい陳情に関わることになった。これらのうち主なものは、アメリカ船に乗船中に受けた損害の保障を求める船員たちからのものであった。領事はリヴァプールに入って来るアメリカの商船の乗員たち——高級船員および乗組員の両方だが——に対して大きな責任を持っており、ホーソーンはその責任を良心的に果たした。その当時の船はしばしば反乱に近いような無法状態で、船長が規律を守らせるには身体的に暴力を加えるしか手段がなかったため、高級船員と乗組員の双方がしばしば野蛮な暴力の犠牲になっていた。結果として、ホーソーンは時間の多くを警察裁判所《police court》に行っては、複雑な要求に対する裁定を手助けして過ごしたり、病院に行っては病人や怪我人を見舞ったり、検死官の事務所や、葬儀場や墓地を——というのも多くの死人が出たからだったが——訪れては、人の死や埋葬と関連する多種多様な業務に精を出した。この種の経験を記すホーソーンの創作ノートの多くの記載の中で、一八五五年十一月十六日の日付のもの——これは客観的であると同時に同情的でもあるのだが——は極めて典型的である。

昨日、北部病院《ノースホスピタル》へ行って臨終の男による供述を筆記したのだが、それは彼が、ニュー・オーリーンズからの航海中に、アッシリア号上で二等航海士ならびに三等航海士から受けた虐待に関するものであった。……我々（医者と私たち）は直ちに二、三階の階段を登り、その病人が横たわっている病室へ向かったが、そこには他にも六つないしは八つのベッドがあって、殆どそのいずれにも患者が寝ていたが、どれも幅が狭く、みすぼらしい設えのものだった。会いに行ったその男は、完全に黙りこくってはいない唯一の患者だったが、落ち着きがないわけでもなかった。医師は彼に私が来たことを伝え、彼の病が不治のもので、私が来たのは彼の死の原因について言いたいことを聴取するためだとそれとなく伝えた。その後、聖書を持って来るように医者は言ったが、それはその臨終の患者に宣誓させるためであった。私は宣誓を取り行い、聖書に口づけするよう彼に言った。それから彼は（ワイルディング氏の質問に答えて）自分が船に乗ったその時から、いかに殴られ、酷使され、手荒い扱いを受け、引っ叩かれたかを―自分の死はそういう虐待が原因であると語った。時々、彼の感覚が弱まることがあり、私はもう少しで彼が死んだと思うところであった。しかし質問を続けると、それが彼に届いたのか、彼はさらに証拠を挙げ続けた――しかし、それは臨終の苦悶や、呼吸困難になって喉がゴロゴロ鳴る音によって中断される有様であった。……ある時など意識が朦朧となったので、飲み口付きブリキの容器にワインを入れてもって来てやったりした。すると彼は力を振り絞って寝床で身を起こし、それを飲んだ。それから咳払いをしたが、あたかも酒を飲んでも本来のように自分を奮い立たせたり元気づけたりしてくれないと言わんばかりに、落胆した様子を見せた。証拠供述が終わると（ワイルディング氏が口述筆記をしていたのだが）彼は文書の末尾部分にバツ印を付けた。我々はこれ以上彼に質問することはしなかった。……この臨終の船員の元を去る時、彼の顔が引きつり、鋭くなった。若い医学生たちがベッドの周りに立ち、死が彼に忍び寄るのを見守り、恐らくは一日か二日後には自分たちがこの哀れな男の死体を解剖台に乗せることになるのを予期していた。

組織的改革や職業的改革者に対してはいつも不信の念を抱いていたホーソーンではあったが、自分の目の前に毎日突き付けられる船乗りたちの悪行は深刻に受け止め、何らかの改善がなされねばならないと感じていた。彼は創作ノートにはっきり次のように書きつけている。「アメリカ船上での状況は恐るべきもので、その一部は地獄並みだ。私は誰か改革意欲のあるニューイングランド人がこちらへ思いを向けてくれるよう願っている」と。自分自身は「改革意欲」に欠けていたとしても、ホーソーンは当時できる範囲で政府の担当部局の関心をこの問題に向けるよういくつかの対策を取っている。

彼は繰り返し国務省に意見陳述を行ったし、チャールズ・サムナーには文書で、自分が事実報告を行うので上院にこの問題をぜひ提出してもらいたいと強く要請している。サムナーが書簡を無視したため、ホーソーンはティクナー宛てに皮肉を込めて「彼が奴隷解放運動ではなく、この件に関して励んでくれたなら、国のために立派な奉仕ができただろうし、ブルックスに杖で殴られることもなかっただろうに」とコメントしている。(1)

改善への第一歩は、ホーソーンの考えによれば、船内での鞭打ちを合法化することであった。彼は言う、「多くの他の例と同様、博愛運動が行き過ぎて鞭打ちを禁じてしまったが、そのため船長が厳格な処罰を行う責任を回避し、部下の航海士たちが平水夫に恒常的虐待を加えるのを放置しているのだ」と。しかし、もっと基本的な問題は海で働く人々の社会復帰を急ぐことであり、このような改革のためにホーソーンは一八五七年六月に国務省に品位ある、明瞭な電報を送った。彼が国務長官に対し、アメリカ船で働く水夫のうち十人にひとりもアメリカ生まれの者もしくはアメリカに帰化した者はおらず、またそういう人々の多くはまったく船乗りではなく陸上労働者で、むりやり働かされているか、それとも航海を成し遂げるために乗船しているということを指摘した。正規の水夫たちが（たとえ無能ゆえであろうとも）自分の仕事の持ち分をこなさないという理由で陸上労働者を酷使したり、両者の間で諍いが起きるのは不可避的なことであった。ホーソーンはまた、海上生活の状況に対処する法律が効力を持たず、犯罪者たちの大半が処罰されぬままになっていると力説した。しかし彼らが逃げおおせているのは領事が悪いのではなく、領事の規制権限が及ばぬ状況がいろいろ組み合わさってのことだと、彼は主張している。国務長官は短い回答を送ってよこし、犯罪者が処罰を免れているのはホーソーンの責任ではないとし、商船運航上の主たる問題はアメリカ人水夫の不足だという見解に同意した。しかしその不足をどう補うのか、悪弊をどう正すのかという問題について、その時長官は関心を示さなかった。問題を最も高位の当事者に指摘し、そこから無関心な対応が返ってきたので、ホーソーンは海上生活者問題を改革しようという努力を、一部のリヴァプール在住の博愛運動家たちが引き続き彼を怠慢だとして非難したけれども、それ以上行わなかった。「寄ってたかって私を誤らせようとしてもうまくは行かないだろう」と彼はティクナーに言っており、『懐かしの故国』(*Our Old Home*, 1863)で短く振り返ったのを除いて、二度とこの問題を取り上げることはなかった。

領事館へやって来たのは虐待を受けた水夫ばかりではなく、何百人という胸に一物を秘めた人々もそうであった。ある時などホーソーンは一週間のうちに役所を訪れた人々をすべて創作ノートに書き込もうと決意したのだが、その数があまりに多すぎて記録できないと分かった。その中には金も友人もなくリヴァプールで途方にくれたアメリカ人たちもいた。またイギリス人でありながら、領事にうまく取り入ろうとアメリカ人のふりをする者たちもいたが、その際、ホーソーンは、自分でそう思ったのだが、"been"という語を手掛かりとして、両者を区分するのに大成功した(もっともこの手段は今日ではさほどうまくはいくまい)。またさらに、国を持たぬ者たちもいた。ホーソーンの日記には「自由を求める亡命者たちはみな私のところにやって来る——ハンガリー人、ポーランド人、キューバ人、スペイン系アメリカ人、フランスの共和党員など——まるでアメリカの代表部が彼らの代表部であるかのごとくに」と書いている。領事の慈善心に訴えてくるありとあらゆる要求の中で、「亡命者」の要求が、彼曰く、最もはねつけ難いものであった。多くの亡命希望者にホーソーンは金を貸してやったが、その一部は二度と返済されることがなかった。ティクナーがホーソーンの銀行役、仲介人役を務めたが、そのティクナー宛の手紙には、繰り返し資金カンパのための借用証が同封されていた。ホーソーンには絶対必要と思われたのに、怠慢な政府が調達しようとしなかった亡命者等への財政援助のために、いったいどのくらいの金を無くしたのかは確定できないし、推定すらできないが、一度ならず彼は沈んだ気分でティクナーに次のような古い格言を引用してみせている——「愚か者と彼の持ち金はすぐに離別する。」

アメリカ人の訪問者たちについては特に詳細な記録をホーソーンは取った。アメリカ人訪問客が自分のことを「私の領事さん」と言っているのを耳にすると、「自分の持ち物がなくなった」ような奇妙な感じがしたという。領事館での四年間に以前よりもアメリカ人の性格的特徴——常識的で垢抜けしていると同時に、常軌を逸していて野卑であるという——がよく分かるようになったと彼は感じている。来る日も来る日も、領事館を多様な行列が通り過ぎていったが、これはかつて自分が書いた短編「人生の行列」（“Procession of Life”）が予期せずして実現したようなものであった。オハイオ州出身で、ペルナンブコ[2]に領事として就任予定のウィリアム・リリィ（William Lilley）という男——「まことに好ましからざるアメリカ人的態度の見本のごときで、咬み煙草を咬み散らかし、所かまわず絨毯の上に吐き捨てる奴」がいた。ホーソーンはこの男に金を貸したが、一向に返済せず、取り戻しに成功したのは、彼が国務省に借金踏み倒しについて報告するぞと脅してからのことであった。同じ日にスティーヴン・A・ダグラスという男がやって来たが、ホーソーンは彼を「西部男の愛想の良さと、気ままな仲間意識のある、非常に有能な男」と記述している。また、ニュー・オーリーンズのリチャーズ師という聖職者がいて、彼はリヴァプールの売春宿で五、六日過ごした後、ひどくみすぼらしい格好で領事館にやって来た。ホーソーンはこの男の不品行について厳しく説教したので、この罪人は身震いしたほどであったが、創作ノートには優しく、「私の意見では、この男は狂人が犯し得るほどにも罪を犯してはいない」と書いている。この聖職者をボストンに送る責任を領事は取り、信頼できる監視人を付けて当地へ届けた。また、船長のウォルター・M・ギブソンという人物の訪問もあったが、彼のロマンティックな冒険はオセロのそれを想わせたし、彼の話には「まるでスパイス諸島の匂いがまだ彼の着衣に染み付いてでもいるかのように、不思議な東洋的芳香が至るところに発散していた。」この船長も借金の返済（かりにも返したとしての話だが）は遅かった。同じことはケンタッキー州ルイヴィルのフィリップ・リチャードソンにも言えた。この男は、ニュー・オーリーンズの戦いに参加しており、ホーソーンは「彼の人格の底にある鋭く強靭な感覚」ゆえに好んでいた。こんな人物と著しい対照を成していたのが、知能の低い老人（彼の話を聞いてホーソーンはメルヴィルの『イスラエル・ポッター』を思い出した）で、多年にわたり「フィラデルフィアの九十二番通りの家に戻ろうと」してきたし、今もしているのであった。ホーソーンは彼に金を与え、故郷に送り返さないことにしたが、これは正しい判断で、故郷の方も彼をとうに忘れてしまっただろうし、仮に帰っても今ではこれが故郷なのかどうか自分でも認識できなかったはずだからである。

だがこれ以上具体例を挙げるのは必要あるまい。総じて、領事館は人間がいかに多様で、いかに気紛れなものかをたっぷりと教えてくれた。そこでの経験はまた少々疲労を伴うものでもあった。「私はイギリスに来てから少なくとも一万人の訪問客を受け入れ、丁寧に接してきた。だがもう二度と誰とも丁寧に接したいとは思わない」とホーソーンはティクナーに宛てて、疲労感と誇張気味のユーモアを込め、一八五七年七月に書き送っている。

領事館で訪問者たちと面会する仕事やそれらに伴う多くの任務の他に、ホーソーンはしばしば晩餐会やその他公の場でスピーチをするよう要請を受けた。このスピーチこそおそらく彼のすべての任務のうちで最も辛いものであった。大学時代の雄弁術の授業を除いて――これも彼は通常怠けて罰金を科されるほどだったが――彼はイギリスに来るまでおそらく一度も公の場でスピーチをしたことがなかった。しかし、アメリカ領事は何か言わないわけにはいかなかったので、ホーソーンは、必ずしも鮮やかにとは言えぬまでも、決然とその要請に応えた。腕前が上がるにつれて、彼は、こうしたスピーチの実践から生じる楽しみ（とはいえ、その喜びのほとんどは苦痛であった）が分かって驚いた。

最も頻繁に要請してきたのは、市役所で定期的に晩餐会を開いたリヴァプール市長であった。任務に就いてから二週間以内に、ホーソーンはイギリス式の威厳と華麗さに彩られた市長主催の晩餐会に列席することになった。彼は創作ノートに、「部屋という部屋が美しかった。華麗な塗装やメッキが施され、華麗な照明を浴び、壁に華麗に掛けられた絵画には華麗な光が当たっている――食器類も華麗、料理も華麗」と記している。招待客の中にはイギリスの判事たちが含まれていたが、彼らは当時各地で行われていた巡回裁判の期間中、王国で最高の地位（王族を除き）にあった人々であった。不安で緊張しながら自分の番を待っていると、次のような次第になったと、創作ノートの記述は続いている。

やがて合衆国とその代表たる私のために乾杯という段になった。すると、「コロンビア万歳《ヘイルコロンビア》」なのか「ヤンキー・ドゥードゥル」なのか、それともそれら以外のアメリカの曲なのか（いずれにせよどれだか分からないが）が演奏された。そしてそれが終わると——追い詰められ、他にどうしようもなく——私は立ち上がり、答礼を行ったのである。参会者は私の言うことに応じ、私のたわ言を聞いてかなり何だかんだと言っていた。しかし私のスピーチは彼らをとても満足させたように思われた。一番困ったのは、自分の声を部屋の大きさに合わせてどう調整するかだったが、そのことなら、全然重要なことではない。正餐後のテーブルスピーチは、大したことを言わずただ喋り続けていたい者がやればよい。私のスピーチは長さにして二インチか三インチというところであった——そしてこの私は市長以外には誰も知っている人が居合わせず、あらゆる種類の雄弁術がまるで未熟で、さらには何も言うことがないのだから、それらを考えれば、非常にうまく行ったほうだろう。自分には弁舌の才があるとはとても思えないが、しかしいったん立ち上がった以上は、もう当惑も感じなかったし、まるで絞首台へ赴く途中さながら、冷静に事を運んだのである。

自信のない初心者ではあったが、ホーソーンは引き続いて、市長主催の晩餐会だけでなく、商工会議所の面々を前に、あるいは船の進水式や建物の定礎式においてスピーチをした。おそらく彼が公の場に現れた中でその頂点とも言えたのは、一八五六年四月にロンドン市長主催の晩餐会でのスピーチであろう。ホーソーンは日記に、「私は次に何が起きてもかまっていられないほど緊張して立ち上がった。市長は私に向けて言葉の代わりにピストルを発射してもよかったし、私もひるむことはなかったであろう」と記している。そのほんの少し前、彼は不安を隣の席にいたサミュエル・カーター・ホールという人物に打ち明けていたのだが、この人は後で「ホイップ・シラバブとブラマンジェ」の比類なき職人だと分かった。「私はホール氏のブラマンジェを少し口にし」と日記記事はさらにこう続く。「それを私の言葉でくるんだところ、それが実によい効果をもたらした。そこでこれを私は繋ぎ、自分が考えた二、三の事柄と織り合わせ、まあまあのちょっとしたスピーチをでっち上げた」のだが、それが文と文の間に割り込んできた喝采によって先に先にと進んだのである。ホーソーンの創作ノート同様、手紙もまた、彼のスピーチにおかしく言及した多くの記載がある。ブリッジには、ある食事の後の状況について、「シャンペンをがぶ飲みする機会を逃したことはなく、そうしてこれまで自分を酒の勢いに任せて事を処するようにしてきたのだが、これが（君もピアスも知っての通り）私の大胆な資質を作り出すのに一番好都合なのだよ」と書いている。

彼が行ったスピーチがどのくらい立派なものだったのかはおそらく今では確定しようがない。「自分の弁舌に感心したことなどこれっぽっちもない。だが、話そうという勇気には自分ながら感心する」と彼はティクナーに言っている。とはいえ、彼のスピーチは決しておざなりなものではなかった。私的に遠慮することがいくらかあったにもかかわらず、ホーソーンは彼の領事として、個人としての影響力を英国系アメリカ人の善意に与《くみ》する形で行使することに決めた。そこで、合衆国とイギリスの関係が必ずしも心の通いあったものでなかった時期にも問題を効果的に訴えかけたと考えてよいであろう。『(ロンドン)イグザミナー』紙は市長主催晩餐会でのスピーチを部分的だが以下のように要約している。「ホーソーン氏は、イギリスが本気かつ誠意を以て差し出した手に対してアメリカが手を差し伸べようとしなかった時はないと、また、もしそうしなければおかしい、なぜなら、神慮《プロヴィデンス》が両国を堅い絆で結びつけたのだから、と述べた。」『(ニューヨーク)トリビューン』紙のロンドン特派員は、この時ホーソーンが「見事なデビュー」を飾ったと報告している。

領事の任務は多くの点で性に合わなかったとはいえ、ホーソーンはそれをうまく果たした。その間彼は慰めと幸福をいつものように妻と子供たちに、また自分の立場ゆえにぜいたくなほど可能となったイギリスの風景や習慣を研究する機会に見出した。イングランド、スコットランド、ウエールズのできるだけ多くの部分を見ておきたいという欲求、ホーソーン夫人の安定しない健康状態、そしていつもながら満足な住居が見つからないことが、結果的にさすらい人さながらの生活状況をもたらした。四年間の領事生活の間、ホーソーン一家は定まった住居を持たず、場所から場所への移動を繰り返し、領事の彼は時々かなりの距離を通勤して公務上の連絡を取る始末であった。任期の後半、彼は以前よりも長い間合い——一度に一週間か二週間——を取って気楽にリヴァプールを不在にし、旅行をしたり、どこにいようが家族を楽しませることにした。ホーソーンは、いかにも彼らしく、「定まった住居を持たぬことの道徳的影響」について瞑想をした。ホーソーンは日記に、「我々の現在の生活、これは奇妙な、放浪者的、ジプシー的な暮らしぶりだ。そして何かこれ以外の暮らしぶりゆえに自分たちが最後には台無しになるのか、それとも、もう一度ウェイサイドにたどり着いたとして、そこで以前一度も味わったことのないような落ち着いた暮らしを享受できるようになるのかどうか、私には分からない」と書いている。「いったいいかなる種類の人格を子供たちは形成することになるのだろうか、今われわれが自ら持ち歩いている暮らし以外に、頼るべき中枢の家を持たぬ、この落ち着かない、転々と場所替えする、風来坊のような生活というものは？」と彼は訝《いぶか》しがった。

ロック・パーク(3)には十分馴染むことはできなかったが、ホーソーン一家はここに家——蒸気船でリヴァプールへ通勤せねばならない不便さと、川霧がホーソーン夫人の健康に及ぼす悪影響を除けば——を、快適な住居を見つけた。建物は三階建ての石造りで、城のようなデザインと大きな心地よい部屋が特徴であった。家はきれいに刈り込まれた芝生地と手入れが行き届いた庭に取り囲まれていた。家賃は家具付き（但し家具は二流）で年額百六十ポンドであった。ロック・パークには他にも上品な現代風家屋がいくつもあり、それらはすべて階級的には中流の上に属する商人や知的専門職の人々向けに設計されたものであった。半私的《semi-private》な一画で、警官が入り口に駐在していた。警官は馬車から通行料を徴収し、放浪者を一切中へ入れなかったので、その効果は全体的には静かな、隔絶した一画を作り上げていた。ホーソーンは、ロック・パークを「本当の金持ちが享受できるものを除き、アメリカにおけるどんな住宅地よりも進んだもの」と考えた。

ホーソーンが家族のために割《さ》ける時間は以前より減ったのだが、家族は彼にとって、また彼は家族にとって、相変わらず喜びであった。すぐさま彼は冬の晩には朗読の実践を再開した。最初の冬に、彼は――幼い聴衆をとりわけ喜ばせたことに――『ロビンソン・クルーソー』、『ドン・キホーテ』、『湖上の貴婦人』を朗読した。彼は、ゲームをしたり、即興で物語を作ったりすることでも子供たちを楽しませた。子供たちに紙の船の作り方を教えたところ、ジュリアンの机の引き出しは、複雑に折られて船体やデッキや帆の形になった紙でいっぱいになった。羽根突き遊び[4]がお気に入りの娯楽になり、フェンシングも、ジュリアンが教えを受けた後、娯楽に加わった。ジュリアンは姉に、「パパはとてもおかしな格好をしてフォイルと戯れて、それをぐるぐる回し、それから突っ込み方が速すぎるので僕は笑っちゃうんだけど、そうするとたいてい僕をぶつんだ」と語っている。目隠し遊び《Blindman's buff》がもうひとつの娯楽で、ホーソーンの末娘は目隠しした父親の「この遊びに興じている時の優しい笑い声と幸せそうな唇」や「大きな手で握られた時の脈動」を思い起こしている。子供たちを楽しませるためのお話をする時のホーソーンは空想を際限なく躍動させた。ジュリアンが特によく覚えていたのが、「クヮトルバム将軍」という不思議な物語で、その挿話のひとつを彼は次のように記述している。

> ホーソーンとクヮトルバムが、ある深い谷の両側に向かい合って塹壕を掘って対峙していたが、その谷は幅が一マイル近くあり、砲撃を開始する準備はすべて整っていた――大砲には弾が込められ、火薬も詰められ、照準が定められた。しかし両雄は、軽い先細の突き剣を用いて今まさに果たし合いを始めようとする二人の

老練な決闘者のごとくに、真の英雄的敵対に付き物の気品ある儀礼的挨拶を交わすまでは戦いを始められなかった。そこで、二人ともが自分が持つ最大の大砲の上に登り、砲筒の先端に立つと、火縄を左手でつかみ、大砲を発射させた。弾丸が砲筒を離れる際に、二人は砲筒の上で軽く砲弾に跳び乗り、稲妻の速度で空中を運ばれた。少しして二人は谷のちょうど中央の空中で出会った。二人とも被っていた帽子を上げて取り、厳粛な挨拶を交わしたが、同時に自分が乗っていた砲弾から飛び降りて相手の砲弾に乗り移ると、そのまま自分が飛び立った地点へと二人とも戻った。ホーソーンは無事に戻ったが、クヮトルバム将軍は自分の重心に十分な注意を払わなかったので、ずいぶん高いところから谷底へ落下し、彼の大きな図体がそこを流れる川をせき止めてしまった。それで、彼が自分で自分の身体をどけられないうちに、谷は湖となり、それが今日までクヮトルバム湖として知られるものとなった。

このような話を聴いた幼い者たちにはスーパーマンの漫画も必要なかったであろう。彼らの父親の特別プレゼントもまた面白いものであった。背の高い灰色の帽子を被った陶器製のラバ、片手にジョッキを持ちもう一方の手で太鼓腹をなでている大理石製のバッカス、それにユーモラスな空想を与えるように作られた類似の品々。家族の中だけでの娯楽の例としては他に、ホーソーンが人々に付けたあだ名があった。家族の掛かり付けの医者、ドライスデール医師（Dr. Drysdale）を、彼は「ドライアズダスト医師（Dr. Dryasdust）」と改名した。隣人のスクェァリ夫人（Mrs. Squarey）は「ラウンディ夫人（Mrs. Roundey）」に、また子供たちのことを彼はいつも「老人たち（the Old People）」と呼んでいた。ホーソーンは幼い者たちの想像力を理解していたし、またそれをかき立てるのが好きであった。

クリスマスはニューイングランドよりもイギリスにおけるほうが重視されたので、ホーソーン一家はその時期のお祭り気分を楽しんだ。ホーソーン夫人が父親に宛てた手紙でイギリスでの最初のクリスマスの朝について、「私は夜明け前に目覚めたが、何か言葉では言い表せない音楽が聞こえたように思った。この聖なる朝に天使たちが歌う歌かと思った。しかし耳を澄ますと、突然空中に出来た開口部からか、それともそよ風がこちらに吹いてきたためか、私はそれが天使ではなく、リヴァプールの鐘の音だと知った」と書いている。パントマイムを演じる人々が門のところで聖歌を歌ったので、ホーソーン夫人は子供たちにミルトンの「キリスト誕生に寄せる賛歌」("Hymn of the Nativity," 1629) を朗読した。ティクナーがニューイングランドからリンゴを一樽プレゼントしてくれたが、これは最初のクリスマスに当たって家族の健康と幸福を高めるのに実質的な貢献をした。二度目のクリスマスの時もホーソーン一家はまだロック・パークにいた。ホーソーンが日記に以下の記述を行ったのはその時のことである。「今年のクリスマスは、これまでになく幸せだと思う――自分の家の炉端で、妻と子供たちをそばに置いて過ごしているからだ。今自分が持っているものを享受してこれまでになく満足だし、今持っている以上のものをこの世で欲しいとはこれまでほど思わない。」海外暮らしの歳月を通して、ホーソーン家の人々は幸福の鍵を、ホーソーンがいみじくも「自分たちが今持ち歩いている暮らし」と呼んだものの中に見出したのであった。

ロック・パークの家を最初に訪れた客のひとりはヘンリー・ブライト (Henry Bright, 1830-84) であったが、ホーソーンは彼をロングフェローからアメリカで紹介されていたし、また海外生活から戻ってからは、イギリスで出会った誰よりも気に入ったと述べた人物である。二人が知り合った当初、ブライトはまだ二十三歳で、ケンブリッジ大学トリニティ・カレッジの卒業生で、父親と共同で南米およびオーストラリアとの交易に関わる会社を経営していた。しかし彼には文学的興味もあり、『ウェストミンスター』誌（*the Westminster*）をはじめ、いろいろな雑誌にしばしば批評記事を書いていた。ホーソーンは『懐かしの故国』においてブライトを感じよく誠実に賞賛していて、彼の人なつこい訪問について次のように述べている。

彼はよくやって来て、わが家の炉端に座ったり立ったりしながら、私と陽気で雄弁に文学や人生のこと、イギリスの国民性とアメリカの国民性について語った。私が粗野な共和主義の多くの事例について彼を攻撃しても落ち着いてそれに耐え、またあらゆる種類のイギリス的偏見や過ちを率直に、感じよく肯定するので、私は彼のおかげでそれだけ際限なく彼の同胞たちのことが理解できたし、彼のために最も強烈な類のイギリス人さえも愛そうという覚悟ができたと言えそうである。

主としてこのブライトの努力のおかげで、ホーソーン家の人々は次第に少しずつリヴァプールの「社交界」に引きずり込まれていった。ブライト家の住居のあるサンドヘイズや、ブライト家の親戚、ヘイウッド家の住居のあるノリス・グリーンへの招待状が届いた。ヘイウッド夫人は（ホーソーン夫人がうらやましそうに形容したところでは）「上流の慣習を身につけた品の良い貴婦人」であったが、リヴァプールのスラム街の改善に積極的関心を示したので、夫が年額七千ポンドを慈善事業に寄贈していた。ブライト家、ヘイウッド家、ホランド家、その他リヴァプールの有力者たちが主催する晩餐会は非常に凝ったものだったが、ホーソーン夫妻はそれらには失礼にならぬ程度出席した。ホーソーンは、しかし、ヘイウッド夫人の仮装舞踏会への出席は、夫人に対して面白おかしく口実を並べて断りを入れたのだが、ソファイアはそうでもなければ喜んで出かけていたかもしれない。実際、ソファイアは夫よりも壮麗な社交上の娯楽の誘惑に弱いところがあり、美しい衣装に自ら耽るわけではなかったが（彼女は自分のことを、まったく「ハイカラ好み」ではない、と言っている）、ボストンの親戚に宛てた手紙では、装備や衣装のことを生き生きと描いている。彼女自身がこうした機会のひとつで身に付けた衣装がけっこう「ハイカラ好み」であることが、姉の子供たちに送った以下の手紙の記述からも分かる。

私が身に付けていたのは空色の艶出し仕上げの絹のドレスで、白い編み糸で刺繍が施された三つの縁飾りがついていて、銀色に光っていました。このドレスはロー・ネックで袖は短かったのですが、私は星を散りばめた絹レースのなだらか袖の上着を着て、マデイラのショールも身体に巻き付けていましたが、このショールはとても軽く、羊毛状で、雲のように見えますが、暖かくてソフトです。頭飾りは真珠で、葡萄の房と葉の形をし、青いリボンがあしらわれ、真珠の飾りのついた葉でできた輪が、小冠状に丸めた私の髪を囲い込んでいます。

ホーソーンは妻ほど社交界の流行には影響を受けなかった。カツラの着用を拒んだサム・シューウォル[5]を思わせる気難しさを見せて、彼は紳士用のネクタイの当時の流行に異論を唱えた。

（ソファイアは父親に手紙を書いてこう言った。）夫は白いモスリンのネクタイが紳士の正装に不可欠になった最近のご時世を罵っています。彼はむしろ剣と縁反帽を着用するほうがましだときっと言うでしょう。なぜなら、彼は白いモスリンのネクタイは最悪の醜態、最大の非道であり、男の自然な感情はすべてそんなものは止めてくれと叫んでいるし、また洗練された趣味や情緒とも相容れないのだと公言しています。こうした言い分に対して私はこう言います。あなたは堅苦しく古くさい黒繻子のストック・タイなんかよりは白いタイで首を巻いた方がずっとハンサムに見えますよ。黒繻子タイは私の目には足枷《ストックス》同然に見えますわ、その方が良いと思うのはただ習慣のせいでしょう、と。

流行に合わせた着こなしであったのか、それともその反対であったのかはともかく、ホーソーンは（健康状態が安定しない妻は連れずに、しばしば）富裕な商人や地主らが主催する晩餐会によく出かけた。彼はエイケン氏の晩餐会を大いに楽しんだが、それはそこで自分がバーンズ[6]の息子たちとウィスキーを飲み、彼らがその父親が作った詩を歌うのを聴いたからであった。彼らの目は「貴族の地位なんて金貨の表面に印された刻印みたいなものさ[7]」という箇所に来ると光輝いたと、特にホーソーンは記している。ブラムリー・ムーア氏宅での娯楽はそれほど楽しくはなかったが、それは当時の人気作家、サミュエル・ウォレンがホーソーンのためにくどいスピーチをしたうえ、ホストが、少々ワインを威勢良く回し過ぎる一方で、その費用を口にしたからであった。同じくあまり楽しめなかったのが、ボルトン・ル・ムーアのスミセルズ・ホール[8]への訪問であった。なぜなら、ホーソーンは数世紀の歴史を持つその館や「血の足跡」の伝説に魅了されはしたが、そこの女主《あるじ》のピーター・エインズワース夫人（Mrs. Peter Ainsworth）の無礼な振る舞いや悪趣味に憤慨させられたからである。彼女が語った話はアメリカ人が使う英語の誤りを例示するためのもので、彼女のジョークの矛先は他ならぬジョージ・バンクロフトであった。[9] ホーソーンは日記で、「これはとても奇妙なことだ。つまり、アメリカ人のマナーをイギリス人がこのようにはっきりからかうということが。客間にあっても食堂にあっても、実際にはイギリス人自身よりアメリカ人の方が本当にはるかにましな人間で、はるかに洗練された能力を身につけているのだから。ジョン・ブルは粗野な動物で、高度な洗練など不可能であり、イギリスの女はそういう男向きにうまく改造されているのだ」と鋭く指摘している。後年、マシュー・アーノルド（Matthew Arnold, 1822-88）はホーソーンが抱いた不快感に同情を示し、こう書いている。「ホーソーンは感受性の鋭い人だ。彼は絶えずイギリスの俗物と接しなければならない状況に置かれていたのだが、このイギリスの俗物たるや誠に耐えがたい人間なのだから」と。

領事館での仕事やイギリスの俗物たちが引き起こす腹立たしい出来事もあったとはいえ、ロック・パークでの二年間はけっこう楽しいものでもあった。しかしそれが過ぎると、ホーソーン家の人々はイギリスでの次の二年間を、落ち着かぬ環境で過ごすことになってしまう。一八五五年秋、ホーソーン夫人の健康状態がもうひと冬イギリスで過ごすのは無理という判断が下された。そこで、彼女が二人の娘（ユーナはこの時十一歳、ローズは四歳）を連れて、J・L・オサリヴァンが公使を務めていたポルトガルに行き、彼のポルトガルの家でその冬を過ごすことにし、ホーソーンとジュリアン（この時九歳）は妻と娘たちの留守中、リヴァプールのブロジェット夫人の賄い付き下宿屋で過ごすこととした。夫と妻は、この別居生活――十三年の結婚生活で初めての相当に長い別居――を悲しい思いで受け止めたが、この状況によっていろいろと思い切った手段を取ることが可能になった。九月五日にホーソーンと息子は初めてロンドンをその目にし、約一ヶ月そこで過ごした後、気乗りせぬままサザンプトンへと向かい、そこで彼らはポルトガルに向かう蒸気船「マドリッド」号を見つけた。出港時に乗船したホーソーンはお供の男性のいない妻と娘たちの世話を特別に船長に依頼した。「そしてそれから」とホーソーンは日記にこう書いている。

別れの場面はさっさと終わらせるのが最善と我々は考えた。……妻は健気《けなげ》に振る舞い、ユーナは陽気で、ローズバッドだけが船を下りたがった。かわいそうなことに、乳母のファニーはふさいでしまって涙を流したが、祖国を去ることへの後悔からなのか、船酔いへの恐怖からなのか、それとも漠然たる落胆の気分からなのかは分からなかった。我々はあらためてもういちど別れの挨拶をして彼らを甲板に残し、ジュリアンと私はホテルに戻った。

その晩リヴァプールへ戻る汽車の旅でホーソーンは雲間に虹の断片を目にし、「夜の虹は船乗りの悦び」という海の格言を思い出して、愛する者たちが無事に船旅を終えられるのではないかと考えて安堵した。

父と息子はすぐにブロジェット夫人の居心地の良い下宿屋に落ち着いた。最初の晩、彼らは雨の中を外出して、クリミア戦争が勝利で終結したことを祝う行事を目撃している。群衆で賑わう表通りでは旗がたなびき、おもちゃのピストルが発射されていて、照明によって浮き上がった巨大な文字——Victoria とAlbert を表すVとA、それにイギリスの同盟たるナポレオンを表すN——が暗闇に光を放っていた。とても心を奪われたので、二人はそのまま下宿に戻らず、ジュリアンのいつもの就寝時間を相当越えてしまうほどであった。ホーソーンは創作ノートで、「彼の母親が居合わせたら何と言ったであろうか。だがこの子はもう人生を目で見て、人生を感じ始めなければならない」と指摘している。

ブロジェット夫人の下宿屋にはおいしい食べ物がいっぱいあり、付き合って楽しい仲間にも事欠かなかった。この賄い付きの下宿屋はアメリカ人船長たちのお気に入りのたまり場で、ホーソーンは夜などに喫煙室で彼らと交わり、彼らが航海のことや、乱暴な航海士や乗組員のことや、赤道付近で吹く大風のことなどを語ったり、いろいろな船とその司令官の取り柄を比較するのを好んで聞いた。ある船長は、ブロジェット夫人の下宿を避けたが、その理由を、そこでの会話を聞くと船酔いを催すからだと言ったが、ホーソーンが述べているところによると、「実際、そこではタールと船底の汚水がどういうわけか強く臭う」のであった。そしてホーソーンは、「だが、ここにいる男たちはいきいきしていて、本当のこと、彼らが知っていることを語っているのだ」と付け加えている。会話はしばしばイギリスよりアメリカのほうが優れている点は何かという話題へ転じた。そこでホーソーンは、「ジョン・ブルのためになるだろう。ここの食卓に来て座り、いっしょに場を変えて喫煙室に席を移すなら。だが、おそらく彼は少々しょげて退席することになるだろう」と公言するのであった。

こうしている間に、ホーソーン夫人と娘たちはリスボンのオサリヴァン家に暖かく迎えられた。イギリスより暖かいので、彼女の健康はかなりの程度まで改善したので、アメリカの公使一家の一員として、ポルトガルの首都と王国の衰えかけた栄華の一端を見た。彼女はバレーやオペラを見て、公演の模様をジュリアンに宛てた手紙で鮮やかに述べ立てている。ポルトガルの社交シーズンのクライマックスは、若い王と、摂政を務めるその父との謁見であった。ひとかどのアメリカ人は誰でもそうだが、彼女も「二人の王との差し向かいでの談話にはまるで不慣れでしたが、拝謁して当惑することはまったくありませんでした」と彼女は言っている。

しかし、リヴァプールで船長たちと話をして爽快な気分になったり、リスボンの劇場や王宮を一瞥するという華やかな体験をもってしても、一八五五年から五六年にかけての冬はホーソーンとその妻にとって、長く退屈なものであった。ホーソーンは一八五六年一月の日記に率直にこう記している。

私はここしばらくの間、気分が落ち込んで悲痛な気分を味わってきた。思うに、これは侘しい単身者生活がその原因だ。実際、何をしても楽しくない。楽しかった頃と比べると、足取りは重く、身体の動きも鈍い。いつも錘《おもり》が載っているようだ。食欲もない。寝付きも悪く、眠られぬまま、夜遅くまで悲しいことを考えたり、暗い想像をしたり、同じ思いや妄想のために、夜が明けぬうちから目覚めてしまう。領事館の自分の執務室に続く階段を登る際にもいつも気分が沈むが、これはこれから耳にする悪い知らせ——黒い封印のされた手紙とか、何かそのようなぞっとする出来事——の漠然たる予兆ゆえかもしれない。私の喜びとなることは何もない。この頃は亡命者の辛さがどんなものか分かった。妻の不在がなければ決して分からなかったことであろう。

彼は自分の惨めな気分と愛をソファイアに宛てた手紙で次のように吐露した。

今回の別居生活で骨身に滲みて分かったことがひとつある——つまり、それは、自分の気持ちを表現することがいかに必要かということだ。君には私が君を愛していると言わねばならない。君には、君が私を愛していると言ってもらわねばならない。これは言葉で言う必要があり抱擁で象徴される必要がある。さもなければ、最終的には、閉じ込められた愛は錯乱し、それをしまい込む心をずたずたに引き裂いてしまうだろう。……ああ、愛しい人よ、今この瞬間に君を抱きしめられないのは絶望的なことだ。君はこれまで同じような瞬間に私なしでやってゆけるのが不可能だとか、私にもそうさせるのが不可能だとかも、感じたことはあるか？……きみはもう二度と私なしではどこへも行ってはならない。私の二本の腕は君の回帰線で、私の胸が君の赤道だ。今からは永遠に君をいつも熱すぎるくらいにしてやるから、君はこう叫ぶことだろう——「お願いだからしばらく外の涼しい空気を吸わせて！」しかし私はそうさせない！……ああ、愛しい、愛しい、果てなく無限に愛しい君よ——この叫びをどうして終わらせてよいものか分からない。口づけと抱擁の効用は、それらが言葉を越え、言葉では表せないものを表すことだ。この瞬間にも、口づけと抱擁を必要としている——君への口づけと抱擁、君からの口づけと抱擁を。……ああ、妻よ、私は君が欲しくてたまらない。君と私の絆以外の何事も真実ではない。私の回りにいる人々は影法師に過ぎない。私もまた影法師にすぎない。君が私を君の両腕で抱きしめ、私を実体に変えてくれるまでは。君が戻って来るまでは、私は夢の中を歩いているにすぎないのだ。

これに対するソファイアの返信は現存していないが、それらが同種のものだったのは言うまでもない。出帆直前に書かれたメモ——今に残るホーソーンへの比較的数少ない手紙のひとつ——では、避けられない別居生活への諦めの気持ちが表明されていた。

あなたは私の人生の核心ですから、リスボンでの冬を喜んで待ち望むわけにはいきません。……地上のいかなる権力にも、あなたなしで生きよと私に命じさせてはならないと、また特に私たち二人の間に大海がうねるようなことがあってはならないと、思ったことがあります。しかし今私は必然の力に圧倒されています。そして私の命はあなたにとって重要ですから、あえてそれを維持する手段を放棄するようなことはしません。……さようなら、愛しく、賢明で、やさしいあなた。あなたの鳩より。

一八五六年三月、フランシス・ベノック（Francis Bennoch, 1812-90）——ロンドンの商人で素人文学者だが、ホーソーンが『懐かしの故国』で、イギリスでの生活のほとんどに恩義を被ったとして感謝の気持ちを込めながら言及している人物——は、ホーソーンにぜひロンドンを三週間の予定で訪問してほしいと頼み込んだ。ベノックの熱狂的なもてなしで、ホーソーンは気ままに次々とけっこう体力の要る小旅行や社交的接待をこなした。ホーソーンは妻への手紙で、「彼らは私のことがよく分かっただろう、ここロンドンの人々は、もし私がひとシーズンここに滞在すれば、毎日いくつもの約束事が生じるし、しかも一日に二つないし三つは抱えることになるだろう。彼らは、私が長く滞在すればするほどそれだけ私との関わりを密にしてくる」と書いている。

ベノックの家ではホストが、ホーソーンの言によると「彼の大きく、赤い、親切そうな顔と輝く目、そしてもてなしのよい態度の効果によって、まるで家庭の暖炉のように、来客の心を温めてくれた」が、そこでホーソーンはニュートン・クロスランド夫人と会った。彼女は、ホーソーンの記録によると、「『緋文字』の、特にヘスターという登場人物の、大ファン」であった。（クロスランド夫人は後年ホーソーンのことを「中年盛りの、たくましい男性で、青い目には特別に優しい表情が浮かんでいた」と回想している。）その次にやって来たのは、ファーンボロのオールダーショット・キャンプ[10]への小旅行であったが、そこではベノックとホーソーンとが朝の四時まで、ノース・コーク・ライフルズの将兵たちと、寝ずに親しく交わった。オールダーショットからこの仲良しの二人は——この間意気投合しつつ——オルベリーに行って、マーティン・タッパー（[Martin F. Tupper, 1810-89] 当時のベスト・セラー『格言風な哲理[11]』の作者）を訪問した。ホーソーンはタッパーを、彼の人生の隠された悲劇について知るまでは、「馬鹿げた詰まらぬ男」と見做していた。ロンドンに戻ると、ミルトン・クラブで正餐を取り、そこでは彼自身が「キツネ色に焼かれ、炙られ、完全に茶色になるまでにされてしまった」し、同じ日の夜は遅い夕食を『(ロンドン) タイムズ』紙の論説委員のエネアス・スウィートランド・ダラスの家で取った。この偉大な新聞についての話を聴き、その運営と政策についていろいろ質問したホーソーンは、この新聞が必ずしもその信望に値しないと判断したが、その理由は、記事が「望まれるほどの高い道徳的手法に従って書かれてはいないことが確実」だというものであった。次の晩、彼は正餐をリフォーム・クラブで、ジャーナリスト兼歌謡曲作家のチャールズ・マッケイと、劇作家で『パンチ』誌の寄稿者ダグラス・ジェロルドと一緒に取った。この時、ホーソーンは、ソローのことを話題に出し、森でのソローの生活で最も興味深い出来事は、しばらくすると小鳥たちが彼を怖がるのをやめ、彼の肩に止まろうとしたことだ、と言った。二人が興味を示して述べた感想に応えようと、ホーソーンは彼らに『一週間』と『ウォールデン』を一冊ずつ送ると約束している。このスケジュールが立て込んだ時期における出来事は他に、ダラス宅での別の夕食会があり、そこでホーソーンはイザベラ・ダラス・グリン嬢と会ったのだが、彼女が演じてみせたクレオパトラをホーソーンは「熱いが退屈」だと感じた。またここではチャールズ・リードとも会っている(彼はのちにフィールズに、ホーソーンは「菫《すみれ》のようだが、そこに魂が籠もった目を持った」人だと語った。)ウォーキングのサミュエル・カーター・ホールズへの訪問も行った。ロンドン市長のマンション・ハウスでの正餐——およびスピーチ——もあり、ここで彼は美しいユダヤ人女性を目の当たりにしているが、この女性はやがて『大理石の牧神』のミリアムのひな形となる。下院の食堂での正餐ではディズレーリの姿を垣間見ており、「血色が悪くて不健康な様子だ」というのがホーソーンの印象である。ヘンリー・スティーヴンズ宅での正餐もあった。この人物はヴァーモント州出身の著名な書誌編纂者で書物収集家でもあり、ドライデン訳のヴァージル本に書かれたジョンソン博士の自筆署名や、いろいろな時代の聖書の大部な収集や、バーンズおよびフランクリンの手稿原本をホーソーンに見せてくれた。こうしたロンドンめぐりの小旅行は、ホーソーンが要約するに、「出来事においても性格においても豊かな」ものであって、彼はその豊かさを創作ノートに事細かに、かつまた細大漏らさず記録している。自分が人生で積極的に物事の中心にいてそれに没頭したこの記録——これまで経験した中で最も完全なもの——を、ホーソーンは珍重し、この「ロンドン日記」を、リヴァプールに戻るとすぐに、ブライト家の人々にかなり満足げに読んで聞かせた。

ロンドンで過ごした三週間により、彼の精神はかなり元気を取り戻し、そのため、別居生活の残りの数週間に耐えるのに役立った。八ヶ月の不在ののちにホーソーン夫人と娘たちは一八五六年六月九日サザンプトンに上陸した。家族再会の記録は残っていないが、満ち足りた気持ちは「今日は書けない」というホーソーンの短い記載から十分伝わってくる。その時おそらく言葉にできなかったことを伝えるため、彼は持ってきたコヴェントリー・パトモアの『わが家の天使』(12)を妻の両手に押し込んだ。

リヴァプールの領事館へ周期的に戻ることで中断されることはあったが、ホーソーンは、一八五六年の夏を、大陸へ旅行に出かけて留守になるベノックのブラック・ヒース宅で快適に過ごした。このロンドン郊外からホーソーンは、家族と一緒の時もあれば一人だけの時もあったが、しばしばロンドンまで「汽車旅行」を行っている。ある時など、彼はリチャード・モンクトン・ミルンズ（Richard Monckton Milnes, 1809-85）の家で贅沢な朝食《high breakfast》を取ったが、そこでマコーレー（Thomas B. Macaulay, 1800-59）、ブラウニング夫妻、フローレンス・ナイティンゲールの母親と会った。（ホーソーンはとりわけブラウニング夫人との会話を楽しんだ。「彼女は人の言うことを素早く、良く理解するタイプの人なので、どんな男性よりも気ままに話せる相手だ」と彼は言っている。）別の折にはデリィア・ベーコン（Delia Bacon, 1811-59）を訪ねたが、これをきっかけに友達付き合いが始まり、しまいには彼女のシェイクスピア論の出版に出資してかなりの損害を被ることになった。[13] ソファイアはホーソーンに付き添って、S・C・ホール夫妻がロンドンのアパートで開いたパーティーに出かけたが、そこでは彼とジェニー・リンドが、彼の印象では、「その晩のライオン（名士）たち」であった。しかし彼はそれよりも、暖かい、陽がよく当たる日はブラック・ヒースの家にいて、「たくさんのおしゃべりが入り込んできたり、おもちゃを持った子供たちがしばしば割り込んで来るのだが、そうした中で（ディケンズの）『ドンビー親子』（*Dombey and Son*, 1848）をゆっくり読み通して過ごすほうを好んだ。」ベノックの家と庭園は非常に家庭的なものであった。太陽が芝生に当たらなくなると、ホーソーンは子供たちとローン・ボーリングをした。ソファイアがもう少し頑健であったなら、「イギリスの夏が長いのと同じような幸せ」を味わえるのだが、とホーソーンは思ったのであった。

オックスフォードでは九月初めに四、五日を、ベノックの精力的な世話と、この町の前市長の豪勢なもてなしを受けて過ごしたあと、ホーソーン一家はサウスポートへと移って行った。リヴァプールの二十マイルほど北に位置し、アイリッシュ海に面した町である。ここの気候がホーソーン夫人の健康に適していることが分かったので、一家はサウスポートに次の七月まで留まり、ホーソーンは毎日領事館に通ったのだが、いつも決まって十一時の汽車で出勤し、いつも決まって五時には戻るのであった。この借家は三つの寝室と一つの客間から成り、ブランズウィック・テラス様式の背の高い石造りで、家賃は寝室ひとつにつき十シリング六ペンス、客間が十二シリング六ペンスであった。イギリス式借家制度は、ホーソーンの考えでは、良い点もあるが、日常の面倒から解放される余裕を与えてくれないもので、その理由は間借り人が自分で食事をあつらえねばならないからであった。しかし献身的なファニー・リグレイが骨の折れる単調な家事のほとんどをホーソーン夫人のためにしてくれた。借家の部屋はみな広大な砂浜に面していた。潮が引くと、砂浜が海の方に向かって非常に遠くまで姿を現し、潮が満ちてくると、海岸からほぼ同じ距離を水に浸かりながら歩くことになる。浅いところでは海水浴客が水しぶきを上げていた。家族と一緒にこの侘しい、吹き抜ける風で模様が付いた砂浜を歩きながら、ホーソーンは、リシダス(14)の死体もそこに打ち上げられてよさそうだと瞑想した。

サウスポートでの平穏無事な生活を活気づけたのは十一月になってハーマン・メルヴィルがトルコと聖地エルサレムへの途中に訪れ、火曜から木曜まで滞在したことであった。間に挟まれた日に、この友人二人は長い散歩をし、(ホーソーンの創作ノートはメルヴィルについてこれまで書かれたうちで最も思いやり豊かな部分も含め、次のように続いている)

（強く、冷たい風をよけるため）砂丘の間にある窪地に腰を下ろして葉巻を吸った。メルヴィルは、いつものように神慮と来世、それに人間の理解を超えるものすべてについて推論を始め、私に向かって、「自分は滅ぼされるべく決心をほぼ固めた」と言った。しかし依然として彼はそういう予見に安住していないようで、自分が明確な信念を掴むまでは安住することなど絶対ないだろうと私は思う。奇妙なのは、今われわれが腰を下ろしている砂丘同様に陰鬱で単調な荒れ地を行ったり来たりさまようことにこだわる――私が彼と知り合ってから、またおそらくそれよりずっと前から、こだわり続けて来ている――その彼のこだわり方である。彼は自分の不信心を信じられないし、またその状態に満足していられないのだ。彼はあまりに誠実で勇敢だから、あれやこれやとやってみないわけにはいかないのだ。もし彼が宗教家なら、一番真に宗教的で敬虔な人々のひとりになることだろう。彼は非常に崇高で気高い性質の持ち主で、たいていのわれわれよりも永遠の生命に値する。

この時の訪問に関するメルヴィルの記録は次のように簡潔だが、心がこもったものである。「サウスポートにて。気持ちの良い日だ。海辺を長い時間をかけて歩いた。砂と草。荒れて侘しい所。風も強い。お喋りは楽しかった。夜はスタウトとフォックスとギース。[15] ジュリアンは立派な若者に成長していた。ユーナは母親より背が高い。ホーソーン夫人は健康が優れぬ様子。ホーソーン氏は私のために家にいてくれた。」金曜日にはヘンリー・ブライトがメルヴィルをリヴァプール観光に連れて行ったが、この時メルヴィルは『レッドバーン』（*Redburn*, 1849）を書いた若い頃を思い出したことであろう。そして土曜日にはホーソーンとメルヴィルはチェスターの町を訪れ、リヴァプールに戻るとすぐ、二人は雨の晩のとある街角で別れた。ホーソーンにはメルヴィルがこの前一八五二年にウェイサイドで会った時以来「ずいぶん影が薄くなって」いるように見えたが、これからの旅で「元気になって」もらいたいものだとホーソーンは願った。二人はこれ以後二度と会うことはなかった。

サウスポートで十ヶ月ほど過ごした後、ホーソーン一家は一八五七年七月にオールド・トラッフォード（Old Trafford）に間借りし、そこで二ヶ月を過ごしたが、この目的は近くのマンチェスターでその時行われていた大美術展を見ることであった。普通の時なら地味な地区での借家料は、ホーソーンの推定では、年額二十五ポンドであったはずだが、訪問者の流入が需要を大幅に引き上げたため、価格は週当たり六ポンド十シリングであった。馬車や乗合馬車の波が絶えず家の前を通り、展示会場との間を往復する乗客たちを運んでいた。

ホーソーンはこの展示会には繰り返し足を運び、絵画を系統的に勉強する人生で最初の機会を丹精込めて活用した。四、五回通った後で、彼は自分の美的鑑賞眼が進歩を遂げたと述べ、自分は実際「絵を見ることから何がしかの悦びを与えられ」始めたと言っている。彼が特に楽しんだのはホガース（William Hogarth, 1697-1764）の絵画で、「『フィンチレーへの行進』（"The March to Finchley"）[16]ほど、イギリス人の生活や性格を真実に描いたものはない」と彼は言う。ミュリロ（Bartolome E. Murillo, 1617-82）の『良き羊飼い』（"Good Shepherd"）は、これまで自分が見た中で「最も美しい絵」だとホーソーンは考えた。彼はまた特にオランダ絵画の巨匠たちを好んだが、これは彼らの芸術と自分の芸術との間に親近感を感じたためであろう。「彼らは完全な満足感を覚えて絵筆を置いたに相違ない。何百万という絵筆の一筆一筆が、全体の効果に必要だったこと、また、少なすぎたり多すぎたりする筆致がひとつもないこと、を彼らは知っていたからだ。このオランダの巨匠たちはありふれた事物の核心を掴んでいて、それらを精神世界の象徴であり解釈者にしている」と彼は指摘している。しかし彼が受け継いだピューリタンの厳格さがしばしば顔をのぞかせ、美術を思うがままに楽しむことができなかった。「私は裸の女神たちにはうんざりだ。彼女らは画家の想像力の中で本当の生命と暖かさを持っていない――またたとえ持っていたとしても、それはそういう芸術作品を制作するためにモデルとなり寝そべった不貞の女性たちの不純な暖かさなのだから」と彼は公言している。

ホーソーンの美術研究は、『(マンチェスター) エグザミナー』([The Manchester] *Examiner*)の編集者でエマソンの友人でもあったアレキサンダー・アイアランド (Alexander Ireland, 1810-94) がある日の午後、観客の群れの中にテニスン (Alfred Tennyson, 1809-92) がいると指摘した時に興味深い形で中断した。自分の妻がしきりにテニスンに会いたがっているのを知っているホーソーンは、建物の別の一画にいた彼女を呼びつけ、一緒に自分たちの時代の「唯一の詩人」(ホーソーンは彼をそう呼んだ) の姿をまじまじと眺めたのであったが、その間、くだんの詩人は展示された絵から絵へと足早に移動していた。テニスンは幼い息子を連れており、二人が会場を出る時は息子が父親の後を少し間を置いて付いて来ていた。ホーソーン夫人は (姉のエリザベスに宛てた手紙で) こう書いている。「その子の金髪を掴み、心ゆくまで彼にキスをした。すると彼は微笑んで、とても喜んでいるみたいだった。私も自分の両腕にテニスンの子供を抱いてとてもうれしかった。」ホーソーンもテニスンと知り合えれば、うれしかったであろうし、「彼と葉巻をともにできれば」本当にうれしかっただろうと言っている。しかし、アイアランドはホーソーンをテニスンに紹介してくれなかった。その理由は、彼自身が個人的にこの「桂冠詩人」（アイアランドはテニスンを、名前でなく、このとても威厳ある敬称で呼んだので、何とまあこの男は「イギリス的」なんだろうとホーソーンは思った）と知り合いではなかったからで、さらにホーソーンもまた公共の場で面識のない著名人に自己紹介するような人間ではなかったからである。とりわけテニスンの顔には、ホーソーン曰く「干渉されるのを好まぬある物、一種病的な痛々しさ」が見て取れたので、なおさらであった。ソファイアの「急襲」（彼女はそう呼んでいるが実に的を得た表現である）に関しては、テニスン自身その出来事を目撃しておらず、真相ははっきりしないままである。

オールド・トラッフォードで二ヶ月を過ごした後、ホーソーン一家は一八五七年九月に再び家を引き払い、レミントンのランズダウン・サーカス(17)での借家生活を始めた。そのまた二ケ月後にはレミントンを離れ、ロンドンのグレート・ラッセル通りへ移っていて、さらにそこからまた二ケ月後の一八五八年一月には、イギリスを後にして大陸へと向かっている。レミントン滞在中にホーソーン一家は子供たちのために女性家庭教師をひとり雇い入れたが、この女性はエイダ・シェパード（Ada Shepard）といい、人当たりが良く有能な、若い大学院生で、ホレス・マンが学長を務めていたアンティオク・カレッジ（Antioch College）に通っていた。ホーソーンはレミントンとそのあたりの田園地帯が気に入った。彼によると、「このオールド・イングランドのど真ん中にある新しい村」ほど自分が住んでみたいと思う場所は他になかったという。ロンドンでは（いつもの、疲れを知らぬ観光に加え）マールバラ・ハウスとナショナル・ギャラリーで美術の勉強を続けた。コヴェントリー・パトモアに会ったが、彼の「わが家の天使」は、彼曰く、「幸せな既婚者たちが一緒に読んで、自分たちの過去と現在の生活に照らして理解すべき詩」であるとした。ジェイムズ・ジョン・ガース・ウィルキンソン医師が呼ばれて子供たちが罹《かか》ったはしかの処方をし、心霊現象に言及した際には疑い深く耳を傾けた。また最近金融で失敗したベノックには痛く同情した。イギリスを発つ前、ほとんど最後に考えたのはこの友人の災難のことであった。ホーソーンはベノックがアメリカへ来て損害を取り戻したらどうかと提案したが、心の内ではこのような冒険が賢明なものかどうか密かに疑ってもいた。その理由は、ベノックのような人間を「この暖かく、陽気で、生気に満ちたイギリスの生活から、もっと無味乾燥で優しさにも欠けるアメリカという生活圏へと」移植するのは間違いだという懸念を抱いたからであった。

海を越えてイギリスにやって来た主たる理由のひとつはイギリスを見ることであったし、そこでの四年間で、ホーソーンは領事職の履行と両立する限りで徹底的に観光も実行した。領事職を怠ることも、旅を怠ることも、どちらも彼の良心は許さなかった。ブラック・ヒースで過ごした日々のように、何もすることがない日（こういう日は比較的少なかった）には、「こんなに晴れた天気に、あまたの興味深い事物を見るための遠征をせずに過ごすと良心の重圧や痛み」で自分は悩んだ、とホーソーンは言っている。この観点からすると、サウスポートで過ごした冬は、彼にとって「空白」と思われた。長期にわたり、共感を込めてイギリスの歴史や文学を研究してきた彼は、イギリスの歴史的、文学的場面に強い関心を示した。彼は何とかしてそれらの大半を訪れて――その多くには何度も繰り返して足を運んで――創作ノートにそれらについてたっぷりと、愛情を込めて記述している。旅はリヴァプールの近くから始まり、その範囲は次第に拡大されていった。

最初の年は、領事としての仕事がとりわけ急を要するように思われたので、彼は近くの場所――ベビントン、イーストハム、チェスター、ウェールズ、そしてマン島[18]――への短い旅に留めていた。古めかしさ、過去の感覚を大いに楽しんだ。ベビントンの教会は「古い、古い、古い――メアリー一世の時代と、そしてクロムウェルの時代と、まったく同じに見え」た。イーストハムのイチイの古木は、まだ立っており、六百年にわたって歴史の中で異彩を放ってきていた。マン島ではルーン文字で書かれた記念碑があり、これはその古さでイーストハムのイチイの木すら影薄からしめるものであった。どこへ行っても彼は事物が自分の「汎大西洋的想像」に「応えてくれる」楽しみを味わったのである。

最初の長旅は家族全員が参加し、一八五五年にやっと出来たのだったが、きわめて当然ながら、シェイクスピアの故郷へのものであった。ホーソーンが日記に書いているところによれば、彼はシェイクスピアの家には何の感慨も湧かず、「想像力がかき立てられることもなかった。自分がこの眼でそれを見たと回顧できるのは心地よいことだ。また、今では、シェイクスピアを、これまでよりまっとうで鮮やかな存在、生身の人間として思い描くことができるように思う。だが、このような効果がまったく望ましいのかどうかは確信が持てない。」彼の想像力をそれ以上に刺激したのは、たとえば、チャーレコート公園で、その祖先がシェイクスピアの『お気に召すまま』で描かれている飼い慣された鹿と出会ったり、のちに『グリムショウ博士の秘密』で顕著な形を取って表れるウォーウィックのレスター病院を訪れた時であった。かりにストラットフォードとその周辺が常套的な第一の選択だったとすれば、次なる場所——ジョンソン博士（Dr. Samuel Johnson, 1709-84）の思い出の地、リッチフィールド（Lichfield）とユートクセター（Uttoxeter）[19]はもっと個人的選択であり、何としても訪れなければならない場所であった。家族はレミントンに残して、ホーソーンがリッチフィールドとユートクセターへ足を運んだのは、人生で「数少ない純粋に感情的な巡礼のひとつ」を試みるためであった。彼はジョンソン博士の立像が「感動的で印象的」だと思い、博士の生家では片足を擦り切れた階段に置き、片手を家の壁に触れたが、それは「ジョンソンの手足がその同じ箇所に触れていたかもしれないから」であった。ユートクセターでは、ジョンソン博士がかつて父親に逆らったことへの懺悔の苦行《ペナンス》として雨に降られながら立った地点を確認しようとした。この苦行はホーソーンの心に特別訴えかけた劇的な出来事で、彼はこれを自分の著作の中で繰り返し語っている——最初は『伝記物語』（*Biographical Stories*, 1842）において、後には「ユートクセター」および『懐かしの故国』においてである。人間としても芸術家としても、ホーソーンは、シェイクスピアやロマン派の作家たちよりも、ジョンソン博士やその他の偉大な十八世紀新古典主義作家たちとの間により親近感を抱いていたのであった。

イギリスへの興味が薄れることがまったくなかったとは言えぬまでも、ほとんどそれはないに等しい状態で、ホーソーン一家は揃って一八五五年七月に湖水地方へと出発した。ウィンダミア湖の南端にあるニュービー・ブリッジのスワン・インでは気の良い亭主のトマス・ホワイトが朝食や夕食のテーブルを鱒、コールド・ビーフ、ハム、トースト、マフィンなどでいっぱいに盛り付けてくれたし、夕食には極上の三品の料理とワインを振る舞ってくれた。四日間の滞在費は、六人（ホーソーン家の五人と乳母のファニー・リグレー）分で八ポンド五シリングであった。ホーソーンは時間をかけてファーネス・アビー一帯を渉猟《しょうりょう》し、トマス・ウェスト（Thomas West, 1720-79）の『ファーネスの遺跡』(*The Antiquities of Furness*, 1774) に書かれている歴史的な復元遺跡を調べた。ニューベリー・ブリッジからは蒸気船に乗り、ウィンダミア湖の北端に到達すると、今度はそこから馬車でライダルとグラスミアまで行った。ライダル湖はアメリカ人の標準からすると小さいのでホーソーン夫妻にとってはがっかりであったが、ソファイアは、その湖が周囲の丘から威厳を与えられており、（彼女が姉エリザベスに手紙で伝えたところでは）「夫は《こんなのはお粥用のボウルに入れてすっかり持ち去れる》なんて言いましたが失敬です」と考えた。ワーズワース（William Wordsworth, 1770-1850）の家（これより五年前に亡くなっていた）は非常に気に入った――ホーソーンは創作ノートに書いているが、「とてもすばらしいところにあり、とても人目につかぬところにあって、灌木で周囲に垣が張り巡らされ、草花で飾られており、片側が蔦で覆われ、ここに住み、ここを愛した人が長年にわたり個人的な手入れを施したために美化されており、まさに詩人の住まいそれそのもののように思われた。」ケズウィックでは、サウジー（Robert Southey, 1774-1843）が住んでいた家のあたりを歩き回り、窓から書斎をのぞき込んだりして満足感を味わったが、サウジー自身は「絵になる人物でもなければ、想像力を強く捉える性格の持ち主でもない」と、ホーソーンは考えた。この地域の山や湖の風景はおそらくその文学的連想以上に興味深いものであった。特に山々はホーソーンにとって、ニューイングランドのものよりも全体的に絵になると思われたが、それは「形が非常に変化に富んでおり、せり上がっては峰をなし、急に落ち込んで断崖をなし、長く横に伸びてはジグザグの輪郭を描く」からであった。彼は、旅が終わるとすぐ、「これからも私はこの旅を楽しく思い起こすことだろう。そして、小さな領域の内にこれだけ多くのもの、これだけ豊かな多様性を抱えるイギリスに対して、それだけいっそう多くの驚異の念を覚えるはずだ。仮にイギリスが全世界だとしても、それでも、創造主がそれを造ったことには価値があっただろう」と言っている。

一八五五年九月、一家は全員でシュルーズベリーを訪れたが、ここでホーソーンはフォルスタッフの「長い一時間（"long hour"）」[20]とファーカー（George Farquhar, 1678-1707?）の『募兵官』（*Recruiting Officer*, 1706）のことを思い起こし、古い通りを楽しく散策した。ホーソーンは次のように日記に書いている。「細い通路が何本かアーチ路の真下に開け、高い建物の間を曲がりくねって続いており、探索者にはとても魅惑的で、一般にはどこかの宮廷かあるいは何か奇妙な古い建物か構造物の境界内に通じているのだろうが、見届けられないのはこの上なく残念だ」と。シュルーズベリーを後にした一家はそのまま続けてロンドンへ行き、そこで一カ月間飽きることなく観光に専念した。ホーソーンが一番好んだのは通りを彷徨《さまよ》い歩くことで、しばしば道に迷ったが、その結果、自分が常々本で読んだり夢に描いていたような事物に思いがけなく出会うこととなった。こうしたそぞろ歩きで最も自分の興味を引いたのは、彼曰く、「アン女王の時代の作家たちのロンドン――ポープや『スペクテイター』、デフォー（Daniel Defoe, 1659?-1731）、それにジョンソンやゴールドスミス（Oliver Goldsmith, 1730?-74）が言及したもののすべて」であった。しかしながら、ホーソーンの探索は特殊なものではなく包括的なものであった。セント・ポール寺院とウェストミンスター寺院の両方は、何度も何度も訪れ、どちらも同じくらい気に入った。動物園は、ジュリアンが父親以上に楽しんだ。水晶宮[21]は「イギリスの人々が戯れる巨大な玩具」であった。ロンドン塔で他の多くの事物の中にあってとりわけホーソーンの注意を引いたのはウォルター・ローリー（Walter Raleigh, 1552?-1618）が『世界の歴史』（*History of the World*, 1614）を書いた部屋であった。グリニッジ病院では、ネルソン（Horatio Nelson,1758-1805）ゆえに、元水夫の傷病兵たちがイギリスによって手厚い保護を受けていた。ロザーハイズは、『ガリヴァー旅行記』によって久しくおなじみの場所[22]。大英博物館では、あまりにその収蔵物に圧倒されたので、しばし彼は、過去の全体が一掃されてなくなればよいのにと願うほどだった。英国国会議事堂はウェストミンスター寺院に比べると難点があったが、その理由は、建築家が（エマソンの言い回し[23]を無断借用して）「自分で知り得る以上にうまく作り上げる」ことをしなかったから、とホーソーンは言う。こうしたもの、および他の多くの有名な場所が調査と記述の対象となった。

一八五六年五月、ホーソーンはスコットランドのハイランド地方へ赴き、ウォルター・スコット卿の詩や小説と結びつけられて久しい風景を堪能したが、いくつかの場合、該当の場所は実際に訪れてみると、スコットの記述ほど感動的ではなかった。六月には――ポルトガルから戻ったばかりの妻を伴い――彼はソールズベリーを訪れた。ここでは聖堂を適切に記述するのは手に余ると知ったが、それまでイギリスで目にした他のどんなものよりも、それらは彼の理想を「しっかり満たして」くれた。彼は特にソールズベリーの寺院境内の魔法のような力を感じている。「私はこれまで、この喜ばしき家々ほどに居心地が良く、何世紀全体にもわたる家庭の快適さをこれほど示すものを見たことがない――生きるにせよ死ぬにせよこれほどふさわしい、そしてこの古風な門の下をうら若き妻の手を引いて入り、共に夫婦として古老になるまでここで暮らせたらさぞ楽しいだろうと思わせるこの古い家々ほどのものを」と。しかし、十九世紀のひとりの人間、ひとりのアメリカ人として、もっと実際的見地から発言して、彼はこう続けている。「しかしながら、これらの家は人類が進歩しない場所だ。ここでは人間生活の怒濤のような営みが鎮まって深く、静かな淵となり、おそらく穏やかな丸い淀みとなるだろうが、そこからの更なる動きはない。まったく同一の考えが、世代から世代へと、緩やかな渦をなして回転してはゆくものの、それは私が以前見た覚えのある、小川の水たまりの中で回転する枯葉みたいなものだと思う」と。

一八五七年の春と初夏には、妻と子供たちのうちの一人ないしは二人を連れて、ホーソーンは再び長旅を行っている。行き先はニューステッド・アビー、ピーターバラ、リンカン、そしてボストン（ここでは近く、大西洋の両岸のボストンで牧師を勤めた有名なジョン・コトンを讃えて記念の窓が献呈されることになっていた)。またダンフリースおよびその他のバーンズゆかりの地。それから——これはホーソーンにとっては二度目の訪問になるが——アボッツフォード、エディンバラそれにロブ・ロイの国であった。[24]一八五七年の秋には多くの場所が再訪となっていて——とりわけ、ウォーウィックとレスター病院、それにロンドンの有名な場所であった。再訪した場所については、まるで以前記述していなかったかのようにきちんと忠実な記述が行われている。

このように広範囲にわたってイギリスを見てまわりながら——ここで語ってきたのはこの種の彼の努力のほんの一部に過ぎないのだが——ホーソーンの心はふたつに割れており、それは歴史的と現代的、あるいはまたおそらくイギリス的とアメリカ的と呼べるかもしれない。

イギリス人の子孫であり、イギリスの歴史と文学を滋養として醸成された想像力を持つホーソーンは、「懐かしの故国」とそこから連想される名高い物語や詩に、血の繋がりから来る強力な魅力を感じた。この魅力が一番よく描かれている例のひとつは『グリムショウ博士の秘密』における、レドクリッフのイギリスへの思いを記述する以下の箇所に見られる。

彼は感受性の強いアメリカ人——彼の頭はイギリス風の思想で満ち、彼の想像力はイギリスの詩から出来上がり、彼の心情はイギリス風の性格と情感そのものなのだ——が必ず影響を受けるあの計り知れぬあこがれを感じ始めたのだが、それは血管の中を流れる血がかつてそこから引き離されたその源流を求めるあこがれのようなものである。それは、この森、この野原、自分の本性が成形された雛形としてのこの特徴ある自然の風景から、今も自分とよく似た人々から、（もう二世紀にわたって認識してこなかったとしても）自分が未だに自分の性格の奥深くに不思議な形で潜んだままになっており、外国人としてではなく、まるで生まれつき備わった習慣のように、ほんの僅かの期間だけ中断していただけで、すぐさま再開できると感じる生活や考え方の習慣から、自分がかつて引き離されてしまったという半ば非現実的な後悔の念なのである。

その一方で、ニューイングランドのピューリタンであり、かつまたアメリカの民主党員として、ホーソーンはしばしばイギリス風の諸制度に反対の意を示し、またしばしばイギリス風の恩着せがましさに憤慨した。壮大な伽藍を建築上の記念碑だとして心底評価する一方、それらが内包する制度を「かび臭い」として非難した。ヨークでの復活祭の日曜日には、「私のピューリタンの先祖たちの精神は私の中に強力に息づいていた。よって、こうした虚礼のすべてに先祖たちが我慢ならぬとしても、私は不思議とは思わなかった」と記している。貴族たちの美しい地所を賛美し、貴族の多くは高貴な生活を営んでいるのを認めながらも、彼はどこを見ても明らかな社会的、経済的な不平等の大きさに衝撃を受けた。リヴァプールでは貧困と汚濁を眼にしたが、それに匹敵するものは自分の国ではまだなかった。社会的不平等は経済的不平等よりも彼の心を悩ませるものであった。マンチェスター大聖堂で見た二組の結婚式は劇的な対比をなすものであった。ひとつは貴族階級の結婚式で、主教や五、六名の高位聖職者の参加があり、教会の鐘を打ち鳴らしたり、富裕階級や上流階級の装飾品できらびやかな様子であった。もうひとつの方は——彼曰く、これまで目にしたうちで最も悲しい光景だった——はたったひとりの牧師が六組の貧民を、彼の指摘によると「互い違いに男は夫、女は妻とするに等しい危険な式を執り行った」という式であった。イギリスはいずれ社会的、経済的不平等の問題にいやでも直面することになろう、と彼は感じた。イギリスはまたいずれアメリカとアメリカ人をもっと公正な目で見る必要に迫られるだろうとも、彼は感じた。イギリスの新聞やイギリスの人々は概してアメリカ人の態度や達成をけなす習性が身についてしまったとホーソーンは知って不快の念を表明している。彼はティクナーに「いずれ早晩ジョン・ブルがわれわれに救済を求める日がやって来るだろう」と予言的発言を行っており、クリミア戦争の最中には以下のような恐るべき意見を表明している。「苦境にある時のイギリス人は非常に尊敬すべき性格の持ち主だ。彼は威厳を失うことはないが、しかし、己に対する当を得た慢心に到達するのみなのである」と。

イギリス滞在中にホーソーンのアメリカ人としての愛国心は以前よりも強調されるようになった。彼はアメリカの友人たちと絶えず連絡を取り、アメリカでの出来事から関心をそらさなかった。彼はしばしばウェイサイドの丘や、「オールド・コーナー」と愛情込めて呼ばれる彼の出版社の営業所がたまらなく恋しくなった。彼はたえず友人たちにイギリスに来るようせがみ、そうすべきもっともな理由を挙げている。ティクナーとフィールズには、彼らが扱うイギリスの作家を訪ねたらよいと。パイクには、マンチェスターでの副領事職を引き受けたらよいと。ロングフェローには、彼のイギリスでのファンたちの献酒を受けたらよいと。ティクナーが定期的に送って来るアメリカの新聞の到着は、いつもホーソーンが日記に記録する価値ある出来事であった。新聞が伝える出来事は深刻な懸念材料であったのだが、ホーソーンはピアスにも、彼が選挙用伝記で表明した奴隷制に関する見解にも忠実な態度を貫いた。エリザベス・ピーボディーは政治的立場の転向を望んで、ホーソーンに奴隷制廃止に関する小冊子を送ったのだったが、彼は、「他の奴隷制廃止論者すべてと同様に、あなたは問題を、あなたの視界に入るものすべてを歪めてしまうような、ひどいやぶにらみで眺めておられます。従って、あなたがあなた以外の者がみなやぶにらみで見ていると思われるのは当然ながら奇妙です」というコメントを添えて送り返した。ホーソーン夫人は義理堅く夫の見解を支持し、姉宛に、「内閣と大統領が、彼らを非難する人々ほど良心的で、公正で、愛国的で、キリスト教徒的ではないのだと私に信じさせようとしてもそれは絶対にできません。……あなたの手紙は私ではなく奴隷所有者に送ったほうがはるかにふさわしいでしょう」と辛辣な手紙を書いている。暗雲が垂れ込め、手に負えなくなった対立抗争にもかかわらず、ホーソーンはアメリカが何とか難局を切り抜けるはずだと信じていた。「わが国は、現在の悪魔的状況にもかかわらず、これからもっと成長し、繁栄することだろう。……私はわが国の運命に不動の信念を抱いており、何が起ころうとも、たじろぐようなことはない」とホーソーンは一八五六年六月にティクナー宛の手紙で述べている。

ホーソーンはイギリス滞在中に、イギリスを背景とした長編小説を書こうと思っていた。彼がとても忠実に書き留めた創作ノートにおけるそのための材料は、彼曰く、「小説の副次的場面や背景や外面的装飾として使うためのものであった。」一八五五年一月に、彼は「新しい長編の萌芽」を考慮中だが、それは「ゆっくりと成熟している分、それだけ良い」ものになるだろうと言っている。同じ年の四月には、物語の概要を試みに以下のように述べた。

私の長編では、アメリカへの最初の移住者が家族の秘密を抱えてやって来たのであろうが、それによって家族の崩壊をもたらしたのは（彼がそう望んだのであれば）彼の計画したことであった。この秘密を彼は自分のアメリカの子孫に伝え残したのだが、彼らによって秘密は子々孫々に継承された。そしてついにこの長編の主人公はイギリスにやって来て、この秘密を用いることで、家族の崩壊を引き起こすのは今なお自分の裁量のうちにあることを発見する。これは、自分の運命が彼の母親が火炎から引ったくった薪《たきぎ》に依存するというメレアグロス[25]の物語に少し似たところがあるだろう。

五月にホーソーンはロングフェロー宛に検討中の作品について期待を込めながら以下のように書いている。

秋は知性と想像力の双方にとっての黄金時代だとは思わないか？　君は人生で一歩前進するごとに確実に豊かで深遠になってゆく。私も進歩するかもしれない——例えば、私の最近の仕事の結実に以前より血色良く、暖かく、愛想良いものがあると思うと嬉しい。アメリカ人の精神的な本質が、イギリスに来て、アメリカ人より素朴で自然な国民の中で生活するのは良いことだ。エールはすばらしい精神の滋養物で、イギリスの羊肉もまたしかり。よって、おそらく両者の効果が今度の私の長編には見られるだろう。

しかし、公務や観光によって気が散ることが多すぎたので、「イギリスに根差す長編小説」は脇へ追いやられざるを得なかった。一八五七年二月、彼は「再び文学者」であるという「何がしかの兆候」を感じた。十一月に彼は、もし自分が「数カ月完全に落ち着ける状態になれば、何らかの結果が生まれるだろう」と考えた。しかし、必要な休息が不足したため、計画した作品はイタリアに落ち着いた後まで先延ばしされることになった。

それにもかかわらず、ホーソーンのペンはイギリス滞在中休むことがなかった。彼のイギリス日記は三十万語以上の内容となっている。一九四一年にその全体が初めて出版された時、この日記は作家の主要作品のひとつに数えられてよいという声が強く起こったほどである。アメリカの作家でこれほど鮮やかかつ完全にイギリスを描いた者は他にいないし、イギリスとアメリカの文化をこれほどの注意と洞察をもって比較検証した者も他にはいない。それゆえ、『英国ノート』(*The English Notebooks*, 1941) は、ホーソーンの伝記を書くための資料という位置づけをはるかに越えるものとなっている。英米関係史の偉大な踏査資料であるとともに、今では消滅したヴィクトリア朝世界の魅力溢れる絵画的記録でもあるホーソーンの日記は、これひとつだけでも、四年にわたる彼のイギリス滞在の意味を文学的に十分正当化するものとなっている。

ホーソーンは一八五七年八月三十一日付で領事職を辞したのだが、ピアスの次の大統領ブキャナンが任命した後任領事、ヴァージニア出身のビヴァリー・タッカーの到着が遅れたため、それまで待たされることになった。彼はまた政府との間で収支報告を済ませる必要があったが、この事務処理が、有能な事務官のワイルディングが病気に罹ったことから余計困難になってしまったが、自分の私的ならびに公的な収支報告を仕上げて、その結果に満足した。領事職は彼が期待したほど金になるものではなかったが、その理由は、彼の任期中に連邦議会を通過した法案によって、領事の俸給が減額された――この法案はホーソーン着任時点で受け入れられていた諸条件をも遡及的に反故にするもので、不当だ、と彼は考えた――ことによる。しかし、この減額措置と家族をイギリス中連れ回した重い出費があったとはいえ、ホーソーンは執筆で稼ぎ得るよりもずっと多くの金を手にしていた。ヒラードおよび他の数名の友人たちがセイラム税関からの強制移転の際に自分にくれた費用を彼は弁済することができたし、またブリッジやオサリヴァンが財政上の困難から脱出する手助けすら彼はすることができた。領事時代の貯蓄総額は三万ドルほどにのぼり、この現金収入はティクナーが良心的に投資に回してくれていて、家族の急場の際の備えとして頼りになるものとなった。すでに書いた本やまだこれからも書く本の印税で若干の贅沢品を買うことも彼は考えた。一八五七年ティクナーに宛てた手紙で彼は自分のこれまでとこれからの財政状況を以下のように総括している。

領事の職は、報酬の点では、自分が期待したほどのものとはならなかった。しかしそれでも、私の本は過去四年間売れて利益が上がったので、ほどほどの収入と呼べるものはいろいろな所から手に入った。これからヨーロッパで更なる滞在を続けることになるが、今後は自分の収入を越える出費が予想される。しかしアメリカへ戻った後は、今までより少ない出費で生活できるだろうし、またこれからひとつふたつ作品を書けば、足が出た分は補えるだろう。自分が死んでも妻子を快適な環境の中に置けると思うと、私にとっては大きな慰めだ。この点に関する限り、「死の苦痛は去った」と言えよう。

一八五七年秋、ホーソーン一家は大陸に向けて出発するのを待ち望んでいた。領事館での仕事が最終的に終了した後も、子供たちが麻疹《はしか》に罹ったため出発はさらに引き留められることになり、出発準備がすべて整ったのは一月初めになってからであった。前領事ホーソーンがパスポートの手配のためロンドンのアメリカ公使館を訪れた時、彼は個人の自由とともに、アメリカ市民としての不可侵の威厳を新たに感じた。

私がダラス氏の部屋のドアの呼び鈴を鳴らしたその瞬間に（ホーソーンは創作ノートに記している）ドアがさっと開き、ボーイが私をとても恭《うやうや》しく待合室へと案内した。彼が私を、あるいは私に関する何かを知っていたというわけではない。知っていたのはおそらく私がアメリカ市民だということだけだった。これはアメリカの公僕が彼の主権者に示して然るべき適切な敬意なのである。有り難いことに、私は再び主権者となったのであり、もはや公僕ではないのだ。実際非常に奇妙なのは、自分が今いかに我が大使たち、大統領その人とて例外ではないのだが、あらゆる種類の高官たちを見下しているかということである。

ホーソーン家の人々と、新しい女性家庭教師のエイダ・シェパード嬢は一八五八年一月五日の日の出前に起床し、パリへ、そしてそこからイタリアへと向かう旅行の準備をしていた。彼らの所持品で十二個のトランクと六個の旅行用手提げ鞄がいっぱいになった。ロンドンからフォークストーンへ向けて汽車に揺られている間に、雪が降り始めたので、ホーソーンには長居してイギリスに飽きられたのではないかという気がした。しかし同時に、自分たちはイギリスにかくも長くいたので、「他のどこへ行っても冷たく身震いするようなことになる」のではないかと、彼は思いに耽ったのであった。ブローニュへの航海は船がひどく揺れ、侘しく寒い天気ではあったが、ホーソーンは長い間甲板に留まり、遠ざかるアルビオンの白い崖を眺めていた。

注（原注と明記した以外はすべて訳者による注である。）

（1）一八五六年五月二十二日、国会で上院議員サムナーは、二日前に彼が行った奴隷解放推進演説に怒った下院議員ブルックス（Preston Brooks）に杖で殴られ、大怪我を負った。

（2）Pernambuco はブラジル北東部の州。

（3）リヴァプールからマーシー川を挟んだ対岸地域ロック・フェリー（Rock Ferry）の一角を成す高級住宅地域。

（4）原文は battledore and shuttlecock となっているが、バドミントンの前身として、インドを中心に古くから行われていたもの。

（5）セイラム魔女裁判の判事のひとりだった Samuel Sewall は、清教徒はカツラを着用すべきでないとして拒否し、Cotton Mather と好対照を成したとされる。

（6）スコットランドの国民詩人、ロバート・バーンズ（Robert Burns, 1759-96）

（7）The rank is but the guinea's stamp. これはバーンズの *A Man's a Man For All That*（1795）の一節。

（8）Bolton le Moors はマンチェスター（Manchester）の英国国教会の教会区のひとつで、Smithell's Hall はその中にある荘園領主館。

（9）（原注）エインズワース夫人の説明によると、バンクロフトは、アメリカでは妻は「健康が優れなかった（in *delicate* health）」が、イギリスに来てから彼女はとても「不作法（*indelicate*）」になったと述べたそうである。もしこの説明が正しければ、バンクロフトはおそらく自分なりのジョークを言ったものと思われる。

（10）Aldershot Camp, Farnborough は、イギリス南部ハンプシャーの町、ファーンボロにあるイギリス陸軍訓練基地。North Cork Rifles は、クリミア戦争で活躍した民兵組織。

（11）タッパーの道徳的長詩 *Proverbial Philosophy*（1832-42）。

（12）Coventry Patmore（1823-96）はイギリスの詩人・批評家で *The Angel in the House*（1854）は、妻 Emily をモデルにヴィクトリア時代の女性の理想を語る感傷的な物語詩。

（13）（原注）ベーコン嬢（精神的に不安定もしくは容易にそうなりやすい）は、ホーソーンが彼女の書物への序文でシェイクスピア劇の起源に関する彼女の見解を是認しなかったとして気分を害したが、ホーソーンは、結論には間違いがあるとしてもこの書物には貴重な洞察が含まれていると思うし、また（騎士道精神と愛国心ゆえに）同じ国の出身の女性で同じニューイングランド人の役に立てればうれしいという両方の理由から、善意の斡旋をやり抜いたのであった。ベーコン嬢はこれより前に、自分の作品を出版してもらおうとエマソンの援助を要請したが空振りに終わっている。

（14）ミルトン（John Milton, 1608-74）作の詩 *Lycidas*（1637）の主人公。友人 Edward King の水死を悼んで捧げられた。

（15）いずれもビールの銘柄名。

（16）ホガースが一七五〇年に発表した油彩画で、訓練不足で規律の乱れた軍隊を描いた風刺画として知られる。

（17）Lansdowne Circus, Leamington はイングランド中部 Warwickshire にある温泉で有名な地。

（18）原語綴りは、Bebbington, Eastham, Chester, Wales, the Isles of Man である。

（19）イングランド中部の Staffordshire の Lichfield はジョンソン生誕の地であり、Uttoxeter はジョンソンが親不孝を詫びるための「ペナンス」（懺悔の苦行）をしたとされる広場がある町。

（20）William Shakespeare, *I, Henry IV*, 5, 4, 139-140. フォルスタッフが、自分とホットスパー（Hotspur）とはシュルーズベリーの時計で「一時間もの長きにわたり」闘った、というくだりがある。

（21）一八五一年ロンドンで開かれた万国博覧会のメイン会場。ガラスと鉄で出来ていたのでこう呼ばれた。

（22）ロンドンの Rotherhithe は、ガリヴァーの生誕地で、彼の家族が住むところとされている。

（23）エマソンの詩、"The Problem"（1839）の中の一節。

（24）Walter Scott の小説 *Rob Roy*（1817）、およびスコッチ・ウィスキーで作るカクテルの一種 Rob Roy。

（25）誕生時に「薪が燃え尽きるまでの寿命」と予言されたギリシャ神話の英雄。

第九章　イタリア、一八五八年―一八五九年(1)

英仏海峡を渡る航海ではホーソーンの一行のうち二人――幼いローズとエイダ・シェパード嬢が船酔いに罹った。ホーソーン自身は全然船酔いしなかったが、実は他ならぬこの航海には少々不安を覚えていたので、水割りブランデーをグラス一杯飲んで対策を立て、二時間の船旅をその日の日程の中で一番面白いものとしたのであった。

ブローニュからパリまでの汽車旅行は侘しく、寒かった。客車にはフット・ウォーマーが装備してあったが、それでも寒気が入り込んで来た。客車の窓に付いた霜を引っかいて作ったすき間から不完全ながら見えたフランスの田園地帯は冬のニューイングランドと似ているように思われた。広く、何もない、茶色の原野で、山裾や垣根沿い、あるいは鍬を入れた畑の畝には、何本もの雪の吹きだまりがあった。フランスについてのホーソーンの印象はいつも「北極圏の一地域」という印象だ、と彼は公言している。

アミアンでは鉄道職員から煩わしいチェックを受けたが、その意図はよいとしても、彼らの言葉がホーソーンには理解できなかった。ゆっくり、はっきり語りかけてくれれば、ホーソーンは書き言葉と発音規則には慣れ親しんでいたので、彼でも十分理解できたことだろう。しかし彼らの早口は彼にとって「単なる無意味な連続音」でしかなかった。幸い、エイダ・シェパードはアンティオク・カレッジで近代言語を集中的に勉強してそこで教鞭を執るべく準備をしていたので、彼の役に立った。そこから後の会話はホーソーンに、彼曰く、「話す能力の有り難さに関する新しい概念」を与えてくれるものとなった。

シェパード嬢は同情してくれつつも面白がっていた。彼女はアメリカにいる婚約者のクレイ・バジャー宛ての手紙(2)で、「フランス人の職員たちと対応するホーソーンさんを見ているととても可笑しい。職員の一団が彼のところへやって来て早口でまくし立てると、とうとう彼は当惑してしまい、絶望的表情を顔に浮かべて私に助けを求めるか、さもないと、彼は英語で彼らを攻撃するのです」と書いている。「アヴェ・ヴ・ケルク・ショーズ・ア・デクラレ？(何か申告するものはないか？)」という税関の役人の質問に答えて、ホーソーンは(シェパード嬢は後にマルセイユからこう報告している)「絨毯地の旅行鞄を差し出して、《君たちはこれらを検査したいのか？》と言いました。」シェパード嬢はホーソーン一家の大陸旅行の始めから終わりまで、通訳者の役目を忠実かつ効率よく果たした。(まったく不足なくこなした女性家庭教師としての仕事に加えて)この重要な奉仕に対し、ホーソーン一家は彼女のことを非常に有り難く思った。彼女はクレイに、「ホーソーン家の人々はツアー・ガイドを雇うだけの余裕はないので、もしあの人たちだけにしておいたら、あの人たちも、荷物もどうなってしまうか分からない」と語っている。

極寒の天候は、ホーソーン一家がルーヴル・ホテルに滞在したパリでも続いた。ホーソーンの不快の念は、ひどい寒さだけでなく、それに伴って起きたしつこい鼻血によって強まった。「かくて私の血は」と彼はおどけて「パリで川のように流されたおびただしい人間の血糊と交わり、その一部に数えられよう」と述べている。こうした障害にもめげず、彼は家族とともに敢然と外出し、ルーヴル美術館、ノートルダム寺院、その他の有名な場所を訪れており、日記には五十ページにもわたってびっしりと以下のような記述や印象が書き留められている。

パリの壮麗さには（と彼は書いている）まったく驚いている。実に堂々たる建物が延々と、見る者を飽きさせることのない壮大さ、美しさで立ち並んでいる……明るい色の石材、もしくは化粧漆喰が、煙や煤でまったく汚れておらず、ロンドンなどこれを見れば顔を赤らめるはずだが、但しそれはその薄汚れた顔を通して紅潮が見られればの話だ。今回ルーヴルやテュイルリーを一瞥するまで、私は宮殿とはどういうものか分からなかった。……風景に漲《みなぎ》る活気もまた、ロンドンに比べるとはるかに絵になるものだ。ロンドンでは取り澄ました顔と黒いコートが群れをなして単調だが、ここでは、兵士や僧侶、三角帽をかぶった警官、頭にターバンをし、長いマントを着て褐色でムーア人の血が半分混じったズアーヴ兵、それに今まで見たことも聞いたこともないと分かる非常に多くの人間が目に止まる。

しかしこの壮麗さや絵画的美観にもかかわらず、ホーソーンはすぐにパリには飽きてしまった。パリの生活はあまりにも人工的と思われたからである。彼はこう言っている。「ここでは本当の意味で力強く生育しているものがない。人間も植物も人工的な生命しか持っていないが、それはちょうど、小さな腐葉土に生けられてはいるが、根を張ることがない花みたいなものだ」と。その上、ロンドンの後で見るパリは異星人の世界のように思われた。イギリスでは深甚に感じられた血のつながりが欠けていた。フランスは「壮大で見事な事」を成し遂げたがフランス国民とは何らの共感も抱かなかった。「彼らの目を見ても引きつけられることがないし、彼らのまなざしは私のまなざしと溶け合うことがない」と彼は言うのであった。

ルーヴル・ホテルで勘定を済ませると（一週間の滞在と朝食代とで四百五十フランだった）ホーソーン一行――ここからはナンタケット出身の天文学者、マライア・ミッチェル嬢の加入でその分大所帯になったが――は一八五八年一月十二日にパリを発ち、マルセイユとチヴィタヴェッキア経由でローマへと向かった。列車の窓からは、午後遅く、ホーソーンはアメリカを発ってから初めて、深紅色と橙色の日没を見た。そして空が次第に暗くなってゆくと、星の煌めき（「イギリスで見た星よりも煌めいていた」）が見られたが、その一部がどういう星であるのか、ミッチェル嬢は子供たちを教育するつもりで教えた。マルセイユで彼の印象に残ったのは主としてその不潔さと下品さであった。

ホテルのトイレは（と彼は書いている）、食堂のそばの隅にあるのだが、ぞっとするほどひどい場所だ。町中至るところで、人々は、通りかかる人が男だろうが女だろうが、躊躇なく用を足す。市当局が用意する公衆トイレもおよそまっとうでなく、人目を遮断する点では無きに等しい。私企業が貧民のための設備を用立てようと試みており、波止場で私が見たのは、公衆に供される便器の絵が描いてある「トイレ」の広告だった。

波止場の向こうは地中海で、今や彼は初めてそれが「空のように青く、日光のように輝く」のを見た。彼はこれ以上に見事な海の眺めを見たことがなかったが、「（ニューイングランドの海岸の水は）地中海の二十倍も美しかった」として、それが美しさにおいて地中海に劣るとは頑として認めなかった。

マルセイユからチヴィタヴェッキア（ローマの港）まで、ホーソーン一行はゆっくりと蒸気船で旅をしたが、この船はジェノバで丸一日停泊したりレグホーンでもう一日停泊したりした。ホーソーンは依然として風邪と発熱で不快な気分だったが、ジェノバではサン・ロレンツォ大聖堂の輝かしい壮麗さ（イギリスの大聖堂も宗教改革以前には持っていたに相違ない、と彼が考えた壮麗さ）に驚嘆したし、レグホーンでは義理堅くスモレット（Tobias George Smollett, 1721-71）の墓を詣でた。

チヴィタヴェッキアからローマへの旅——距離にして約四十マイル——は興奮を呼ぶ冒険であった。鉄道が通じていないために、馬車（ヴェッチュラ）を雇うことが必要となった。ホーソーンは御者（ヴェッチュリーノ）と交渉し、総額三ナポレオンで、一行と山のような荷物を四頭の馬に引かれたヴェッチュラで運んでもらうことになった。ヴェッチュリーノはこの行程なら八時間で行けると約束したが、馬のうちの一頭が倒れてしまい、そのため、時間がほぼ十時間に伸びた。チヴィタヴェッキアを午後遅く発った一行はすぐに闇の中を走行する仕儀となったが、この道沿いには山賊がいっぱいいるという噂があった。ほんの数日前、ノヴァ・スコシアから来たカトリックの司教がまさにこの道路沿いのどこかで所持品を強奪されていた。実際、「われわれが通過したこの国の侘しく荒涼とした区域では、どの一マイルであれ、そこで金品を強奪されたり殺されたりしても下手人が罪に問われることはないというところばかり」だとホーソーンは記録している。自分たちが危険な状況の中にあることを十分承知し、またおそらくそれを誇張しさえして、ホーソーンは旅仲間を気軽な会話をすることで元気づけようとしたのである。これほど多弁なホーソーンは記憶にないとシェパード嬢は思った。彼女はクレイ・バジャーに、「彼はとても機知に富んだ話しぶりをするので、彼が口にした可笑しなことの一部を書き留める余裕があればよいと思ったほどです」と語っている。デズデモーナのように、ホーソーンは実際の自分をそうでないかのように見せかけていたのであった。(一月二十日の)真夜中に、一行はとうとうローマに到着したが、ホーソーンは彼の家族たちをスピルマンホテルにて安全に眠らせてやりたい一心で、税関の役人にはたっぷりと賄賂を与えている。

アメリカを出発する前、ホーソーン一家はイタリアで一年過ごそうと思っていた。イギリス滞在中もその意図は一度として問題にしたことがなかった。どうやら海外に赴く彼らの計画でこの部分はホーソーン自身ではなくホーソーン夫人に委ねられていたらしい。それというのも、非常に若い頃からソファイアはイタリアに——とりわけローマに——ロマンティックな憧れをこめて、行きたいと願っていた。彼女にとって、十九世紀の他の多くの人たちにとってもそうだったのだが、ローマは芸術の故郷、西洋文明のゆりかご、そして（バイロンが幸いこう述べたのだったが）「魂の都」であった。「ああ、ローマに住めたなら！」と彼女は一八三二年に姉エリザベスに向かってこう叫び、自分が「絵画、彫刻、モザイク、浅浮き彫り、フレスコ画、柱廊、前廊、噴水、庭園」その他の美しいイタリアの事物からかくも遠く隔てられていると思って、絶望の涙にくれていたのであった。よって、ローマ到着は第一義的には、ホーソーン夫人の長年抱いていた夢が実現したことを意味した。彼女は落胆していなかった。

私は今ローマにいます、ローマ、ローマですよ！（ソファイアはエリザベスにこう報告している）私はフォーラムの中に、サクラ・ヴィア通りの端のところでティトゥスのアーチの下に立ちました。闘技場（コロセウム）の回りを歩きましたが、この途方もない大きさは私の夢と期待を裏切らないものです。太陽がウェスパシアヌスの神殿の広い中庭に燃え立つところを見ました。……私はカピトリーノの丘に登り、キャピトルの前に立ちました、マルクス・アウレリウスの騎馬像の側にも。……パンテオンの中にも入りましたが、その崇高な前廊部分は批判の領域から静かにそれ自身の球体へとせり上がっています――すべての神々の宮殿の入り口としてふさわしいものです。……サン・ピエトロ大聖堂にも行きました。

この報告のくだりには『チャイルド・ハロルドの巡礼』（*Childe Harold's Pilgrimage*, 1812-18）の雰囲気と文体が反映している。ホーソーン夫人のメモには、彼女がバイロンの詩をその「霊感を受けた発言」、その「姿形の完璧な真実性」ゆえに褒め称えている箇所があるが、「もしわれわれがイタリアに来ていなければ、われわれはバイロンの天才を本当に評価できなかっただろう」と彼女は言っている。

ホーソーンのイタリアへの興味がバイロンによって大きく高められたというようなことはないが、それはもともとこの詩人が彼には特別好きな類ではなかったことにもよる。しかし彼はいくつかの理由から、イタリアに行けてうれしかった。まず、すべてのまともな亭主たちと同じで、自分の妻が喜ぶのを見て自分もうれしかったからである。また、マンチェスター美術展が良いきっかけとなり、彼は美術にもっと詳しくなろうと自分で勉強を始めたのだが、イタリア訪問はそれを続ける恰好の機会であった。それにまた、彼は世界を歩きまわるのが楽しかった。かりに大陸諸国が彼に与える感動が「故国」よりも浅いものであっても、またイタリアに関して彼の頭に蓄積されている知識がイギリスに比べて少なかったとしても、それでも、ヨーロッパの過去には普通の知識人が抱く興味は抱いていた。そして最後に、友人ホレイショ・ブリッジに語ったように、イタリアで過ごす一年は実践的で便利なことでもあった。「イタリアでは経済的に生活ができるし、それに他の場所と同様に、自分の文学の仕事をすることもできる」と彼は言っている。この指摘は「魂の都」への熱い思いは感じられないが、しかし実際に住んでみると、ローマはその魅力によって彼に並々ならぬ影響を及ぼすことになるのであった。

訪れる旅人にとって、ローマの天候はパリ同様、非常に寒いことが実感される。ジュリアンのローマについての一番古い記憶は、サン・ピエトロ大聖堂近くにある噴水の周囲に張った氷の上を滑ったことである。彼の父も滑ったが、それは少々気味の悪い滑りであった。ホーソーン夫人の熱狂ですらこの極寒の気温の前には冷めてしまった。彼女が告白しているように、ツララは情熱があっても輝かせることはできないのである。一家が滞在した借家——ヴィア・ポルタ・ピンチアーナ三十七番地の十の部屋から成る家（月賃貸料百ドル）——は暖房がうまく効かなかった。いくつもの暖炉はけっこう大きなものだったが、それらを効果的に利用するには、ニューイングランドの森から採れる大きな丸太が必要だったろう、とホーソーンは思った。彼の不快な気分は風邪の熱で悪化したが、重いオーバーで身を包み、我が身の不幸に耐えようと、彼は精一杯の努力をした。これはローマでの生活への不幸な序章で、彼の日記にまず書かれた事柄にも、自分の気分が優れぬことが反映している。彼は二月三日にこう書いている。「古いローマが、死んで大部分が腐った死体のように、ここに横たわっているように思われる。ところどころにはかつての高貴な姿の名残を留めてはいるが、それにはカビのようなものが生えていて、そこを出入りする蛆虫《うじ》以外に生命の徴《しるし》はない」と。

二月七日に、彼は自分が付けている日記の流れに乗れないし、ローマ観光もまだ始められないとこぼしている。しかし彼はすでに自分で認める以上に回復しつつあった。というのも、その日、彼は最近目にした物の記述でたっぷり十ページも使っているからである。天候も緩和され、健康も改善したので、彼の物事への反応も穏やかになっている。二月十一日、一家は謝肉祭（この模様は『大理石の牧神』の見所のひとつとなってゆく）を訪れた——ホーソーン夫人、ジュリアン、ローズ、それにホーソーンが馬車に乗って遊歩道《コルソ》を行ったり来たりし、群衆と紙吹雪の交換をしたが、その間、ユーナ、エイダ・シェパード、それにミッチェル嬢はバルコニーから見物した。自分はこの祭りをあまり楽しめなかったと、ホーソーンは告白している。アングロ・サクソン的な偏愛ゆえか、彼はグリニッジ・フェアのほうが好ましく思えた。しかし、ユナもジュリアンもローズも、彼が観たところでは、楽しんでおり、彼自身も一年後にはこのローマの謝肉祭がもっと楽しいものだと知るようになるのである。

ホーソーンの気分はすぐに改善し、ローマへの興味も着実に増していった。しかし、気分の善し悪しに関わらず、海外にあっては、観光と「日記執筆」は彼にとって良心の問題であった。いつもながら、機会——長く待たされ、得るのにはたいそう金がかかった——は失ってはならぬものであった。そして、自分の良心あるいは体力が萎えてしまえば、ソファイアがいつも彼の勇気を奮い立たせ、しっかりした足場を作ってくれるのだった。しばしば病気にかかったり、病気同然の状況にあった女性にしては、彼女は驚くばかりに疲れを知らなかった。彼女の「受容力」(ある時、ホーソーンがもうこれ以上絵画を見るのはやめて別の日にしようと言った時に、彼はこれを認めたのだが)は「限界を知らず、いつも新鮮」であった。観光をしている時、ホーソーン夫人はしばしば腰を下ろして鉛筆で素早く興味を抱いたもののスケッチをしたが、彼女の回りに人が集まり、描いているものについてどうこう言っても全然動じるところがなかった。イタリアでホーソーン一行のうちの数名が同時に何かをスケッチするのは珍しいことではなかったが——ホーソーン夫人、シェパード嬢、ユーナ、それにジュリアンやローズでさえも——ホーソーン夫人が描いたものだけが後世に残っている。(3)

日中の観光やスケッチが終わると、そしてお茶が終わり、子供たちが寝てしまうと、ホーソーン夫妻とエイダ・シェパードは大きな居間のテーブルに腰を下ろして書き物をした。エイダの報告によれば、「深い静けさがあり、それを破るのはただ（彼らのペンが）忙しく活発に走る音だけ」だった。ホーソーンは、もちろん、日記を書いていた。ローマでの最初の四ヶ月間に彼は約二百五十ページをびっしり文字で埋めた。彼のイタリア日記全体（六ヶ月間をカバーする）はほぼ二十万語の内容となる。ホーソーン夫人もまた日記を書くので忙しく、夫はそれをたいそう称え、ティクナーへの手紙で、「私の家内は、旅行記作家としては私をはるかに凌ぐ。彼女の記述はこれまで書かれた最も完璧な絵となっている。出版できないのが残念だが、彼女も私も、彼女の名前が女性作家のリストに挙がるのは見たくない」と書いている。彼の生前、ホーソーンの日記も、妻の日記も出版されることはなかったが、夫の死後、ホーソーン夫人はまず夫のこの種の著作の選集を世に出し、それから（女性が物を書くことにしばしば夫が嫌悪を表明していたので、気乗りはしなかったが）自分自身の日記の選集をも世に送った。夫の躊躇に逆らって日記を公にした理由は友人たちがうるさく迫ったこと、金が必要だったこと、それに自分が書いたものがひょっとして世のためになるかもしれないという見込みがあったことなどである。彼女はその序文で、「もしこうしたメモが、建築、彫刻、絵画の巨匠たちの輝かしい作品を、私が楽しんだように、どなたでも楽しむ上での最小限の手助けになるのなら、私が人前に出て味わった苦痛に見合う報酬となることでしょう」と述べている。著述を職業にする問題に関する限り、ホーソーンは古風な夫（彼は神のためだけに書き、彼女は彼を介して神のために書く）

であった。ソファイアもまた、妻としての態度においては十分古風であったが、著述という仕事への誇りは財政上の必要にも後押しされ、この一例においてのみは、彼女に規範的禁止命令を犯させたのである。

ホーソーン夫妻が日記をつける間、エイダ・シェパードは愛するクレイ・バジャーに宛てて夥しい数の手紙を書いた。手紙の多くはホーソーン一家に関するもの――ホーソーン夫妻に対する彼女の賞賛、子供たちへの彼女の愛、家族の一員としての彼女の喜び――であった。彼女は、「これは私が見た中で最も幸せな家族です」と言っている。また、彼女はある折に、「ホーソーン夫人はお茶の後しばらく、私たちに新約聖書の朗読をした。そして私はこれがとても楽しかった。彼女の三人のかわいい子供たちが彼女のまわりに集まってうれしそうに聞き入っていたが、その間、ホーソーン氏と私は暖炉のそばに座り、子供たちとほぼ同じぐらいに楽しく聞いたり、その様子を眺めていた」と書いている。知り合って数ヶ月後には、彼女は、「私はホーソーン氏がとても好きですから、みんなが彼を冷たい人だと思う理由が分かりません。たしかにひどく控え目な方ですが、気品があるし、誠実で人がよく、親切な思いに溢れています。……私はあの方にとても感銘を覚えており、かつてはこわい方だろうと想像していましたが、全然こわいとは感じません」と述べている。さらに彼女は「彼の性格は多くの点であなたとよく似ています、愛するクレイへ」と付け加えているが、これは、状況を考えると、彼女がホーソーンに対して述べ得る最高の賛辞であった。エイダはまた、ホーソーン夫人は「美しくはない」――「大抵のひとたちは彼女をとりわけ醜いと呼びたがる。彼女の顔立ちはどこを取ってもかわいくはないし、体つきも美しいとはとても言えない。それでも、ホーソーン氏の完全性や美への憧れは何についても強いけれども、彼の心は完全に彼女に満足しているように思われる。いや、私の考えでは、彼女がもしいなければそうなっていたかもしれない男を想定すれば、今の彼はその十倍も良い人間でしょう。……彼女は彼がこの上ない向上心を抱いてもちゃんとそれに共感できるし、あらゆる彼の精神状態において彼の伴侶となっている」と書いている。その上、ホーソーン夫人は「愛らしく」、「きわめてデリケートで本物の認識力を備え」、いつも親切で、エイダを自分の「長女」と呼んできた。実際、エイダは夫人にひとつだけ欠点——女同士の判断として注目すべきものだが——つまり、「金銭問題に過度に用心深く、（商売人に）騙されるのではないかという恐怖心を持っていること」を見つけ出した。エイダはこれと同じ傾向をホレス・マン夫人（ホーソーン夫人の姉）やユーナにも見つけ出している。しかし後年の書簡で、エイダはこの欠点に言及したことを申し訳なく思ってすらおり、それは、ホーソーン夫人が「とても高潔な女性」だからなのであった。ホーソーン家の人々はどうかと言えば、彼らはイエロー・スプリングズにあるマン氏の大学を出たこの愛らしく聡明な女性に対してただ称賛の念しか抱いていない。エイダが一番ありがたく思った褒め言葉は、ホーソーンがミッチェル夫人に伝えた指摘で、エイダは夫人から聞いたのだが、「彼女は汚れがない」というものである。この賛辞は疑いもなく相応のものであった。二十一歳の若い女性で、通訳であり家族の仲間として働き、ホーソーンの子供たちや時々彼女の小さな学校に参加した他の子供たちに読書法、綴り方法、文章の書き方、文章構成法、ラテン語、ギリシャ語、ドイツ語、フランス語、イタリア語、算数、代数、幾何、地理、年表作成法を教え、これらの科目すべてで全員に満足を与え、その間、控え目な態度と冷静さすら保ち続けたわけなので、彼女はきっと学問、気立て、良識がすべて備わった逸材であったに相違ない。

このシェパード嬢はクレイ・バジャーに宛てた手紙で「ホーソーンさんほどすべてのアメリカ人が喜んで敬意を払うと思える人はいません」と書いている。彼女のこの見解は、一八五八年から五九年にかけてローマで美術を修めようとしていた四、五名のアメリカ人芸術家のホーソーンとその家族に対するもてなしがきっかけで生まれたものだった。ホーソーンはすぐ彼らと親しい間柄になっていた。彼はこうした芸術家たちの個性や彼らのアトリエで製作中の作品をどこでも観察するのを好んだ（それはちょうど彼が「絵になる」人間の個性を観察するのを好んだのと同じであった）。アメリカ人の芸術家村にいたのは以下の面々である。ホーソーンが『大理石の牧神』中で褒めたクレオパトラ像の作者、ウィリアム・ウェトモア・ストーリー（William Wetmore Story, 1819-95）。一八五〇年にボストンでホーソーンの肖像を描いたセファス・ジョヴァンニ・トンプソン（Cephas Giovanni Thompson, 1809-88）。ホーソーンはこのトンプソンについて、一八五八年ローマのアトリエを訪問した後で、「少なくともアメリカ人では彼に勝る画家はいないし、芸術を敬愛することにおいて彼ほど真面目で、忠実で、宗教的な者もいないと思う」と述べている。トマス・クロフォード（Thomas Crawford, 1813?-57）は、記念碑的なワシントン騎馬像を制作しているが、これをホーソーンは「非常に馬鹿げた非論理的作品」だと考えた。そしてさらに二人の若い女性でホーソーンの興味を引いたのが、セイラムのマライア・ルイーザ・ランダー（Maria Louisa Lander, 1826-1923）と、マサチューセッツ州ウォータータウンのハリエット・ホズマー（Harriet Hosmer, 1830-1908）であったが、前者はホーソーンの胸像を作成した人物であり、後者はイギリスの彫刻家ジョン・ギブソン（John Gibson, 1790-1866）の弟子であった。

ホーソーンはランダー嬢やホズマー嬢の製作品のみならず、彼らの生活様式にも興味を抱いた。ヘンリー・ジェイムズよりも前に彼はアメリカ人の若い女性が海外で陥る状況を興味と識見を持って研究した。ホズマー嬢の独立心を称えながらも、彼女の男っぽい服装には少々反発を感じていた。

> 彼女はペティコートを着用していた、と思う。しかし私はそれほど視線を低いところにはやらなかった。私の注目は紫色もしくはスモモ色の綿で出来た一種の男物の上着に惹かれたのだが、その脇ポケットに両手を突っ込んだまま、彼女はわれわれを出迎えに現れた。しかし、一方の手を出してそれを（すでに知り合いであった）私の妻に向けて、それから私に向けて、紹介を待たず愛想良く差し出した。彼女は男性用ワイシャツ、カラー、ネクタイ、それにエトルリア製の金のブローチを身に着けていた。頭には絵になる黒いビロードの小さな帽子をかぶっていた。……彼女の動きと身のこなしほど颯爽としたものはなかった。実際のところとても奇妙なのだが、これが彼女の本当の自分らしくて、気取ったところや作ったところは全然なかった。それで、私としては、彼女にはいちばん合うものを着て、彼女の内なる女性が駆り立てるがままに振る舞ってもらうことにする。

別の折にホーソーンが主に注目したのはホズマーの男みたいな様子で、「いつものように彼女の上半身は、若い女性という様相と同様に、若々しい男性という様相をも呈していた」という指摘を彼は行っている。

これに比べると、ランダー嬢の方はもっとホーソーンの好みに合う存在であった。彼女の服装はそれほど突飛ではなかった。彼女の個性とふだんの状況は彼には「非常に役立つ点」があるように思えたし、実際それは、これより少し後で彼が『大理石の牧神』でヒルダを造形するにあたって証明されている。ホーソーンはランダーを以下のように表現したのであった。

若い女性で、ニューイングランドの故郷から何千マイルも離れたところで、ほぼ完全なまでの独立状況で生活し、恐れることもなくこの町の不思議な街路を、昼夜の別なく歩き回り、彼女の内面の規則以外には何の規則も法則も持ち合わせてはいない。それでも落ち着いて素朴に行動し、最終的には、自分にぴったりの飾らない生き方をきっちり守る。ランダー嬢はローマに強い愛着を抱いていて、こう言うのだ。故郷の夢を見る時でも、ほんの短期だけ訪れることにし、旅行鞄を解く前に戻って来ることにしているくらいだわ、と。

こうした彼女の「役立つ点」はヒルダに当てはまるもので、また――おそらくは「落ち着きと素朴さ」を除けば――ホズマー嬢にも見られた。ホーソーンが『大理石の牧神』においてこうした因習にとらわれない人間を是認したことで、多くのアメリカの若い女性たちがローマへ向かうことになったと、少なくともひとりの歴史家は信じている[4]。

芸術家になろうと願ったアメリカの若い女性のみならず芸術家一般にとってローマがどういう魅力を持っていたのかをホーソーンは説明しようとした。彼らにとってローマで住居を持つことは必須条件ではなかった。その理由は、彼曰く、「どこにも粘土があるし、大理石もけっこうあるし、モデルとなる人間の頭部もある。当地同様故国でも観念は実体となる」からである。この説明はやがて「独特の変わった生活様式、それに社会の魅力からの自由」にも繋がる、と彼は考えた。それからまた、利害を共有する共同体にはそれなりの利点があるのだが、その理由は、「芸術家たちはお互いの作品にはほとんど関心を示さないが、それでも仲間が大勢いることでお互いがお互いを暖め合う」と彼は思った。この同業者たちによって作り出される互いに暖め合う環境こそ、ホーソーン自身が若い時期に自分には欠けていると感じたものだったのである。

ホーソーンは普通以上の興味をもって芸術家たちとの仲間意識を深めようとした。彼はローマのアトリエというアトリエを足繁く訪れた。彼は芸術に関する会話を楽しんだが、その一部を『大理石の牧神』の「芸術家仲間」という章で用いている。彼は噂話をも好んだ。ある噂話は、ホーソーンのそれについての意見も添えられていて、有名になった。ヴァーモント州出身の彫刻家、ジョウゼフ・モウジア（Joseph Mozier, 1812-70）は、マーガレット・フラーについての会話で、ある晩ホーソーン家の人々を魅了した。

（ホーソーンは日記にこう書いている）モウジア氏が言うには、オソーリ（Giovanni Ossoli, ? - 1850）の家族は厳密には貴族だが、本当のところは何の地位も持っていない。兄は侯爵の爵位を持ってはいるが、今現在はレンガ積み労働者で、姉妹たちは表通りを帽子も被らず歩いている――つまり、事実上は貧農の娘たちで、ローマの庶民階級に属する女性たちである。オソーリ自身も、彼が信じる限りでは、マーガレットの下僕だったか、それとも彼女のアパートの用務員みたいなものであった。彼はモウジア氏が見た中では最もハンサムな男だったが、自分の母語についてすらまったく無知でほとんど読むこともできず、品行にも欠けていた。要するに、なかば白痴で、紳士としての自負など持ち合わせていなかった。マーガレットの求めにより、モウジア氏はオソーリを彼のアトリエに入れていたのだが、それは彫刻の修行に耐えられるかどうかを確認するためだった。しかし四ヶ月やってみた後に彼は人間の足の複製となるはずのものを製作したが、親指を逆の側に付けてしまっていた。彼はマーガレットにまったく感謝の気持ちなど示したはずもなく、驚くべきは、この愚か者、この知性のかけらすら持たぬ男のどこに魅力を感じたのか――知的侵犯にあれほど無慈悲で辛辣な軽蔑の念をいつも表明してきた彼女が――ということである。純粋に性的なもの以外のどんな思いを彼女が彼に抱き得たのか、私には分からない。また彼が彼女に抱き得たのはこれですらあるまい、何しろ彼女には女性的魅力などなかったからである。しかし彼女はどんなことでもやってみたくて、全方向に経験を積みたがる女性であった。彼女はまた強くて粗っぽい本性の持ち主でもあり、限りない苦労をしてでもそれを最大限に洗練させようとしたのだが、もちろん表面的な変化しか得られなかった。謎に対する答えはこの方向にある。答えをそちらの方向に求めても、良心が痛むこともない。なぜなら――少なくとも、これは私自身の経験から言うのだが――マーガレットは彼女を知る人の心に、誠実さと純粋さの深い確証を残すことがなかったからだ。彼女はとてつもない詐欺師だった。もちろん、才能も道徳的想像力も豊かだ。そうでなければ、これほどの詐欺師にはなり得なかっただろうから。しかし彼女は借り物の特質を材料にして自分を精一杯大きく見せようとしたのだが、それらの特質が彼女の中で根を張ることはなかった。

　モウジア氏はさらに、マーガレットは、彼女の会話の魅力と力強さを時々取り戻すこともあったとはいえ、ローマを後にする前に文学創造能力のすべてを失ってしまっていたと付け加えた。彼は確実に知っているのだが、彼女が船出した時、重要な原稿などまったく携行していなかった（彼女は彼に持ち物すべてを見せてあったが、それは彼が原稿をみな確実にアメリカで出版できるようにそうしたのだ）ので、彼女とともに失われたと信じられ、大いに残念がられている「ローマの革命史」など元から存在していなかったのだ。それで道徳的にも知的にもマーガレットは哀れなことに完全に堕落してしまったようだ。彼女の破局は悲劇的だが、結局、彼女も彼女の滑稽な夫も彼らの子も、みなあの運命の船に乗っていたのは神慮のなせる業であった。彼女にまつわる物語すべてほど悲劇的なものはない。あれだけ多くの馬鹿げたことがそれと混ざり合ったがために、また彼女にとって滑稽なことほど耐えがたいものはなかったがために、それだけ悲しく、また容赦のないものであった。彼女の人生は悪い冗談であり、彼女が自分を時代が生んだ最も偉大で、最も賢明で、最良の女性とするためには――もちろん最大限誠実に――真っ先に解決しておかねばならないものであった。彼女は自分をそういう存在にする目的で、奇妙な、重い、頑固な、多くの点で欠陥だらけで邪悪な本性を、自分で良かれと思った見事な特徴を持つモザイク模様で飾り立てた。あるところには壮麗な才能を、またあるところには道徳的優越性をはめ込んで、個々の部分をピカピカに磨き上げた。そして出来上がった全体は、遠くから見ると輝いていて、見る者すべての目を幻惑するかに思えるほどになった。彼女は自分を自分の創造者とまでは言わぬとしても、自分の贖《あがな》い人キリストとしたことを自ら手柄にした。実際、彼女はモウジア氏が作成した彫像のどれよりもはるかに人工の作品《work of art》であった。しかし彼女は大理石や粘土のような動かぬ物質と取り組んだのではない。彼女の内には、作り直して洗練させるにしても、おそらく彼女にさえよく分からないものがあったのだろう。そして次第にこの粗くて古い潜在力が目覚めてしまい、一瞬のうちに彼女の労苦をすべて台無しにしてしまったのだ。全体として、何とも言いようがないが、そういうところがあるだけに一層私には彼女が好ましく思える――結局彼女が他ならぬ女性であって、しかも女性の中でも最も弱い者が陥りそうな堕落を遂げたがゆえに、一層好ましく思えるのである。

カルヴィニズムのこれより良いたとえ話をニューイングランド文学の中に見つけるのはむずかしいが、人類共通の特性を強調するホーソーンのこの結語は古い正統派的信念を受け継ぐ信徒たちさえ時々忘れる重要な問題である。(『ブライズデイル・ロマンス』の) ゼノビアはその一部がおそらくマーガレット・フラーからヒントを得たものだが、今引用した個所でのマーガレット観は広い意味でホーソーンの人間観全体と、それを人工的な文化によって変容させて伝えることの難しさとを表すものである。時として思想は単に悪意に満ちたものゆえ、実際この個所は個人的なものを越えて哲学的なものにまで移行している。

ホーソーンは引き続きローマで美術の勉強に忙しかったが、自分を借り物の知識でいっぱいにしようとは思わなかった。彼の態度は文化のために文化を求める人間の態度とは違った。実際、有名な芸術作品に「われわれが与えるようになる賞賛の大部分には騙《だま》されているところがないかどうか疑ってしまう」という彼の言葉には、一世代後の「天真爛漫なアメリカ人たち」を思わすものがある。そのうえ、彼はしばしば「うんざりした気分」を口にしてもいる。しかし彼は引き続き、真面目に、希望をもって、自分の目の前にある仕事に打ち込み、時々自分の美学的成長をうそ偽りなく報告することが出来るようになった。イタリアで約五ヶ月を過ごした後に彼は「ある進展が起こりつつあるのを感じている。おかげで私はこれまでより苦労せずに、もっと楽しく絵を見ることが出来る状況に入っており、これまでよりこだわりが生じてきて、以前なら何も見えなかったところにこれまでよりもさらに美が感じられるようになった」と書いている。

ホーソーンはオランダ絵画の巨匠たちが大いに気に入った。彼らは「人の顔が映って見えるような真鍮の壺や、本当に水を入れられるような陶器の瓶を描いた」からである。彼は繰り返してグイードのベアトリーチェ・チェンチの絵を見に出かけ、それを「世界で最も深遠な描かれ方の絵」だと評した。(これと同様に、『大理石の牧神』のヒルダは「来る日も来る日もベアトリーチェの絵の前に座り、心にそれを浸透させせた。」) 彫刻では、(フィレンツェの) メディチのヴィーナスが最も彼の興味を惹いた。彼は、「ヴィーナス像は、それと親しむにつれて魅力が減少することのない作品のひとつだ。……この像は意味のない作り物とは思わないし、そう思えない。これは衰えもせず死にもせず、世界を喜ばすために生きている存在だと思える。三千年前の姿同様今日もなお若くてきれいで、またこれからも美しい思想が物理的な具現化を要求する限り末永く、若くてきれいであり続けるだろう」と公言している。

メディチのヴィーナス像を見てキーツを思わせる悦びに浸ったにもかかわらず、ホーソーンの彫刻や絵画への取り組みは概して美的というより道徳的なものであった。この点においてホーソーンは、アポロ・ベルヴェデーレについて、自分にはこの神がポートワインを飲んでいないことが分かると述べたエマソンに似ていた。エマソンの場合同様、ホーソーンの場合も、人はこうした態度を清教徒的だと呼び得るであろうが、実に分かりやすいことながら、宗教的献身を表す目的で作成された絵画に肉欲を感じ取って非難しているのである。「ティツィアーノ（Titian, c.1487-1576）のマグダラのマリアは」とホーソーンは以下のように続けて書いている。

非常に下卑て官能的だ。瞼《まぶた》ほどの深さもない懺悔《ざんげ》と宗教的情感を横柄にも装っただけの結果がこれだ。だが、それにもかかわらず、これはすばらしい絵で、むき出しの生きているような両腕と、纏わりつく豊かな髪を押さえつける両手が人目を惹き、わざわざ二つの官能的な乳房が見えるよう丁寧に描いてある。この女が改悛者だとは！ 彼女は毛髪の塊を脇へ払いのけるのと同じくらい簡単に、すべての見せかけを振り払い、次にやって来る者には裸の前部を見せることだろう。

「ティツィアーノはさぞかし何の役にもたたぬ老人だったにちがいない」とホーソーンは結論づけるのであった。

彼はまた近代彫刻の裸体像にも異を唱えた。この異論はその一部分がリアリズムの問題であり、ティツィアーノの絵に対する異論がその一部は一貫性と誠実さの問題だったのと同じである。E・S・バーソロミューのアトリエを訪問し、そこで製作中の別の女性像を見た後、彼はいらいらを隠せず、次のように公言した。「またひとつ裸体像を彫る必要性が必ずしも分からない。人間はもはや裸の生き物ではない。人間の衣服は皮膚と同じように自然なものだ。よって彫刻にはもはや、人間の皮を剥ぐ権利がないのと同様に、着衣を剥ぐ権利もないのだ」と。ホーソーンは人気のある芸術史家、アンナ・B・ジェイムソン夫人(Anna B. Jameson, 1794-1860)と、近代彫刻ではその時代の衣装を着せるのが望ましいとして論争を行ったが、その主張は、近代彫刻の機能が「その時代の人間をその人にとって理想的に表現する」ことなので、彫刻は、どのようなものであれ、男女に衣服を纏わせることで、この目的を達成しなければならないというものであった。ジェイムソン夫人がボタンやズボンを越えられない難題として挙げると、ホーソーンは、このような難題を乗り越えられないのなら、彫刻という芸術は滅びてしかるべきだときっぱり明言している。この事例での彼の立場は道徳的ためらいではなく、むしろ常識によって決定されたと思われる。

イタリアの芸術以上にホーソーンが大きな興味を抱いたのはかの地の宗教であった。すべてのまっとうなニューイングランド人たち同様、彼は国教会に対する反対精神とプロテスタントの抗議精神を受け継いでいた。彼は教会の階級制や儀式の大部分に対して無関心もしくは嫌悪の気持ちを抱いていた。ローマの聖職者たちは彼にとって「甘やかされ過ぎで、好色で、赤く膨れた頰と肉欲的な眼をした」存在と映った。彼は心から、こうした聖職者たちがもっとましな人間、高い地位にもっとふさわしい人間になってくれたら、と願ったことであろう。ローマ法王にもホーソーンは大して興味がなかった。ある機会にはサン・ピエトロ大聖堂での法王ピオ・ノノの親しみやすさが「親切そうで好ましい」と感じられたものの、別の機会には（一八五八年の復活祭の日曜日）やたら長い式典にうんざりしてその場を離れ、教会バルコニーから与えられた法王の祝福を見損なっているくらいである。

それにもかかわらず、ローマカトリック教会には「多くの賞賛すべき点」があった。彼にはそれが「人間のすべての要求に驚くほど適合する信仰」のように思われた。重要かつおそらく主要な適合手段のひとつは告解《こっかい》であった。これをホーソーンが特別評価するのは、罪の心理への長い没頭がこの上ない地ならしとなっていたからに他ならない。実際、告解の役目はホーソーンにとって新しい概念でも異国的概念でもなかった。ジェイムズ・ラッセル・ロウエルにかつて語ったところでは、彼は『緋文字』を執筆中にディムズデイル牧師をカトリックの神父の前で告解させることも計画に入れていたという。こういう仕組みが導入されれば「心理的にみごとな」ものとなったはずとロウエルは考えた。実際そのとおりであろう。しかし『緋文字』におけるホーソーンは心理学者であるのみならず歴史家でもあり、彼のそういう部分が一六五〇年のボストンでカトリックの神父を登場させることには少々抵抗を覚えたに相違ない。

サン・ピエトロ大聖堂でホーソーンはいろいろな告解室を見たが、そこでは多様な言語——イタリア語、フランス語、ドイツ語、スペイン語、ポーランド語、それに英語——を話す告解者たちが罪の告解に赴くところであった。「何という制度であろうか！」と彼は日記の中で叫び、「人間はこれを、あたかも神が定めたもののごとくに必要としている」と語る。告解を記述する創作ノートのこの部分やその他の部分は『大理石の牧神』の「世界の大伽藍」と題した偉大で感動的な章に活かされている。

ドナテロとミリアムという自分の友人達が犯した殺人を知って思い悩んだヒルダは「告解室に身を投じた。そして震えながら、熱を込めて、涙を流して泣き、あまりに長く押さえつけられていた感情を激しく溢れさせながら、彼女は自分の汚れを知らぬ人生に毒を注ぎ込んだ暗黒の物語を吐き出した。」そしてこの告解が終わると、ホーソーンは小説の中でこう続ける。「ああ、何という安堵の気分であろうか！ヒステリックな喘ぎが、言葉とすすり泣きとの闘争が引いた時、彼女の魂から消え去った苦悩の何と大きなことか！」と。ホーソーンもホーソーン夫人もローマカトリック教徒になる危険はなかったが、次女のローズ（一八五九年時点では八歳だった）が後年改宗し、長年にわたってマザー・アルフォンザという慈悲の聖母童貞会修道女として敬愛されるに至ったのはまったく偶然でもなければ、家族からの影響と無関係だったわけでもない。

ホーソーンはまた、いくぶん偶然ではあったが、この告解というドラマにおける聖職者の役割に興味を抱いた。彼が興味を持ったのには個人的な理由があったかもしれない。というのも、ホーソーン夫人によると、『緋文字』の読者の中には告解をして作者を苦しめた者が多いからである。ある時、サン・ピエトロ大聖堂で告解室の近くに立っていたところ、ホーソーンは「やつれた表情の、汗でじとじとした感じの」ひとりの聖職者がそこから突然出て来るのを見た。そこで彼はこう思った。「来る日も来る日も大勢の告解者たちの些細でありふれた不正の数々に耳を傾けるのはさぞ退屈なことだろう。それに大きな罪の告白という掘り出し物が出てきてこの退屈が償われるというようなこともそうしばしばあるはずがない」と。ホーソーンは告解という制度の両面——聖職者の面と告解者の面

——を見ることができた。この理由から、自分が目の当たりにしたことで深い印象を受けたとはいえ、自分の客観的判断もユーモア感覚も放棄する必要を感じなかったのである。

ローマに四ヶ月滞在した後でホーソーン家の人々は一八五八年五月二十四日にフィレンツェに向け出発した。これは夏のローマのマラリアから逃れるためもあったし、イタリアについての知識を広めるためでもあった。ヴェッチュラでの旅は絵のように美しいものであったが、この時の契約は、全部で九十五スクード五クローネを支払う見返りに、御者が運送の仕事に加えて途中の食事も宿も提供するというものであった。馬車は三頭の馬が引いた。山間部ではさらに二頭が加わり、特に険しい登り勾配が一個所あったが、そこでは二頭の牛がそれに加わった。ホーソーンとジュリアンは上り坂ではしばしば馬車を降りて歩いたが、それは牛馬の負担を減らすためでもあり、自分たちの脚を伸ばすためでもあった。この旅は八日かかったが、途中観光のためテルニ、ボルゲット、フォリノ、ペルージァ、パッシニァーノ、アレッツオ、インチサで泊まりながら行った。フィレンツェに到着するとすぐ、彼らはカーサ・デル・ベッロの一階部分《ロウアー・ピアノ》を一ヶ月五十ドルで契約を交わしたが、手配はすでにアメリカ人の彫刻家、ハイラム・パワーズ(Hiram Powers, 1805-73)が前もってしておいてくれた。ローマからフィレンツェまでの旅を振り返って、ホーソーンはこれが「自分の人生で最もきらびやかで最も呑気な幕間劇のひとつ」だったと思った。

美術や建築に加え、ホーソーン一家はフィレンツェにいる間にパワーズ家の人たち、およびブラウニング家の人たちとの交流を楽しんだ。ホーソーンはパワーズのアトリエを訪れたが、そこで彼は「漁夫の少年とプロセルピナ」を見た。美術談義の最中にホーソーンはパワーズに、頬の紅潮を彫刻で表現できるかどうかを尋ね、パワーズができると答えたので納得がいかなかった。メディチのヴィーナスの顔に対するパワーズの異論にはさらに感銘を受け、いやいやながらではあったが、プロセルピナの顔の方が自然に近いという意見にほぼ同意した。ホーソーンは美術や他のいろいろな話題についてのパワーズの話が「新鮮で、独創的で、骨にも筋肉にも充ち満ちている」と思った。人との会話のうちでも、ハイラム・パワーズの会話ほど多くを書き付けておこうという衝動を感じた相手はいなかったのである。

一八五八年六月八日の晩、ホーソーン夫人とエイダ・シェパード、それにホーソーンの三人はカーサ・グイディにブラウニング一家を訪問しに出かけた。これについて――特に、ブラウニング夫人とペンニニ少年について――ホーソーンは次のような注目すべき肖像を日記に残している。

私はこれまでこのような男の子を見たことがない（と彼はペンニニについて書いている）。非常に痩せて、か弱く、妖精みたいで、実際に病気なのではなく、人間の血肉とほとんどもしくは全然関係を持たぬかのように見える。顔はとてもかわいく非常に知的で、母親そっくりだが、母親からその体力不足をも彼は受け継いだのだろう。この子は九歳で年齢相応の子供らしさも大人らしさも両方ともないみたいである。こういう男の子の父親にはなりたくないし、この子を見ると関心や愛情を注ぎたくなるが、そういうことはしたくない。この子の行く末はどうなるのだろうか、と私は思ってしまう――果たして大人になるのだろうか、――大人になるのが望ましいのかどうか。この子の両親は全神経を注いでこの子をもっと野卑で世俗的に変えるべきで、精神を収めるもっと分厚い鞘《さや》を与えてやるべきだ。

ブラウニング夫人は、とホーソーンは続けてこう書いている。

顔色の悪い小柄な女性で、ほとんど肉体を持ち合わせていない。とにもかくにも、肉体が感じられるのは細い指を出してやっとのことで拳を握りしめたり、甲高いが甘美な細い声をやっと出すときぐらいである。ブラウニング氏がいったいどのようにして自分には地上の妻がいて、また地上の子供もいると思うことが可能なのか、私には分からない。どちらも小妖精の血統で、いつの日か、思ってもいない時に、彼から飛んで消えてしまうだろう。しかし彼女は善良で親切な妖精で、人類にはほんの少ししか似たところがないが、人類には優しい性格の持ち主である。彼女の小柄なことといったら見て驚くほど。顔も醜くはないものの何と小さく、言ってみれば尖っていることか。頬は何と青ざめていることか。目は何と明るく、真っ黒であることか。この世にこんな人は二人といない。また彼女の巻き毛は束になって首の中へと落ち込んで、それが黒くて豊かなだけに、余計に彼女の顔を青白く見せている。歳はいくつか皆目判断しかねる。人間の寿命の範囲、小妖精の寿命の範囲であればどこでもあてはまろう。ロンドンで、ミルン氏の朝食のテーブルで彼女に出会った時には、こんなに妙な印象は受けなかった。というのは、朝の光は、ブラウニング家のゴブラン織りの壁掛けを施した大きな客間の薄明かりの照明より散文的だから。またその上、彼女の脇に座っていたから、彼女は声を上げて話す機会がその時はなかったので、彼女の声がそんなにか細いことに私は気がつかなかった。まるでキリギリスが話すかのようだ。私にとって驚異なのは、こんなに変わった、こんなに鋭敏な、こんなに感受性豊かな人物が、今実際にそうしているのだが、確かな慈悲の心でわれわれを感服させ得るということだ。もし状況が変われば、彼女が驚くべき辛辣さと苦々しさの権化になっていたかもしれないのは、まずほぼ確実だったろうと私には思えるからである。

ホーソーン一家はブラウニング一家にカーサ・グイディで会っただけでなく、自分たちが滞在しているカーサ・デル・ベッロやイザベラ・ブラグデン嬢の別荘でも会った。ブラグデン嬢は人を手厚くもてなす女主人であり、ブラウニング家の人たちの終生の友人でもあった人物である。このブラグデン嬢の別荘でのことだが、話が世間で評判の心霊術に及んだ時、エイダ・シェパードが霊媒だという刺激的な発見がなされた。自分がすることが何か分からず、また自分がすることを完全には信じないまま、エイダはホーソーン夫人の母親（最近死んだばかりだった）からのメッセージを書き取ったのだが、ホーソーン夫人はそれを見事で、自分を慰めるものだと感じたのである。ブラウニング夫人もまたこれらやその他の心霊現象を信じたが、その一方でブラウニングとホーソーンはそのようなものはまったく信じられないと公言した。

一八五八年の夏にホーソーン家の人々がフィレンツェで送ったのは忙しく楽しい社交生活であった。シェパード嬢は彼らが、自分が以前目にしたよりもはるかに多く「外出した」とメモしている。

六月と七月をフィレンツェのカーサ・デル・ベッロで過ごしたホーソーン一家は、八月と九月に向けて、困窮したイタリア貴族から（一カ月二十八スクードで）ヴィラ・モンタウトを借りたが、これは丘陵地にあって町から歩いて行ける所に位置していた。これは一家がこれまで借りた多くの家の中で最も絵になるものであった。この別荘はとても広いので、家族ひとりひとりが持とうと思えば自分専用に続き部屋《スイート》を持てたはずである。ホーソーンは一階に陣取り、彼の記述によると、「化粧室と、半円筒天井の大きな談話室、それに差し渡しが五歩幅ほどの著作用の四角い別室を占拠したが、後者二つの壁と天井にはフレスコ画で、高いところには天使たちとケルビムたちが、低いところには（これも全部フレスコ画で）神殿、柱石、彫像、花瓶、壊れた支柱、孔雀、鸚鵡《おうむ》、蔦《つた》、向日葵《ひまわり》などが描かれていた。」ユーナの寝室には交差するアーチ付き半円筒天井があり、それに大きな客間と小さな祈祷室とが隣接していて、前者はシェパード嬢が教室として用い、後者には聖書や祈祷書、十字架、灰色石膏から精密に彫り出された頭蓋骨が置かれていた。この屋敷のさらに興味深い特徴のひとつは古い四角の塔で、これは後年――イタリア日記に記された多くの事物同様に――『大理石の牧神』にそっくり複製されることになる。「はね出し狭間と銃眼付き胸壁があり、小さな開口部とは別に二つないし三つの鉄格子付きの窓がこの石の建物全体のあちこちに設けられた」この古い塔が建造された時期は明らかに中世に遡るものであった。ホーソーンは、「石弓で武装した多くの兵士が、あれらの窓や狭間、それに高くて有利な灰色の胸壁から矢を放ったのだろう」と推測している。夕暮れ時、日の入りを見ようと家族は塔の天辺まで好んで登った。また、他の者たちが降りてしまった後でもホーソーンはそのまま天辺に居続け、次第に募る夕闇の中で、フィレンツェの瓦屋根の家並や多くの塔の向こうに霧でぼんやり霞んだアペニン山脈を、瞑想にふけりつつ、葉巻を吸いながら見晴るかすのが好きであった。

ホーソーンはこのヴィラ・モンタウトを「果てしなく」楽しんだ、とフィールズに語っている。太陽は暖かく、空気は乾燥していた。ウェイサイドの丘の頂を後にして以来はじめて彼は、風邪にかかる心配をせず、大地に体をまっすぐ伸ばして横たわることができた。(「湿ってじめじめしたイギリスの胸懐でこのような振る舞いを人がすれば、彼女(イギリス)にひどく罰せられることだろう」と彼は言っている。)ジュリアン・ホーソーンは、このフィレンツェで過ごした夏が父の人生で最も幸せな時期だったと思う、と回顧している。しかし割り当てられた時間は急速に終わりに近づいた。十月一日には、フィレンツェとその周辺地域に悲しそうな別れの一瞥をくれながら、ホーソーン一家は汽車に乗ってシエナに向かい、そこでの十二日間の観光の後、ヴェッチュラに乗ってローマへと旅立ったが、その旅はまたしても愉快なものとなった。ホーソーンはその時の御者、コンスタンティノ・バッチに対して尋常ならざる賛辞を次のように記している。

コンスタンティノはわれわれを立派なホテルに案内し、われわれに最上級の供応をしてくれた。彼はわれわれみんなに親切だったが、とりわけ幼いローズバッドには親切で、ローズもまた小さな手を彼の大きな茶色の手で握ってもらい、彼の傍らをたえず走り回っていた。彼の振る舞いは陽気で、打ち鳴らす鞭で機嫌の良さを表現した。鞭がこの御者の内なる天候を示すバロメーターであった。馬車の操り方がみごとで、宿の玄関先まで馬車をガタガタ走らせてゆき、われわれが一番降りやすいまさにその地点に寸分たがわず停めたものだ。彼は、他の御者が急勾配の道を登る助けとして動きの鈍い牛ぐらいしか雇わない所で騎乗御者と馬を雇ったので、われわれの馬車は時として七頭立てになった。彼はわれわれが彼に要求し得たすべてをやってくれたし、取り決めた料金（七十スクード）に加えて五スクードのブオンマノで大満足していた。最後に、われわれが彼と別れる時に、彼の瞼には涙があふれそうになっていたと思う。

コンスタンチノ・バッチはホーソーンのイタリア人の性格評をかなりの程度まで高めたのであった。

晴れ上がった十月中旬のある朝、一行はアッピア街道に沿ってローマへと近づいた。戻って来たら一種の懐かしさがこみ上げて来て、この永遠の都は以前に感じられなかった魅力によって一行をとりこにした。「ローマはたしかにそれ自身の中へとわが心を引き込む。思うに、ロンドンやちっぽけなコンコードそれ自体、また古く眠たいセイラムですら一度もそういうことはなかった」とホーソーンはその時感じた——多分少々度を超した表現であろうが。ピアッツァ・ポリ六十八番の住居がすでに手配されていて、まずそこで六ヶ月を過ごし、その後一八五九年四月にアメリカへ戻る計画であった。ところが、陽光燦々たる日々のすぐ後に、この上ない暗黒の日々がやって来て、計画も見通しも、ホーソーンの生涯で最も悲劇的な体験——十四歳になる娘のユーナが長期に及ぶ、ほとんど命にかかわる病に罹ったこと——によって粉砕されてしまった。

一八五八年十一月二日、ホーソーンは日記に、ユーナが「ローマ熱」に罹ったと書いている。彼女がコロセウムで腰を下ろしてスケッチしていたのが感染の理由だろうと彼には思えた。発作はとりわけ激しいようには思われなかったが、発作には譫妄《せんもう》状態が伴い、そのため、彼曰く「かわいそうに、この子は悲劇のヒロインのように——まるで熱が彼女の両足を大地から浮き上がらせるかのように

――何か言おうとしても周期的リズムがついてしまう」のであった。十一月四日、エイダ・シェパードがクレイ・バジャーに報告したところによると、ユーナは危機を脱し、同八日には急速に回復しつつあった。ところが十二月十一日にまた発作が起きた。実際、六ヶ月の間に、この恐るべき熱病は進行し、後退し、そして再び進行したのである。（一八五九年三月には長期にわたって収まっていたので、ユーナも含め家族の者たちが二度目となるローマの謝肉祭に参加した。）事態をさらに悪化させたことには、ホーソーン夫人が十二月に長患いをし、シェパード嬢も一月に、またホーソーン自身も二月に病に倒れた。シェパード嬢はこの時知ったのだが、ホーソーンがやむなくベッドで横になったり、医者に診てもらったりしたのは子供の時以来初めてのことであった。彼女は「健康ということに関する限り、ローマはまったく住むのに良くない所だ」と結論づけたが、それももっともなことのように思われる。

ユーナの病状が最も悪化したのは四月初めであった。主治医のフランコ博士は回復の見込みはほとんどないと見ていたらしい。四月八日の日記に、ホーソーンは深い絶望の淵から「神よ私たちを助け給え！」と書いている。ホーソーン夫人については、「まったく強くて取り乱すことがない……驚くほど落ち着いていて強い人……この私がいつも想像してきたとおりの、勇敢で強い精神の持ち主だ」とエイダが証言している。ホーソーンはもし妻が希望を失ったらどうなることかと思ったのだが、彼女が希望を失うことはなかった。

二週間ほど続いたユーナの危機的状況の間、多くの友人たちが助けに来てくれ、気をもんでくれた。ブラウニング夫人はスープを持参してくれた。ストーリー夫人はユーナの看病をしてくれたので、ホーソーン夫人は少し眠ることができた。馬車が何台も絶えず玄関先までやってきてユーナの病状を尋ねた。ホーソーン夫人は姉のエリザベスに宛てた手紙で、特にある日のことを、こう思い起こしている。「客間には大勢の善意の人たちが群がっているように思われました。ウォード夫人、ブラウニング夫人、ストーリー夫人、みな立って待っていました。壮麗な花にも喩えられる人々がいつもやって来ます。……アメリカの公使の方はたえずやって来ました。オーブリー・デ・ヴェーレ氏が来ました。社交界でユーナの姿を見かけた人はみな誰しも病状を尋ねにやって来たのです」と。母親にとってこの不安の時は、あくまで後から振り返ってみれば話だが、社交上の勝利の時とも言えたかもしれないのである。

この間、ホーソーンはフランクリン・ピアスと散歩したり話をしたりした。ピアスは最近大統領職を辞し、ローマにやって来ていたのだが、たまたまそれは友人の苦境に援助の手を差し伸べるに絶好のタイミングとなった。ホーソーン夫人は夫が生きているのは事実上ピアスのお陰だと思ったほどで、ホーソーン自身もまた、自分の「核心」にまで及ぶ難事はそれまで経験していなかったので、「友人がそばにいて心配してくれることがどんなに慰めになるか」が初めてよく分かったと言っている。ピアスは本当に自分に良くしてくれた、だから「この暗黒の日々を思い出すと、それだけいっそう自分はいつも彼が好きになる」とホーソーンは思ったのである。二人はかわいそうなユーナのことや、それから、ピアスにとってもホーソーンにとっても関心ある話題として、政治のことを語り合った。

その時ピアスはホーソーンに一通の書簡を見せたが、それにはピアス内閣全員の署名があり、政権終了時に閣僚全員が表明した「尊敬と愛情」が記されていた。今の苦境から少しでもホーソーンの気を紛らわそうとしてピアスが思いついた最善の話題がこれだったのである。

ユーナの病気のため、当初一八五九年四月に予定されていたローマからの出発は延期を余儀なくされた。しかし五月までにはフランコ医師が、この患者はもう旅行してもかまわぬほどに回復したと明言したので、ホーソーン家の人々はこの疫病が充満した都市を喜んで離れることにした。五月二十五日に、一家は再び山のような荷物とともに出発した。ホーソーンのローマとの別れはいろいろな感情が交じり合ったものであった。彼の言によれば、自分は「この地でとても惨めな思いをしたし、空気のせいで気だるく感じた」とはいえ、ローマには「愛」を抱いていると彼は告白している。これほど「強力な影響力」を自分の存在に及ぼした場所は他にない、と彼は感じた。出発の朝早く、ホーソーンはピンチアーナ門からボルゲーゼ庭園とサン・ピエトロ大聖堂まで最後の散歩をし、これらが「こんなに美しく見えたことはなかったし、空もこんなに晴れて美しかったことはない」と思った。

帰りの行程にはチヴィタヴェッキア（新しく出来た鉄道が通じていて、その時はオーストリア戦争から逃れる難民で混み合っていた）、レグホーン、ジェノア、マルセイユが含まれていた。アヴィニヨンでは、ここで一週間にわたる観光が終わったのだが、ホーソーンが何となく元気をなくしたのとは対照的に、夫人は依然として疲れを知らぬ状況にあった。またジュネーヴでは、この良心的旅行者たちは四、五日をかけてジュネーヴ湖とシヨン城を探訪した。一行は引き続き災難に見舞われ続け、それはアルプス山間部でも同じであった。ホーソーン夫人が足を挫き、ジュリアンは風邪を引き、ユーナの体力も不安定であり、モンブランは厚い雲に隠れて姿を見せなかった。おそらく何がしかの慰めとなったのは、一行をパリへ、それからさらにルアーヴルへと運んでくれた鉄道の尋常ならざる利便性と効率の良さであったろう。ホーソーンは「ルイ・ナポレオン万歳！」[5]と叫びたい気持ちであったが、観光客というものは、「概してその国の住民にとって最悪のものすべてによって得をする」と考え、その気持ちを抑えた。ナポレオンがパリの町を飾る道具とした宮殿風の建造物ですら、ホーソーンの考えでは、「訪問者が見るには良いかもしれないが、その費用を払う皇帝の人民たちにとってはたまったものではない」のであった。ホーソーンの民主的経済国家についての理解は、明らかに、一九三〇年代のイタリアやドイツにおける一部のアメリカ人旅行者たちのそれを越えていたのである。

六月二十二日に、ホーソーン家の一員としてほぼ二年間いっしょに暮らしたシェパード嬢がルアーブルからアメリカに向けて船出して行った。彼女の経験は有益で、またきわめて楽しいものであった──ひとつの苦しいエピソードを除けば。それは、ローマでユーナが病気で伏せていた間のことだが、妻帯者のフランコ医師が彼女に求婚したことである。彼女は医師が言い寄って来るのをひるまずはねつけたのだが、医師の方は来る日も来る日もしつこく迫った。しばらくするうちに、彼女はこの男に一種の同情を覚え始めていた。彼女は、この人は自分が病気に罹った時に治療してくれたが、自分に何か一服盛ったのではないかとか、蛇のような目で自分に催眠術をかけているのではないか、などと疑った。しかし、『コーマス』（*Comus*, 1634）に出てくる貴婦人のように、彼女は最後までうまく操を守り抜いた。彼女はこれをホーソーン夫妻には話さなかったが、その理由は――フランコ医師が家族の主たる頼りであった時期ゆえに余計――ユーナの医師に対する彼らの信頼を損なってはいけないと思ったからである。今や、ニューヨーク行きのヴァンダビルト号に乗船したので、彼女はやっとフランコ医師の邪悪な誘惑から逃れ得たと思った。アメリカに到着するとすぐに、彼女はクレイ・バジャーと結婚したのである。

ルアーブルからホーソーン家の人々は（エイダとフランコ医師の一件については何も知らぬまま）サザンプトンへ向かい、そこからロンドンのゴールデン・スクェア六番のコックス夫人の下宿屋へと向かったが、そこはいつも変わらぬ忠実な友人のフランシス・ベノックが予約しておいてくれた場所であった。ロンドンでは旧友と会い、また新しい友人と出会った。『アセニアム』の批評家ヘンリー・チョーリーが訪ねてきた。ホーソーンはフランシス・ムーン卿主催の晩餐会に出かけて行き、またテーブル・スピーチを行った。ホーソーン夫妻がすぐに気づいたのは、社交界からのお呼びが少なくないことであった。八月にはアメリカに向けて船出することになっていたのだが、思いがけなくジェイムズ・T・フィールズが魅力的な新妻とロンドンにやって来て仕事の話を持ち出し、それをホーソーンは拒んだり延ばしたりする余裕もなかった。フィールズがうまく取りはからってくれたおかげで、ロンドンの出版社、スミス・アンド・エルダー社が、ホーソーンが新しい長編を書けば六百ポンドを支払う約束をしてくれた。イタリア滞在中に新しい長編の最初の草稿を書き終えていたので、こうなった以上、彼はイギリスに腰を落ち着けて出来るだけ早く草稿を出版できる形へともってゆこうと決意した。当初はウェイサイドに戻ってから再度この作品執筆にかかろうと思っていたのだが、今ではスミス・アンド・エルダー社と綿密に協力し合い、イギリスの版権を確かなものにすることが有利と思われた。またおそらくは、イギリスにもう少し長く留まる口実ができたのをホーソーンはうれしく思ったのであろう。様々な異国を旅した後で、今ではイギリスがこれまで以上に「懐かしの故国」のように思われたはずである。

とにもかくにも、提示された六百ポンドを彼が欲しがり、必要としたのは疑い得ない。領事館で蓄えた三万ドルはすでに相当な程度までなくなってしまっていた。大家族を養い、旅行させるのには大きな経費を要したのである。一八五九年一年間で、ホーソーンは自分の携帯用手帳に総額で七百三十ポンドの支出を記載した。一八五八年に使った額も少なく見積もってそのぐらいであったに相違ない。ニューヨーク市の不動産を購入するためJ・L・オサリヴァンに一万ドルを貸し付けていたが、これはどうやら危険な投資のようであった（また、最終的には、ジュリアン・ホーソーンによれば、完全な損失になってしまった）。その上、外側からの需要もあったが、これは多くの人が前リヴァプール領事を実際以上に金持ちだろうと考えた結果である。ソファイアは姉のエリザベス・ピーボディーに、「夫にはいろいろな交際相手や友人がいて、その人たちが大きな願望を抱いて頼ってくるのです」と書き送っている。彼女は（一八六〇年二月に）「領事館で四年間もあくせく働いた結果がこんなに僅かばかりのものでしかない」ことに失望を表明し、明らかに金融支援を期待したと思われるピーボディー嬢や、自分の弟で生活困窮者のナサニエルに何ら経済的援助をしてあげられないことを悔やんでいる。金銭的逼迫《ひっぱく》状況がさらに強まったのはウェイサイドに増築の必要が見込まれたからであった。ひとつ確かなことは、ホーソーンが先細りしてゆく貯金を文筆から揚がる新たな収入によって補わねばならないということであった。

イタリアは期待したほど創作に好都合ではないことが明らかになっていた。ひとつには、たえず観光して回らねばならず、またその記録が必要だったこと、またもうひとつにはイタリアの気候のけだるい影響力があった。それにもかかわらず、ホーソーンは一八五八年春にはローマで少々著作を行っていたし、夏にはフィレンツェで、また一八五八年から五九年にかけての秋、冬には再びローマでそれを行っていた。

イギリスからイギリスを舞台とする長編の萌芽を持ち込んできていたホーソーンは一八五八年の四月から五月にかけてその物語の粗稿の執筆を行った。しかしながら、その仕事はプラクシテレスの牧神像に興味を抱いてからは棚上げにされてしまった。（この草稿には再び手が加えられることがなく、作家の死後に『先祖の足跡』として出版された。）彼の日記には一八五八年四月二十二日の日付で、以下の記載がある。

ファウヌス神の種が人類と混じり合うようになったという考えに基づいて、あらゆる可笑しさと哀しさが込められた物語をひょっとしたら考案し得るように思われる。……　普通の人間との絶えざる交配のせいで尻尾は消えてしまったかもしれない。だが可愛く毛の生えた耳が時折一族の者たちに再出してくる。ファウヌス神の道徳的本能と知的特徴が最も人目を引く形で明らかになるのだが、それによって物語の人間的興味が損なわれることはない。

そして四月三十日には、「プラクシテレスの牧神に関するちょっとしたロマンスを書こうという思いが繰り返して湧き起こる」と書いている。

そこで、その年の夏にフィレンツェで執筆に取りかかった時には、イギリスを背景とする長編を書き直すのでなく、その代わりに牧神に関する長編の概要作成を行った。七月二十七日にはこの新しい物語の執筆で忙しく、九月一日までには最初の草稿が出来上がったが、そこから先はローマに戻ってからのことにした。九月三日のフィールズ宛の手紙では「二つ長編を計画して、今から数ヶ月後には、そのうちひとつ、もしくは両方を、私がイギリスもしくはアメリカにいれば、出版社に送れるだろう」と書いている。再びローマに落ち着くと、フィレンツェで作成した草稿を拡充する作業に取りかかり、ありとあらゆる物事が彼の気をそらしたにもかかわらず、ほとんど毎日書き続けて、彼の手帳の記録では一八五九年一月三十日に粗稿が完成した。この粗稿を書き直せるだけの期間イギリスに留まり続けようと、その年の七月にホーソーンは決断したのである。

ロンドンでの社交生活は忙しすぎて真剣な執筆活動に神経を集中できないと思われたので、ホーソーン一家はヨークシャーの海岸部にあるレドカーへと移った。北海の寄せ波の音が耳に届くほどのこの地にて、ホーソーンは（携帯用日記の記述によると）「大まじめで」『大理石の牧神』の第三稿つまり最終稿を書き始めた。この執筆スケジュールは驚くべきものであった。書き始めの日付、七月二十六日から、草稿の五百八ページの最終部分を書き終えた十一月八日まで、彼は毎日（通常は九時から三時、あるいはもっと遅くまで）執筆に当たり、日曜を含む七日間だけがその例外であった。十月初めに三日間書けない日があったが、これはホーソーン一家がレドカーからもっと温暖な気候の地、レミントンへ引っ越した時であるが、そのうち二日はヘンリー・ブライトが週末にレミントンへやって来たためと、残りの一日は、同様に、ボストンのジョージ・ヒラードが旧交を温めようと立ち寄ったからであった。

この長編を書いている間も、出来上がってからですら、ホーソーンの気分はむらのあるものであった。彼なりの浮き沈みがあったのだ。携帯用日記の記載によると、七月二十八日には「進行が遅くてはかどらな」かったし、二十九日には「発作的に書きなぐるものの、多くの無意味な休止時間が生じ、ろくな結果にならなかった。」三十日には「何とかうまく」書けたし、八月一日は「まあまあの成功」だったという。八月四日には、「これまでより少しだけ満足に」仕事を進められ、六日は「大した進展はなかった」ものの、自分は「だんだん興味が湧いてきた」とある。これ以降の興味の増大ぶりは、しばしば執筆時間を三時半まで延長したり、時折「夕食後一時間」の延長という形に反映している。しかしながら、八月十四日には「水を差され、気分が滅入って」関心が衰え、彼は「書こうとはしたのだが、何も作成できなかった。」九月十日、彼は妻に完成部分（彼は半分以上だと見積もったのだが）

とであった。

を渡して読ませたのだが、それは明らかに彼女に褒めてもらい、元気づけてもらえると確信してのこ

十月十七日にホーソーンはスミス・アンド・エルダー社に四百二十九ページまでの草稿を速達便で送った。残りの七十九ページ分は十一月九日に送ったが、これは全部完成した翌日のことであった。ホーソーン夫人は姉に、夫は「何ヶ月にもわたる重労働にもかかわらず、とても体調がよく、意気盛んでもあるのです」が「いつもの通り」完成した作品を「何の役にも立たない」と考えています、と伝えている。しかし夫人は続けて、「でも私はこういう意見には慣れましたし、どうして気が滅入ると夫が感じるのかも分かります。……作品に対する真の判断は、やり甲斐があったと思えた時に、彼が先ず最初にそれをどう思ったかでしたから」と言っている。実際、それまでの作品についての自己評価で揺れたのと同様、この長編についての自己評価でもまた彼は揺れたのであった。十月十日にフィールズ宛てに、自分は「時々はこの作品が非常に優れたものだと思う」のだが、「冷たい発作に襲われやすく」もあって、そういう時にはこの作品が「地獄のごとき最も下らぬたわ言」だと思ってしまう、と書いている。十二月十七日にはフィーズに自信ありげに、これはこれまで書いた中でも「断然最良の」作品だと言っている。次の四月、彼はティクナーへの書簡で熟慮の末の見解を示し、もしこれまでに自分が何かましなものを書いたとするならば、それはこの長編だということになるだろう。というのも、彼は「これほど深く考えたり感じたりしたことも、これほど苦労をしたこともなかった」からだとしている。しかし自分よりもずっと有名な作家たち——たとえば、多年にわたって自分

を詰まらぬものに思わせてきたダンテ——のように、彼は作品執筆によって「摩耗してしまって」いることを告白した。彼はそもそも自分が物を書くことが「不健全」だと思ったのである。

ホーソーンは十二月と一月（一八五九年から六〇年にかけて）の間、校正作業に忙しかったが、作品は二月二十八日にロンドンで『変身』（*Transformation*）として（ホーソーンがこの表題には不賛成だったにもかかわらず）出版され、それから数日後にボストンで『大理石の牧神』として出版された。作家も出版社もこの作品の英米両国における評判には満足であった。チョーリーはこの作品の書評を『アセニアム』で行い、ブライトは『イグザミナー』で、ロウエルとウィップルは『アトランティック』でそれぞれ行った。おそらくアーヴィング以外に対して、『(ロンドン) タイムズ』がアメリカの作家にこれほど賛辞を送ったことはなかった。ジョン・ロスロップ・モトレイ（この人の家のバルコニーからホーソーン一家は二度目のローマの謝肉祭を見たのだった）は、作品の真価を認める手紙を書き送り、ホーソーンを大いにうれしがらせた。四月半ばまでに『変身』は第三版を出し、『大理石の牧神』もおなじくらい順調な売れ行きを示した。フィールズは五月にロンドンから次のように書き送っている。「四方八方で最善の人々からこれ以上ない評価を耳にしている。……ボストンの君の出版人たちは今やかつてないほど鼻高々だ。私がアメリカで君のために出版の仕事をしてきた人間のひとりだという事実によって、私がロンドンでどれほど多くの注目を集めているのか、君には想像できまい」と。

しかしながら、批評家たちの間でのこの作品の評価に混じってあるひとつの執拗な異論——つまり、この作品の著者は物語の中で実際何が起きたのか十分明確には語っていないという意見——が唱えられた。そこでホーソーンは三月に書き、第二版に付した短いエピローグにおいてこの異論を愛想良く認めた。もっとも、このエピローグは頑なにあまり多くを語ることを控えている。本来「ロマンス」とはどういうものなのかに関する彼の見解で譲歩するつもりはホーソーンにはなかった。『大理石の牧神』は想像力の乏しい読者たち向けに書かれたものではない。牧神には実際毛の生えた耳があったのかどうかというような質問を発する者たちすべてにとって、ホーソーンはエピローグで率直に「この作品は失敗作だ」と明言している。イギリス人は、彼が書く種類の小説に関する限り、アメリカ人よりもはるかに想像力に欠けるように彼には思われた。「こうしたビール漬けの牛肉食いたちは、ロマンスの読み方を知らないのだ」と彼はモトレイに対して言っている。

『大理石の牧神』の船出が好調だったので、今やもう一度故国へ帰ることを考える時が来た。こう考えるとある不安を覚える瞬間があった。随分あちこちを引っ越しして回った後、一個所に落ち着いて住むことに自分はおそらく満足しないのではないかという不安。それからまた、奴隷制を巡る論争(というのもホーソーンは外国生活中でも周到にアメリカの新聞を読み続けていたので)が一触即発の段階に迫っているように思われ、戻った途端に祖国が市民の争いで二つに割れているのを見ることになると思うと面白くはなかった。彼はまた、自分が長く異国に居たことで、自分が自作物語の多くで警告を発してきた種類の疎外を生み出してしまったのではないかと思ったに相違ない。彼はヒラードに対して、「アメリカ人は祖国から長く離れると、祖国に対して折り合いが悪くなる傾向にある」

と言っている。また一八五九年十月には、彼はティクナーに、自分は「ホームシックを感じなくなるほど外国に長逗留してしまった」と告げている。

しかし、ホーソーン自身が出発の時が迫った時点で発見したように、この最後の発言は真実ではなかった。一八六〇年四月十九日（意義深いことに、この日は、武装した農民が銃を発砲してその音が世界中に鳴り響いたコンコードとレキシントンの記念日であった）に、彼はティクナーに宛てて、「ありとあらゆるホームシックの感情が突然私に降りかかってきて、ジュリアンですら私とほぼ同様に故国に帰りたがっている」と書いている。この頃ホーソーンはイギリス人とアメリカ人との懸賞金の掛かったボクシング試合[6]のことで夢中になっていて、この試合が決着のつかないまま終了したことを残念に思ったが、それは特に彼が、アメリカ人のジョン・ヒーナン（John Heenan, 1834-73）が十分に勝てる見込みがあったと思ったからであった。イギリスでの残りの数週間は、ホームシックがいつも強く底流として働き、このまま異国の地に留まりたいという気持ちを完全に吹き飛ばしてしまった。同朋のモトリーには、国籍離脱という「裏切り」をせぬようにと忠告したほどである。『大理石の牧神』の評判がアメリカで良かったことも「お帰りなさい」という声のような気がした。コンコードやケンブリッジで、それにティクナー・アンド・フィールズ社が作家たちを迎えてくれるボストンのあの懐かしい「コーナー」書店で、友人たちと再び会えるのをホーソーンは心待ちにした。要するに、アメリカに関していかなる不満をほしいままにしようとも、ホーソーンほど揺るぎない愛国者だった作家はほとんどいなかったのである。エイダ・シェパード嬢が「ホーソーンさんは時としてご自身も含め、アメリカを中傷して大いに楽しんでおられますが、ご自分の面前で他人にそうはさせません」と言ったことがあるが、まさに至言であろう。

一八六〇年春、ホーソーン一家は夫人の健康上の理由からレミントンからバースへ移った。その冬、夫人は重い急性気管支炎を患い、彼女に驚異的な快復力があることを知っていなければ助からないとホーソーンは思ったほどであった。バースへ来て彼女の健康は回復したものの、社交の要請にはまだ応えられなかったため、ホーソーンは夫人同伴でない客の一部とだけ会見した。五月の数日間、彼は自分に会見を希望する人々が多いロンドンで、モトリー夫妻の客人となっている。彼はソファイアに、「君がいたら驚いて言葉を失うだろう。いかに物言わず私が一連の訪問客を受け入れ、さらには不平ひとつ言わずに面会の約束を果たしているかを知ったらだ」と書き送った。以前経験したこの種の機会と同様に、ロンドン生活の活発さは自分に「すばらしい恩恵」を与えてくれると思ったのである。創作ノート中の記録に値する出来事のひとつは、ダフェリン卿の屋敷での晩餐会の折りに、彼がいろいろな客人の中で、特にキャロライン・ニュートン女史と出会ったことであろう。彼女は、かつては有名な美人でその時は五〇歳を優に越えていたが、今もなお美しいとホーソーンは思った。もうひとつ注目すべき経験はヘンリー・ブライトとケンブリッジ大学へ出かけたことで、そこでこのホーソーンにとって最良のイギリスの友人が名誉修士号を受けたのであった。ブライトに別れの挨拶を交わす前に、ホーソーンは自分の形見として『変身』の原稿を彼に与えている。

リヴァプールからの出帆は六月十六日と決まり、その間出帆を延ばす用事は何も起きなかった。六月十日までに、ホーソーン一家は、もう一度、これを最後に、ブロジェット夫人の暖かく親切な下宿屋の客人となった。ここで、六月十五日のことだが、フィールズ夫妻と合流している。夫妻はこの時一年に及ぶ海外での新婚旅行を完結させるところであった。翌朝早く、ホーソーン家の者たちはフィールズ夫妻と連れ立って、マーシー川に停泊中の赤い煙突が付いた蒸気船に乗り込み、彼らが喜んだことには、ライチ船長の歓迎を受けたのだが、この人こそほぼ七年前に大西洋を越えてホーソーン一家を運んでくれた当人だったのである。船がマーシー川をゆっくり下って行く際、ホーソーンが甲板の手摺りにもたれていると、リヴァプールのおなじみの薄汚れた埠頭や煙った空が次第に彼の視界から消えて行った。

注（原注と明記した以外はすべて訳者による注である。）

（1）（原注）この章は、ノーマン・ホームズ・ピアソン（Norman Holmes Pearson）氏の『（ホーソーンの）フランスおよびイタリア創作ノート』（[Hawthorne's] *French and Italian Notebooks*）（間もなく出版予定）に多くを負うている。

（2）（原注）エイダ・シェパードの手紙類（すべて未公開）は、ノーマン・ホームズ・ピアソン氏のご厚意により使用可能になった。

（3）（原注）Julian Hawthorne の *Hawthorne and His Circle*, p.300 にあるスケッチを参照。

（4）（原注）E. D. R. Bianciardi, *At Home in Italy*（Pearson が引用している）を参照。

（5）Louis Napoleon（1808-73）で、Napoleon III のこと。

（6）一八六〇年四月十七日ハムプシャーのファーンバラ（Farnborough, Hampshire）でイギリス人 Tom Sayers と賞金を賭けて戦ったが、観客がリングになだれ込むなどしたため、警官が割って入り、結果は引き分けとなった。

第十章　もういちどウェイサイド、一八六〇年―一八六四年

エウロパ号での十二日間の船旅はきわめて楽しいものであった。海は穏やかで、夜明け時と夕暮れ時が長く、夜は月光で明るかった。ホーソーンはフィールズに、自分は「このまま永遠に航海を続け、二度と岸に触れたくない」と語った。ホーソーン夫人とフィールズ夫人は活発な友人関係を構築して、夜には「非常に愉快な会話」（アニー・フィールズは日記にそう記録している）を楽しんだ。日中は、フィールズ夫人がラスキン（John Ruskin, 1819-1900）の『現代の画家たち』（*Modern Painters*）を読むのに忙しく、一行の他の面々もかなりの量の読書をこなしたのだが、これはお互いに会話ばかりで飽きてしまうのを恐れたからである。フィールズだけが船酔いに罹ったので、ホーソーンはマザー・ケアリーの鶏肉を使ったパイとニオベの涙[1]から蒸留した塩剤を一服という奇妙な治療を処方した。「神々しいユーモア精神があの人に舞い降りたのだ」とフィールズは言っている。

一八六〇年六月二十八日朝にボストンに上陸した後、ホーソーン一家はそのまま暑さと照りつける太陽の下をコンコードへと赴いたが、そこではウェイサイドが出かけた時とほぼ同じ姿[2]で彼らを迎え

た。イギリスでの生活の後では、この六月の田舎は焦げ付くように思えたし、ローマやフィレンツェで借りていた広大な館に慣れた後では、ウェイサイドは狭苦しく感じられた。

ホーソーン一家は旧友たちから帰国を歓迎された。ソローがやって来て、ホーソーンは船旅のために非常に日焼けしたことを除けば変わっていないと思った。エマソンはささやかな夕べの集いを設けてくれ、そこで客たち――他にはオルコット、ソロー、フランク・サンボーン、それに画家のW・M・ハントがいた――はイチゴ・クリームを振る舞われた。オルコットは、ホーソーンの敷地の造園作業の手伝いをしようと申し出てくれたし、エラリー・チャニングは子供たちのために、最近出来たサンボーンの学校を強く薦めてくれた。その間、ホーソーンの家族はエマソン家とオルコット家の人たちとすぐに旧知の間柄を取り戻した。エマソンの家は特にユーナとジュリアンにとってほとんど第二の家庭となったが、彼らはエマソン家のイーディスとエドワードと同じ歳であった。コンコードを離れた所では、ティクナー・アンド・フィールズ社主催のボストンでの晩餐会の席上、ホーソーンへの歓迎の気持ちがもっと人目を引く形で表明された。この折にホーソーンは特にロウエルとの会話を楽しんだが、『大理石の牧神』に対して鋭い洞察の籠もった書評を書いてくれたロウエルには、喜んで感謝の念を伝えたいという思いがあった。ロウエルもホーソーンの感謝に満足し、イタリアで生やし始めた口ひげにもかかわらずホーソーンは全然老けたように見えないし、「以前よりも気安く人と付き合う」ようになったね、と指摘した。晩餐会は心楽しい出来事だったが、客のひとり――フランクリン・ピアス――がロウエルにとって、こうした集まりにあっては場違いのように思われた。

内輪で真心の籠もったものであれ、公式行事のようなものであれ、いずれであっても、自分たちの帰国が歓迎されたにもかかわらず、ホーソーン家の人々は、家が増築されるまではウェイサイドで落ち着いてくつろぐことができなかった。また改築のプロセスが、いつものことながら、事前の予測よりも長くかかり、経費も膨らんだ。ホーソーンは改築費をだいたい五百ドルと見積もっていたが、作業が終わるまでに二千ドルを優に越えるほどにかさんでしまっていた。改築に含まれたのは旧家屋の背後に建て増しされる三階建て家屋、台所と古い書斎の頭上に作る二階部屋、新しい玄関、大理石の炉端、およびその他の高価な品目などであった。ホーソーンの新しい書斎は塔の中にあったが、これは建て増し家屋の最上階で、そこからはコンコードの丘や牧草地を見渡すことができる。彼はロングフェローに、自分は書斎に跳ね上げ戸を使って這うように入るのだが、その戸には、自分が書き物をしている時には椅子が載っている、と語った。

大工、塗装工、表具屋などが、彼らなりの散漫なやり口ではあったが、一八六〇年から六一年の秋、冬、春いっぱい忙しく働いた。一八六一年五月十六日、ホーソーンはティクナーに、家がやっと出来上がり、ペンキも塗り終わり、実際「とてもきれいな外観」を呈するようになった、と報告している。その間、家の内側では、いつも芸術的構想で才能を発揮するホーソーン夫人の指示で、かなりの改装作業と家具の再設置が進行していた。壁の上塗りと壁紙貼り、椅子やソファーにチンツのカバーを架ける作業は、一八六二年になってもまだかなりの間続いた。ホーソーンは、家の中が混乱していることよりも、むしろ費用のことで悩んでいたのである。彼はティクナーに向かって「家など持って何になるというのだろう？　そこで暮らす自分の生活手段がすべて犠牲になるのなら……。人間がテントを張る以上のことをするのは愚行だ」と言っている。しかしこうしたどうしようもない心配事はいろいろあったにしても、出来上がったものに彼はまあまあ満足した。建築的観点からすれば、改装後のウェイサイドは「この上ない奇態」だと告白しつつ、改装の結果は全体的として「けっこうきれいで便利な家で、私の家族が住んで時折訪れる客人を泊められる程度の広さがあり、控え目な生活に必要なだけの見苦しくない設えがある」と彼はブリッジに語っている。

次第に家族は、忙しいが楽しい日常に適応していった。ジュリアンはコンコードにあるサンボーンの男女共学の学校に通ってハーヴァードへの入学準備をしていた。ローズは近くの女学校に入った。ユーナの健康は依然として安定しなかった（彼女は一八六〇年夏に何度もマラリアの発作に襲われたが、電気治療によって回復した、と両親は思った）が、一八六一年にはジョージ・ブラッドフォード――ホーソーンのブルック・ファーム時代以来の友人――に就いて個人的に勉強し、一週間に二度の割合で、イタリア語、ラテン語、算術、それに植物学の課題を先生の前で暗唱したりしていた。ユーナとジュリアンは一緒にコンコードの若者たちの社交活動に自由に参加した。サンボーンの学校の学者先生たちや彼らの友人たちのためにフリント・ポンドで楽しいピクニックが行われたが、ピクニック参加者たちは馬車や荷車に乗って行った。コンコードの町のホールでは舞踏会や仮装パーティーが行われた。このうちのとある仮装パーティーは――一八六二年三月のことであったが――家庭内に一陣の疾風を巻き起こした。ユーナのガウンとレスター伯に扮するジュリアンの変装用衣類の調達のためホーソーン夫人は相当な努力を強いられた。「足が動かなくなってしまったわ」とその催しの後で彼女はアニー・フィールズに語っている。しかし、母親というものは永遠に善意の行動で疲労困憊し続けるわけではない。事実、六月にはホーソーン家はウェイサイドで四十人の若い人たち向けの舞踏会を開いているのである。ウェイサイドの家はエマソン夫人やコンコードの園芸家のエフレム・ブルから送られた大量のバラの花で飾られた。ホーソーンも踊る人々を見に現れて――「子供たちの天国に舞い降りた偉大なるオリュンポス山の神のよう」と夫人は思った――別れ際には客人すべてと握手を交わした。バラ色の頬の少女がオリュンポス神に近づこうとおどおどしていると、エスコート役のホア判事の息子が彼女を安心させようとして「握手したらいいよ、あの人は熊じゃないから」と言った。

ホーソーン一家は社交的であっただけでなく隣人思いで公共精神に溢れてもいた。ホーソーン夫人は、間違いなく、自分より他人のためを考えていろいろなことの指導に当たる天才であった。一八六三年二月に彼女は疲れを知らずルイーザが病に倒れたオルコット家の手伝いをした。ルイーザはジョージタウンのユニオン病院で兵士たちの看護に当たるうちにノイローゼに陥ったのである。次の冬にはウェイサイドの住人は（ホーソーンを除き）みな、黒人の孤児たちのためにコンコードの大慈善市で売る手作り製品を作成するのに大わらわだった。ユーナとローズは花瓶に塗料で色塗りし、ジュリアンはテニスンの「響き渡れ、荒ぶる鐘よ」(3)に「彩飾」を施し、ホーソーン夫人はガファー・グレイの詩のテキストをドイツ文字に置き換え、古い出版物や彼女自身の考えを用いて挿絵を施した本にした。四人が寄付した品は慈善市で合計百ドルになった。彼らの芸術的取柄も、またコンコードの善意ある人々の友愛精神も、相当大したものだったのである。

ウェイサイドでのこうした活動やその他の活動について、ホーソーン夫人は、親しい友達付き合いをしていたアニー・フィールズに対して細大漏らさず説明している。実際、海外から戻ったホーソーン家は、他のどの一家よりもフィールズ家と密接な関係を保った。フィールズとその妻（ホーソーン家では愛情を込めて「安心さん」と「牧草地夫人」と呼ばれていた）はしばしばウェイサイドの客人となったが、アニーの考えでは、ここへ一回来ると、他のところへの二十回の価値があった。夏にはフィールズはホーソーンとともに家の背後の木立のある丘に登ったり、『苔』の作者にとって思い出に満ちた旧牧師館までぶらついたり、川のそばの背の高い草の生えた所で寝そべったり、一八六一年にフィールズが編集者になった雑誌『アトランティック・マンスリー』へのホーソーンの寄稿の数々——すでに寄稿したものや寄稿を約束したもの——について語ったりした。ホーソーン家の面々が——個人としてであれ、何人か揃ってであれ——ボストンのチャールズ通り三十七番のフィールズ家の客人となることの方がもっと多かった。ジュリアンはそこへ行くと寛げるので、コンコードから十八マイルの距離を歩いて行くことも時折あった。ホーソーン夫人と娘たちはそこで催される華やかな娯楽演芸を楽しんだ。そこには名士が来ていて、その上おまけに芝居やコンサートが差し挟まれたりした——もっとも、彼女は時々自分たちの服装がこういう状況にはふさわしくないのではないかと心配になったのも事実である。ホーソーンはもっと静かな訪問を好んだので、求められるほどには自分の方からは赴かず、またできる限り特別な機会を避けた。湾を望むフィールズ夫人の客間は、一八六四年のホーソーンの言によると、自分の知る限り「最も厳選された最高の場所」のひとつなのであった。

海外から戻ったホーソーンにとってボストンで行われたもうひとつの呼び物は「土曜クラブ」であった。これは一八五六年に結成され、毎月最後の土曜日の午後三時に午餐と会話を目的にパーカー・ハウスで行われたものである。ホーソーンは一八五九年に会員に選出されていた。一八六一年のクラブの会員名簿に名が掲載されていた人々の中には、アガシ、エマソン、ロウエル、モトレイ、ウィップル、ホームズ、プレスコット、ホイッティア、ノートン、S・G・ハウ、それにロングフェローもいた。ホーソーンは会合にはあまり几帳面に出席してはいなかったが、それでも頻繁に出てはいた。出席した折には通例ロングフェローの隣に座ろうとしたが、それは彼といっしょならいつもまったく気楽だったのと、彼の悲劇的不幸（奥さんが一八六一年に焼死した）に深く同情していたからでもあった。ホーソーンは、フィールズに語ったところでは、どうしても自分の「適合感覚」では「このような災厄を甘受する」ことができない、なぜなら、「ロングフェローのような人間の人生にはいかなる深い悲しみもあってよいはずがない」からであった。一八六二年には、クラブの幹事だったホレイショ・ウッドマン宛ての手紙で、ホーソーンはフィールズを会員に推薦する仕事を引き受けている。彼が会員にふさわしい理由としてホーソーンは「人当たりが良い、優しい性格の人間で、知性が（まったく十分ではあるが）突出して発達してはいない」ことを挙げている。このクラブが危険なところは「人と激しくぶつかり合う知性の持ち主」ばかりで構成され過ぎているので、フィールズはロングフェローと似たような役割を果たしてくれるだろう、ロングフェローはその「頭脳」ではなく「調和をもたらす気質」によって「クラブの魅力」を作り出してくれている、とホーソーンは語っている。「土曜クラブ」の定例午餐会に加えて、特別な集いもまたあり、その一部にはホーソーンもコンコードからやって来て参加した。その一例は、一八六一年九月にアンソニー・トロロープ（Anthony Trollope, 1815-82）のためにフィールズが催した午餐会である。ホーソーンは疑いなく『ウォーデン』（*The Warden*, 1855）や『バーチェスター・タワーズ』（*Barchester Towers*, 1857）の著者と会えてうれしかった。彼はこれらをイギリス滞在中に読み、「牛肉の力とエールの霊感によって書かれた、中身の濃い、しっかりした［著作］」だと賞賛を込めて評している。トロロープもこの一回きりの出会いでホーソーンが好きになったようで、それはフィールズが午餐会から二、三日後に「トロロープはあなたに惚れ込んでいましたよ……あなたのことを、間違いなくこの惑星を歩いた中で最もハンサムなヤンキーだと言っています」と書いてきたことからも窺える。

　ボストンのみならずもっと遠隔のいくつかの地も、晩年のホーソーンの心を引きつけた。というのも、故郷を求める強い気持ちにもかかわらず、彼はしばしば場所替えの必要性を感じたからである。コンコードの内陸性の大気がしばしば息苦しくうっとうしく感じられる夏にはこれが顕著になって、イギリスやニューイングランドの海岸部で何度も体験した爽快な気分を彼は思い出すのであった。コンコードに落ち着いてもう簡単には住居変更できなくなった今となって、ホーソーンは海岸を自分の永住の地として選択しなかったことを悔やみがちになった。しかし大洋は遠くなかったし、そこへの短い小旅行は今でも簡単に実行できた。

「暑さで萎れてしまい」（彼はフィールズに語った）また「潮風が死ぬほど恋しくて」ホーソーンは――やはり海辺にしきりに行きたがったジュリアンを連れて――一八六一年七月にビヴァリーのウェスト・ビーチに行って二週間を過ごした。農家を一軒借りたが、そこでの娯楽は単純素朴で安上がりなもので、毎日を海岸あるいは近くの松林で過ごすだけであった。ホーソーンはこの場所がとても気に入ったので、彼は妻に手紙を書き送って、もしもっと早く「ここの白松の林やここの岩や浜辺」を目にしていたら、コンコードではなくここに自分の「塔」を建てていたかもしれない、と言っている。近くに住んでいたエリザベス・ホーソーンは弟と甥に合流してイチゴ摘みの散策を行った。エリザベスは（ジュリアンが後に語ったところでは）「冷たく、明断で、決して激情に走らぬ常識が、女性にはあまり見られない少々のユーモアで和らげられている」人物であり、弟の書いた本をとても褒めてもいた。ホーソーンはこの姉に、ウェイサイドをそちらからぜひ訪問してくれるようせがんだ。（翌月実際に姉はウェイサイドを訪れ、兵士たちが用いる毛糸の靴下を編む優れた技を見せてローズを喜ばせている。）ビヴァリーでの休暇は楽しく有益であったが、ホーソーンは、妻が彼のためにもっと長くいて下さいと強く勧めてくれたにもかかわらず、家族と離れているのがすぐいやになった。二週間後、ローズに宛てた手紙で「自分の心地よい家と、可愛いバブ（ローズ）、大きなオニオン（ユーナ）、そして最高のママのような人たちがいるのだから、外をさまよい歩いているよりは家族といっしょにいるほうがましという結論」に達したと述べている。
しかしそれでもなお彼は相変わらずさまよい歩いた。

個が他者を避ける時
個が個によって一番愉快な思いを味わう。(4)

というエマソンの高尚で人間離れした人間関係観をホーソーンが受け入れるにはほど遠い状況ではあったものの、家庭から離れて旅することは、家庭それ自体を新たに有り難いものだと見直せるのはもちろん、他にもいろいろ恩恵をもたらすものだということを彼は発見した。一八六二年八月に再びコンコードが蒸し暑くなって来ると、ホーソーンは再度ジュリアンとともに蒸気船でボストンを発ってメイン州のハロウェルに行き、そこから汽車でバンゴウへ、そしてさらに駅馬車で(夜通し荒れた街道を)メイン州の海岸にあるウェスト・ゴールズバラへ向かった。この地で再び二人は農家が提供してくれる田舎くさい食事を楽しんだ。日中彼らは湾内で泳いだり、船を漕いだり、鮃《ひらめ》釣りをしたりし、海岸ではピクニック・チャウダーを食べたり、岩陰に座って沖合を見晴るかしながら、ホーソーンはその間葉巻を吸ったりした。夜にはホーソーンはこの家の主人と政治談義をしたが、この人物は農夫で、彼は(ジュリアンが当時つけていた日記で述べていることで、明らかに父親の意見を反映しているのだが、それによると)奴隷制廃止論者ではないものの、どんな問題であれ、双方の声を聴き、理解できる、物の分かる人物であった。この男はナイフを使って食べたが、それでも客たちは彼の知性の評価を低くすることはなかった。ホーソーンは土着のニューイングランド人の典型とも言うべき人々――農民、地方の法律家、村の編集者、木こり（マクレランの陸軍を一時帰休となったバーナム大佐のような人物）――と交わることで今一度安らぎを感じ、創作ノートに彼らについて書いているが、一八三七年から三八年にかけてのメイン日記およびノース・アダムズ日記を特徴づけているのと同じ関心、洞察、それに細部への厳密な着目がそこにはある。メインの人々は、彼の結論によれば、「マサチューセッツの人々よりも外見的にはとても粗野だが、同じくらいに知的であり、時代の抱える問題についても同じくらいによく理解していた。」この変化に富んだ楽しい二週間は当面はほぼそれで十分であった。その上、ホーソーンが妻に語ったところでは、二人はジュリアンのズボンの修繕のために家に戻らざるを得なくなった――それは、「藪やら茨やら沼やら岩やら海辺やら泥やら海水やら、その他いろいろ酷使や不運が重なった」結果であった。

ウェイサイドへ戻ったホーソーンは、休暇中に知人たちと過ごした時と変わらぬくらいにまた人との親睦に従事した。若き日のウィリアム・ディーン・ハウェルズ（William Dean Howells, 1837-1920）はホーソーンが愛想良く、気ままに話す癖がある人だと知った。丘の上の丸太に一緒に腰かけたまま、ホーソーンは西部について質問したが、（ハウェルズの報告によると）ホーソーンは西部が東部諸州よりも「はるかに純粋にアメリカ的だと想像しているらしかった。」ハウェルズは、ホーソーンがエマソンに宛てて書いてくれた――「この若者は見所があると思う」という――紹介状を有り難がり、自分が訪問した記録を、自分は「ホーソーンが本当に気に入った」という言葉で結んでいる。『アトランティック』へのもうひとりの寄稿者、ゲイル・ハミルトン嬢も、一八六三年に数日間滞在した後で同様の反応を示した。彼女は、「彼は輝かしいお方です。外見は実に理想的で、非常に大きな額をし、その額からは灰色の乾いた長い毛が四方八方へ撫で上げられている。神秘的な目が深い弓形の窪みの下から光を放ち、黒い眉毛と口髭、赤くて健康そうな顔――純粋で、感覚が鋭く、寡黙な人で、見えてしまったので視線を向けてしまい、同じ家の中に居たというだけで十分。あまり話さないが、ひとたび話せば非常にうまく話すお方です」と書いている。ホーソーンはホーソーンで、女性作家への謂われのない反感にもかかわらず、このハミルトン嬢が気に入った。彼はフィールズに、「われわれはゲイル・ハミルトンがわが家に迎えてとても感じよく望ましい客人だと思った。妻は彼女をひどく気に入っているし、私はどうかと言えば、この世にこんな物わかりの良い女性作家がいるとは知らなかった。彼女はこれまで一度もペンに触れたことがないみたいに健全な精神の持ち主だ。彼女が楽しんでくれたのは嬉しいし、また来てもらいたい」と言っている。

ホーソーンの晩年に、滞在期間の長短はあるがウェイサイドにやって来て、変わることのないもてなしを受けた大勢の人間たちの中には、フランクリン・ピアス（彼の名前をホーソーンはアナグラムで「プリンスリー・フランク〈Princelie Frank〉と変えていた」）、W・D・ティクナー（彼は葉巻やワイン、それに強いリンゴ酒をたっぷり届けてくれたが、歓迎を保証するためにそれをする必要はなかった）、それに古くからのセイラムの友人たち、つまり、今ではセイラム港の徴税官になっているウィリアム・B・パイクや、慢性的貧困状態にあってホーソーンが五十ドル寄付することで救済しようとしたザカリア・バーチモアなどがいた。

こうした嘘いつわりのない真心にもかかわらず、ホーソーンは、一部の人々の間で冷淡だという評価を受けた。エマソンは彼がホーソーンとの「友情を勝ち取り得なかった」ことを悔い、その原因をホーソーンの「頑固さと気まぐれ」のせいだとした。オルコットは、ホーソーンが「隣人の目が彼を捉えるのを恐れるかのように、丘の上の木々の間を逃げ回る」と言って不満を述べた。またハリエット・ビーチャー・ストウ夫人は、フランシス・C・バーロウ准将とジュリア・ウォード・ハウ夫人がホーソーン宅を訪問したいと告げた際に、「ピケ張りの任務」をしたとしてホーソーン夫人を非難した。真実を見通すためにわれわれが思い起こさなければならないのは、ホーソーンは職業が作家であって、応接係ではなかったということ、また彼は自分が好む人々を好んだということである。オルコットと付き合うのは時として面白かったが、少し相手をすると、際限がなくなってしまうのは、子供たちを慰めるために書かれた以下の温厚な詩が示すとおりであった。

アップル・スランプに賢者が住んでいた。
彼の食事は決して彼をふっくらさせることはなかった。
彼に人参、馬鈴薯、カボチャ、サトウニンジンや豆を与えよ。
それに茹でたマカロニを少々、チーズをかけず。

リンゴを生のまま一皿、膝で支えるように。
甘いリンゴ酒をコップ一杯、すべてを流し込むために。
すると彼は、君が望むだけ長く、霊の話をするだろう、
このアップル・スランプの非現実的な賢者は。

ホーソーンにとってオルコットが性に合わない、うんざりする人間だったとすれば（エマソンにとってさえオルコットは、「大天使」だったかもしれないが、退屈な存在であった）、エマソンその人もまた、気質的にも哲学的にも、必ずしも気心が知れた間柄ではなかった。ホーソーンがエマソンをどう思っていたのかは、娘のローズが、「（父は）何か微笑みかける対象を探さねばならない」ので、「エマソンの絶え間ない微笑の揚げ足を取ろうとしている」と語ったことの中におそらく表現されている。また一般大衆に関しては――その中にはストウ夫人やハウ夫人、それにバーロウ将軍が含まれていると言ってもおかしくはあるまい――ホーソーンは、好みに応じて、個人的に歓迎できたりできなかったりした。オルコットは、ホーソーンが自分の時間のほとんどを塔に立て籠もって本とペン、それに喫煙に費やしていると言ったが、これはおそらくおよそまともな現役作家なら誰しもやって然るべきことではあるまいか。

落ち着いた、規律正しい性格の人間たちにとって、物事の実行には変わらぬ手順が必要なものだが、ホーソーンの場合、それは午前中の執筆、午後の散歩、それに夜の読書とから成っていた。一日の三

部門の中で少なからぬ楽しみとなっていたのは夜の読書で、ホーソーンは家族の途切れぬ楽しみのために、未だにしばしば声を出して読むということをやっていた。一八六一年に行った特に注目すべき読書コースはウェイヴァリー小説群とロックハート（John G. Lockhart, 1794-1854）の『スコットの生涯』（*Life of Scott*, 1837-38）があり、その楽しみはティクナー・アンド・フィールズ社がワシントン・アーヴィングへの献辞を付けて新たに出したスコットの進物用の本や、同じくホーソーン自身への献辞を付けて出したロックハートの進物用本によって拡大された。この時の経験についてジュリアンは後年、それが「記憶すべきもの」だったと書いている。

（ジュリアンが言うには）登場人物たちがみなわれわれの眼前で生きて動いているようであった。ホーソーンの顔の表情が、作品を読みながら、台詞や場面に応じて変わった。彼が本を持って座っている姿を見るのはとても楽しかった。彼は心地よさそうに椅子にどっかり腰を落ち着け、左手で本を開いたまま支え、その指は上の部分をしっかり押さえつけていた。読みながら、彼の頭は絶えず繰り返して前へ前へと動くのだが、それによってどういうわけか、文章やらパラグラフやらに明瞭さや重要な意味が加わり、彼と作家との間に絶えざる活発な同調関係が生み出されることが窺われるように思われた。

スコットとロックハートを除くと、ウェイサイドでの最後の歳月に行われた読書には、F・G・タッカーマン（Frederick G. Tuckerman, 1821-73）の『詩集』（*Poems*, 1860）、エリザベス・ドルー・ストダード（Elizabeth Drew B. Stoddard, 1823-1902）の『モーゲソン家の人々』（*The Morgesons*, 1862）、ドナルド・グラント・ミッチェル（Donald Grant Mitchell, 1822-1908）の『エッジウッドのわが農場』（*My Farm of Edgewood*, 1822）、ゲイル・ハミルトンの『田舎の生活と田舎の思考』（*Country Living and Country Thinking*, 1864）、レベッカ・ハーディング・デイヴィス（Rebecca Harding Davis, 1831-1910）の『マーガレット・ハウス』（Margaret Howth, 1862）、ハリエット・プレスコット・スポフォード（Harriet Prescott Spofford, 1835-1921）の『琥珀色の神々』（*The Amber Gods*, 1863）、ロングフェローの『ウェイサイド・インの物語』（*Tales of the Wayside Inn*, 1863）およびその他の同時代のアメリカの作品であった。ホーソーン夫人はアニー・フィールズ宛ての手紙で、夫とジュリアンはハミルトン嬢のことを「アメリカ唯一のまともな女性作家」だと考え、また彼女の作品を読むと絶えず「何とみごとな！」という叫びで中断されると言っている。デイヴィス夫人とスポフォード夫人の作品（新しいリアリズムの代表的存在）はホーソーン夫人によって——またおそらくホーソーン自身によっても——反対に遭ったが、この理由は「文体がひどい」、「洗練されていない」、それに「感情が剥き出し」というものであった。タッカーマンとミッチェルに対しては、ホーソーンが好意的論評を書き、またロングフェローに対しては深い誠意を込めて「君の詩には非常に満足している。他の大抵の詩人の詩には、私の人生すべてを通して響き渡ってきた壮大で懐かしい音楽の調べであるという点を除いて、ほとんど見るべきものがない。こんどの君の物語は、どれもこれもみなそうだが、これほど優れたものはあり得ないだろう」と言っている。作品に付した「序の言葉」でロングフェローはホーソーンに対する上品な言及を行っていたのだが、ホーソーンはこれに応えて彼の喜びを次のような賛辞で表した。「君の詩作品に私の名前が光っているのを知ってとてもありがたいと思っている——これはまるで私が月を眺めていたら、その横顔に私の顔を見つけ出したようなものだ。」読書時間が終わり、子供たちが寝床に行ってしまった後、ホーソーン夫妻が浮かれた気分になれる手段として、本を別にすれば、ティクナーが提供してくれたリンゴ酒ほどのものはまたとなかった。彼は親切な寄贈者に向け、自分はこれほど気に入ったリンゴ酒を飲んだことはないし、妻も同意見だと語っている。

ヨーロッパから戻って間もなく、ホーソーンは著作の仕事を再開したが、ひとつには芸術家の内的な強迫観念ゆえであり、また一つには、金銭的に見て、何もしないでいられるほどの余裕はないという確信ゆえであった。フィールズは『アトランティック』への寄稿をしきりに求めてきたし、分厚いイギリス日記はこうした目的のため一番すぐ役立てられる材料のように思われた。そこで、ホーソーンはその日記の一部をイギリスの風景、生活、風俗習慣という形で再構成する作業に取りかかった。一八六〇年十月に『アトランティック』に掲載された「バーンズ行きつけの場」(“The Haunts of Burns”)を手始めに、ホーソーンは、その後慎重ながらも次第にペースを上げ、「オックスフォードの近くにて(“Near Oxford”)」(一八六一年十月)、「懐かしのボストンへの巡礼(“Pilgrimage to Old Boston”)」(一八六二年一月)、「レミントン・スパ(“Leamington Spa”)」(一八六二年十月)、「ウォーウィックについて(“About Warwick”)」(一八六二年十二月)、「才能ある女性の思い出(“Recollections of a Gifted Woman”)[5]」(一八六三年一月)、「ロンドン郊外(“A London Suburb”)[6]」(一八六三年三月）、「テムズ川を上流へ（"Up the Thames"）」（一八六三年五月）、「外側から眺めたイギリスの貧困（"Outside Glimpses of English Poverty"）」（一八六三年七月）、それに「市民の宴（"Civil Banquets"）」（一八六三年八月）などを書いていった。これらのスケッチは大好評で、編集人フィールズはもっと、もっと書いてくれとせがんだ。

一八六二年九月、フィールズは次のような熱烈な手紙を送っている。

このたびぜひあなたに伝えたいのは、あなたのレミントンについての一文がいかに大きな賞賛を受けているかということです。あなたの、いや誰も彼もみな含めて、その最良の文章のひとつだとみな断言しています。あなたが書いた肥えた未亡人の描写について私は通りを歩いていても友人に呼び止められて一緒に笑うほどです。新聞もみなあの記事を褒め、ああいうものをもっと載せろと言っています。私の雑誌の十二月号、それから一月号に載せる文章をぜひ送って下さい。それがないとうちはやってゆけません。この手紙がそちらに着いたらすぐに今言ったふたつの文章のタイトルを知らせて下さい。これを必ずお忘れなく！

フィールズは手紙に百ドルの小切手を同封してきたが、これはこの時までに掲載された記事一点一点に対する合計金額であった。十二月になると、フィールズは賞賛も支払金額も増大させ、次のように書いてきた。

「ウォーウィックについて」ほど好評をもって迎えられた記事は『アトランティック』では未だかつてあり

ません。あの実にみごとな記事はアメリカ全土で喜びを持って賞賛されています。カーティスが今日わが社でコーヒーに付き合ってくれましたが、彼も熱狂のコーラスに加わっていました。ロウエルとロングフェローが昨晩私に大いなる賛辞を送ってきましたし、ホームズはあなたが英語を用いる作家の王様だと断言しています。ご存じの通り、彼は自分の自慢話を正直にする人ですが、今度ばかりはあなたに降参だそうです。……いずれあなたには十ページかそれ以下の記事すべてについて百ドル、十ページを越えるものについてはページ当たり十ドルを余計に受け取って頂きます。この最後の記事（「才能ある女性の思い出」）は十五ページになるので、夫人に本日百五十ドルをお送りしました。これでご満足かどうかお知らせください。

条件はもう満足以上であった。というのも、ホーソーンが答えているように、彼は「前の条件で満足」だったからである。フィールズのところで仕事をするまでホーソーンは、自分の著作によって語るに足るような収入を得たためしがなかった。自分の作品が「価格だけの価値がある」ことを知って彼は今満足を感じていた。彼は率直に感謝の気持ちを込めて、「私の作家としての成功は、それがこれまでどうであったにせよ、また今後どうなるにせよ、私とあなたとの交流の結果だ。いろいろな点で、あなたは私に代わって大衆の共感という岩盤に一撃を加えてくれました。私を溺れさせるほどではないが、私の喉の渇きを癒やすには十分な量の水流がそこからほとばしり出てきたわけです」と続けている。この水流は賞賛と金とから出来ていた。家族を養わねばならない作家には、好意的な評価以上のものが必要である。ホーソーンが寄稿する記事に対する新しい原稿料は、彼を『アトランティック』誌のランクでは最高位近くへと位置づけることになった。フィールズはこの時期ベイヤード・テイラー（Bayard Taylor, 1825-78）には記事一編当たり六十ドルを、またニューイングランドのすべての作家中最も人気の高かったロングフェローには、ソネット二編で百ドルを払っていたのである。

イギリスのスケッチ十編に加え、ホーソーンは引き続き『アトランティック』誌の一八六二年七月号に、戦争の進行具合を書いた記事を掲載した。その年の三月から四月にかけて、忠実な友人のティクナーと共に、ホーソーンはホレイショ・ブリッジの客人としてワシントンで一ヶ月を過ごした。ブリッジはこの時、輸送船団指揮官の階級を持ち、アメリカ海軍の食料衣料調達局長官となっていた。戦争中にワシントンを訪れた他の人々同様、彼は結果に希望を抱けなかった。「状況にしても兵隊にしても、遠くで見る方が近くで見るよりも良く見える」と、彼はフィールズに語っている。それでも彼はまったく楽しい時を過ごした。彼はエマニュエル・ロイツェ（Emanuel G. Leutze, 1816-68）に肖像画を描いてもらったが、当時議会の建物の装飾の仕事に従事していたロイツェは、一級品の葉巻とシャンペンで肖像画作成を景気づけた。ホーソーンはモンロー砦を訪れ、海軍初の装甲戦艦モニター号を視察し、砲撃を受けて、負けはしたもののメリマック号に降伏しなかったカンバーランド号を見た。ホーソーンは水中から三本のマストが突き出ていて、そのうちの一本の先端からズタズタになったアメリカ国旗の一部がはためいている光景に感動を覚えた――実際、この種の光景を見てそうなるかもしれないと想像していた以上に感動したのであった。彼はまた深い泥を突いてマナッサスおよびハーパーズ・フェリーへ赴き、南軍捕虜の一部と会ったが、彼らを好きになったし、「コントラバンド」として知られる黒人逃亡奴隷の一部とも会って、彼らを憐れんだ。またワシントン訪問中のホーソーンの体験中でわれわれの少なからぬ関心を引くものとなったのは、マサチューセッツ州議員団とともにホワイトハウスを訪れたことである。この議員団は大統領にマサチューセッツ州立刑務所内で作成された（あからさまなシンボリズムが込められた）象牙の取手の付いた笞《むち》を贈呈した。

こうした経験に基づく『アトランティック』誌の記事（「主として戦争について」["Chiefly About War Matters"]）はよい戦争プロパガンダとはならなかった。というのも、その記事の調子は客観的で、批判的でユーモラスであったが、それでも、フィールズは、ホーソーンがリンカンに関する部分の削除に同意してくれれば、出してもよいという態度であった。その問題の部分の一部は以下のようになっている。

やがて階段のところと廊下のところに少しざわめきが起き、ゆっくり歩いて入って来たのは背が高く、不格好な人物で、ヤンキーの挙動と物腰が強調されていて、私は彼を紛うことなく（これほど垢抜けしない人間はまず見たことがないが、嫌悪感や不快感は感じさせない人だった）アンクル・エイブだと認識できた。……彼の不格好で長ったらしい体格、動きの見苦しさを詳細に記述するのは不可能だ。だが私には自分が彼と毎日会うのが習慣になっていて、どこかの村の通りで幾度となく握手を交わしてきたかのような気がした。彼はアメリカ人の雛形の様相に本当にぴたりと一致する。但し、それはある種の行き過ぎが働いてそうなるのだが、私はそれをさらに喜び勇んで誇張した可能性がある。仮に彼の職業と暮らしは何か想像してみよと言われたら、私はとっさに彼を田舎の校長だと答えただろう。彼は田舎臭い黒いフロック・コートとズボンをブラシも掛けずに身に付けていて、あまりそればかり着ているため、着衣が彼の体型の曲線や輪郭に合ってしまい、そのままこの人の外皮となってしまっている。足にはみすぼらしい上靴を履いている。髪は黒くてまだ白髪は交じっておらず、堅そうでいくぶんモジャモジャで、どうみてもその朝ブラシをかけたり櫛でといたりはしなかったようだ……顔色は黒くて血色が悪い……分厚く黒い眉毛とせり出した額。鼻は大きく、口のまわりのシワがくっきりと輪郭を描いている。

顔つき全体は合衆国全体のどこでわれわれが出会うものよりも下品だ。しかし、にもかかわらず、それは彼の真面目だが優しい目の表情で埋め合わされ、鮮明にされ、和らげられ、輝いている。垢抜けしない賢さをたたえる表情には村での経験の豊かな結果の重みが反映しているように思える。アメリカ生まれの感覚に溢れている。書物による教養はなく、洗練もない。心根は正直で、しかも徹底的にそうなのだが、ある種の狡猾さがある——少なくとも、悪知恵に近い一種の機転と見識を備えていて、敵には正面から猪突猛進するのでなく側面攻撃するのではないかと思える。しかし、全体としては、この顔色の悪い、奇妙で抜け目なさそうな顔が、それを元気づける素朴で人間的な共感の心を持っていて、私は気に入った。またこの問題にはあまり関心がないので、私は、代理が勤まりそうな他の誰よりも、アンクル・エイブに統治者としての役割を果たしてもらいたいと思う。われわれは上機嫌で彼の面前から辞去したが、ただ残念だったのは、大統領が座って足を組むところ（驚くほど珍しい見ものだそうだから）を見たり、彼を有名にした愉快な話をしてくれるのを聴いたりできなかったことである。

ホーソーンはいやいやながらではあったが、この部分の削除に同意したので、記事はその部分抜きで世に出た。彼はフィールズに、「ほんのちょっとした真実をこのひどい詐欺師のような世の中に放とうとするのは何とまあ骨の折れることだろうか！ 誓って言うが、削除部分は私には歴史的価値があるように思える」と言って不満を表明した。フィールズは良識的判断からリンカンに関するくだりを復活させたが、それは書いた人も書かれた人もともに世を去ってからのことであった。(7)

その間、ホーソーンは小説の執筆でも忙しかった。一八六一年二月に彼はフィールズに、毎日二、三時間を執筆室の「スカイ・パーラー」で過ごしており、努力をしているがこれまでのところは大した結果は生じていないが、ニューイングランドが別の国になるまでには「新しい長編《ロマンス》」が出来上がるだろう、と告げた。五月に彼は、戦争が自分の執筆活動の邪魔になっており、これからはたとえ自分がうまく長編を完成させたとしても、おそらく長期にわたってその需要はなくなるだろう、と言っている。十一月には、今執筆中の長編を『アトランティック』誌に連載する約束をしたが、「同じ調子でくどくど……何ヶ月もの間……書くと、読者を飽き飽きさせてしまうのではないか」と恐れてもいた。物語は「かなり長くなるだろう」し、一八六二年前半にはまず出来上がらないだろう、と彼は言った――実際いつ出来上がるのか正確なところは彼にも分からなかったのである。一八六二年二月、彼はブリッジに、毎週少しは新作完成にむけて進展があるが、「心身ともに疲れていて、体調があまり思わしくない」と言っている。

いくつかの理由から、その後一八六二年から六三年にかけては新作を満足がゆくような形で完成させることはできなかった。イギリスのスケッチを書かなければならなかったし、戦争のため気が散ったし、自分の創作エネルギーが衰えたこともあった。一八六三年八月にフィールズは――最大限良かれと思って——さらなるプレッシャーをかけた。自分の雑誌に掲載する長編の毎月分に二百ドルを払うと申し出たのである。金を必要としていたホーソーンは「尋常ならざる気乗りのなさ」にもかかわらず、改めて努力し直すことに決め、作品は一八六四年には連載予定と発表することに同意した。しかし彼の努力は無益であった。一八六四年一月、彼はフィールズに、自分の精神は「さし当たり平静さと切れ味をなくしてしまった」と言い、二月には、掲載予定と発表した作品は完成すまいと伝えている。これは屈辱的で悲愴な告白だったが、ホーソーンはユーモア感覚を失いはしなかった。『アトランティック』の読者諸兄には、「ホーソーン氏の頭脳がついに腐った」と言ってくれ、と彼はフィールズに提案したのである。

実際（死後の出版物が示すことになったのだが）ホーソーンは大量の原稿を書き上げていて、ひとつではなくふたつの長編——二つの版が存在する『セプティミアス・フェルトン』（*Septimius Felton*）と、『グリムショウ博士の秘密』（*Dr. Grimshawe's Secret*）——が、ほぼ出版できる状態で完成していた。その上、イタリアで書いた『先祖の足跡』（*The Ancestral Footstep*）として知られる長いスケッチと、彼が最後に取り組んだ『ドリヴァー・ロマンス』（*The Dolliver Romance*）の三章分が出来ていた。『先祖の足跡』と『グリムショウ博士の秘密』は、その主題として、若いアメリカ人によるイギリスに残る遺産の拒絶——故国の民主主義の可能性をこの青年が再認識したことから触発された拒絶——を有している。断片的な『ドリヴァー・ロマンス』と標準的長さの『セプティミアス・フェルトン』は不死の人間を生み出す秘薬という着想を展開させている。後者の物語では、秘薬が現世での不死性は事物の自然な秩序を破壊すると言われるがゆえに拒絶されている。前者では、作家が明らかにドリヴァー博士のために漸進的な若返りを考えていたものと思われる。ソローがかつてホーソーンに、ウェイサイドの前の住人が自分は永遠に生きると信じていたと語っていたので、ホーソーンは、ソロー（一八六二年に亡くなっていた）のスケッチを、不死の妙薬を扱う長編への序として書こうと計画した。それゆえ、彼がそのような作品を自分が完全に満足できる形で完成できなかったのは、二重の意味で残念である。それは、ホーソーンこそが、大抵のソローの同時代人たち以上に、本当の意味でよく彼を理解していたからである。もしホーソーンがそのエッセイを書いていたなら、十九世紀におけるソロー評価の道筋はもっと順調なものになっていたかもしれない。

一八六三年九月十八日、ティクナー・アンド・フィールズ社は、ホーソーンのイギリスのスケッチを、『懐かしの故国』というタイトルを付け、本の形で出版した――『アトランティック』にすでに掲載されたものが十点と、他に「領事の経験」と「リッチフィールドとユートクセター」の二点が加わっている。この本はよく売れた――すぐに第二版の出版へと繋がった――が、これには二重のスキャンダルによる成功という事情も働いている。イギリスの関係者は、五十歳になるイギリスの未亡人についてのホーソーンの描写に対して激しく異議を唱えた。

（彼は一部こう書いていた）彼女は恐ろしく重い肉体の持ち主だ。アメリカの数少ない太った女性たちに見られる弛んだ発育のように柔らかいものではなく、堅く締まった牛肉と筋の入った獣脂でできていて重く、かさばった存在だ。それゆえ（この考え方には断固反対しようと思うのだが）どうしても彼女をビフテキやサーロイン肉でできていると考えてしまう。彼女が歩けば、歩みはさながら象のごとく。座れば、そこは彼女を作り給うた神の足載せ台[8]という大きな丸い場所で、彼女を動かせる者など誰もなしというがごとき風情。

このような冒涜に対するイギリスでの抗議に加え、さらに大きな嵐のごとき異論がアメリカで巻き起こったが、それはこの本がフランクリン・ピアスへの献呈の辞を掲げていることに対してであった。ピアスは南部への共感を示したために、北部で、とりわけニューイングランドの奴隷制反対論者の間で不人気だったからである。

ピアスは「コパーヘッド[9]」として知られるかなりの数の北部民主党員のひとりであった。南北戦争中ずっと、彼は敵対の即時停止と、「戦争前の状態（*status quo ante bellum*）」への復帰というスローガンを公然と唱えた。一八六三年七月四日、彼は出身地ニューハンプシャー州コンコードで演説を行い、そこで「武力による攻撃」は「今ある悪への適切もしくは可能な対策」ではなく、合衆国憲法がそもそも作られた「大きな目的」は「平和的手段のみによって」達成可能だと言った。たまたまホーソーンはこの時この友人を訪問中で、その演説が行われている間、演壇に座っていたのである。翌日の新聞はその演説を一斉に「裏切り」だと書き立てた。もうひとつの偶然が――こちらはもっとドラマティックだが――ピアスの「裏切り」とホーソーンの関係を人々の心にしっかり植え付けることになった。『懐かしの故国』が発行されたその日、『(ニューヨーク)イヴニング・ポスト』および他の北部の有力新聞が、一八六〇年にピアスがジェファソン・デイヴィス宛に書いた手紙を掲載したのだが、そこでピアスは次のように言っていた。

脱退する権限の問題、抽象的な脱退権という問題を議論しなければ、必ず私は連邦の崩壊が起きて血を見ることになると思ってきた。北部の奴隷解放論者の狂気によってそういう恐るべき災厄が発生することになれば、戦闘はメイソン・ディクソン線沿いに限ったことではなくなる。戦闘はアメリカそのものの境界内、アメリカ至る所の町の通りでも起きる。……法に挑戦し、憲法上の義務をあざ笑う者たちは、武器使用やむなしという裁断に至れば、気安く武器を使うであろう。

北部の宣伝者たちはすぐさまピアスを裏切り者と非難し、南部諸州の連邦脱退はピアスとその他北部の民主党員たちの共謀によってもたらされたと言って非難した。『懐かしの故国』出版と、それに付された作家によるピアスの「忠誠心」が信頼できるものだという主張は、登場時期がいかにも不運であった。

ホーソーンは明らかな裏切り者の忠誠心を証言することで自分を愚かに見せただけだろうと、多くの読者は想像した。しかしこのような読者たちはこの戦争での北部側への忠誠心と建国の父祖たちが確立した合衆国への忠誠心とを区別することができなかった。ホーソーンが擁護し賞賛したのは後者のほう――彼曰く「変更不可能な合衆国という遠大な理念」への忠誠心――で、ピアスもこれを子供の頃に「勇敢な父」から学び、公人としての経歴では終始維持して来たのであった。多くの読者はまた、ホーソーンが戦争そのものへの態度でピアスや北部民主党員たちと意見を同じくしているという誤った理解をした。しかし事実はそうではなかったのである。ホーソーンは、献呈文の中ではははっきり述べていないが、自分の立場――一八六二年から六三年にかけての時点では、分別ある、現実的な立場であった――をエリザベス・ピーボディーやホレイショ・ブリッジ、それにイギリスのヘンリー・ブライトへ宛てた手紙の中では、明確に伝えている。彼は、戦争は避けるべきだと常に思っていたが、ひとたび始まってしまった以上は、「北部の人間の誰にも増して軍事的勝利を願っていた」と言っている。もっとも、軍事的勝利は合衆国の復興をもたらすにはおよそ不十分だと彼は思ったが、その理由は、「われわれが南部をひどく叩いても、彼らがそれでわれわれをその分だけ余計に愛してくれるわけではない」と彼は考えたからである。またホーソーンは、北部は境界線をしっかり指示して境界諸州を取り戻すため、むしろこのまま戦争を遂行すべきだと考え、「メリーランド、ヴァージニア、ケンタッキー、それにミズーリは自由土地とすることが十分可能だ」と主張し、これらの州の返還要求のためなら「命をかけて闘う」こととし「他は放っておく」のがよいとした。戦前の合衆国には愛着があったが、その復元の可能性は考えられなかったので、彼は、「ミルトンが歌っているように、ルシファーと天使の三分の一が黄金の宮殿から離脱してしまった後もなお天国は天国だった」という悲しみにくれた思いで自分を慰めた。

また、ホーソーンは一八六三年時点ではピアスと政治的立場が一致していたわけではなく、献呈文はあくまで友情の証としてのみ意図されたものである。この友情の証は、ピアスが彼をリヴァプール領事として任命していなければ、自分はイギリスを見ることもなかったし、『懐かしの故国』を書くこともなかったわけなので、それを考えれば妥当なものと言えた。そういう妥当性はあったのだが、厄介な事態が予想されたので、フィールズは作家に何とか思い止まらせようと精力的に働きかけた。それに対して、ホーソーンは次のような宣言文を、この世論を慮《おもんぱか》る賢明な出版人に送っている。

献呈辞でも献呈文でも、どちらを撤回するにしても、そのようなことをすれば卑怯な行為ではないかと私には思える。ピアスとの長年にわたる親密な個人的関係を考えれば、この献呈はまったく適切なもので、とりわけこの本に関してはもし彼の親切な配慮がなければ存在していなかったわけなので余計にそうだ。また仮に彼がひどく評判が悪いためにこの本の評判も落ちるとしても、それならそうで旧友がそれだけ支援する必要があるはずだ。単なる金銭上の利益や文名のためにのみ、自分がこれまでじっくり考え、その実行が正しいと思ってきたことから後退することはできない。また仮にも私が献呈の辞を破り捨てるようなことがあれば、今後はこの本を見るたびに後悔の念と恥ずかしい思いに晒されることになってしまう。それに読者大衆について言えば、私の本にはまさにそれが値するだけの評価だけを与えてくれるはずだし、そうでなければ放っておくしかあるまい。……もし北部の読者大衆がこのことで私を村八分にするようなら、そういう間抜けやケチな心のならず者の集団から善意を受けるよりは千ドルや二千ドルぐらいの金は喜んで犠牲にするとだけ言っておこう。

皮肉なことに、またこれはよくあることだし、著者も出版社もこの場合予見しなかったのだが、この献呈の言葉によってこの本の売れ行きが増加し、それがなかった場合の想定以上にこの本を宣伝する効果を生み出した。しかしコンコード、ケンブリッジ、それにボストンでは世間が非難で色めき立ち、その非難の多くがおおよそ個人的なものだったとはいえ、それをホーソーンが意識しないわけにはいかなくなった。エマソンは日記でホーソーンの「意固地な政治観と、あの下劣なフランクリン・ピアスへの不幸な友情」を批判し、彼の手にした『懐かしの故国』から気に障る献呈の言葉をきれいに削除してしまった。ロウエルは、その時ピアスとはホーソーンも同席で会ったばかりだったが、ノートン夫人に宛てた手紙で、ピアスはディケンズの『マーティン・チャズルウィット』(Martin Chuzzlewit, 1843-44)に出てくるエリジャ・ポグラムの真のモデルだ、と知ったかぶりに嘲っている。チャールズ・エリオット・ノートンはG・W・カーティスに、自分はホーソーンに「半分いらつき、半分面白がっている……彼のF・ピアスへの献辞は辛辣この上ない諷刺と読める。それなら私は満足だ。読者大衆は笑うことだろう」と書いている。ハリエット・ビーチャー・ストウ夫人は――いつも独りよがりで、その頃は『トム叔父の小屋』(これをフィールズは『トマス叔父の邸宅』と改名した)の売れ行きが良かったため金回りもよかった――著者も出版社ももろともに、出版社に宛てた以下の通告文で酷評した。「われわれの友人のホーソーンがあの極悪非道の裏切り者ピアスを自分の序文で褒め、忠実なる貴社がそれを出版するというのは本当か。私は序文を読んだわけでないしその本を見たこともまだないが、当地ではみなそう言っており、貴社がそんなことをするとは私は信じられない——彼がそんなことをするとも信じられないが。私は前の夏に彼に会いに行ったのを後悔している。何ということだろう！こんな裏切り者をあからさまにひいきするとは！私はとても信じられない」と。エリザベス・ピーボディーとメアリー・マンは少なくとも、ホーソーンが二度とフランクリン・ピアスの名を自分たちに対しては口にしないだろう、と敢えて信じる程度にまでは、怒りを静めた。戦争に対するヒステリー状態は大変なものだったので、ホーソーンの直近の家族たち以外では、おそらくニューイングランドでほんの数人しか彼がやったことを理解も評価もしなかった。こうした理解者のひとりは、知っておくのも悪くないであろうが、アニー・フィールズで、彼女は日記に、ホーソーンは「最も純粋な友情」が動機でそうしたのであり、「そういう忠誠心は実に高貴なもの」であり、献辞は「彼の生涯のなかでも見事な出来事」だったと書いている。フィールズ夫人はまた、ホーソーンは「あまり見られないやり方で旧友たちを愛したのです」とも記している。

ホーソーンの健康は、ヨーロッパから戻って以来ずっとだが、次第に衰えを見せてきていた。ホーソーン夫人は、ユーナ同様彼も、ローマでマラリアか、何かそれに近いものに罹っていて、その後遺症やユーナの病気が原因となった心労の影響に悩んでいるのだと考えた。彼女はまた、彼がユーナの病気が再発するのではないかという恐れを絶えず抱いていた、と考えており、実際それはすでにアメリカに戻ってから一度再発していたのであった。一八六二年十二月にホーソーン夫人がフィールズに宛てた手紙では、「彼が、彼のローズ・オブ・シャロン——今はとてもしっかりしていて丈夫です

――を見つめる時、どうも彼女がまだ生きて輝いているのが信じられないように感じているらしいのですが、そのくらい深く、彼の魂には彼女が死ぬのではないかという思いが刻み込まれています」と書いている。

不安は不安を呼ぶもので、ユーナの健康に関するホーソーンの大きな心配は増大して別の心配となり、彼に重くのしかかった。戦争は不幸の原因のひとつだったし、戦争問題への彼の立場への友人たちや隣人たちの不信感の籠もった態度も疑いなく彼の不安な精神状態の一因となっていた。彼は心配事のためしばしば執筆不能に陥った。また書けないためにそれだけ余計に心配事が増大したが、それはとりわけ収入を増やす必要があったからで、フィールズは書いてくれれば何でもいいからこれまでよりも支払額を増やすと常に申し出てくれていた。リヴァプール時代の蓄えは完全になくなりつつあった。家の増築費は見積もりの四倍にもなっていて、さらに家のまわりで手を加えねばならないことが多くあった。子供たちが成長するにつれてますます金がかかるようになっていた（ジュリアンが一八六三年にハーヴァードへ入学した）。戦争は物価高騰を招いていて留まるところを知らず、おそらく書籍業界全体がこのままでは破綻を来たすとも見られたが、それでも、唯一の頼みの綱は気を取り直して執筆に専念することだと思われた。コンコードではなく海辺で生活できれば気分が良くなるだろうと彼は思った。何しろコンコードの夏は蒸し暑く、一年を通して超越主義の臭いがしたからである。彼はもしもう一度イギリスに行けたら、気分が良くなるのに、と思った。このまま放置しておけば、このような不安の連鎖が行き着く先は崩壊のみであった。

一八六三年夏までにはホーソーンは病人になっていた。いくら努力してみても、以前の弾力性ある気力も活力も取り戻すことができなくなった。一八六三年から六四年にかけての冬には数日間だけ執筆に当たれる時があった。しかし調子の良い日は次第に訪れる度合いが減り、無気力で落ち込んだ日々が徐々に勝るようになった。フィールズは断固として彼を励まそうとし、ロングフェローはフィールズにボストンでホーソーンのためのささやかな晩餐会をしたらどうかと提案した。（彼の提案は）参加者が「二人の悲しい作家と二人の陽気な出版人で、他には誰も呼ばない」というものであった。これは古くからの気心の知れた友人同士の集まりで、感動的だが哀れっぽいものでもあった。ロングフェローの目には、ホーソーンが「白髪が増えて堂々としていた」が、同時に「とても痛ましい様子が彼にはある」ように映った。

一八六三年十二月、ホーソーンは、気が進まなかったが、フランクリン・ピアス夫人の葬儀に出席するため、ボストンに出かけたが、ピアスが悲しみに打ちひしがれているのを見て、葬儀の後、ニューハンプシャー州のコンコードにあるピアスの家までこの友人に付き添って行った。その帰途、彼はフィールズ宅で一晩泊まったが、そこでは元気が出たように見えた。アニー・フィールズと客間に座っていると、チャールズ通りとその向こうの港のあたり一面に黄昏の闇が深まっていったが、彼は気ままに、時折いつものユーモアを込めながら、いろいろな話題について語った。メインでの楽しい少年時代やボウドンでの大学時代のことを回顧した。ボズウェルのことで何か声を上げて笑い、ボズウェルは古今の世界で最も注目すべき人間のひとりだと言った。彼はまた、オルコットには隣人たちがオルコット夫人とは友好的な関係を保ちつつ生活することが出来ないと通告せざるを得なかったこと、オルコットがホーソーンが言ったことはすべて本当だと認めたが、そのわけは、実際、それを誰より分かっているのがオルコット自身だったのだから、というようなことを語った。彼はまた「いっしょになって酔っ払うという古き良き習慣がどうしてなくなってしまったのだろうか」と訝しがった。フィールズ夫人はホーソーンの話を日記に書き留めて、最後に、「彼はとてもウィットのある方でしたが、そのウィットは空気のように霊妙な肌理《きめ》のもので、その精巧な髄の部分はすでに消えてなくなってしまっているのです」と書いている。

フィールズ宅で見られた体調の改善は長くは続かなかった。ホーソーンは「はっきりそれと分かる病気」に罹っていたわけではなく、夫人がフィールズ夫人に手紙で伝えたところでは「ただ、さえない状態」だったのだが、一八六四年三月に夫人が感じたのは、彼が「本当に何をする気力もない」ので、「転地療養する必要に迫られている」ということであった。南の方へ向けてゆったりした旅をするのが最善の療法のように思われた。そこで、ホーソーンと献身的なティクナーが三月後半、ハヴァナへ船旅をするつもりで、まずはニューヨークに向けて出発した。しかし、悪天候が長引いて船が出帆できず、その代わりに二人はそのままフィラデルフィアへと旅を続けた。この地の、コンティネンタル・ホテルで、ティクナーが肺炎に罹り、数日間寝込んだ後、四月十日に、逆症療法の内科医の努力にもかかわらず、亡くなってしまった。この医師は、ホーソーンがフィールズに語ったところでは、「丸薬や粉薬をしつこく試し、それから吸い玉、湿布剤、発泡剤《ブリスター》へと、あの野蛮人族の古くからの決まりに沿って治療を進めた」という。

ティクナーの死は、当然ながら、ホーソーンには大きなショックであった。親友を失っただけでなく、彼は役割が逆になったことに不気味な皮肉を感じた。すなわち、強い方の人間が打ち負かされ、病人の方が、当座の間ではあっても、壮烈なまでに強くならねばならなくなったのである。ウェイサイドまでたどり着いたときの疲れ果て狼狽したホーソーンの様子を、夫人はフィールズ夫人に次のように語っている。

主人の顔を見て私はすぐ恐怖に駆られました……ひどくやつれて、ひどく蒼白で、顔には苦痛と疲労が深く刻まれていて、これまで見たこともないほど病んでいるように見えました。駅に馬車が一台も見えなかったので歩いて来たのですが、額からは滝のような汗がしたたり落ちていました――こんなに遠くまで歩いて来たのは大変な努力だったでしょう。ああ、アニー！ ――そう、あの人は家に戻って私のところにたどり着くのがとても必要だったのです。家に戻れば、心配事をすべて振り払い、感情を少しは解放できるのですから――長い間閉じ込め、押さえつけて来た感情を――とりわけ優秀で親切なティクナーさんの病状を不断の警戒で見守り続けた後だったので、なおさらでしょう。主人はその場面とハワード・ティクナーのことを話しているうちにわっと泣き出したのは、彼にとってちょっとした救いでした。……でも彼はとても体力が弱り、疲労困憊の状態ですから、しっかり上半身を起こして座ることも出来ず、ほとんどずっとソファーベッドで横になり、一種不安な半眠状態で、本を読んでもらうことさえ望まず、考えをまったく集中したり纏めたりできない有様です。

土曜クラブは四月二十三日に特別午餐会をシェイクスピア生誕三百年を祝って開くことになっており、エマソンがウェイサイドを訪れ、会に参加するためホーソーンに付き添ってボストンまで行くと申し出たが、ホーソーンがあまりに衰弱していて行けないことが分かった。このシェイクスピア記念午餐会に行くくらいならロンドンを築くほうがまだ易しいと、ホーソーン夫人はアニー・フィールズに語っている。彼は日ごとに弱々しくなった。朝食が終わると長い間横になっていなければならなかった。ホーソーン夫人は付き添いなしで彼が階段を登り降りするのを断固として許さなかった。彼女はアニーへの手紙の中で、サッカレーから何か引用してみたところ、弱々しく笑わせることができたが、しかし、かつて微笑で一千個の太陽さながらに輝いた顔に浮かぶ微笑は見慣れない奇妙なものに見えた。彼の目からは光が……まったく消え失せてしまっていた。計り知れない疲労のためにそれらは完全に薄い膜で覆われている」と書いている。彼女は夫がキューバかメキシコ湾流が流れるどこか他の島に行けたらいいのにと願った。冷たい風が「彼を台無しにした」からである。彼女は、何が彼の体力を奪ったのか分からず、途方にくれた。彼の足取りは定かでなく、目も定かでなく、「限りない落ち着きのなさ」があり、「心労で悩み疲れた」表情をしており、脈拍も不規則だ、と彼女は思った。

ホーソーンの体調にもかかわらず、またもうひとつ旅が、ただ病状回復のみを願って実行されたらしい――今回は馬車を借り切って、ピアスとともにニューハンプシャーの丘陵地へと分け入るものであった。五月七日、ホーソーンはピアスに手紙で（これが彼の最後の手紙だったが）、自分たちがいったん旅に出れば速やかに具合もよくなるだろう、と告げ、五月十一日にボストンでピアスと会っている。ホーソーン夫人はこの旅が強壮剤的な役割を果たしてくれたらいいがと切に望んだ。彼女はフィールズ夫人に宛ててこう書いている。

私の考えでは、鱒がいる小川や古い農家のそばのひなびた場所に行って、心配事や世の中の動向と離れ、落ち着いてゆっくりやや速目に歩くのが健康回復にはとても役立つと思います。将軍との少年同士みたいな付き合いは彼を元気づけてくれるでしょう。二人は魚釣りをしたり、瞑想したり、休んだり、馬に乗ってゆっくりさまよったり、天気が良ければ四六時中戸外にいられるでしょう。……ピアス将軍は長年にわたって一番心優しい誠実な乳母みたいな方ですから、介護の手法もよくご存じです。また主人に対するあの方の愛情は、奥様を亡くされた今、魂から発する最強の情熱となっています。ピアス将軍の優しい不断の目配りを私が信頼申し上げないのであれば、私なしで主人を遠くに行かせるなんて怖くてできません。

ホーソーンは医師の診療を受けるのを拒んでいた。それは彼が医学全体に不信感を持っていたこともあるが、特に今回の病にあっては、先にティクナーに実施された治療を見て恐怖感を覚えたため、余計それが増幅されたためでもあった。しかし、妻は、彼にあらかじめ知らせずに、フィールズの助けを借りて、ボストンでホームズ博士との短い、非公式の面談を手配した。ホームズは後に書いているが、ホーソーンの状態は非常に芳しくないものであった。博士は、いろいろな局部的症状、特に胃に関連するもの——刺すような痛み、膨張、消化不良——を発見した。また体重の顕著な減少、気分の明らかな落ち込みもあった。気さくなホームズは治療を言葉による激励と、鎮静剤および強壮剤の処方に留めた。

五月十二日、ホーソーンとピアスは汽車に乗り、ニューハンプシャー州のコンコードを目指したが、そこで雨天のため引き留められた。十六日に二人は、馬車での旅を開始し、ゆっくりしたペースで引き続き北へと向かい、途中フランクリン、ラコニア、セントラル・ハーバーに立ち寄り、十八日の夜にニューハンプシャー州プリマスに到着した。十九日の朝、三時から四時の間にピアスはホーソーンの部屋に行ったところ、彼が死んでいるのを発見した。ピアスは病巣が脳か脊椎か、それとも両方だと思ったが、その理由は、ここまでの旅の最終日にホーソーンがほとんど歩くことも手を使うこともできなくなっていたからであった。ホームズ博士は、八日前のホーソーンの様子からは彼がこんなに早く死ぬのを示唆するようなものは何も見られなかったと言った。彼は、ホーソーンが失神発作《fainting》によって死んだのではないかと推測したが、これは、彼曰く、「緊張状態からのあらゆる形態の解放の中で最も穏やかなもの」であった。あと一ヶ月半でホーソーンは六十歳の誕生日を迎えるところだったのである。

五月二十三日、いつになく晴れ上がった日であったが、ホーソーンはコンコードのスリーピー・ホローの墓地に埋葬された。ロングフェロー、ロウエル、ホームズ、ウィップル、オルコット、ヒラード、フィールズ、それにエマソンが、棺を担ぐ人々に加わり、フランクリン・ピアスがホーソーン夫人と子供たちに同伴した。大勢の人々が教会および墓地に集まった。『ドリヴァー・ロマンス』の原稿が棺の上に置かれた。教会では、二十二年前ホーソーンとソファイアの結婚式で司宰を務めたジェイムズ・フリーマン・クラーク師が、（エマソンは日記に記録しているが）ホーソーンは人生の暗部を他のいかなる作家にも増してしっかり描いたが、人間の本性に宿る邪悪なものへの共感を示し、キリスト同様、罪人たちの味方であった、と述べた。

ソファイアは神秘的な宗教的信念で支えられた。夫の葬儀は彼女にとって「命の祭典」であった。彼女はフィールズ夫人に手紙で、「私のために暗黒の時を恐れないでほしい。あの時以来私には暗黒なものは一切ありません。……自分が人から慰められたように自分も悲しんでいるすべての人たちを慰めることができるよう求めるだけです。……神様は私のために（黒い雲の裏側にあるという）銀の裏地を見せて下さいました。すると私にとっての一番暗黒な雲が崩壊し、一万羽の歌う鳥になったのです[10]」と述べている。

当を得た、状況に適した賛辞が友人たちから寄せられた。ロングフェローには、ホーソーン夫人が長い友情の記念として夫が持っていたゴールドスミスの本を献上したのだが、彼は以下の行で終わる有名な詩を書いた。

ああ！ 一体誰があの魔法の力を秘めた杖を持ち上げ、
　失われた手掛かりを取り戻すのだろうか？

アラジンの塔の未完成の窓は
未完成のままとなるに相違ない！(11)

ホームズは『アトランティック』に、ホーソーンの作品は、「彼がその深遠な想像力を表現する手段とした言語が人間の口によって話される限り、いつまでも彼の名を記憶に留めさせる」ものになるであろう、と言った。ヘンリー・ブライトは『(ロンドン)イグザミナー』に掲載された追悼記事で「ホーソーンのことがよく知られれば知られるほど、どのような場合であれ、愛と賞賛がそれだけ強くなる」と言った。ロウエルにとって、ホーソーンは「今世紀で最も類稀な想像力の持ち主で、理想的見地から見れば、シェイクスピア以来最も類稀な存在」であった。公的にも私的にもホーソーンに異議を唱える意見が若干述べられたが、これらとて反論を受けなかったわけではない。ロウエルはエマソンがホーソーンの著作を低く評価したとして非難し、フィールズ夫人によると、エマソンを辛辣な言葉で「やり込め」たという。フィールズは、ホーソーンの政治的立場に異を唱えたG・W・カーティスの論文(12)を『アトランティック』に掲載するのを義理堅く拒んだ。私的友人からその後寄せられた賛辞のうちで注目すべきものとしては、フィールズが『作家たちとの昨日』(*Yesterdays with Authors*, 1871)の中で述べている回想と、フィールズ夫人の短い伝記、そしてホレイショ・ブリッジの『ナサニエル・ホーソーンについての個人的思い出』(*Personal Recollections of Nathaniel Hawthorne*, 1893)がある。

ホーソーンの家族は引き続きその後四年間ウェイサイドで暮らした。この時期、ホーソーン夫人は深刻な財政危機を経験した。戦争中も戦後も物価が上がり続け、地所からの収入（二万六千ドルと評価され、ジョージ・ヒラードが指定遺言執行人となっていた）も、フランクリン・ピアスがジュリアンのハーヴァードでの学費を気前よく負担してくれたとはいえ、家族を扶養してゆくには不十分であった。そこで、ひとつには金銭上の必要から、またひとつにはフィールズ夫妻が薦めてくれたため、ホーソーン夫人は夫の創作ノート出版をためらっていたのだが、それを撤回した。ノートは十二回に分けて一八六六年、『アトランティック・マンスリー』に掲載され、フィールズはそれに千二百ドルを支払った。彼女が編集した創作ノートは『アメリカン・ノートブックス』（*Passages from the American Note-Books*, 1868）、『イングリッシュ・ノートブックス』（*Passages from the English Note-Books*, 1870）、『フレンチ、イタリアン・ノートブックス』（*Passages from the French and Italian Note-Books*, 1871）として出版された。この編集作業でホーソーン夫人は――フィールズの協力を時折得たが、協力を得なかったことはそれより多い――当初の原稿を勝手にかつ大幅に変えてしまった。[13] 彼女は削除や訂正によってテキストを、夫がこの原稿を出版していれば施しただろうと彼女が考えるままの形にしたのであった。[14]

一八六八年十月、ホーソーン夫人と子供たちはウェイサイドを離れ、ドイツのドレスデンへと移住した。理由のひとつはヨーロッパの方が生活費が安いと思ったからであった。また今では、ヨーロッパと物語でお馴染みのその連想の数々が、彼女と娘たちを以前にも増して強くそちらへ惹きつけたこともあった。それからおそらく、彼女が外国で生活しようとしたもうひとつの理由は、フィールズとの仲違いで、ホーソーン夫人は（彼女の非常に疑わしい論拠から）、フィールズが自分と自分の夫を騙して正当な支払いをしなかったと信じるに至ったからであった。[15] 大陸での戦争のため、彼女は一八七〇年にロンドンに引っ越し、その地で一八七一年二月に亡くなった。ユーナは、決して身体強健というわけではなかったが、ロンドンに留まり、英国国教会の社会奉仕活動の仕事をして、一八七七年独身のままかの地で亡くなった。他の二人の子供たちは長生きした。ジュリアンは、小説や幅広い著作で作家としてまずまずの成功をおさめ、一九三四年に亡くなっている。ローズは、ジョージ・パースンズ・レイズロップ（George Parsons Lathrop, 1858-98）との短く、不幸な生活の後、カトリック教会に入り、マザー・アルフォンザとしてニューヨーク市およびニューヨーク州ホーソーンにある癌患者収容施設の運営を取り仕切り、一九二六年後者にてこの世を去っている。

ホーソーンに関する思い出は、尋常とは思えぬほど強く生き生きと、未亡人と子供たちの心に残った。彼らは愛情込めて彼の著作を読み直し、死後出版となる原稿をじっくり検討した。ユーナは――ロバート・ブラウニングの助けを借りて――『セプティミアス・フェルトン』を正確に書き写し、一八七二年に出版した。ローズは一八九七年に『ホーソーンの思い出』（*Memoirs of Hawthorne*）を出版したが、それは家族の書簡とそれらに関する心の籠もった注釈から成っている。ジュリアンは父の人生と作品について飽くことを知らず研究したり著作を発表したりした。この主題への彼の多くの貢献には、『グリムショー博士の秘密』の版のひとつの出版（一八八二年）、二巻本の伝記『ナサニエル・ホーソーンとその妻』（*Nathaniel Hawthorne and His Wife*）および『ホーソーンと彼の仲間』（*Hawthorne and His Circle*）の出版（それぞれ一八八四年、一九〇三年）がある。ホーソーン夫人は未亡人としての年月を亡き夫の創作ノートの編集に充てた。彼女は原稿の編集に取り組んでいる間、「胸が高鳴った」とフィールズに語っている。彼女の結婚生活の「天上のような春の時のすべて」が、彼女曰く、ホーソーンの「とても豊かで繊細なリズム」に乗って蘇ってきたからであった。彼女にとっても子供たちにとっても、彼は依然として、彼らの人生すべての光源であり、彼らの視力すべてを司る主人だったのである。

注（原注と明記した以外はすべて訳者による注である。）

（1）Mother Carey's chicken とはウミツバメの一種。Niobe とは、ギリシャ神話に登場し、子供の数と美しさを誇ったため、子供を皆殺しにされ、自分も石にされたが、なおも泣き続けたというテーベ人。

（2）（原注）一八五三年から五九年までこの家はホーソーン夫人の弟、ナサニエル・ピーボディ（Nathaniel Peabody）が住み、その後夫人の姉のホレス・マン夫人が住んだが、その夫は一八五九年の夏に亡くなっていた。

（3）"Ring Out, Wild Bells" は、*In Memoriam*（1850）の一部を成す。

（4）Ralph Waldo Emerson, "Character," *Essays, Second Series*（1844）より。

（5）（原注）この「才能ある女性」とはデリア・ベーコン（Delia Bacon, 1811-59）を指す。

（6）（原注）ベノック（Francis Bennoch）が住んでいたブラックヒース（Blackheath）を指す。

（7）（原注）Fields の *Yesterdays with Authors*（1871）を参照。

（8）神の足載せ台とは地球のこと。（イザヤ書六十六章一節）
（9）「コバーヘッド」とは本来、北米東部、南部に生息する毒蛇の名だが、それより転じて、南部に同情的な北部民主党員をこう呼ぶようになった。
（10）Every cloud has a silver lining.（どんな雲もその裏は銀色に輝いている）ということわざに言及したもの。
（11）Henry Wadsworth Longfellow, "Hawthorne"（1864）より。
（12）（原注）カーティスの論文は、一八六四年十月に『ノース・アメリカン・レヴュー』に掲載された。
（13）（原注）詳細に関しては巻末の書誌に挙げておいた拙論 "Editing Hawthorne's Notebooks"（四二二頁）を参照。
（14）（原注）詳細については巻末の書誌に挙げておいた *The American Notebooks* および *The English Notebooks* の Introduction の部分（四二一頁）を参照。
（15）（原注）詳細については巻末の書誌に挙げておいた拙論、"Mrs. Hawthorne's Quarrel with James T. Fields"（四二二頁）を参照。

第十一章　作品集成

ホーソーンが亡くなって十二年の後には彼の著作集がひとつと、世紀の変わり目までには、さらにもう十種類の作品集成が、いろいろな出版社から出版された。彼の本はその生涯の仕事の簡潔な具現物として、図書館の書棚に、彼の少年時代の楽しみだったスコット全集や、彼がボウドン大学のアテネ協会に寄贈したようなスウィフトやジョンソンの全集、さらには同国人で彼が仲間に加わり、その地位を凌駕《りょうが》したアーヴィングやクーパーの全集と並んで置かれるようになった。ホーソーンは、文学における古典的存在として、読まれ、研究され、愛好されるようになったし、今後もそうあり続けることであろう。

ホーソーンは真剣な心を持った作家であり、その作品は、その総体が最高度の意味において、ひとつの人生批評を構成している。作品の登場人物や背景は彼が観察を通して自ら経験したままの姿でそこに置かれている。各要素の相対的配列や緊張関係は彼の共感と理解から有機的に生じたものである。彼は人間の頭脳と精神の最深部に探りを入れ、その結果、彼が呈示する作品の意味は時を超えた普遍的なもので、これからやって来る時代についての予言的意義を帯びてもいる。

ホーソーンの洞察はまず彼にピューリタンの伝統の根源を思い起こさせ、そこから再び彼を前進させる。イギリス文学でのお気に入りの作家たちは、思慮分別があり真面目なスペンサーであり、人間に神の道の正しさを説くことを大きなテーマとしたミルトンであり、またホーソーン曰く「この上なく素朴な土塊《つちくれ》を素材としながら天上の火のような天分を持つ」バニヤンであった。スコットは少年時代の大のお気に入りながら、彼の考えでは、現代世界への意義に欠けていた。「今日の世界は、彼が提供する資格を備えていたものと比べて、もっと熱心な目的、もっと深い教訓、それに、もっと身近で素朴な真実を求めている」というのがホーソーンの意見であった。ピューリタンの美徳――スコットには欠けていて、スペンサーや、ミルトンやバニヤンには備わっている――はまた、ニューイングランドの初期の作家たちにホーソーンが少なからず見出したものでもあった。こうした作家たちから、いずれ彼の小説世界を特徴づけることになる人物や雰囲気が生まれ出て来たのである。

ピューリタンの子孫のひとりであったホーソーンは、先祖代々の絆によって彼らに引きつけられた。彼は「彼らの性質の強靱な特徴が私のそれと絡まり合っている」と公言した。彼はまた愛国的で民主的な共感によっても彼らに引きつけられた。なぜなら、イギリスのピューリタンは国王チャールズを殺害したことで自由を求める一撃を喰らわせたし、ニューイングランドの清教徒は、彼らの論理的達成点だとホーソーンが考えたアメリカ独立革命においてもっと決定的な何発もの打撃――「エンディコットと赤十字」(“Endicott and the Red Cross,” 1838)や「灰色の戦士」(“Gray Champion,”

1835）で有名になった打撃――を加えたからである。彼はまたさらに、ピューリタンが奉じる教義の中に見られるある基本的真実を感得することによっても、彼らに引きつけられたのであった。

ピューリタンに引きつけられたからといって、彼が彼らの過ちや限界に対して盲目だったわけではない。ホーソーンは繰り返し彼らをその頑迷さ、不寛容さ、それに残忍さゆえに酷評している。「メリーマウントの五月柱」（"The Maypole of Merry Mount," 1836）では、エンディコットは「どうしようもなく不寛容な狂信者」とされ、清教徒は「このうえなく陰鬱な卑劣漢」となっている。「優しい少年」（"The Gentle Boy," 1832）の忘れがたい恐怖の場面では、清教徒の子供たち――親たちの憎しみが伝染した「一群の小悪魔たち」――が、クエーカーの子供、あわれなイルブラヒムに残忍な攻撃を加え、殺す一歩手前まで行ってしまう。姦通女へスター・プリンが民衆の凝視の中で立つ晒し台のそばに集まった五人の女性たちの中で、彼女の立場に思いやりを示すのはたったひとりだけである。

歴史家の視野を持つホーソーンは、迫害する者にも迫害される者にも同様に公正な判断を下すことができた。かりにメリー・マウントに集まった敵対する両者のどちらかに無理にでも軍配をあげろと言われれば、彼はエンディコットの側に味方するだろうが、それは人生が放縦な浮かれ騒ぎに費やされてはならないという理由からである。しかし、五月の王と女王は作家の共感が注がれた人物であって、彼らは浮かれ騒ぐ参加者の虚栄と縁を切るが、ピューリタン共同体へ優雅さと無垢の陽気さをもたらす者たちと考えてよい。「優しい少年」の場合、ホーソーンは血なまぐさい迫害者たる清教徒、そして共同体の平和を乱し、鞭打ち刑や地下牢監禁をも辞さぬかに見える勝手気ままな狂信者たるクエーカー教徒、そのいずれをも、是認してはいない。物語の哀れな犠牲者、イルブラヒムを除けば、最も作家の共感が寄せられているのは、イルブラヒムに家庭を与える親切な清教徒、ドロシー・ピアソンである。作家の言葉を借りるなら、彼女は「理性的敬虔さ」を表す存在ということになる。

ピューリタニズムがホーソーンによって是認されるには寛容、愛、常識という方向でかなりの修正を経なければならないだろうが、そういう保留条件はあるにせよ、彼がピューリタン的な人生観に惹かれていたのは確かであった。この傾向は、ホーソーンその人が生きた時代に流行った自由主義によってよりいっそう目立つものになったのは疑い得ない。人間の本質とは何か？　人間は本来善なる存在で、完全に自由で、無限に完全になり得るもの、今は必ずしも神の存在態ではないとしても、いずれすぐに神そのものとなり得る神の可能態なのではあるまいか？　このような問いに対してホーソーンは異を唱えた。清教主義の伝統に根ざす彼の立場と、彼の厳しい現実認識、つまり彼の現実主義により、彼はチャニングやエマソンらとは正反対の解答を与えざるを得なかった。彼は十九世紀の進歩主義には反対の立場だったが、その理由は、そのユートピア的目標が望ましくないからなのではなく、（彼がジョン・ブラウンについて述べたように）それが「途方もなくその可能性を読み間違った」からであった。彼の考えでは、あまりにしばしば、進歩主義は人間の誤りやすく、罪深い本性、人間社会や個人の内面における善悪の生死をかけた闘争、以前の生活や習慣が宿命の因果応報の連鎖を形成する厳然たる影響力などを無視したのであった。美徳の勝利や品行方正な生活は多くの人々が考えるほど容易ではない。歴史が示す証拠、現在の社会が示す証拠は、人類がそんなに突然変身を遂げられるとする主張と折り合わぬように思われた。

彼は神学よりも、むしろ「人間の心の真実」(彼が『七破風の家』の序論で述べたもの)に関心を示した。しかし清教徒の教義の一部は多くの点で人間経験と一致するように思われた。悪は世界の現実であり、改心しない人間の堕落は神話どころではない。人間界の出来事には一種の予定があるように思われるが、ホーソーンはこれを、(その現れが悪意あるものか、慈愛溢れるものかによって)ある時は運命、ある時は摂理と呼んでいる。ホーソーンの強調が救済よりも罪に置かれているとすれば、その理由は、ひとつには、彼の時代の楽観主義が奨励より抑制を必要としているように彼が感じたからであろう。『ブライズデイル・ロマンス』で、彼は「人間の運命は、黒いものと灰色のものが目に見えて混ざっていないと、不吉に見える」と言っている。

ユニテリアン派や超越主義者、それに科学者も絵をあまりに明るく塗り過ぎる、とホーソーンは思った。彼らは人間の窮境や、苦闘という本来の活動領域を低く見積もりすぎていた。ルシファーに対する大天使ミカエルの勝利を描くグイードの絵は人間の生活を表すには不満足な象徴であったが、その理由はそこには戦いによって生じる塵も熱も示されていなかったからである。『大理石の牧神』におけるミリアムの批判は作家自身の見解を反映している。

「悪と死闘を繰り広げた直後に美徳がこのように見えるものでしょうか? いや、これはとんでもないことです。私ならグイードに正しく教えてあげられたでしょう。大天使の羽根の優に三分の一は翼から引きちぎられていたはずですし、残りの羽根はみな逆立ち、セイタンの羽根のように見えたはずです。彼の剣からは血がしたたり、刃もおそらく柄から半分ほどのところで折れているでしょう。鎧はつぶれ、着衣は裂け、胸の部分には血糊がついているはず。戦いで厳しく歪めた顔を横一文字に切りつけられ、額からは血が噴き出しているでしょう！　彼は、まるで自分の魂全体がそこにかかっているといわんばかりに、片足で老いた蛇を強く踏みつけているけれど、まだ蛇が力強くもがくのを感じていて、戦いは道半ば、勝負がひっくり返るかもしれないと恐れているはずなのです！……戦いとは、グイードの小ざっぱりした大天使が経験したらしいそういう子供の遊びではなかったはずです。」

ホーソーンは、十七世紀のニューイングランドの牧師、トマス・シェパードの「天国への安楽な道はどれも誤った道である」という主張に同意し、その同意の念を辛辣な諷刺的寓意物語「天国行き鉄道」（"The Celestial Railroad," 1843）で示した。この物語はバニヤンの『天路歴程』（*The Pilgrim's Progress*, 1678, 84）の翻案で、近代的改善が施されている。バニヤンの巡礼のように歩いて「天上の都」へ行くのではなく、ホーソーンの登場人物たちは汽車に乗って快適な旅をする。重い荷物はもはや背負うのではなく、荷物車に預けられる。「絶望の沼」には鉄橋が架けられ、「困難の丘」はトンネルでくぐり、「死の影の谷」は近代的なガス灯で照明が与えられている。しかし汽車は営業免許がまだ降りていないので「天上の都」の少し手前で停まってしまって、都には届かない。バニヤンのやり方が依然として最良なのだ、とホーソーンは考えたのである。ホーソーンの物語での鉄道は、完全無欠への安易で便利な手段を約束する発明品——哲学体系であれ、機械的発明であれ——の象徴となっている。

宗教上の改革者たち――ユニタリアン派や超越主義者たち――が人間の本性を、それが善だと主張することによっても変えることができず、「絶望の沼」に「道徳の本、フランス哲学やドイツ合理主義の書物、宗教パンプレット、説教集、近代の聖職者たちの論文、プラトンや孔子やいろいろなヒンズー教の聖者たちからの抜粋」(「天国行き鉄道」からの引用による)などを放り込んでそれを埋めることによって、その沼をなくしてしまうこともできないのであれば、社会改革者たちもまた、彼らが提唱するような単純な便法によって目的を達することなどできはしない。もしそう思わないとすれば、まったくの世間知らずだ、とホーソーンには思われた。改革者自身、自分が何に対決しているのかを知らなかったのだ。『ブライズデイル・ロマンス』のホリングズワースは犯罪者の更正を、彼らが生まれながらにして持つ気高い本能に訴えることで、執り行おうとした。それに対してカヴァディルは、ホリングズワースが「まず自分自身で何か大きな罪を犯し、その後で自分の気高い本能とやらがどうなっているのかを調査してから、このテーマと取り組むべきだったろう」と指摘している。こうした現実的立場に立つ少々意地悪な指摘は十九世紀中葉のアメリカで広範な是認を集めるものではなかった。なぜなら当時のアメリカでは、名ばかりの政治上の平等、科学や進化論、機械の改良、人間性への楽観的見解、そしていろいろな種類の改革運動により、地上の楽園がまさに生み出されようとしているかに思われたからである。

改革の成功を信じる人々に対してホーソーンは懐疑主義で応じた。彼は、(メイン州の禁酒法のように）禁止令を出してもアルコール消費がなくなるものではないことを予見していた。彼は同様に、黒人奴隷を解放したからといって――ホイッティアのような奴隷解放論者によってそれが最終的で完全な解決法と考えられていたが――人種問題という縺《もつ》れた根の深い問題は解決しないことも予見していた。

立法上の裁定は人間の本性が複雑に関係する場合には十分なものとならない。寓話的物語、「大地の大焼却」（“Earth's Holocaust,” 1846）では、自由裁量が与えられた改革者たちが焚き火の中に、真偽を問わず、ありとあらゆる種類の悪の具現物を放り込む。貴族の表象、酒の大樽、紅茶やコーヒーやタバコを入れた箱、戦争用の武器弾薬、それに結婚証明書や財産の権利証書、宗教の聖典類などを、である。見物人たちは新しい時代の到来を思い描いて喜びに沸くが、悪魔の擁護者と思われる「色黒の人物」が、放り込むべき決定的なものが欠落している、と指摘する。それは人間の心そのものだというのである。その人物は続けて、「それに、この連中がその汚らしい洞窟をきれいにする何らかの手段を思いつかないかぎり、そこからいずれまた、連中が今大変な手間暇かけて燃やして灰にしてしまったあらゆる形の不正や悲惨――これと同じかもっと悪い形の不正や悲惨――が再び出てくるだろう。わしは今晩ずっとこの光景を見てきて、連中がやっていること一切が愚かしくてほくそ笑んだわい。さあ、わしの言うことを信じるがよい。このままでは旧世界と何ら変わるところはない！」とも言う。作家の納め口上は、この寓話の教訓を強化するものとなってゆく。

この一件のまさにその根源に誤りがあるという致命的状況から判断して、完全性を求める人間の長年にわたる努力が、人間を邪悪な法則のなぶり者とするのに役立っただけということは、かりに真実と呼ぶことができればの話ではあるが、何と悲しい真実であろうか！「心《ハート》」、「心《ハート》」、——小さいとはいえ無限の領域で、そこには根源的不正が宿り、この外側世界の罪や不幸はその表象でしかないのである。まずその内側領域の清浄化を図れ、そうすれば、外側世界に取り憑《つ》いていて、ほぼわれわれの唯一の実在のように今は思える様々な形の邪悪は空虚な幻と化し、おのずと消え去ることだろう。しかしわれわれが「知《インテレクト》」の段階より深く進まず、その弱々しい道具でしか邪悪なものを識別して正す努力をしないとすれば、人間の達成全体が夢となることだろう。

ホーソーンはひょっとすると「宗教的感情」（“Religious Affections”）と題されたジョナサン・エドワーズ（Jonathan Edwards, 1703-58）の論文の以下の一節（もしくは他の多くのニューイングランドの聖職者による類似の一節）を思い起こしたかもしれない。「本性を変えることなくして、人間の行動が完全に変わることはない。……腐敗した本性が克服されず、その原理が人間の中にまるごと残されるかぎり、その腐敗した本性が権勢を振るわないと期待するのは無駄である。しかしその古い本性が本当に克服され、新しく天上的な本性が注ぎ込まれるのであれば、人間が新しい生の中を歩むことになると期待できよう。」つまり、ホーソーンとエドワーズは、人間の再生は内側から始めなければならないという点で意見を同じくしているのである。人間の再生は「心」の、宗教的感情の問題であって、「知」だけの問題ではない。内側の領域こそが浄化されねばならないのである。

ホーソーンの登場人物は「心」のいろいろな段階を示していて、ほぼ白の状態からほぼ黒の状態まで、間に灰色の微妙な色合いをいくつも挟んで配列されている。内側領域の不純はいろいろな形を取るが、それらの根源的原因は利己主義と高慢である。

「イーサン・ブランド」("Ethan Brand," 1850)で、ホーソーンは「許されざる罪」を「人間との同胞意識や敬神の念を打倒し、それ自身の強力な要求のためにあらゆるものを犠牲にした罪」だと定義した。たゆみない自己開発によって、ブランドは科学者として学問的高みへと達したが、ホーソーンは、「お前の〈心〉はどこに行ってしまったのか?」と問う。

実際それは枯れてしまい——萎縮してしまい——硬化してしまい——滅びてしまった! それは人類普遍の鼓動を共有し合うのを止めてしまったのだ。彼は人類の磁力の鎖を手放してしまった。彼はもはや、本性が抱える秘密のすべてにあずかれる権利を彼に与えてくれる聖なる共感という鍵によって、万人共通の本質を内包する小部屋もしくは地下牢の扉を開ける人類の一員ではなくなった。彼は今や冷たい観察者となって人類を自分の実験テーマとして眺め、ついには男も女も彼の操り人形に変えてしまったのである。……かくしてイーサン・ブランドは悪魔となった。自分の道徳的本性が自分の「知」と進歩の歩調を合わせられなくなったその瞬間から、悪魔になり始めたのであった。

ブランドは実験心理学者であり、若い女性を自分の実験の具として扱い、「その過程でおそらく彼女の魂を消耗させ、吸収し、そして破壊し尽くしてしまったのである。」

ホーソーンは一度ならず、科学だけを頼って生きることの危険を指摘している。このような態度は、彼の考えでは、実験者を非人間化し、無力な被実験者を犠牲にする結果を招来しがちなのである。医者のカカフォデル博士（「大紅石」［"The Great Carbuncle,"1837］の登場人物）は「しおれて干からび、ミイラと化し」そして「身体からはその類稀な豊かな血液がみな流れ出してしまった。」植物学者で生理学者のラパチニ博士（「ラパチニの娘」［"Rappaccini's Daughter,"1844］の登場人物）は自分の「〈心〉を蒸留器で蒸留したいかなる者にも増して真実の科学者であった」が、彼はまた無慈悲な怪物で、「人類ではなくもっぱら科学を愛好する。彼の患者は自分にとって何か新しい実験の対象としてのみ興味ある存在である。彼は人間の命、なかんずく自分の命、あるいはその他何であれ自分にとって最も大切なものを、蓄積してきた大きな山のような自分の知識に一粒の辛子種を加えようとして、犠牲にしてしまう。」この記述は真実だが、その理由は、彼が人体に対する毒草の効能を確かめるための実験で、自分の娘を犠牲にしてしまうからである。もうひとりの実験者、エイルマー（「痣」［"The Birthmark,"1843］の登場人物）は、意図したわけではないものの、非の打ち所のない美を作り出そうとして妻を殺してしまう。彼は科学的達成を誇りに思う気持ちで充ち満ちていて、「自分の科学に自信を抱いている。」科学の開拓者たちは無限の可能性を提供しているように思われた。エイルマーは自信をもって、科学者とは「強力な知性の階段を一段一段登ってゆき、ついには創造力の秘密に手をかけ、おそらく新しい世界を自分のために作る」者だと信じた。科学への彼の愛は妻への愛を圧倒するので、物語の終わりにおける彼の悲しみはジョージアナの死に対するものというよりは実験の失敗に対するものだろうと、誰しも思うに相違ない。物語全体を通して、エイルマーは自分がたどる道を、完全無欠を追求する高貴な営みだと見なすことで正当化してきているし、瀕死の妻は淡々と彼に同様の主旨を告げる。「あなたの狙いは高貴なものでしたし、あなたの行いは高貴なものでした」と彼女は言う。しかし作家が意図したことはそのようなことではない。エイルマーは悲劇的にも「より深遠な知恵」に達し損ねたのである。

　こうした具体例から当然推測されるのは、ホーソーンが、彼の生きた世紀が見せた科学の前進への無制限の熱狂を共有したのではないということである。『緋文字』のチリングワースのような最悪の悪漢たちが、科学的訓練を受けた者たちだということを見ても、それが作家の意図と関わりないものであるはずはない。ホイットマン（Walt Whitman, 1819-92）の「実証的科学、万歳！」という叫びに加わったり、エマソンが晩年に表明した、「地学、化学、鉱物学や植物学に関する最善の講義を提供する大学あるいは科学学校へ急いで行ける時間が欲しい。」なぜなら、「時間であれ労力であれ、専心するのにこれ以上良いものがまたとあろうか？」という願いに、ホーソーンが共感を示したはずはまずあり得ないであろう。いずれにせよ、世界の道徳的本性が——ホーソーンがイーサン・ブランドについて用いた言葉を脚色すれば——「知《インテレクト》」とともに改善してゆこうという歩みを止めて久しいという事実こそ、われわれの時代における自明の理なのである。人間の「心」の聖域！エマソンもホイットマンもこれを信じたが、彼らは「心」の聖域と敵対する様々な力の存在を認めなかったのであった。

　人格の侵犯——ホーソーンの著作で非常に多く例示されている——は必ずしも科学者や科学の実験

にのみ関わるものではない。その現れは多岐にわたる。実際、それは科学の分野それ自体をはるかに超えており、程度や段階が微妙であるし、しばしば不明確である。それは人間精神に内在する不均衡から発するものかもしれない。

ホーソーンの物語でしばしば繰り返される状況では、ある人間の精神を別の人間が専横的に支配する構図が示される。強い方の精神が弱い方を支配し、いわばそれに催眠的な魔力を投げかける。イーサン・ブランドが、影響を受けやすい若い娘エスターに特別な力を行使したのは明らかである。チリングワースは「好きなように牧師の弱味につけ込むことができた。」『七破風の家』ではマシュー・モールが催眠術を用いてアリス・ピンチョンを完全に支配するに至った。『ブライズデイル・ロマンス』では、もうひとりの影響を受けやすい若い娘のプリシラが、次々に交替で三人の「より強力な」人物たち――催眠術師のウェスタヴェルト、勝ち気な女権論者のゼノビア、鉄の意志を持つ改革者ホリングズワースの操り人形になる。「何という支配力をこの男は彼女の全存在に及ぼしてしまったのだろう！」とカヴァデイルは、ホリングズワースのプリシラへの影響力を非難して叫ぶ。『大理石の牧神』ではミリアムのモデルが神秘的で悪魔的な心理的圧力をミリアムに及ぼし、それはそのモデルが死ぬことによってはじめて断ち切られるのである。

モールやウェスタヴェルトと同様に、ホールグレイヴ（『七破風の家』の登場人物）は催眠的能力を持っているが、彼はこれを使用してフィービを犠牲にしようとはせず、それで自分を悪漢にしないで済んだ。作家は、「思索的であると同時に活動的でもあるホールグレイヴのような性格の持ち主にとって、人間の精神に対する絶対的支配力を獲得する機会ほど大きな誘惑はない。……そこでわれわれは、この銀板写真師が他人の個性を尊重するという稀有で気高い資質を持っていることを認めざるを得まい」と言っている。

ブランドには「神聖な共感という鍵」が欠けていた、とされる。同胞たちへの共感と敬意、それにそれらのあるなしの度合いが、ホーソーンの物語の多くにおいて道徳的基準となっている。科学的妄念ないしは他人に対する力の行使が、人間の魂のこの機能を破壊しがちだと、明らかにホーソーンは考えていた。ホーソーンの催眠術者たちは、自分の意思を弱い意志の持ち主たちに押しつけ、あたかも自然の法則によるかのごとく、冷酷に弟子や改宗者たちを自分の強力な勢力圏へ引きずり込む大きな区分けの人間たちの典型例と捉えることができよう。政治的扇動家、改革運動指導者、それにより劣る人間たちを自分の知識体系に無理矢理歪めて引きずり込む哲学者たちすらがそれらに含まれる。エマソンは「あらゆる独創的な行為が発揮する磁力」を語った。彼曰く、「あらゆる本物の人間」の後には「一群の信奉者」がついて来る。さらに曰く、「真実で満たされた人間には、人々の定まらない評価が群がるが、それは大西洋の大波が月に従うのと同じことだ。」エマソンは、人はみな自分という師匠に従う弟子であれと願ったが、彼自身は大勢の信奉者を従えることになったし、自分が呼び覚ました超越主義的真実を賞賛しつつ、その支配を他人への磁力という形で時折表現した。エマソンの生活ぶりを鋭く観察したホーソーンは、エマソンの経歴のこうした皮肉な一面や、実際にその他多くの偉大な純粋理論家的教師たちがほとんど催眠術師のように、彼らのあまりに純朴な弟子たちの高潔さに悪影響を及ぼした諸経歴を知らなかったわけではあるまい。ライシーアムに集まった、講演者を見上げる熱心な人々の顔を見て、ホーソーンは、ある意味で、モールの前のアリス・ピンチョン、もしくはウェスタヴェルトの魔術に従うヴェイルの貴婦人を思い起こしたかもしれない。[1]

ホーソーンにとって、人間関係の両極端は冷たいよそよそしさと、暖かい共感であった。人間を科学的に研究する人々や人間を搾取する人々だけでなく、さらにもうひとつ別のクラスの人間たち――人間の肖像を作り出す人々――も共感の極から遠く引き離される危険にあった。というのは、芸術家は――画家であれ、彫刻家であれ、作家であれ――自分の創作対象を批判的かつ冷めた目で観察しなければならないからである。「予言の肖像画」("The Prophetic Pictures," 1837) の画家は、「鋭いことこの上ない洞察力を込めて」自分の創作対象の「魂をのぞき込んだ。」読者は、「彼は親切な感情を持ち合わせてはいなかった」し、「彼の〈心〉は冷たいものだった」と告げられる。詩人のカヴァデイルはブライズデイルの仲間たちを一心不乱に凝視する。仲間に対する彼の態度が不親切というわけではないのだが、彼は人間的な利害や苦悩する仲間の男女を助けたいという願いもさることながら、学問的好奇心によってもついつい動かされてしまう。取り柄はおそらく危険性の認識であろう。彼は言う。「個々の人間たちの観察にばかり囚われ過ぎるのは健全な精神活動ではない。……私はホリングズワースの人格を詮索することで彼を不当に遇した。……しかしやむを得なかったのだ。……彼とゼノビアとプリシラは……私が解かねばならぬ問題の指標として目立って見えた。……本能と知性の間にあって、思索的興味から人々の情熱や衝動を覗かしめるあの冷たい私の性癖が、私の〈心〉から人間性を奪ってしまったように思える」と。だがカヴァデイルは見かけほどよそよそしくはない。なぜなら、最後に彼はプリシラへの愛を告白するからである。（『大理石の牧神』の）彫刻家ケニヨンは、芸術家の人生における同じ危険に気づいている。ミリアムは、彼が自分の作品の大理石と同じくらい冷たく冷酷だと言うが、作家ホーソーン自身も「彼の冷たい芸術家人生」について触れてはいる。しかしケニヨンは芸術家ながら人間的である。彼は熱意を持ってドナテロを援助しようとし、悩めるイタリア人青年に自信を持つよう促す。彼はヒルダを彫刻以上に愛し、それゆえに、作家は、「彼には芸術以上に大切なものがあるために、芸術を極めた芸術家とは見なせまい」と言うのである。ホーソーン自身もまた、ひたむきではあったが、同じ理由から、小説を極めた小説家とは見なせないということになるかもしれない。もし彼が人間への愛情と創作への妥協を許さぬ傾倒との間に相容れぬものを感じていたのなら、彼は家庭の炉端で自分の「心」を十分温めるだけ長期にわたって小説を投げ出すこともできたであろう。

ホーソーンは人間関係の解説者、すなわち、人間と人間の良い関係について、個人と社会の調和についての解説者であった。この世で最も悲劇的な人間たちは社会の組織から切り離された人間たちである。「諜報局」（"The Intelligence Office," 1846）における哀れで名もない人物は、「私は自分の居場所がほしい！　自分自身の居場所！　世の中での自分の真実の場所！　自分にふさわしい領域！　自分がやるべきこと、自然の女神が私をかくも誤ってこしらえた時に私に成し遂げさせようと思い、私も私で生涯かけてむなしく追い求めてきたそのことが！」と泣きわめく。物語を書くたび次々とその中で、ホーソーンは多種多様な不適応、疎外を描いてきた。「気高い共感」という形を取って協調するものは善であり、絶縁し疎外してゆくものは悪なのである。

ホーソーンの小説の中に十九世紀の個人主義への意義深い批判を見出すのはこじつけではないであろう。十九世紀初頭のロマン主義詩人の多くは特異なものを強調し、孤立し、例外的で、個人的なものを称えた。彼らは――たとえば、彼らすべてのうちでも最も影響力の大きかったのは、バイロン（George Gordon Byron, 1788-1824）であるが――自分が人類の大多数とは異なることを良しとし、かつそれを賛美した。このような見解に対し、ホーソーンなら、幸福の最も確かな基盤は人が自分を例外的存在にする特質を備えていることにあるのではなく、人と共通点をもっているということにある、と言うであろう。父親から押しつけられた集約的な「教育」の結果、ベアトリーチェ・ラパチニは最後には他の女性たちを凌駕した――というか、少なくとも彼女らから分離されてしまった。しかし、彼女の勝利は空しく、悲劇的なものであった。彼女は他の者たちと共通な運命を共有したかった。彼女は「恐れられるのではなく、むしろ愛されたかった」のである。物語の結末で作家は彼女を「人間の発明の才、挫かれた本性の哀れな犠牲者」として描いている。ホーソーンの思想は明らかにバイロンのような人が抱くロマン主義的個人主義を超えてゆくものである。それは自己修養を宗教とするような（ホーソーンの考えでは、マーガレット・フラーのような）人々に適用可能なものである。

ニューイングランド超越主義者たちの指導者、エマソンは、ホーソーンから見ると、個人主義に危険な強調を置く人物と映ったかも知れない――個人の精神的健康と、民主主義社会の幸福な機能の両方を危険にさらす可能性のある強調である。「汝自身を信じよ」とエマソンは言った。「私の本性の法則以外のいかなる法則も私にとって神聖ではあり得ない」とも。彼は「個人としての人間は断固として自分の生得の衝動に身を置き、そこに留まるよう」促した。もし彼の超越主義による真実把握がこの条件を必要とするならば、エマソンの自己信頼型個人は、自分が「他人の感受性を守るために自分の自由と能力を売り渡すわけにはいかない」ので、「父、母、妻、兄弟、それに友人」からも自分を切り離してしまうであろう。そういう個人はこれを「利己的ではなく、謙虚に」これを行うとエマソンは言ったが、そういう謙虚さはホーソーンにはうさん臭いものだったであろう。このような行為はもっとも油断のならぬ種類の傲慢さ――「知」の傲慢――を意味しないであろうか？　たとえそれが人間に内在する善であるとか、直感による真実把握という超越主義的前提から発出したものだったにせよ、である。真実の謙虚さとはまったく異なる前提から発出する可能性のほうが高くはあるまいか？――たとえば、「人はみな罪を犯したので、神の栄光に浴するには至っていない」(2)という聖パウロの言うような前提から、である。そういう前提に立つ謙虚さならば人間個人がお互いの絆を断つことを控えさせるのではなかろうか？　こうした謙虚さの方が、実際、超越主義者の教義よりも民主主義社会のためのより良き結合剤となるのではなかろうか？

というのも、もし理想主義なるものが、どれほどその精髄において高尚な狙いを持っていようとも、人間同士の絆を破壊するのであれば、社会の組織を引き裂くのであれば、それは誤った理想主義である。ホーソーンの物語における具体例は、想像上の善を求めて、人間関係を破壊し、複雑で多様性に富む人類の幅広い本街道から外れ、自分らの誤ったやり方に気づいたが、時としてあまりに遅きに失したという人間たちで充ち満ちている。エイルマーは化学の調合法を求めて幸福な結婚生活を犠牲にした。自宅の側柱《ドアポスト》のまぐさ石《リンテル》に「気まぐれ」と書いたウェイクフィールドは、妻を捨てて大都会ロンドンで気ままなひとり住まいをし、「人間の愛情に亀裂を作るのは危険である」と悟るが遅すぎた。ホリングズワースは一心不乱に博愛主義的改革に専心したが、そうするうちに自分の「心」を硬化させ、自分に最も親しい人々の生活を台無しにした。十九世紀に国中で立ち上がった宗教的ならびに社会的「共同体」は、ホーソーンの考えでは、間違った原則――絶縁の原則――によって運動を展開した。社会一般に関して、彼は皮肉を込めて、ブライズデイル――ブルック・ファームを虚構化したもの――の夢想家集団は、「新たな同胞関係というよりも、新たな敵対関係の情勢にあった」と指摘している。彼らは「不可避的に彼ら以外の人間たちと疎遠になった」のである。シェイカー教徒たちの独身主義はもうひとつの不自然な生活様式であった。（「シェイカーの婚礼」［"The Shaker Bridal," 1838］において）マーサ・ピアソンは、アダム・コルバーンを愛しているのだが、宗派の掟により結婚できず、挫折感と絶望によって死ぬ。「彼女の〈心〉はもはやその侘しさがもたらす苦痛の重圧に耐えられなかった。」カトリックの司祭たちにとっての独身主義の掟も、ろくな結果をもたらし得ないのではないかと、ホーソーンは同様に案じた。『大理石の牧神』ではケニヨンがこの問題を知ったのだが、ローマの司祭たちは、「女性との不自然な関係の下に置かれており、それによって、妻や娘たちと自分たちを結びつける楽しい家庭を持つ他の人間たちに付与される健全で人間的な良心を失ってしまっている」のであった。こうした絆を断ち切らぬ者たち、あるいは断ち切ったとしてももう一度その絆をしっかり結びつけることのできる者たちは幸せなのである。「通常の性格の限界」とか「通常の生活の境界」――こういう言葉やその同義語がいかにしばしばホーソーンの物語の中で繰り返し登場することであろうか！　大紅石を求めるすべての者たちの中で、マシューとハンナだけがその探求の誤りに気づき、それを後悔する。「もう二度と、世の中全体がわれわれと共有する以上の光を求めることはすまい」とマシューは言う。世の悪の多くは、ホーソーンから見れば、ある物を自分だけで独占使用しようとしたり、自分を他人の上に置こうとしたり、ありもしない特殊な美点を求めようとしたり、あるいはまた何とかして人間同士の絆を踏みにじったり、社会の境界を侵犯したりしようという試みから生じるのである。

ホーソーンの分析によると、高慢は根源的悪であるが、それは意図的離脱だからである。貴族が自分の家柄に対して抱く高慢な態度はそのおなじみの発露である。ピンチョン一族の度が過ぎた高慢さは、何代にもわたって悪の根源となった。ホーソーンはほとんど労働者階級的と言える態度で貴族階級の自惚れを貶《おとし》めて喜びを感じたりする。近代民主主義社会では貴族のための居場所はないのである。『アメリカン・ノートブックス』には、高慢な旧家の堕落ぶりや放置されたまま荒廃の姿を晒す先祖伝来の館が、いかにも当然とばかりに記録されている。ヘプジバ・ピンチョンの描写には同情的な点もあるが、それでもホーソーンは彼女の零落ぶりや、結果として小売商人としてセント・ショップを開業せねばならない必然性には満足だという姿勢を隠そうとしない。

家柄への貴族の高慢な態度は軽蔑すべきものではあるが、知的高慢に比べれば邪悪の程度は低い。高慢な女性――女性の姿を採った高慢の化身――にはしばしば報復的審判が下される。エレノア嬢の強烈な高慢さは豊かな刺繍が施されたマントに象徴されるが、彼女は嫌悪すべき天然痘によって挫かれる。「白い老嬢」（"The White Old Maid," 1837）の高慢で残忍な婦人は、物語の最後で、彼女が虐待した優しいイーディスの前に跪くことになるが、これは卑しめられた高慢の絵画的表現《タブロー》である。ゼノビアを飾る異国的な花は尊大さを象徴するが、彼女は溺死してしまう。

しかし高慢はこれらに比べて目立たないがもっと巧妙な表現と効果を有しており、学識ある決疑論者《casuist》のみがそのもつれを解きほぐすことができる。エンディコットや、女性クエーカー教徒のキャサリンには狂信的信者の持つ高慢がある。エイルマーやブランドやラパチニ博士のような人物という形で示される知的傲慢がある。ホリングズワースのような無慈悲な改革家が持つ独善的高慢がある。純粋ゆえの高慢もある。ヒルダは汚れなき乙女だが、雪のように純白な無垢を守ることに一途過ぎる。優しく親切だが、人間の弱さを裁く際には、驚くべき苛酷さを発揮し得る。彼女は悪を見つけて恐怖におののくあまり、悪を為した者、すなわち以前の親友であるミリアムを冷たく拒絶する。ミリアムはヒルダに「あなたを軟化させるには罪が必要よ」と言うが、それにはホーソーンも同意したことであろう。どのような種類のものであれ、高慢は罪だとホーソーンは言う。なぜなら高慢は人を冷淡にするからである。

ロデリック・エリストン（「自己中心、別名、胸の蛇」［"Egotism; or, the Bosom Serpent," 1843］の

登場人物）は、意固地さから自分の家庭的幸福を壊し、妻と別れた後に、自分の胸を噛む蛇に悩まされる。彼は「蛇に取り憑かれて」しまったのであった。ホーソーンは次のように明言する。

慢性的病に罹っている者は誰も、その病が精神のものであろうと肉体のものであろうと、自己中心主義者である。それが罪であれ、悲しみであれ、はたまた何らかの止めどない苦痛から来る比較的耐えられる類の災厄に過ぎないとしても、こういう人々は自分を強く意識するようになってしまう。……ロデリックの胸の蛇は、あらゆる物事の原因となり、日夜彼が、絶えず高価な生けにえを悪魔崇拝の儀式で捧げることにより、増長させた巨大な自己中心癖の象徴のように思われた。……奇妙なことに、ある種の気分の時には、自分が二重の性質、ひとつの人生の中に別の人生を持っていることで、自分が人間の通常の経験からはっきり分離されていることに誇りを抱き、かつまた自分を礼賛してもいたのだった。

ロデリックも自分の病の性質に気づかないわけではなかったが、自分がそれを捨て去ることはできないように思えた。彼は非凡な洞察力を示して、こう言明するのだった。「一瞬でも私が自分自身のことを忘れることができれば、蛇は私の中に安住できなくなるだろう。蛇を生み出したのも、それを養ったのも私の病的な自己凝視なのだ」と。

病的な自己凝視というテーマは多くの物語に行き渡っている。フーパー牧師（「牧師の黒ヴェイル」["The Minister's Black Veil," 1836] の登場人物）は黒い縮緬《ちりめん》の布で四六時中自分の顔を隠した。彼曰く、このヴェイルは誰しもが行っている隠匿の象徴であり、誰も自分の「心」の内奥を示していない、と。

牧師の奇妙な行為の理由を、ホーソーンははっきりさせていない。しかしその理由が何であれ、ヴェイルを付けるというのは絶縁の行為であり、フーパーさんを共同体全体から、教区民たちから、また彼が結婚を言い交わした女性からさえも遠ざけてしまう。彼をこのような行為に走らせたのは、良心の逸脱行動、一種の知的傲慢ではなかったか？

ルーベン・ボーン（「ロジャー・マルヴィンの埋葬」［"Roger Malvin's Burial," 1832］の登場人物）も同様に、自分が隠匿の罪を犯したと感じた。彼の他人との関係は深刻な障害を来すが、それは妻に、インディアンとの戦闘の後で、瀕死の重傷を負った彼女の父親を埋葬せず荒野に置き去りにしてきたことを伝えなかったことによる。ルーベンは、マルヴィンが瀕死の状況にあったし、自分自身も重傷を負っていて、生きて居留地にたどり着くのがやっとだったことから、自分の行いは正当化できると感じた。「しかしその隠匿こそが、正当化可能な行為に、人に言えない多くの罪悪感を与えていた。……彼のこの秘めたる思いは蛇のように彼の〈心〉に食いこんできた。かくして彼は悲しげで伏し目がちだが怒りっぽくもある男へと変わっていったのである」と作家は指摘する。

病的精神の古典的具体例は『緋文字』のアーサー・ディムズデイル牧師である。罪の隠匿がここでも一番の原因である。牧師はヘスター・プリンと姦通を犯してしまったのだが、彼の罪悪感は、自分の過敏すぎる良心、十七世紀の清教主義社会ボストンの厳格な慣習、それに会衆を前に演じる自分の絶えざる偽善行為によって悪化し、ほとんど耐えられないものになる。彼は鞭打ちその他の聖職者ならではの責め苦を試みる。また、読者は想像してしまうが、自分の胸にAの文字を焼き付ける。彼は、油断して思わぬ瞬間に秘密を暴露してしまうのではないか、自分の生涯での悪事を明かす理不尽な行為をしてしまうのではないか、と絶えず恐れを抱きつつ生きる。村の通りを歩いている時も、彼は絶えず悪魔の誘惑を受け、「我知らず、しかし衝動に抗する自我より一段と深いところの自我から生じて」決行される何らかの明白な悪事を働くよう勧められる。その悪事とは、たとえば、聖餐に関して教会執事に向かい冒涜的な言葉を吐くとか、老いた女性の耳元で魂の不滅は作り事だとささやくとか、一団の子供たちに冒涜的な言葉を教えるとか、最近改宗して来たばかりの若い乙女に肉欲の知識を授けるとか、そういう類である。実際、牧師は「迷路の中に」ある。「私は気が狂ったのだろうか？自分は完全に悪魔の手に堕ちたのだろうか？」と彼は叫ぶ。葛藤で引き裂かれ、ディムズデイルは肉体も神経も崩壊寸前となる。再び精神の平和を享受できるようになるには彼が他人との気楽で縛りのない関係を再構築するしかない。

エリストン、フーパー、ボーン、ディムズデイルそれにその他良心の病を抱えた人間たちを描くに当たって、ホーソーンがニューイングランド精神の内省癖を批判の俎上に乗せようとしたのは疑い得ない。きめ細かい自己内省は清教徒の慣習が育てた行為である。以下に挙げるコトン・マザー（Cotton Mather, 1663-1728）の『日記』（*Diary*, 1681-1724）の一節はディムズデイルその人を思わせる。「哀れなるマザーほど誘惑を受けた人間がいただろうか？悪魔が私を攻撃した夥しい手口を語るとすれば、友人たちは恐怖におののくことだろう。」ジョナサン・エドワーズの『日記』には以下のような個所がある。「特定の問題について瞑想する日々を設けておこう、自分の罪の大きさを考えるための日を、時々設けておくのと同じように。」清教徒が自分の意識の内面を精査して、自分の罪深さ、罪への陥り易さを査定し、悪魔の攻撃からそれだけうまく自分を守ろうとしたのだとしたら、超越主義者が精神の内奥に目をやったのは、人間すべてに内在する神性の手掛かりや示唆を発見しようという目的のためであった。エマソンは、「人間は内から精神を貫いて光る微かな光を探知し注視できるようになる必要がある」と言っている。またソローはエマソンの考えを繰り返し、増幅しながらこう言った。「耳を澄ませて自分の天分のこのうえなく微かだが絶えざる提案、確実に真実な提案、に聞き入るなら、人はそれがいかなる極端にも、いわんや狂気などへ導くものでないことを知るだろう。しかも、自分がより果敢にして忠実になるにつれ、自分の進むべき道がそちらへ向かっていることが分かるだろう。」（極端や狂気に至る）危険性を認識すると同時に、ソローは内省を勧めたが、それは内なる神という超越主義の教義がそれを要求したからであった。彼もエマソンも自分の周囲の世界では内なる凝視の病的効果を逃れるだけの積極的態度を示したが、ホーソーンは超越主義者のチャールズ・キング・ニューカム（Charles King Newcomb, 1820-94）を、自己内省を危険な程度にまで押し進めた例として挙げたことであろう。ホーソーンが執筆活動に当たっていた頃のニューイングランド精神は、内省を始めて二世紀以上の時が経過していた——清教徒の時代には冷酷非情でしばしば苛酷なまでの酷評を伴って、超越主義の現代にあっては暖かく、希望に満ちた形で。いずれの場合も、自己内省の実践は完全無欠を求めようとするあっぱれな願望がその動機としてあった。というのは、清教徒たちも超越主義者たちも、等しく、以下の聖書の文句を心に刻んでいたからであった——「天にまします汝らの父が完全無欠であるように、汝らもまた完全無欠であれかし。」(3) しかし絶えざる内省者は病的にならないものであろうか？ たゆみない自己改善者は冷淡でよそよそしくならないものであろうか？ ホーソーンの物語はこの種の実例を数多く含んでいるのである。

行き過ぎた自己吟味への矯正手段として、ホーソーンは何を対置させているのであろうか？ その病的症状への救済策として彼は何を示しているのであろうか？ 病んだ魂の治療法とは？ この答えは、本質的には、人間の誤りやすさの認識、共感の回復、人間共通の運命の共有である。ホーソーンの「教訓」は、キリスト教の慈悲の教義、心理学でいう参加の教義、社会的にいう民主的手法の教義を内包するものである。

ホーソーンは家族愛が物事を正常にし、安定させる力を重視していた。人を愛し、結婚し、子供を育てる経験が彼自身の人生に大きな影響を及ぼした。彼は一八四〇年にソファイア・ピーボディーに宛てた手紙に、「われわれは影のような存在でしかなく、実体ある人生を与えられてはいない。われわれの周囲で最も実体を持つように思われるすべてのものは夢という、この上なく希薄な物体でしかない――〈心〉がそれに触れるまでは。その接触こそがわれわれを作り出すもので、その時われわれは存在し始め、それにより、われわれは実体を持つ存在となり、永遠の継承者となるのだ」と書いている。独身時代に書かれた作品数点には（独身時代が異常に長かったが、これは必ずしも彼が自分で選択した結果ではないのだ）作家は何かが自分に足りないという思いを吐露している。眠ろうとして眠られぬ男（「憑かれた心」[“The Haunted Mind,” 1835] の登場人物）は、もし妻がいたなら、精神の亡霊たちに悩まされることはなかったはずである。作者は述べている。「こんな夜の寂寥の中でも、君自身のものよりも静かな吐息が聞こえ、より柔らかな胸が軽く触れる感触があり、その眠れる優しい人が君を彼女の夢の中に包み込んでいるかのごとく、君の悩める〈心〉に安らぎを与えるより清らかな心臓の静かな鼓動が感じられれば、何と楽しいことであろうか」と。「村の叔父さん」（［“The Village Uncle,” 1835］）の教訓は、最後の部分で要約されるが、家庭的で社会的な治療法を示している。「慎みある暖かい愛情や素朴な願い、そして何か役に立つ目的のための誠実な努力には、精神にとっての健康、〈心〉の落ち着き、幸福な生活の見込み、および天国に行けるこの上なく有望な希望がある。」同じ教訓が、苦い経験を通してではあるが、「三重の運命」（“The Three-fold Destiny,” 1838）の放浪者によって学び取られている。彼は最後に当初の家に戻り、少年時代の恋人と結婚し、村の学校で教えたのであった。

「胸の蛇」に苦しめられた病的な人間、ロデリック・エリストンは、彼の妻と和解し、二人の新たな愛が治療法をもたらした。この物語の象徴的な言葉によれば、蛇を退散させたのはロジーナの接触であった。不運なクリフォードやフィービに対するヘプジバの愛は、彼女の人生での取り柄となった。こうした影響力を持たなければ、彼女はまったく狂った老女となったであろう。ヒルダへのケニヨンの愛は彼を芸術の冷たさから救っている。木彫家のドラウン（「ドラウンの木彫りの人形」［“Drowne's Wooden Image,” 1844］の登場人物）は、愛によって元気づけられ、いつもの自分を超えて、コプリーの賞賛に値する木像を作り上げた。案山子《かかし》のフェザートップ――「惨めな幻影」で、精神も「心」も魂もない、当世風に飾り立てた空虚な気取り屋――でさえ、ポリー・グッキンの愛があれば、幻影から実体へと変えられたかもしれない、いやあるいは、彼とて痛ましいことだが、そのくらいのことはしてくれると魔女のリグビー母さんに期待したかもしれない。

私的な家族愛に加えなければならないのが、自分は外側の大きな世界と繋がっているのだという重要な意識である。ホーソーンの物語はその例示に溢れている。ヘプジバ・ピンチョンは、「正気を保つには真昼の表通りを歩く必要があった」とされる。旗やら太鼓やらを使ってやって来る政治的な行列が七破風の家のそばを行進すると、クリフォード・ピンチョンは――ヘプジバが貴族的誇りゆえにそうだったように、彼は鋭敏すぎる感受性ゆえに孤立しているのだが――二階のバルコニーから通りかかる群集の中へと飛び降りたい衝動を感じる。作家曰く、彼は「人類の偉大なる中央へと向かう自然の磁力」を感じた。それは「人生という大海の中へ深く、深く飛び込む」必要性、であり、「断ち切られた人類同朋との兄弟愛の絆を回復したいという欲求」であった。ヘプジバとクリフォードの逃亡および彼らの汽車旅行は世界との繋がりを確立しようとする象徴的な試みなのである。

作家としての仕事――必然的に孤独なもの――への長きにわたる、果てしのない専心の後に、ホーソーンは自分自身でもしばしば同じような、社会と交わる必要性を感じた。このような専心は、個人への影響を考えると、「不健全」だと思われた。ボストン、リヴァプール、ロンドン――こういう大都会での生活で、彼は人々との交わりを楽しんだ。税関での仕事は、ブルック・ファームでの労働と同様、彼に社会参加の感覚を与えた。カヴァデイルの次の台詞は作家自身の経験から出たものである。

「額に汗して私はパンを獲得し、それを食べたので、私はこの地上にいる権利と、すべて労働に従事する人々との仲間意識を確立した。」ホーソーンは物語の中で繰り返し、「人間的共感」を「病的感受性」と対置する。ドナテロが禁欲的な修道士のごとき生活をしたいと思っているのを知ったケニヨンは、「私はこの広い世界を自分の庵《いおり》とし、人類への善行をわが祈りとしたい」と明言する。

世界との交際を始める（この言葉は『トワイス・トールド・テールズ』を上梓した目的をホーソーン自らが述べたもの）ことはしばしば困難で、一見不可能とも思える。ホーソーンの物語が強調しているのは、自由で相互交流的な人間関係への障害の数々である。このような障害とは、高慢であったり、利己主義であったり、ひとりで抱く野心であったり、秘密の罪悪であったりする。秘密の罪を宿したり、偽善行為を実践することは、魂を神や人から切り離すことになる。あの本格的偽善者、ピンチョン判事は救済が及ばぬ、悔悟も告白も及ばぬ存在であったが、ホーソーンが用意した救済への処方箋は――判事が恩寵の奇跡によってそれを実行できればの話だが――次のように作家の倫理をうまく言い表したものである。「彼はこれから慎ましい、悔い改めた人間として出て行くのだろうか？　憂いを秘めて心優しく、利益を求めず、世俗的名誉からは後ずさりし、敢えて神を愛さずとも、勇気を持って同胞を愛し、できる限り彼らの役に立つことができるのだろうか？　これから彼は、罪の重圧でついに意気消沈し、悔恨の〈心〉を持つ者が見せる優しさのこもった悲哀……を背負って行くのだろうか？」ピンチョン判事はまったく無慈悲で自責の念に苦しむようなところはなかった。他方、アーサー・ディムズデイルは感受性が鋭く、七年にわたって自分の良心に痛めつけられた。体力が急に衰えて死ぬというその瞬間に、彼は自分が今まで騙《だま》してきた会衆および町民の前で罪の告白を行うだけの力を意志によって振り絞ったその時、彼の顔の表情によっても、また彼のパールに対する態度によっても、魔法のような変化がはっきりと現れる。すなわち、「彼の顔一面に、深い休息に入ってゆく精神が示すような、優しく穏やかな微笑が浮かんだ。いや、今やもう重荷が取り除かれたので、彼はまるでその子と戯れているかのように思われた」のである。

告白は――宗教的に見ても、心理学的に見ても――魂のために役立つ。『大理石の牧神』で、ヒルダは自分の精神から厄介な秘密を払いのける手段としてカトリックの告解を用いた。この仕組みは有効だと分かるが、しかしヒルダはそもそも罪など犯してはいない。罪人たちにとっては、罪が教区民や共同体の前で明らかにされるピューリタンの公の場での告白の方が、社会の要求に十分応えないカトリック教会の私的告白よりも好ましいと、ホーソーンは考えていたに相違ない。罪が人からの疎外を意味するのであれば、罪人は――ディムズデイルが行ったように――自分を絶縁した人々の前で罪の告白をせねばならない。というのも、それ以外のいかなる方法で、罪人は自分を疎外した人々との自由で完全な交流を回復できようか？

罪（たとえば、高慢の罪など）はしばしば疎遠をもたらすが、それはまた逆説的に共感の手段でもある。ホーソーンはしばしば罪人同士での共感に関する指摘をしている。グッドマン・ブラウンは邪悪なものを見たことで、罪深い兄弟関係へと入ってゆく。エリストンの「蛇」は、彼の仲間の町民たちの胸から響く応答のシューッという音（『楽園喪失』の一場面を思い起こさせる）を聞く。殺人の共犯者たち、ミリアムとドナテロは罪の絆で結ばれる。ディムズデイルの罪の経験は彼の説教に新たな意味と力を添える。実際、悪は人間の生活における常態的現実であるので、悪についての知識――ある種の、またある程度の知識――は共感のための必要条件となるように思われる。

悪の知識は、それがもたらす結果次第で、良かったり悪かったりする。グッドマン・ブラウンの場合、それは完全な人間嫌いへ至った。ドナテロとミリアムについて言えば、悪い結果が大いに幅を利かしたが、それは彼らの罪が、二人を結びつける半面、自分たち以外の世界から彼らを隔離してしまったからである。ディムズデイルの経験も、偽善という致命的欠陥がなければ、最後にはまったく良いものとなっていたかもしれない。ヒルダは「悲しみによって教育を受けた。」すなわち、彼女は以前より寛容さが増し、共感も増した。しかし彼女の知識はいわば身代わりの知識でしかなく、そのため獲得された共感は比較的浅薄なものであった。『大理石の牧神』では、作家が、「人生の表面的で偽りの楽しみの裏にあるものを知りたければ、人間がみな降りてゆかねばならない暗い洞窟」について語っている。「そしてその洞窟から出て来る時には、これまでよりも真実で悲しい人生の見方をするようになり、それがその後ずっと続く」と作家は言う。ここで再びホーソーンは彼の時代の楽観主義と当時のアメリカにおける主たる楽観主義者であったエマソンに強く反対する。エマソンは五十八歳の自分の誕生日に、拍子抜けするような口調で「私は悪とか苦痛が大きな現実だとは絶対に思えない」と言い切ったのである。ホーソーンにとって、このような無感覚、あるいは洞察力のなさは、共感力に欠陥があることの表れなのである。いかなる場合でも共感は重要なものである。善と悪の両方を知ることが共感には不可欠なのだが、それは人間の本性が両方を内包しているからに他ならない。片方しか知らないのは共感に対して障壁を設けることになってしまう。

悪の問題は人間が抱える問題の中でも最も大きく、最も不可解なものである。この問題についてのキリスト教の声明は、いったいなにゆえに、まったく善良にして、まったく強力な神が、神の世界に悪を許容するのであろうか？　というものである。短編でも長編でも、ホーソーンはこの問題を変幻自在に多くの形で呈示してきた。彼はこれをピューリタン的観点から——これはまたキリスト教的観点から（というのは、ピューリタニズムをキリスト教の他の宗派とはっきり分ける特徴は、教義全体との関係で言えば、わずかで、あまり重要でないので）ということでもあるが——呈示した。『大理石の牧神』の終わり近くで、ホーソーンは明らかに、この問題に関連して、それまでの作品には見られないような、より包括的で簡潔な見解を示そうとした。ミリアムに励まされてドナテロは殺人を犯したが、この行為は物語の登場人物たちにいろいろな形で重要な影響を与えた。こうした影響を詳しく述べ、評価すれば、作家が作品に込めた主たる意図が分かるであろう。邪悪な行為は高慢なミリアムを謙虚にさせた。それはケニヨンの共感を広く、深いものにした。それはヒルダの心を開いて軟化させて、彼女の尊大さを減じ、ケニヨンの愛にもより敏感に応えるようにさせた。それはドナテロを教育して、牧神のような素朴さと無垢を奪い、成長と人格の奥行きとを獲得させた。

ホーソーンがとりわけ興味を示しているのはドナテロの変身とそれに包含される意味である。彼はその問題をまずミリアムとケニヨンの対話で呈示する。

（ミリアムは問う）「彼と私が結び付けられたあの罪——あれは、ああいう不思議な仮面を被った祝福だったのかしら？ 素朴で不完全な本性を、他のどんな訓練でも到達し得なかったような感情と知性のレベルにまで持って行く教育の一手段だったのかしら？」

「ミリアム、あなたは深くて危険なものを掻き立てるのですね」とケニヨンが応えた。「あなたが今向かおうとする底知れぬ深淵の中にまでお供するだけの勇気はないですよ。」

「でもそこには楽しみもありますのよ！ この大きな神秘の縁に立って瞑想するのは楽しいことだわ」と彼女は応えた。「人間の堕落の物語！ それは私たちのモンテ・ベニの物語でも繰り返されているんじゃありませんか？ この喩えをもう少し先まで進められないものかしら？ あの罪そのもの——アダムが自らと人類すべてを落とし込んだあの罪——は、失った生得権よりも高く、輝かしく、深遠な幸福に、私たちが長い労苦と悲しみを経て到達するようにと、運命が与えてくれた手段だったのではないかしら？ この考えこそが、他の理論では説明できない、この世に罪が存在する説明になるのじゃないかしら？」

もう少し後の場面でケニヨンはこのミリアムの考えを、ヒルダとの会話の中で再び持ち出す。

「ドナテロは大きな罪を犯しましたが、彼の後悔の念は魂に食いこみ、魂を目覚めさせ、結果として、われわれが知るドナテロの乏しい精神領域に、およそ求めようとも思わなかった、道徳的、知的な高い能力を数多く発達させることになったのです。……罪はドナテロを教育し、彼を向上させました。となると、罪というものは——われわれが宇宙における大変恐ろしい闇だと思っている罪とは——悲しみ同様に、単なる人間教育の要素のひとつに過ぎず、それがなければ到達できないより高く、より純粋な状態へ、苦しみながらもわれわれを導くためのものではあるまいか？　アダムが堕落したのは、われわれが、彼の楽園よりはるかに高尚な楽園に向け、最後に登ってゆけるためだったのではあるまいか？」

ヒルダはこれに猛然と反対するが、二度にわたって持ち出されるこの見解は作家ホーソーンが抱えるテーマであるように思われる。

ホーソーンは一度妻に宛ててこう書いたことがあった。「物事を考える場合、私はまずそれらを最も暗い面から眺めてみて、十分それをやってのけたら、今度はその問題の良い面を考慮に入れて、次第に慰めを覚え始め、そのまま重い足取りを続けるうち、自分の周りに光が差してくるものだ」と。ホーソーンの物語の読者は、闇が支配的であるとか、光が比較的欠落しているとか不満を述べる傾向にあるし、その不満に理由がないわけではない。しかし、決してけばけばしいものではないが、かなりの数の登場人物のまわりには、確かに光が輝きを放っており、物語の試練が終わりに達するにつれて、その数はもっと増加する。五月の王と王妃、「大紅石」の若い夫婦、「三重の運命」の戻ってきた放浪者と村の恋人、「胸の蛇」のロデリックとロジーナ、ホールグレイヴとフィービ、ケニヨンとヒルダなどの回りには――ディムズデイルとヘスターの回りにすら、最後にではあるが、光がさしていて、この世を超えた向こうに幸福が待つ可能性を予表するのみである。こうした登場人物たちがくぐり抜けた試練は彼らの人生を豊かにし、幸福を手にする可能性を大きくしているのも見逃せない。

とはいえ、世界についてのホーソーンの知識や理解の総和であり、綜合体である彼の作品集成が、かりに人生の暗い側面ばかり強調しているように見えるとすれば、その理由は、まずひとつには、彼が歪曲したり飾り立てたりはしたくなかった苛酷な現実をしっかり認識していたからであり、またひとつには、安易過ぎる楽観的態度で人間のもろもろの苦難を脇に押しやり、人間の能力や新しい科学的および社会的メカニズムのいずれにも過剰で非現実的な信任を置いているような印象を彼に与えた当時の時代風潮に対して、彼が批判的態度を取っていたから、ということになろう。今日の視点から見れば、ホーソーンは時代の要所、要所に警告的な触手を試み、自分が生きた時代に、より真摯な目的、より深い教訓、そしてその時代が必要としているように彼には思えたより身近で素朴な真実を提供したのだということが分かる。それは時代を超えた教訓であり、贈り物である。今日の世界（十九世紀の継承者であるが）に照らして見れば、ホーソーンの核心的教訓——人類を全体として理解することの重要性、そしてわれわれ共通の本性に内在する善と悪を正直に認識した上で人間が人間に共感を示すことの必要性——に異議を唱えようとする者など誰もいないであろう。

注（原注と明記した以外はすべて訳者による注である。）

（1）Lyceum は現在の文化センターのような施設および文化運動の名称で、十九世紀アメリカで流行した。有名知識人による講演が主なもので、エマソンはその花形的存在であった。

訳者あとがき

本書は Randall Stewart, *Nathaniel Hawthorne, A Biography*（Yale University Press, 1948）の全訳である。発表翌年の一九四九年に早くも第二刷が出て、その後一九六一年にはペーパーバック版が、また一九七〇年にはリプリント版がアーチョン（Archon）から出たが、内容はどれも同じなので、底本には初版を用いた。邦訳名はほぼ原題どおり『ナサニエル・ホーソーン伝』としている。

原著者スチュアートは、一八九六年アメリカ南部テネシー州ファイエットヴィル生まれで、科学の学士号を地元のヴァンダビルト大学で取得したのち、文学修士号はハーヴァード、文学博士号はイェールで、それぞれ獲得した変わり種である。その後オクラホマ大を皮切りに、ブラウン、イェール、それにヴァンダビルトなど、多くの大学に奉職し、早くからホーソーン研究に取り組んで卓越した研究業績を挙げただけでなく、優秀なホーソーン研究者を数多く育ててもいる。スチュアートの真骨頂は、一次資料の編纂であり、ホーソーン研究に欠かせない『アメリカン・ノートブックス』（*The American Notebooks by Nathaniel Hawthorne*, 1932）と『イングリッシュ・ノートブックス』（*The English Notebooks by Nathaniel Hawthorne*, 1941）は、当初の『全集』に含まれて出版された、ホーソーン夫人の「改ざん（bowdlerization）」によって歪められたテキストを、厳密な検証を経て本来の状態に戻した貴重な文献である。スチュアートは、奇しくもホーソーンが亡くなって百年後の一九六四年に他界したが、その少し前からオハイオ州立大学出版局によって刊行が開始された、現在ホーソーン全集標準版とされる『百周年記念全集《センテナリ・エディション》』にも、彼の厳密なテキスト考証、編集の姿勢が受け継がれている。

この『ナサニエル・ホーソーン伝』は、そのスチュアートが、前述の創作ノート類の編集や、同じ作家を巡る日記、書簡類の検証作業を経て、そのひとつの帰結と言える形で執筆した彼の代表的著作のひとつである。二〇一六年の現在から見れば、もう十分以上に古く、原著を入手することも困難なほどであり、また学界には一部で批判的な評価もあるし、それもゆえなきことではない(1)。だが今敢えてこれを翻訳して世に問うのには、もちろんそれなりの理由がある。第一に、本書は現代におけるすべての真摯で豊穣なホーソーン研究の原点となった記念碑的存在だということであり、極論すればこの書の恩恵を受けていない研究書などはないと言ってもよい。ホーソーンは、南北戦争前のアメリカ文壇では珍しく、生前から英米双方で高い文名を享受したアメリカ作家であり、わが国でも明治以来その著作の一部が近代西欧思想教育の一環として、また旧制高校や大学における英語教育の恰好のテキストとして盛んに用いられた経緯がある。しかし衆知のごとく、この作家には、二十世紀半ばまで、暗く、孤独で、病的な芸術家という、とりわけアメリカにあっては忌避されがちな負のイメージが色濃く付き纏っていた。たしかに、何の予備知識もなく、『緋文字』などホーソーンの物語にはじめて触れる読者なら、今でもそういう印象を受けるかもしれない。スチュアートがこの伝記を書いた一番の目的は、手紙や日記などこの作家の日常を映した資料を駆使して、そういう負のイメージとは大違いの、彼がホーソーンの実像と捉えるものを呈示することであった。それは、友人、知人との信義を守り、献身的な妻や、遅くしてもうけた子供たちと過ごす時間を至福と捉え、高い文名とは裏腹の、ほぼ生涯に及ぶ経済的逼迫と闘いながら、自分の文才を信じてそれに賭け、しばしば敵意すら示す社会と安易な妥協はせぬが協調もまた決して怠ることなく、英米戦争から南北戦争に至るアメリカの激動期を、少々頑固で無骨なまでに自分の信念を貫き、首尾一貫した人間として生きた「ニューイングランド人」というものである。そしてそれは見事な出来映えを示し、現代を代表するホーソーン研究者のひとり、テレンス・マーティン（Terence Martin）をして「卓越した研究。簡潔にして完全。ホーソーンの生涯と仕事を鋭い洞察により絶妙に調合した書物」[2]と呼ばしめるものとなった。

第二の理由は、ホーソーンの伝記の日本語訳が現在ほとんど見当たらず、学界内外で信頼に足る手頃な伝記の日本語版を必要としていると思われることである。ホーソーンの伝記の原著自体は枚挙に暇がないほどで、古い時代のレイズロップ（G. P. Lathrop）やウッドベリ（George E. Woodberry）のものから現在に至るまで、特に一九八〇年代、九〇年代にはターナー（Arlin Turner）やメロウ（James R. Mellow）、E・ミラー（Edwin H. Miller）などによって、この作家の伝記が次々と出版され、最近でも二〇〇三年にワイナップル（Brenda Wineapple）による新たな一冊が追加されている。[3]しかし日本語訳はどうかと言えば、不思議なことに、これがほとんど見当たらない。[4]伝記類は概して原著が大部で、内容もえてして専門的になる傾向があって一般的とは言えぬものが多く、これも訳書が出にくい理由かも知れない。その一方で、現在までにホーソーンの著作自体は、その主だったところの日本語訳がほぼ出揃ったと言ってもよいので、この作家の伝記類も（さらに言えば、基本的研究書の日本語訳も）[5]もっと翻訳され、幅広い読者層に供されて然るべきであろう。スチュアートに発し、それを充実させたターナーやメロウによる優れた伝記の翻訳は、大部だがその登場が俟《ま》たれるし、現に訳者もすでにその一部を手がけている段階だが、ただ今回はすでに述べたような理由から、まず何より原点的存在であり、また大きさも手頃で、一箇の物語として読んでも魅力的な、このスチュアートによる伝記を最優先させるべきと考えた次第である。

第三の理由は、少々個人的ながら、この『ホーソーン伝』こそ、訳者が六〇年代後半、ホーソーン研究を始めた頃、同じ著者による『アメリカ文学とキリスト教』（*American Literature and Christian Doctrine*）およびマシセン（F. O. Matthiessen）の『アメリカン・ルネサンス』（*American Renaissance*）、それにチェイス（Richard Chase）の『アメリカ小説とその伝統』（*The American Novel and Its Tradition*）とともに、絶えず参照した座右の書だったということである。ラジオからは盛んにビートルズの歌声が流れていた。

膨大な資料をベースにして、この書が描き上げたホーソーンの日常の姿、人間くさい姿には、今読んでも驚き、新鮮な感動を覚える部分が少なくない。概してドラマ性に乏しいと思われるホーソーンの人生も、見ようによっては相当ドラマティックだったなと思えてくる。近代の文学は、作家の自己表現であり、自画像の描出という本質を備える。「新批評」[6]以来、テキストの自己完結性を尊ぶあまり、それを時代社会や作家の人生と切り離す傾向が強くなり過ぎ、文学の伝記的研究は不当なほど敵視されてきたが、それも発展的に見直されなければなるまい。スチュアートの伝記の足らざる点は、後発のより充実した伝記を併せ読んで補足、修正すれば済む。またそもそもこの書がそれらに比べて大きく見劣りすることはない。それより、この伝記には、巻末の参考文献リストを見るだけでも首肯できるが、執筆当時あるいはその直前の時代における、著者の熱い思い、つまり、当時入手できるかぎりの資料を駆使して、それまで作家の想像力と実生活とを単純に混同して作り上げられていた孤独で病的な青白い芸術家という誤った肖像を打破し、良心的で常識的、現実的でタフな社交人（但しスピーチだけは大の苦手で、かつ心には最後まで「海」への憧憬を抱き続けていた）という新しいホーソーン像を樹立しようとした著者スチュアートの熱意が満ち溢れている点に、われわれは着目すべきであろう。

訳者は本書を故ノーマン・ホームズ・ピアソン教授とテレンス・マーティン教授に捧げたい。いずれも本書の著者スチュアート教授と近いホーソーン研究の泰斗で、かつて訳者が京都大学およびインディアナ大学にて格別のお世話に預かった方々である。なお校正の段階では妻靖子の辛抱強い協力を得たことを付言しておく。最後になったが、本書の出版に関しては、またしても開文社出版社長、安居洋一氏のご配慮を賜った。厚く御礼申し上げる次第である。

（1）その後登場した新しい伝記に比べると、当然ながら情報量が少ないし、ホーソーンを従前の暗いイメージから解放しようと著者が少し力み過ぎたきらいもあるし、また超越主義者たち、とりわけエマソンに対して少し冷た過ぎる。さらに、作品とホーソーンの実人生との内的照応関係にほとんど触れていないことも不満な点であろう。

（2）Terence Martin, *Nathaniel Hawthorne* (Boston: Twayne, 1983), 215.

（3）これらの原題等は以下のとおり。

George P. Lathrop, *A Study of Hawthorne*. Boston: J. R. Osgood, 1876.

George E. Woodberry, *Nathaniel Hawthorne*. Boston: Houghton Mifflin, 1902.

Arlin Turner, *Nathaniel Hawthorne, A Biography*. New York: Oxford UP, 1980.

James R. Mellow, *Hawthorne in His Times*. Boston: Houghton Mifflin, 1980.

Edwin H. Miller, *Salem Is My Dwelling Place: A Life of Nathaniel Hawthorne*. Iowa City: Univ. of Iowa Press, 1991.

Brenda Wineapple, *Hawthorne, A Life*. New York: Alfred A. Knopf, 2003.

（4）Miller による *Salem Is My Dwelling Place*,1991 は佐藤孝巳氏による翻訳『セイラムは私の住み処』が二〇〇二年に近代文芸社から出版されたが現在入手困難。

（5）作家の青少年期の体験と作品の関係を詳しく論じた Gloria C. Erlich による *Family Themes and Hawthorne's Fiction*, 1984 は、伝記ではないが伝記的研究で、しかも重要な著作である。手前味噌になるが、これは訳者および大場厚志、中村栄造の共訳による日本語訳『蜘蛛の呪縛』が二〇〇一年に開文社出版から出版されている。

（6）一九三〇年代のアメリカ南部農本主義とともに起こった「新批評」、ニュー・クリティシズムは、伝記批評への反発から発し、当初極端なまでに文学作品を作家や時代から切り離した。伝記をツールとして作品を解釈する伝記批評が軽視ないし敵視されるに至った所以である。ホーソーン研究においては、五十年代から六十年代にかけ、「新批評」あるいはそれに触発された様々な研究法が次々に導入され始め、百花繚乱のごとき現在に至っている。

但し、伝記批評は今もあまり人気がない。

平成二十八年　初秋

京都西陣にて
丹羽隆昭

主要な伝記資料類

手書き原稿類

ホーソーンの手書き原稿（主として日記と手紙の類）はピアポント・モーガン図書館、ヘンリー・H・ハンティングトン図書館、ニューヨーク公共図書館、エセックス研究所図書館、ハーヴァード大学ホートン図書館、それにボストン公共図書館に所蔵されている。ホーソーン関連の多様な原稿はこれらの図書館や他の多くの図書館、とりわけマサチューセッツ歴史協会の図書館に所蔵されている。

印刷物およびその他の資料

（［訳者注］この文献リストの書式は現在のMLAのものとはかなり異なるが、原著者の意向を尊重し、原著のまま収録した。）

N. F. Adkins, “The Early Projected Works of Nathaniel Hawthorne,” *Papers of the Bibliographical Society of America*, Second Quarter, 1945.

Harold Brodgett, “Hawthorne as Poetry Critic: Six Unpublished Letters to Lewis Mansfield,” *American Literature*, May, 1940.

Horatio Bridge, *Personal Recollections of Nathaniel Hawthorne*, New York, 1893.

E. L. Chandler, "Hawthorne's *Spectator*," *New England Quarterly*, April, 1931.

William Charvat, "James T. Fields and the Beginnings of Book Promotion," *Huntington Library Quarterly*, November, 1944.

J. T. Fields, *Yesterdays with Authors*, Boston, 1871.

Bertha Faust, *Hawthorne's Contemporaneous Reputation*, Philadelphia, 1939.

Julian Hawthorne, *Nathaniel Hawthorne and His Wife*, Boston, 1884, 2 vols.

Hawthorne and His Circle, New York,1903.

Manning Hawthorne, "Parental and Family Influences on Hawthorne," *Essex Institute Historical Collections*, January, 1940.

"Hawthorne's Early Years," *ibid.*, Janurary, 1938.

"Maria Louisa Hawthorne," *ibid.*, April, 1939.

"Hawthorne Prepares for College," *New England Quarterly*, March, 1938.

"Nathaniel Hawthorne at Bowdoin," *ibid.*, June, 1940.

"Hawthorne and 'The Man of God,'" *Colophon*, Winter, 1937.

"Nathaniel and Elizabeth Hawthorne, Editors," *ibid.*, September, 1939.

Nathaniel Hawthorne, *Complete Works*, ed. George Parsons Lathrop, Boston, 1885, 13 vols.

Sophia Peabody Hawthorne, *Notes in England and Italy*, New York, 1869.

Harrison Hayford, "The Significance of Melville's 'Agatha' Letters," *Journal of English Literary History*, December, 1946.

W. D. Howells, *Literary Friends and Acquaintance*, New York, 1900.

E. B. Hungerford, "Hawthorne Gossips about Salem," *New England Quarterly*, September, 1933.

Marion L. Kesselring, "Hawthorne's Reading 1828-1850: An Identification and Analysis of Titles Recorded in the Charge-Books of the Salem Athenaeum," unpublished Master's thesis at Brown University, 1943.

Rose Hawthorne Lathrop, *Memories of Hawthorne*, Bosotn, 1897.

Margaret M. Lothrop, *The Wayside*, New York, 1940.

Elizabeth Manning, "The Boyhood of Hawthorne," *Wide Awake*, November, 1891.

S. E. Morison, "Melville's 'Agatha' Letter to Hawthorne," *New England Quarterly*, April, 1929.

W. S. Nevins, "Hawthorne's Removal from the Salem Custom House," *Essex Institute Historical Collections*, April, 1917.

R. F. Nichols, *Franklin Pierce*, Philadelphia, 1931.

Norman Holmes Pearson, "The College Years of Nathaniel Hawthorne," an unpublished monograph which won the Henry H. Strong Prize in American Literature at Yale University in 1932.

"The Italian Notebooks by Nathaniel Hawthorne," an unpublished doctoral dissertation at Yale University, 1942.

S. T. Pickard, *Hawthorne's First Diary*, Boston, 1897.

Randall Stewart, *The American Notebooks by Nathaniel Hawthorne*, New Haven, 1932.

The English Notebooks by Nathaniel Hawthorne, New York, 1941.

"Ethan Brand," *Saturday Review of Literature*, April 27, 1929.

"Hawthorne and Politics," *New England Quarterly*, April, 1932.

"Hawthorne's Contributions to the Salem *Advertiser*," *American Literature*, January, 1934.

"Hawthorne's Speeches at Civic Banquets," *ibid.*, January, 1936.

"Recollections of Hawthorne by His Sister Elizabeth," *ibid.*, January, 1945.

"Hawthorne and the Civil War," *Studies in Philology*, January, 1937.

"Letters to Sophia," *Huntington Library Quarterly*, August, 1944.

"The Hawthornes at the Wayside," *More Books*, September, 1944.

"Hawthorne's Last Illness and Death," *ibid.*, October, 1944.

"Editing Hawthorne's Notebooks," *ibid.*, September, 1945.

"Mrs. Hawthorne's Financial Difficulties," *ibid.*, February, 1946.

"Mrs. Hawthorne's Quarrel with James T. Fields," *ibid.*, September, 1946.

LAWRANCE THOMPSON, *Young Longfellow*, New York, 1938.

WILLARD THORP, *Herman Melville*, New York, 1938.

CAROLINE TICKNOR, *Hawthorne and His Publisher*, Boston, 1913.

ARLIN TURNER, "Hawthorne and Martha's Vineyard," *New England Quarterly*, June, 1938.

Hawthorne as Editor, University, Louisiana, 1941.

れ

レイズロップ（George P. Lathrop） 178, 187, 372, 413
レスター病院（Leicester's Hospital） 267, 272
[マサチューセッツ州]レノックス(Lenox, [Mass.]) 150-51, 156, 160, 162, 189
レミントン（Leamington） 264, 267, 323, 328, 348

ろ

ロウエル（James R. Lowell） 164, 174, 186, 201, 306, 325, 332, 337, 349, 360, 368, 370
ローマ（Rome） 40-41, 216, 286-93, 296, 298-302, 305, 308, 313-18, 321-22, 325, 332, 361, 393
ローマの謝肉祭（Roman Carnival） 292, 315, 325
ロック・パーク（Rock Park） 230, 243, 246, 250
ロバーツ（David Roberts） 58, 83, 100, 131, 183
ロングフェロー（Henry W. Longfellow） 31, 34, 38, 55, 67, 71, 83-84, 91, 105, 107, 111, 123, 130, 136, 138-39, 152, 186, 189, 201, 210, 218, 226, 247, 274, 276, 333, 337-38, 346, 349-50, 363, 368-69
ロンドン（London） 54, 151, 181, 191, 241, 251, 255-59, 264-65, 269-70, 272, 279-80, 282, 285-86, 310, 314, 319, 322, 325, 328, 366, 372, 393, 402
『ロンドン・アセニアム』誌（*London Athenaem*） 54, 108, 146, 174, 319, 325
『ロンドン・イグザミナー』紙（*London Examiner*） 242, 325, 370

わ

ワーズワース（William Wordsworth） 268
ワイリー・アンド・パットナム社（Wiley and Putnam） 106
ワイルディング（Henry Wilding） 232-34, 278
ワシントン（Washington, D. C.） 116, 119, 134, 184, 214, 216, 222-23, 225, 350

［次女ローズ・］ホーソーン（Rose Hawthorne）　179, 194, 223, 251, 283, 291-92, 307, 313, 334-35, 339, 344, 372
［批評家マニング・］ホーソーン（Manning Hawthorne）　v, 5, 114
ポーツマス（Portsmouth）　22, 117-18, 130, 150, 200, 202-04
ポープ（Alexander Pope）　161, 270
ホームズ（Oliver W. Holmes）　164-65, 186, 189, 201, 337, 349, 367-68, 370
ボストン税関（Boston Custom House）　77, 82-84, 88, 90, 100, 104-05, 113, 139, 212
ホズマー（Harriet Hosmer）　297-98
ポット・エイト・オウ・クラブ（Pot-8-o Club）35, 39

ま

マザー（Cotton Mather）　146, 203, 398
［作家の叔父ロバート・］マニング（Robert Manning）　4-6, 21, 23
［作家の母親〈旧姓〉エリザベス・C・］マニング（Elizabeth C. Manning）　3
マルセイユ（Marseilles）　284, 286-87, 317
マン（Horace Mann）　77, 126, 129, 134, 158, 184, 191, 227, 264, 295
マンスフィールド（L. W. Mansfield）　164, 168, 190

み

ミットフォード（Mary R. Mitford）　160, 190, 208, 218-19
ミラー［将軍］（[General] James Miller）　122, 152, 213
ミルトン（John Milton）　40, 99, 186, 246, 281, 358, 376

め

メイン禁酒法（Maine Liquor Law）　196, 227, 381
メルヴィル（Herman Melville）　109, 140, 164-72, 182, 185-87, 189, 208-210, 214-16, 220, 238, 260-62

も

モトレイ（John L. Motley）　325-26, 337
モニュメント山（Monument Mountain）　164, 173, 186

ゆ

ユートクセター（Uttoxeter）　267, 355

ら

ライチ［船長］（[Captain] Leitch）　226, 229, 329
ランダー（Maria L. Lander）　297-98

り

リヴァプール（Liverpool）　139, 217, 219-20, 224-26, 229-32, 236, 238-39, 242, 247-48, 251-53, 258, 260-62, 266, 273, 280, 328-29, 359, 362, 402
リグレー（Fanny Wrigley）　251, 268
リッチフィールド（Lichfield）　267, 355
『リテラリー・ワールド』誌（*Literary World*）　145, 166
リトル・レッド・ハウス（Little Red House）　151, 155, 158, 185
リプリー（George Ripley）　90, 92, 118, 152
リプリー老師（Ezra Ripley, D. D.）　95
リンカン（Abraham Lincoln）／アンクル・エイブ（Uncle Abe）　152, 351-53

Wooden Image”） 103, 401
『ドリヴァー・ロマンス』（*The Dolliver Romance*） 354, 369
『懐かしの故国』（*Our Old Home*） 236, 247, 256, 267, 272, 320, 355, 357, 359-60
「灰色の戦士」（“The Gray Champion”） 49, 51, 376
『ピーター・パーレーの万国史』（*Peter Parley's Universal History*） 53
「ヒギンボタム氏の災難」（“Mr. Higginbotham's Catastrophe”） 51
『七破風の家』（*The House of the Seven Gables*） 75, 152, 172, 174, 177, 182-83, 185, 190, 379, 387, 402
『緋文字』（*The Scarlet Letter*） 1, 140, 142-48, 151, 162, 164, 172, 174, 177, 185, 190, 203, 208-09, 218, 256, 306-07, 386, 397, 412
『ファンショウ』（*Fanshawe*） 23, 37, 46, 50
「フェザートップ」（“Feathertop”） 175-76, 401
『ブライズデイル・ロマンス』（*The Blithedale Romance*） 93, 189-91, 209, 219, 302, 379, 381, 387
『フランクリン・ピアス伝』（*Life of Franklin Pierce*） 193
「牧師の黒ヴェイル」（“The Minister's Black Veil”） 54, 396
「僕の親戚モリヌー少佐」（“My Kinsman, Major Molineux”） 49
「三つの丘の窪地」（“The Hollow of the Three Hills”） 48
「村の叔父さん」（“The Village Uncle”） 401
「メイン・ストリート」（“Main Street”） 19, 140-41, 177
「メリーマウントの五月柱」（“The Maypole of Merry Mount”） 54, 377
「物語作家」（“The Story Teller”） 50-51
「優しい少年」（“The Gentle Boy”） 19, 48-49, 51, 54, 81, 109, 377
「ヤング・グッドマン・ブラウン」（“Young Goodman Brown”） 107, 109
「雪人形」（“The Snow Image”） 177-78
『雪人形、およびその他のトワイス・トールド・テールズ』（*The Snow Image and Other Twice-Told Tales*） 36, 143, 176-78
「予言の肖像画」（The Prophetic Pictures”） 389
「ラパチニの娘」（“Rappaccini's Daughter”） 109-10, 385
「ロジャー・マルヴィンの埋葬」（“Roger Malvin's Burial”） 49, 107, 397
「わが故郷の七つの物語」（“Seven Tales of My Native Land”） 37, 46
『ワンダーブック』（*A Wonder-Book*） 174-75, 178, 186, 197, 221
［妻ソファイア・A・P・］ホーソーン（Sophia A. P. Hawthorne） *passim*
［長女ユーナ・］ホーソーン（Una Hawthorne） 104, 123-26, 137, 157-58, 193-95, 223, 225, 229, 251, 261, 291-92, 295, 312, 314-19, 332, 334-35, 339, 361-62, 372
［長男ジュリアン・］ホーソーン（Julian Hawthorne） 77-78, 97, 123-25, 136, 138, 142, 157-60, 164, 175, 193-96, 221, 223-24, 229, 244, 251-53, 261, 270, 290-92, 308, 313, 318, 320, 327, 332, 334-36, 339-41, 345-46, 362, 372

「偉大な石の顔」（"The Great Stone Face"） 140-41, 177
『イングリッシュ・ノートブックス』（*The English Notebooks*） 371, 411
「ウェイクフィールド」（"Wakefield"） 209, 393
「エレノア嬢のマント」（"Lady Eleanore's Mantle"） 395
「エンディコットと赤十字」（"Endicott and the Red Cross"） 106, 376-77, 395
『おじいさんの椅子』（*Grandfather's Chair*） 24, 105, 221
「カンタベリーの巡礼」（"The Canterbury Pilgrims"） 177
「旧牧師館」（"The Old Manse"） 104, 146
『旧牧師館の苔』（*Mosses from an Old Manse*） 105-06, 108, 165-66, 171, 177-78, 218, 336
「幻想の館」（"The Hall of Fantasy"） 109, 111-12
「クリスマスの宴会」（"The Christmas Banquet"） 109
『グリムショー博士の秘密』（*Dr. Grimshawe's Secret*） 372
「結婚式の弔鐘」（"The Wedding Knell"） 54
「原稿の中の悪魔」（"The Devil in Manuscript"） 47, 49, 177
「三重の運命」（"The Three-Fold Destiny"） 401, 408
「シェイカーの婚礼」（"The Shaker Bridal"） 393
「自己中心、別名、胸の蛇」（"Egotism, or, the Bosom Serpent"） 395
「死者の妻たち」（"The Wives of the Dead"） 49
「主として戦争について」（"Chiefly about War Matters"） 351
「白い老嬢」（"The White Old Maid"） 395
「人生の行列」（"The Procession of Life"） 111, 237
『スペクテイター』（*The Spectator*） 13-14, 270
「税関」（"The Custom House"） 1, 3, 121-22, 135, 142-43, 145-46, 148-49
『セプティミアス・フェルトン』（*Septimius Felton*） 354, 372
『先祖の足跡』（*The Ancestral Footsteps*） 321, 354
「大望の客」（"The Ambitious Guest"） 51, 65, 106
「大紅石」（"The Great Carbuncle"） 385, 394, 408
「大地の大焼却」（"Earth's Holocaust"） 109, 111, 382
『大理石の牧神』（*The Marble Faun*） 258, 291, 296, 298-99, 303, 306, 312, 323, 325-27, 332, 379, 387, 390, 393, 404-06
『タングルウッド・テールズ』（*Tanglewood Tales*） 193, 220-21, 229
「諜報局」（"The Intelligence Office"） 390
「憑かれた心」（"The Haunted Mind"） 400
「天国行き鉄道」（"The Celestial Railroad"） 108, 128, 171, 380-81
『トワイス・トールド・テールズ』（*Twice-Told Tales*） 36, 43, 49, 53, 55-56, 68, 71, 73, 79, 105, 107, 109, 122, 176-78, 403
「ドラウンの木彫りの人形」（"Drowne's

336-39, 342, 345, 347-55, 359-64, 367-68, 370-73
フィレンツェ（Florence） 303, 308, 311-13, 321-22, 332
フラー（Margaret Fuller） 90-91, 93, 96, 100-03, 299-302, 391
ブライト（Henry Bright） 246-48, 258, 261, 323, 325, 328, 358, 370
[エリザベス・バレット・] ブラウニング（[Elizabeth B.] Browning） 259, 309-11, 316
ブラウニング（Robert Browning） 259, 308-11, 372
フランコ（[Dr.] Franco） 315, 317-19
[メイン州]ブランズウィック（Brunswick, [Maine]） 16, 22-23, 27, 34, 200-01
ブリッジ（Horatio Bridge） 30-31, 35-37, 41, 46, 51, 53, 55, 60-63, 67, 71-72, 83, 100, 104-06, 117-21, 128, 130, 143-44, 147, 149-50, 163, 165, 172, 177, 181, 184, 189, 196, 206, 208, 219, 241, 278, 290, 334, 350, 353, 358, 370
ブルック・ファーム（Brook Farm） 77, 90-93, 100, 113, 118, 122, 189-90, 334, 393, 402

へ

ベノック（Francis Bennoch） 255-56, 258-59, 265, 319, 373

ほ

ホイッティア（John G. Whittier） 141, 163, 337, 382
ホイットマン（Walt Whitman） 386
ボウドン大学（Bowdoin College） 16, 21-23, 25, 31, 34, 36-37, 39, 41, 43, 46, 55, 200, 201, 363, 375
ポー（Edgar A. Poe） 107-10
ポーク（James Polk） 104, 116, 118, 120
[先祖初代ウィリアム・] ホーソーン（William Hathorne） 1-2
[先祖二代ジョン・] ホーソーン（John Hathorne） 2-3
[先祖三代ジョゼフ・] ホーソーン（Joseph Hathorne） 3
[先祖四代ダニエル・] ホーソーン（Daniel Hathorne） 3
[父親ナサニエル・] ホーソーン（Nathaniel Hathorne） 3-4
[母親エリザベス・C・M・] ホーソーン（Elizabeth C. M. Hathorne） 3, 5, 10, 32, 39, 63, 65, 95, 145, 199, 218
[姉エリザベス・M・] ホーソーン（Elizabeth M. Hawthorne） 3, 6, 11, 16, 31, 33, 52, 54, 217
[妹マリア・L・] ホーソーン（Marla L. Hawthorne） 3, 10-12, 15, 18, 52, 58, 64-65, 99, 137, 163, 179, 180, 198-99
[作家ナサニエル・] ホーソーン（Nathaniel Hawthorne） *passim*
「痣」（"The Birthmark"） 385
「新しいアダムとイヴ」（"The New Adam and Eve"） 110
『アフリカ巡航日記』（*Journal of an African Cruiser*） 105-06, 118
『アメリカン・ノートブックス』（*The American Notebooks*） 371, 394, 411
「アリス・ドーンの訴え」（"Alice Doane's Appeal"） 48
「イーサン・ブランド」（"Ethan Brand"） 76, 140-41, 177, 187, 384, 386-87
『イタリアン・ノートブックス』（*The Italian Notebooks*） 371

259, 360
テイラー（Zachary Taylor）　132, 134, 183, 230
テニスン（Alfred Tennyson）　263-64, 335
『デモクラティック・レヴュー』誌（*Democratic Review*）　73-74, 83, 94, 110, 131, 140

と

『トークン』誌（*Token*）　48-49, 51, 54, 61, 73
土曜クラブ（Saturday Club）　337-38, 366
トロロープ（Anthony Trollope）　338
トンプソン（Cephas G. Thompson）　150, 153, 296

に

『ニューイングランド・マガジン』誌（*New England Magazine*）　49-51, 54, 66
ニューヨーク市（New York City）　198, 205, 215, 320, 372

の

［マサチューセッツ州］ノース・アダムズ（North Adams, [Mass.]）　75-77, 113, 202, 341
『ノース・アメリカン・レヴュー』誌（*North American Review*）　55, 107-08, 374
ノートン（Charles E. Norton）　226, 337, 360

は

バーチモア（Zachariah Burchmore）　121-22, 150-51, 168, 183, 190, 212-13, 343
パイク（William B. Pike）　83, 131, 150, 168, 181-84, 196, 198, 212, 274, 343
バイロン（Lord George G. Byron）　38, 289-90, 391
ハウエルズ（William D. Howells）　191
バジャー（Clay Badger）　284, 288, 294, 296, 315, 319
パリ（Paris）　280, 283, 285-86, 290, 318
バンクロフト（George Bancroft）　83, 90-91, 116-20, 250, 281

ひ

ピアス（Franklin Pierce）　30, 34, 41, 60-61, 83, 100, 104, 117-18, 190, 193, 197-202, 205-08, 211, 216-17, 220, 231-32, 241, 275, 277, 316-17, 332, 342, 356-61, 363, 366-68, 371
ピアソン（Norman H. Pearson）　v, 40, 329, 415
［エリザベス・］ピーボディー（[Elizabeth] Peabody）　79, 81, 83, 90, 141, 179, 227, 275, 320, 358, 361
［ナサニエル・］ピーボディー［博士］（Dr. Nathaniel Peabody）　190, 226
［ナサニエル・］ピーボディー［夫人］（Mrs. Nathaniel Peabody）　193-94, 199, 204, 207
［マサチューセッツ州］ピッツフィールド（Pittsfield, [Mass.]）　164, 185, 187
ヒラード（George Hillard）　100, 118, 123, 130, 132, 134, 138, 141, 189-90, 278, 323, 326, 368, 371

ふ

［アニー・］フィールズ（Annie Fields）　331, 335-37, 346, 361, 363-67, 369, 370
フィールズ（James T. Fields）　142-44, 148, 151, 160-61, 165, 172-79, 185, 189-91, 196, 208-09, 216-18, 221, 226, 257, 274, 313, 319, 322, 324-25, 327, 329, 331-32,

シェイクスピア（William Shakespeare） 7, 19, 99, 146, 166, 174, 186, 259, 266-67, 366, 370
シェパード（Ada Shepherd） 264, 279, 283-84, 288, 292-94, 296, 309, 311-12, 315, 318, 327, 329
ショールズ諸島（Isles of Shoals） 200, 202, 209
ジョンソン［博士］（[Dr.] Samuel Johnson） 29-30, 258, 267, 270, 282, 375
シリー（Jonathan Cilley） 30-31, 35, 41, 73, 83, 114-16

す

スウィフト（Jonathan Swift） 30, 149, 375
スコット（Sir Walter Scott） 12-13, 20, 38, 271, 345, 375-76
ストウ（Harriet B. Stowe） 343-44, 360
ストダード（Richard H. Stoddard） 211, 214-15, 221
スペンサー（Edmund Spenser） 7, 104, 117, 376
スミス・アンド・エルダー社（Smith and Elder） 319-20, 324
スリーピー・ホロー（Sleepy Hollow） 193, 368

せ

［マサチューセッツ州］セイラム（Salem, [Mass.]） 1-5, 8, 10-11, 16, 22, 24, 43, 58-59, 62-64, 69, 74, 77, 79, 83, 87, 90, 92, 100, 104, 110, 113, 115, 117-22, 128-35, 140, 143, 148-53, 156-57, 162, 168, 182-83, 190, 196, 198, 212, 214, 280, 297, 314, 342, 416
セイラム・アセニアム（Salem Athenaeum） 44, 68
『セイラム・アドヴァタイザー』紙（*Salem Advertiser*） 121, 133, 140, 165
『セイラム・ガゼット』誌（*Salem Gazette*） 4, 9, 11, 48, 55
セイラム税関（Salem Custom House） 211-12, 278
セバゴ湖（Sebago Lake） 7, 16

そ

ソロー（Henry D. Thoreau） 62-63, 100-02, 113, 123, 129-30, 141, 218-20, 257, 332, 355, 399
『ウォールデン』（Walden） 257

た

ダイキンク（E. A. Duyckinck） 106, 107, 109, 118, 146, 160-61, 165-66, 168, 172, 182, 192

ち

チヴィタヴェッキア（Civitavecchia） 286-87, 317
チャップマン・アンド・ホール社（Chapman and Hall） 191, 221
チャニング（Ellery Channing） 100-02, 113, 123, 224, 332, 378
チョーリー（Henry Chorley） 54, 108, 146, 174, 319, 325

て

ティクナー（W. D. Ticknor） 142, 174, 179, 185, 189-190, 196, 200, 205, 221-22, 226, 232, 235-37, 239, 241, 246, 274-75, 278, 293, 324, 327, 332-33, 342, 345, 347, 355, 364-65, 367
ディケンズ（Charles Dickens） 162, 186,

398
エマソン（Ralph W. Emerson）　90-91, 96, 100-02, 112-13, 122, 129, 131, 141, 186, 190, 193, 195, 218, 224, 226, 263, 270, 282, 304, 332, 337, 340-41, 343-44, 360, 366, 368-70, 378, 386, 388, 391-92, 399, 405, 409, 416

お

オサリヴァン（John L. O'Sullivan）　73-74, 94-95, 103-04, 115-17, 120, 163, 211, 222, 251, 253, 278, 320
［マーガレット・フラー（Margaret Fuller）の夫］オソーリ（Ossoli）　300
オリヴァー（Benjamin Oliver）　10, 22
オルコット（A. Bronson Alcott）　101, 108, 113, 123, 129, 192, 332, 335, 343-44, 363-64, 368
［ルイーザ・メイ・］オルコット（Louisa May Alcott）　335

か

カーサ・デル・ベッロ（Casa del Bello）　308, 311
カーティス（George W. Curtis）　100, 161, 168, 186, 190, 349, 360, 374

き

キケロ（Cicero）　22
キャス（Lewis Cass）　207, 227
旧牧師館（Old Manse）　96, 99-100, 103-05, 107-10, 113, 117, 139, 191, 193, 336

く

クーパー（James F. Cooper）　29, 375
グッドリッチ（Samuel G. Goodrich）　48-49, 50-53
クラーク（Rev. James F. Clarke）　96, 369
クリミア戦争（Crimean War）　252, 274, 281
『グレアムズ・マガジン』／『グレアム』誌（*Graham's Magazine*）　74, 107, 146, 174

こ

『ゴウディーズ・レイディーズ・ブック』／『ゴウディー』誌（*Godey's Lady's Book*）　74, 103, 108
コナリー（Horace Conolly）　58, 64, 100, 130, 151, 183
コロセウム（Coliseum）　289, 314
［マサチューセッツ州］コンコード（Concord, [Mass.]）　95-96, 101-02, 104, 110, 112-13, 116, 130, 191, 193-96, 198, 200, 204, 210, 223-24, 314, 327, 331-36, 338-340, 356, 360, 362, 368
［ニューハンプシャー州］コンコード（Concord, N. H.）　356, 363, 368

さ

サウジー（Robert Southey）　161, 269
『サザン・リテラリー・メッセンジャー』（*Southern Literary Messenger*）　174
サムナー（Charles Sumner）　118, 129, 135, 217, 235, 280
サン・ピエトロ大聖堂（St. Peter's）　289-90, 305-07, 317

し

ジャクソン（Andrew Jackson）　31, 59, 131, 152
シェイカー教徒（Shakers）　64, 66, 102, 112, 393

索 引

あ

アーヴィング（Washington Irving） 29, 38, 54, 166, 189, 218, 325, 345, 375

アガサ物語（“Agatha Story”） 208-10, 220

アガシ（Louis J. R. Agassiz） 337

アサトン（Charles G. Atherton） 118, 190, 197

アダムズ（John Q. Adams） 31

アップルドア島（Appledore Island） 202-03

アディソン（Joseph Addison） 13

　『スペクテイター』紙（*The Spectator*） 13, 270

アテネ協会（Athenean Society） 29-31, 39, 59, 60, 375

『アトランティック・マンスリー』（*Atlantic Monthly*） 325, 336, 342, 347-49, 350-51, 353- 355, 370-71

アパム（Charles Upham） 132, 134-36, 151

『アメリカ実用面白知識』（*American Magazine of Useful and Entertaining Knowledge*） 52, 61, 66

『アメリカン・ホイッグ・レヴュー』（*American Whig Review*） 108

アレン（Rev. William Allen） 24, 28, 32-33, 35

アンティオク・カレッジ（Antioch College） 77, 264, 284

い

『インターナショナル・マガジン』（*International Magazine*） 176

う

ウィップル（E. P. Whipple） 325, 337, 368

ウェイサイド（[The] Wayside） 192, 194-96, 198, 209-10, 222, 224-25, 227, 243, 262, 274, 313, 320-21, 331-36, 339, 341-42, 345, 355, 365-66, 371

ウェスト・ニュートン（West Newton, Mass） 26-27, 129, 158-59, 168, 189, 191

ウェッバー（C. W. Webber） 25-26, 108, 141

ウォーウィック（Warwick） 267, 272, 347-48

ウォード（[Samuel] G. Ward） 100, 231

ウォールデン（Walden [Pond]） 123, 130, 193, 224

ウスター（Joseph E. Worcester） 6, 19

え

『エジンバラ・レヴュー』（*Edinburgh Review*） 45

エセックス研究所（Essex Institute） v, 35, 44, 419

エドワーズ（Jonathan Edwards） 383,

訳者紹介

丹羽　隆昭（にわ　たかあき）

1944年生まれ。1972年、京都大学大学院博士課程修了、1977年MA（インディアナ大学、英文学）、文学博士（京都大学、文学）。現在関西外国語大学外国語学部英米語学科教授。京都大学名誉教授。日本ナサニエル・ホーソーン協会会長（第十代）。著書に、『恐怖の自画像――ホーソーンと「許されざる罪」』（英宝社2000年）、『クルマが語る人間模様――二十世紀アメリカ古典小説再訪』（開文社出版2007年）、『抵抗することば――暴力と文学的想像力』（共著、南雲堂2014年）など。訳書に『リムーヴァルズ――先住民と十九世紀アメリカ作家たち』（Lucy Maddox著、監訳、開文社出版1998年）、『蜘蛛の呪縛――ホーソーンとその親族』（Gloria C. Erlich著、共訳、開文社出版2001年）など。

ナサニエル・ホーソーン伝　（検印廃止）

2017年01月10日　初版発行

著　者	ランダル・スチュアート
訳　者	丹 羽 隆 昭
発行者	安 居 洋 一
印刷・製本	創栄図書印刷

162-0065　東京都新宿区住吉町8-9
発行所　開文社出版株式会社
TEL 03-3358-6288 FAX 03-3358-6287
www.kaibunsha.co.jp

ISBN978-4-87571-088-2　C3023